Max Frisch
Homo faber

Ein Bericht
Mit einem Kommentar
von Walter Schmitz

Suhrkamp

Der vorliegende Text folgt der Ausgabe:
Max Frisch, Homo faber. Ein Bericht
Frankfurt am Main: Suhrkamp Verlag 1997
(suhrkamp taschenbuch 2740)

Originalausgabe
Suhrkamp BasisBibliothek 3
Erste Auflage 1998

Satz: Pagina GmbH, Tübingen
Druck: Ebner Ulm
Umschlaggestaltung: Hermann Michels
Printed in Germany

5 6 – 03 02

Inhalt

Erste Station

Wir starteten in La Guardia, New York, mit dreistündiger Verspätung infolge Schneestürmen. Unsere Maschine war, wie üblich auf dieser Strecke, eine ⌈Super-Constellation⌉. Ich richtete mich sofort zum Schlafen, es war Nacht. Wir warteten noch weitere vierzig Minuten draußen auf der Piste, Schnee vor den Scheinwerfern, Pulverschnee, Wirbel über der Piste, und was mich nervös machte, so daß ich nicht sogleich schlief, war nicht die Zeitung, die unsere Stewardeß verteilte, *First Pictures Of World's Greatest Air Crash In Nevada**, eine Neuigkeit, die ich schon am Mittag gelesen hatte, sondern einzig und allein diese Vibration in der stehenden Maschine mit laufenden Motoren – dazu der junge Deutsche neben mir, der mir sogleich auffiel, ich weiß nicht wieso, er fiel auf, wenn er den Mantel auszog, wenn er sich setzte und sich die Bügelfalten zog, wenn er überhaupt nichts tat, sondern auf den Start wartete wie wir alle und einfach im Sessel saß, ein Blonder mit rosiger Haut, der sich sofort vorstellte, noch bevor man die Gürtel geschnallt hatte. Seinen Namen hatte ich überhört, die Motoren dröhnten, einer nach dem andern auf Vollgasprobe –

Ich war todmüde.

Ivy* hatte drei Stunden lang, während wir auf die verspätete Maschine warteten, auf mich eingeschwatzt, obschon sie wußte, daß ich grundsätzlich nicht heirate.

Ich war froh, allein zu sein.

Endlich ging's los –

Ich habe einen Start bei solchem Schneetreiben noch nie erlebt, kaum hatte sich unser Fahrgestell von der weißen Piste gehoben, war von den gelben Bodenlichtern nichts mehr zu sehen, kein Schimmer, später nicht einmal ein Schimmer von Manhattan, so schneite es. Ich sah nur das

Erste Fotos vom schwersten Flugzeugunglück der Welt in Nevada

Efeu, hier: weiblicher Vorname; vgl. S. 99,4

grüne Blinklicht an unsrer Tragfläche, die heftig schwank-
te, zeitweise wippte; für Sekunden verschwand sogar dieses
grüne Blinklicht im Nebel, man kam sich wie ein Blinder
vor.

Rauchen gestattet.

Er kam aus Düsseldorf, mein Nachbar, und so jung war er
auch wieder nicht, anfangs Dreißig, immerhin jünger als
ich; er reiste, wie er mich sofort unterrichtete, nach Guatemala, geschäftlich, soviel ich verstand –

Wir hatten ziemliche Böen.

Er bot mir Zigaretten an, mein Nachbar, aber ich bediente
mich von meinen eignen, obschon ich nicht rauchen wollte,
und dankte, nahm nochmals die Zeitung, meinerseits
keinerlei Bedürfnis nach Bekanntschaft. Ich war unhöflich,
mag sein. Ich hatte eine strenge Woche hinter mir, kein Tag
ohne Konferenz, ich wollte Ruhe haben, Menschen sind
anstrengend. Später nahm ich meine Akten aus der Mappe,
um zu arbeiten; leider gab es gerade eine heiße Bouillon,
und der Deutsche (er hatte, als ich seinem schwachen Englisch entgegenkam mit Deutsch, sofort gemerkt, daß ich
Schweizer bin) war nicht mehr zu stoppen. Er redete über
Wetter, beziehungsweise über Radar, wovon er wenig verstand; dann machte er, wie üblich nach dem zweiten Weltkrieg, sofort auf europäische Brüderschaft. Ich sagte wenig. Als man die Bouillon gelöffelt hatte, blickte ich zum
Fenster hinaus, obschon nichts andres zu sehen war als das
grüne Blinklicht draußen an unsrer nassen Tragfläche, ab
und zu Funkenregen wie üblich, das rote Glühen in der
Motor-Haube. Wir stiegen noch immer –

Später schlief ich ein.

Die Böen ließen nach.

Ich weiß nicht, warum er mir auf die Nerven ging, irgendwie kannte ich sein Gesicht, ein sehr deutsches Gesicht. Ich überlegte mit geschlossenen Augen, aber vergeblich. Ich versuchte, sein rosiges Gesicht zu vergessen, was

mir gelang, und schlief etwa sechs Stunden, überarbeitet
wie ich war – kaum war ich erwacht, ging er mir wieder auf
die Nerven.

Er frühstückte bereits.

Ich tat, als schliefe ich noch.

Wir befanden uns (ich sah es mit meinem rechten Auge)
irgendwo über dem Mississippi, flogen in großer Höhe und
vollkommen ruhig, unsere Propeller blinkten in der Morgensonne, die üblichen Scheiben, man sieht sie und sieht
hindurch, ebenso glänzten die Tragflächen, starr im leeren
Raum, nichts von Schwingungen, wir lagen reglos in einem
wolkenlosen Himmel, ein Flug wie hundert andere zuvor,
die Motoren liefen in Ordnung.

»Guten Tag!« sagte er –

Ich grüßte zurück.

»Gut geschlafen?« fragte er –

Man erkannte die Wasserzweige des Mississippi, wenn
auch unter Dunst, Sonnenglanz drauf, Geriesel wie aus
Messing oder Bronze; es war noch früher Morgen, ich kenne die Strecke, ich schloß die Augen, um weiterzuschlafen.

Er las ein Heftlein, rororo.

Es hatte keinen Zweck, die Augen zu schließen, ich war
einfach wach, und mein Nachbar beschäftigte mich ja
doch, ich sah ihn sozusagen mit geschlossenen Augen. Ich
bestellte mein Frühstück ... Er war zum ersten Mal in den
Staaten, wie vermutet, dabei mit seinem Urteil schon fix
und fertig, wobei er das eine und andere (im ganzen fand er
die Amerikaner kulturlos) trotzdem anerkennen mußte,
beispielsweise die Deutschfreundlichkeit der meisten Amerikaner.

Ich widersprach nicht.

Kein Deutscher wünsche ⌐Wiederbewaffnung¬, aber der
Russe zwinge Amerika dazu, Tragik, ich als Schweizer
(Schwyzzer, wie er mit Vorliebe sagte) könne alldies nicht
beurteilen, weil nie im ⌐Kaukasus¬ gewesen, er sei im Kau-

den
›typischen‹
Russen

kasus gewesen, er kenne den Iwan*, der nur durch Waffen zu belehren sei. Er kenne den Iwan! Das sagte er mehrmals. Nur durch Waffen zu belehren! sagte er, denn alles andere mache ihm keinen Eindruck, dem Iwan –

Ich schälte meinen Apfel.

Unterscheidung nach ⌐Herrenmenschen und Untermenschen⌐, wie's der gute Hitler meinte, sei natürlich Unsinn; aber Asiaten bleiben Asiaten –

Ich aß meinen Apfel.

Ich nahm meinen elektrischen Rasierapparat aus der Mappe, um mich zu rasieren, beziehungsweise um eine Viertelstunde allein zu sein, ich mag die Deutschen nicht, obschon Joachim, mein Freund, auch Deutscher gewesen ist . . . In der Toilette überlegte ich mir, ob ich mich nicht anderswohin setzen könnte, ich hatte einfach kein Bedürfnis, diesen Herrn näher kennenzulernen, und bis Mexico-City, wo mein Nachbar umsteigen mußte, dauerte es noch mindestens vier Stunden. Ich war entschlossen, mich anderswohin zu setzen; es gab noch freie Sitze. Als ich in die Kabine zurückkehrte, rasiert, so daß ich mich freier fühlte, sicherer – ich vertrage es nicht, unrasiert zu sein – hatte er sich gestattet, meine Akten vom Boden aufzuheben, damit niemand drauf tritt, und überreichte sie mir, seinerseits die Höflichkeit in Person. Ich bedankte mich, indem ich die Akten in meine Mappe versorgte, etwas zu herzlich, scheint es, denn er benutzte meinen Dank sofort, um weitere Fragen zu stellen.

Ob ich für die ⌐Unesco⌐ arbeite?

Ich spürte den Magen – wie öfter in der letzten Zeit, nicht schlimm, nicht schmerzhaft, ich spürte nur, daß man einen Magen hat, ein blödes Gefühl. Vielleicht war ich drum so unausstehlich. Ich setzte mich an meinen Platz und berichtete, um nicht unausstehlich zu sein, von meiner Tätigkeit, *technische Hilfe für unterentwickelte Völker*, ich kann darüber sprechen, während ich ganz andres denke. Ich weiß nicht, was ich dachte. Die *Unesco,* scheint es, machte ihm Eindruck, wie alles Internationale, er behandelte mich nicht mehr als Schwyzzer, sondern hörte zu, als sei man eine Autorität, geradezu ehrfürchtig, interessiert bis zur Unterwürfigkeit, was nicht hinderte, daß er mir auf die Nerven ging.

Ich war froh um die Zwischenlandung.

Im Augenblick, als wir die Maschine verließen und vor dem Zoll uns trennten, wußte ich, was ich vorher gedacht hatte: Sein Gesicht (rosig und dicklich, wie Joachim nie gewesen ist) erinnerte mich doch an Joachim. –

Ich vergaß es wieder.

Das war in Houston, Texas.

Nach dem Zoll, nach der üblichen Schererei mit meiner Kamera, die mich schon um die halbe Welt begleitet hat, ging ich in die Bar, um einen Drink zu haben, bemerkte aber, daß mein Düsseldorfer bereits in der Bar saß, sogar einen Hocker freihielt – vermutlich für mich! – und ging gradaus in die Toilette hinunter, wo ich mir, da ich nichts anderes zu tun hatte, die Hände wusch.

Aufenthalt: 20 Minuten.

Mein Gesicht im Spiegel, während ich Minuten lang die Hände wasche, dann trockne: weiß wie Wachs, mein Gesicht, beziehungsweise grau und gelblich mit violetten Adern darin, scheußlich wie eine Leiche. Ich vermutete, es kommt vom Neon-Licht, und trocknete meine Hände, die ebenso gelblich-violett sind, dann der übliche Lautsprecher, der alle Räume bedient, somit auch das Untergeschoß: *Your attention please, your attention please!** Ich wußte nicht, was los ist. Meine Hände schwitzten, obschon es in dieser Toilette geradezu kalt ist, draußen ist es heiß. Ich weiß nur soviel: – Als ich wieder zu mir kam, kniete die dicke Negerin neben mir, Putzerin, die ich vorher nicht bemerkt hatte, jetzt in nächster Nähe, ich sah ihr Riesenmaul mit den schwarzen Lippen, das Rosa ihres Zahnflei-

Wir bitten um Ihre Aufmerksamkeit!

sches, ich hörte den hallenden Lautsprecher, während ich
noch auf allen vieren war –

Die Maschine
ist
abflugbereit.

*Plane is ready for departure.**
Zweimal:
Plane is ready for departure.   5
Ich kenne diese Lautsprecherei.

Alle Passagiere
nach Mexiko–
Guatemala–
Panama . . .
freundlich
gebeten . . .
Tor Nummer
fünf, danke.

All passengers for Mexico–Guatemala–Panama, dazwi-
schen Motorenlärm, *kindly requested,* Motorenlärm, *gate
number five, thank you.**
Ich erhob mich.   1
Die Negerin kniete noch immer –
Ich schwor mir, nie wieder zu rauchen, und versuchte,
mein Gesicht unter die Röhre zu halten, was nicht zu ma-
chen war wegen der Schüssel, es war ein Schweißanfall,
nichts weiter, Schweißanfall mit Schwindel.   1
Your attention please –
Ich fühlte mich sofort wohler.
Passenger Faber, passenger Faber!
Das war ich.

Bitte zum
Informations-
schalter.

*Please to the information-desk.**   2
Ich hörte es, ich tauchte mein Gesicht in die öffentliche
Schüssel, ich hoffte, daß sie ohne mich weiterflogen, das
Wasser war kaum kälter als mein Schweiß, ich begriff
nicht, wieso die Negerin plötzlich lachte – es schüttelte ihre
Brust wie einen Pudding, so mußte sie lachen, ihr Riesen-   2
maul, ihr Kruselhaar, ihre weißen und schwarzen Augen,
Großaufnahme aus Afrika, dann neuerdings: *Plane is
ready for departure.* Ich trocknete mein Gesicht mit dem
Taschentuch, während die Negerin an meinen Hosen her-
umwischte. Ich kämmte mich sogar, bloß um Zeit zu ver-   3
lieren, der Lautsprecher gab Meldung um Meldung, An-
künfte, Abflüge, dann nochmals:
Passenger Faber, passenger Faber –
Sie weigerte sich, Geld anzunehmen, es wäre ein Ver-

Herrgott

gnügen (pleasure) für sie, daß ich lebe, daß der Lord* ihr   3

12   Erste Station

Gebet erhört habe, ich hatte ihr die Note einfach hingelegt, aber sie folgte mir noch auf die Treppe, wo sie als Negerin ⌜nicht weitergehen⌝ durfte, und zwang mir die Note in die Hand.

In der Bar war es leer –

Ich rutschte mich auf einen Hocker, zündete mir eine Zigarette an, schaute zu, wie der Barmann die übliche Olive ins kalte Glas wirft, dann aufgießt, die übliche Geste: mit dem Daumen hält er das Sieb vor dem silbernen Mischbecher, damit kein Eis ins Glas plumpst, und ich legte meine Note hin, draußen rollte eine Super-Constellation vorbei und auf die Piste hinaus, um zu starten. Ohne mich! Ich trank meinen Martini-Dry, als wieder der Lautsprecher mit seinem Knarren einsetzte: *Your attention please!* Eine Weile hörte man nichts, draußen brüllten gerade die Motoren der startenden Super-Constellation, die mit dem üblichen Dröhnen über uns hinwegflog – dann neuerdings: *Passenger Faber, passenger Faber* –

Niemand konnte wissen, daß ich gemeint war, und ich sagte mir, lange können sie nicht mehr warten – ich ging aufs Observation-Dach*, um unsere Maschine zu sehen. Sie stand, wie es schien, zum Start bereit; die Shell-Tanker waren weg, aber die Propeller liefen nicht. Ich atmete auf, als ich das Rudel unsrer Passagiere über das leere Feld gehen sah, um einzusteigen, mein Düsseldorfer ziemlich voran. Ich wartete auf das Anspringen der Propeller, der Lautsprecher hallte und scheppert auch hier:

Please to the information-desk!

Aber es geht mich nicht an.

Miss Sherbon, Mr. and Mrs. Rosenthal –

Ich wartete und wartete, die vier Propellerkreuze blieben einfach starr, ich hielt sie nicht aus, diese Warterei auf meine Person, und begab mich neuerdings ins Untergeschoß, wo ich mich hinter der geriegelten Tür eines Cabinets versteckte, als es nochmals kam:

Passenger Faber, passenger Faber.

Es war eine Frauenstimme, ich schwitzte wieder und mußte mich setzen, damit mir nicht schwindlig wurde, man konnte meine Füße sehen.

Dies ist unser letzter Aufruf. *This is our last call.*[*]

Zweimal: *This is our last call.*

Ich weiß nicht, wieso ich mich eigentlich versteckte. Ich schämte mich; es ist sonst nicht meine Art, der letzte zu sein. Ich blieb in meinem Versteck, bis ich festgestellt hatte, daß der Lautsprecher mich aufgab, mindestens zehn Minuten. Ich hatte einfach keine Lust weiterzufliegen. Ich wartete hinter der geriegelten Tür, bis man das Donnern einer startenden Maschine gehört hatte – eine Super-Constellation, ich kenne ihren Ton! – dann rieb ich mein Gesicht, um nicht durch Blässe aufzufallen, und verließ das Cabinet wie irgendeiner, ich pfiff vor mich hin, ich stand in der Halle und kaufte irgendeine Zeitung, ich hatte keine Ahnung, was ich in diesem Houston, Texas, anfangen sollte. Es war merkwürdig; plötzlich ging es ohne mich! Ich horchte jedesmal, wenn der Lautsprecher ertönte – dann ging ich, um etwas zu tun, zur Western Union[*]: um eine Depesche[*] aufzugeben, betreffend mein Gepäck, das ohne mich nach Mexico flog, ferner eine Depesche nach Caracas[*], daß unsere Montage um vierundzwanzig Stunden verschoben werden sollte, ferner eine Depesche nach New York, ich steckte gerade meinen Kugelschreiber zurück, als unsere Stewardeß, die übliche Liste in der andern Hand, mich am Ellbogen faßte:

amerik.Telefongesellschaft

Telegramm

Hauptstadt von Venezuela

»Hier sind Sie!« »There you are!«[*]

Ich war sprachlos –

»Wir sind spät dran!« »We're late, Mister Faber, we're late!«[*]

Ich folgte ihr, meine überflüssigen Depeschen in der Hand, mit allerlei Ausreden, die nicht interessierten, hinaus zu unsrer Super-Constellation; ich ging wie einer, der vom Gefängnis ins Gericht geführt wird – Blick auf den Boden beziehungsweise auf die Treppe, die sofort, kaum war ich in der Kabine, ausgeklinkt und weggefahren wurde.

»I'm sorry!« sagte ich, »I'm sorry.«

Die Passagiere, alle schon angeschnallt, drehten ihre Köpfe, ohne ein Wort zu sagen, und mein Düsseldorfer, den ich vergessen hatte, gab mir sofort den Fensterplatz wieder, geradezu besorgt: Was denn geschehen wäre? Ich sagte, meine Uhr sei stehengeblieben, und zog meine Uhr auf.

Start wie üblich –

Das Nächste, was mein Nachbar erzählte, war interessant – überhaupt fand ich ihn jetzt, da ich keine Magenbeschwerden mehr hatte, etwas sympathischer; er gab zu, daß die deutsche Zigarre noch nicht zur Weltklasse gehört, Voraussetzung einer guten Zigarre, sagte er, sei ein guter Tabak.

Er entfaltete eine Landkarte.

Die Plantage, die seine Firma auszubauen hoffte, lag allerdings, wie mir schien, am Ende der Welt, Staatsgebiet von Guatemala, von Flores* nur mit Pferd zu erreichen, während man von Palenque (Staatsgebiet von Mexico) mit einem Jeep ohne weiteres hinkommt; sogar ein Nash*, behauptete er, wäre schon durch diesen Dschungel gefahren. Er selbst flog zum ersten Mal dahin.

Bevölkerung: Indios.

Es interessierte mich, insofern ich ja auch mit der Nutzbarmachung unterentwickelter Gebiete beschäftigt bin; wir waren uns einig, daß Straßen erstellt werden müssen, vielleicht sogar ein kleiner Flugplatz, alles nur eine Frage der Verbindungen, Einschiffungen in Puerto Barrios* – Ein kühnes Unternehmen, schien mir, jedoch nicht unvernünftig, vielleicht wirklich die Zukunft der deutschen Zigarre.

Er faltete die Karte zusammen –

Ich wünschte Glück.

Auf seiner Karte (1:500000) war sowieso nichts zu erkennen, Niemandsland, weiß, zwei blaue Linien zwischen

Stadt in Guatemala

amerik. Automarke

Hafenstadt in Guatemala

grünen Staatsgrenzen, Flüsse, die einzigen Namen (rot, nur mit der Lupe zu lesen) bezeichneten ⌐Maya-Ruinen⌐ – Ich wünschte Glück.

Ein Bruder von ihm, der schon seit Monaten da unten lebte, hatte offenbar Mühe mit dem Klima, ich konnte es mir vorstellen, Flachland, tropisch, Feuchte der Regenzeit, die senkrechte Sonne.

Damit war dieses Gespräch zu Ende.

Ich rauchte, Blick zum Fenster hinaus: unter uns der blaue Golf von Mexico, lauter kleine Wolken, und ihre violetten Schatten auf dem grünlichen Meer, Farbspiel wie üblich, ich habe es schon oft genug gefilmt – ich schloß die Augen, um wieder etwas Schlaf nachzuholen, den Ivy mir gestohlen hatte; unser Flug war nun vollkommen ruhig, mein Nachbar ebenso.

Er las seinen Roman.

Ich mache mir nichts aus Romanen – sowenig wie aus Träumen, ich träumte von Ivy, glaube ich, jedenfalls fühlte ich mich bedrängt, es war in einer Spielbar in Las Vegas (wo ich in Wirklichkeit nie gewesen bin), Klimbim, dazu Lautsprecher, die immer meinen Namen riefen, ein Chaos von blauen und roten und gelben Automaten, wo man Geld gewinnen kann, Lotterie, ich wartete mit lauter Splitternackten, um mich scheiden zu lassen (dabei bin ich in Wirklichkeit gar nicht verheiratet), irgendwie kam auch Professor O. vor, mein geschätzter Lehrer an der Eidgenössischen Technischen Hochschule, aber vollkommen sentimental, er weinte immerfort, obschon er Mathematiker ist, beziehungsweise Professor für Elektrodynamik, es war peinlich, aber das Blödsinnigste von allem: – Ich bin mit dem Düsseldorfer verheiratet! ... Ich wollte protestieren, aber konnte meinen Mund nicht aufmachen, ohne die Hand davor zu halten, da mir soeben, wie ich spürte, sämtliche ⌐Zähne ausgefallen⌐ sind, alle wie Kieselsteine im Mund –

Ich war, kaum erwacht, sofort im Bild:
Unter uns das offene Meer –
Es war der Motor links, der die Panne hatte; ein Propeller
als starres Kreuz im wolkenlosen Himmel – das war alles.
Unter uns, wie gesagt, der Golf von Mexico.

Unsere Stewardeß, ein Mädchen von zwanzig Jahren, ein
Kind mindestens ihrem Aussehen nach, hatte mich an der
linken Schulter gefaßt, um mich zu wecken, ich wußte aber
alles, bevor sie's erklärte, indem sie mir eine grüne
Schwimmweste reichte; mein Nachbar war eben dabei, sei-
ne Schwimmweste anzuschnallen, humorig wie bei Alarm-
Übungen dieser Art –
Wir flogen mindestens auf zweitausend Meter Höhe.

Natürlich sind mir keine Zähne ausgefallen, nicht einmal
mein Stiftzahn, der Vierer oben rechts; ich war erleichtert,
geradezu vergnügt.

Im Korridor, vorn, der Captain:
*There is no danger at all** –
Alles nur eine Maßnahme der Vorsicht, unsere Maschine
ist sogar imstande mit zwei Motoren zu fliegen, wir befin-
den uns 8,5 Meilen von der mexikanischen Küste entfernt,
Kurs auf Tampico, alle Passagiere freundlich gebeten, Ru-
he zu bewahren und vorläufig nicht zu rauchen.
Thank you.

Alle saßen wie in einer Kirche, alle mit grünen Schwimmwesten um die Brust, ich kontrollierte mit meiner Zunge,
ob mir wirklich keine Zähne wackelten, alles andere regte
mich nicht auf.
Zeit 10.25 Uhr.

Ohne unsere Verspätung wegen Schneesturm in den nördlichen Staaten wären wir jetzt in Mexico-City gelandet, ich
sagte es meinem Düsseldorfer – bloß um zu reden. Ich hasse
Feierlichkeit.
Keine Antwort.

Ich fragte nach seiner genauen Zeit –

Es besteht
keinerlei
Gefahr

Keine Antwort.

Die Motoren, die drei anderen, liefen in Ordnung, von Ausfall nichts zu spüren, ich sah, daß wir die Höhe hielten, dann Küste im Dunst, eine Art von Lagune, dahinter Sümpfe. Aber von Tampico noch nichts zu sehen. Ich kannte Tampico von früher, von einer Fischvergiftung, die ich nicht vergessen werde bis ans Ende meiner Tage.

»Tampico«, sagte ich, »das ist die dreckigste Stadt der Welt. Ölhafen, Sie werden sehen, entweder stinkt's nach Öl oder nach Fisch –«

Er fingerte an seiner Schwimmweste.

»Ich rate Ihnen wirklich«, sagte ich, »essen Sie keinen Fisch, mein Herr, unter keinen Umständen –«

Er versuchte zu lächeln.

»Die Einheimischen sind natürlich immun«, sagte ich, »aber unsereiner –«

Er nickte, ohne zu hören. Ich hielt ganze Vorträge, scheint es, über ⌐Amöben⌐, beziehungsweise über Hotels in Tampico. Sobald ich merkte, daß er gar nicht zuhörte, mein Düsseldorfer, griff ich ihn am Ärmel, was sonst nicht meine Art ist, im Gegenteil, ich hasse diese Manie, einander am Ärmel zu greifen. Aber anders hörte er einfach nicht zu. Ich erzählte ihm die ganze Geschichte meiner langweiligen Fischvergiftung in Tampico, 1951, also vor sechs Jahren – Wir flogen indessen, wie sich zeigte, gar nicht der Küste entlang, sondern plötzlich landeinwärts. Also doch nicht Tampico! Ich war sprachlos, ich wollte mich bei der Stewardeß erkundigen.

Rauchen wieder gestattet!

Vielleicht war der Flughafen von Tampico zu klein für unsere Super-Constellation (damals ist es eine DC-4 gewesen), oder sie hatten Weisung bekommen, trotz der Motorpanne nach Mexico-City durchzufliegen, was ich allerdings angesichts der Sierra Madre Oriental*, die uns noch bevorstand, nicht begriff. Unsere Stewardeß – ich griff sie

Gebirge

am Ellenbogen, was sonst, wie gesagt, nicht meine Art ist –
hatte keine Zeit für Auskünfte, sie wurde zum Captain gerufen.

Tatsächlich stiegen wir.

Ich versuchte an Ivy zu denken –

Wir stiegen.

Unter uns immer noch Sümpfe, seicht und trübe, dazwischen Zungen von Land, Sand, die Sümpfe teilweise
grün und dann wieder rötlich, Lippenstiftrot, was ich mir
nicht erklären konnte, eigentlich keine Sümpfe, sondern
Lagunen, und wo die Sonne spiegelt, glitzert es wie La-
metta beziehungsweise wie Stanniol, jedenfalls metallisch,
dann wieder himmelblau und wässerig (wie die Augen von
Ivy) mit gelben Untiefen, Flecken wie violette Tinte, finster,
vermutlich ein Unterwassergewächs, einmal eine Einmün-
dung, braun wie amerikanischer Milchkaffee, widerlich,
Quadratmeilen nichts als Lagunen. Auch der Düsseldorfer
hatte das Gefühl, wir steigen.

Die Leute redeten wieder.

Eine anständige Landkarte, wie bei der *Swissair* immer zur
Hand, gab es hier nicht, und was mich nervös machte, war
lediglich diese idiotische Information: Kurs nach Tampico,
während die Maschine landeinwärts fliegt – steigend, wie
gesagt, mit drei Motoren, ich beobachtete die drei glit-
zernden Scheiben, die manchmal zu stocken scheinen, was
auf optischer Täuschung beruht, ein schwarzes Zucken
wie üblich. Es war kein Grund, sich aufzuregen, komisch
nur der Anblick: das starre Kreuz eines stehenden Propellers bei voller Fahrt.

Unsere Stewardeß tat mir leid.

Sie mußte von Reihe zu Reihe gehen, lächelnd wie Reklame, und fragen, ob jedermann sich wohlfühle in seiner
Schwimmweste; sobald man ein Witzchen machte, verlor
sie ihr Lächeln. Ob man im Gebirge schwimmen könne?
fragte ich –

Order war Order.

Ich hielt sie am Arm, die junge Person, die meine Tochter hätte sein können, beziehungsweise am Handgelenk; ich sagte ihr (natürlich zum Spaß!) mit erhobenem Finger, sie habe mich zu diesem Flug gezwungen, jawohl, niemand anders als sie – sie sagte:

»There is no danger, Sir, no danger at all. We're going to land in Mexico-City in about one hour and twenty minutes.«[*]

Das sagte sie jedem.

Ich ließ sie los, damit sie wieder lächeln und ihre Pflicht erfüllen konnte, schauen, ob jedermann angeschnallt war. Kurz darauf hatte sie Order, Lunch zu bringen, obschon es noch nicht Lunchtime war . . . Zum Glück hatten wir schönes Wetter auch über Land, fast keine Wolken, jedoch Böen wie üblich vor Gebirgen, die normale Thermik[*], so daß unsere Maschine sackte, schaukelte, bis sie sich wieder im Gleichgewicht hatte und stieg, um neuerdings zu sacken mit schwingenden Tragflächen; Minuten lang flog man vollkommen ruhig, dann wieder ein Stoß, so daß die Tragflächen wippten, und wieder das Schlenkern, bis die Maschine sich fing und stieg, als wäre es für immer in Ordnung, und wieder sackte – wie üblich bei Böen.

In der Ferne die blauen Gebirge.

Sierra Madre Oriental.

Unter uns die rote Wüste.

Als kurz darauf – wir erhielten gerade unsren Lunch, mein Düsseldorfer und ich, das Übliche: Juice, ein schneeweißes Sandwich mit grünem Salat – plötzlich ein zweiter Motor aussetzte, war die Panik natürlich da, unvermeidlich, trotz Lunch auf dem Knie. Jemand schrie.

Von diesem Augenblick an ging alles sehr rasch –

Offenbar befürchtete man noch den Ausfall der anderen Motoren, so daß man sich zur Notlandung entschloß. Jedenfalls sanken wir, der Lautsprecher knackte und knarr-

»Es besteht keine Gefahr, absolut keine Gefahr. Wir werden in etwa einer Stunde und zwanzig Minuten in Mexico-City landen.«

durch starke Erwärmung des Bodens und der darüber liegenden Luftschichten hervorgerufener Aufwind

Erste Station

te, so daß man von den Anweisungen, die gegeben werden, kaum ein Wort versteht.

Meine erste Sorge: wohin mit dem Lunch?

Wir sanken, obschon zwei Motoren, wie gesagt, genügen sollten, das reglose Pneu-Paar* in der Luft, wie üblich vor einer Landung, und ich stellte meinen Lunch einfach auf den Boden des Korridors, dabei befanden wir uns noch mindestens fünfhundert Meter über dem Boden.

Jetzt ohne Böen.

No smoking.

Die Gefahr, daß unsere Maschine bei der Notlandung zerschellt oder in Flammen aufgeht, war mir bewußt – ich staunte über meine Ruhe.

Ich dachte an niemand.

Alles ging sehr geschwind, wie schon gesagt, unter uns Sand, ein flaches Tal zwischen Hügeln, die felsig zu sein schienen, alles vollkommen kahl, Wüste –

Eigentlich war man nur gespannt.

Wir sanken, als läge eine Piste unter uns, ich preßte mein Gesicht ans Fenster, man sieht ja diese Pisten immer erst im letzten Augenblick, wenn schon die Bremsklappen draußen sind. Ich wunderte mich, daß die Bremsklappen nicht kommen. Unsere Maschine vermied offensichtlich jede Kurve, um nicht abzusacken, und wir flogen über die günstige Ebene hinaus, unser Schatten flog immer näher, er sauste schneller als wir, so schien es, ein grauer Fetzen auf dem rötlichen Sand, er flatterte.

Dann Felsen –

Jetzt stiegen wir wieder.

Dann, zum Glück, neuerdings Sand, aber Sand mit Agaven*, beide Motoren auf Vollgas, so flogen wir Minuten lang auf Haushöhe, das Fahrgestell wurde wieder eingezogen. Also Bauchlandung! Wir flogen, wie man sonst in großen Höhen fliegt, ziemlich ruhig und ohne Fahrgestell – aber auf Haushöhe, wie gesagt, und ich wußte, es wird

Reifen des Flugzeugs

südamerik. Gewächs mit schwertähnlichen Blättern

keine Piste kommen, trotzdem preßte ich das Gesicht ans Fenster.

Plötzlich war unser Fahrgestell neuerdings ausgeschwenkt, ohne daß eine Piste kam, dazu die Bremsklappen, man spürte es wie eine Faust gegen den Magen, Bremsen, Sinken wie im Lift, im letzten Augenblick verlor ich die Nerven, so daß die Notlandung – ich sah nur noch die flitzenden Agaven zu beiden Seiten, dann beide Hände vors Gesicht! – nichts als ein blinder Schlag war, Sturz vornüber in die Bewußtlosigkeit.

Dann Stille.

Wir hatten ein Affenschwein, kann ich nur sagen, niemand hatte auch nur eine Nottüre aufgetan, ich auch nicht, niemand rührte sich, wir hingen vornüber in unseren Gurten.

»Go on«, sagte der Captain, »go on!«

Niemand rührte sich.

»Go on!«

Zum Glück kein Feuer, man mußte den Leuten sagen, sie dürften sich abschnallen, die Türe war offen, aber es kam natürlich keine Treppe angerollt, wie man's gewohnt ist, bloß Hitze, wie wenn man einen Ofen aufmacht, Glutluft.

Ich war unverletzt.

Endlich die Strickleiter!

Man versammelte sich, ohne daß es eine Order brauchte, im Schatten unter der Tragfläche, alle stumm, als wäre Sprechen in der Wüste strengstens verboten. Unsere Super-Constellation stand etwas vornüber gekippt, nicht schlimm, nur das vordere Fahrgestell war gestaucht, weil eingesunken im Sand, nicht einmal gebrochen. Die vier Propeller-Kreuze glänzten im knallblauen Himmel, ebenso die drei Schwanzsteuer. Niemand rührte sich, wie gesagt, offenbar warteten alle, daß der Captain etwas sagte.

»Well«, sagte er, »there we are!«

Er lachte.

Ringsum nichts als Agaven, Sand, die rötlichen Gebirge in

der Ferne, ferner als man vorher geschätzt hat, vor allem
Sand und nochmals Sand, gelblich, das Flimmern der hei-
ßen Luft darüber, Luft wie flüssiges Glas. –
Zeit: 11.05 Uhr.

5 Ich zog meine Uhr auf –
Die Besatzung holte Wolldecken heraus, um die Pneus vor
der Sonne zu schützen, während wir in unseren grünen
Schwimmwesten umherstanden, untätig. Ich weiß nicht,
warum niemand die Schwimmweste auszog.

10 Ich glaube nicht an Fügung und Schicksal, als Techniker
bin ich gewohnt mit den Formeln der Wahrscheinlichkeit
zu rechnen. Wieso Fügung? Ich gebe zu: Ohne die Notlandung in Tamaulipas* (26. III.) wäre alles anders gekommen; ich hätte diesen jungen Hencke nicht kennengelernt,
15 ich hätte vielleicht nie wieder von Hanna gehört, ich wüßte
heute noch nicht, daß ich Vater bin. Es ist nicht auszuden-
ken, wie anders alles gekommen wäre ohne diese Notlandung in Tamaulipas. Vielleicht würde Sabeth noch leben.
Ich bestreite nicht: Es war mehr als ein Zufall, daß alles so
20 gekommen ist, es war eine ganze Kette von Zufällen. Aber
wieso Fügung? Ich brauche, um das Unwahrscheinliche als
Erfahrungstatsache gelten zu lassen, keinerlei Mystik; Mathematik genügt mir.
Mathematisch gesprochen:
25 ⌐Das Wahrscheinliche (daß bei 6 000 000 000 Würfen
mit einem regelmäßigen Sechserwürfel annähernd
1 000 000 000 Einser vorkommen) und das Unwahrscheinliche (daß bei 6 Würfen mit demselben Würfel einmal 6
Einser vorkommen) unterscheiden sich nicht dem Wesen
30 nach, sondern nur der Häufigkeit nach, wobei das Häufi-
gere von vornherein als glaubwürdiger erscheint. Es ist
aber, wenn einmal das Unwahrscheinliche eintritt, nichts
Höheres dabei, keinerlei Wunder oder Derartiges, wie es
der Laie so gerne haben möchte. Indem wir vom Wahr-

* Staat in NO-Mexiko

scheinlichen sprechen, ist ja das Unwahrscheinliche immer schon inbegriffen und zwar als Grenzfall des Möglichen, und wenn es einmal eintritt, das Unwahrscheinliche, so besteht für unsereinen keinerlei Grund zur Verwunderung, zur Erschütterung, zur Mystifikation.

Vergleiche hierzu:

Ernst Mally *Wahrscheinlichkeit und Gesetz,* ferner Hans Reichenbach *Wahrscheinlichkeitslehre,* ferner Whitehead und Russell *Principia Mathematica,* ferner v. Mises *Wahrscheinlichkeit, Statistik und Wahrheit.*⌉

Unser Aufenthalt in der Wüste von Tamaulipas, Mexico, dauerte vier Tage und drei Nächte, total 85 Stunden, worüber es wenig zu berichten gibt – ein grandioses Erlebnis (wie jedermann zu erwarten scheint, wenn ich davon spreche) war es nicht. Dazu viel zu heiß! Natürlich dachte ich auch sofort an den ⌈Disney-Film*⌉, der ja grandios war, und nahm sofort meine Kamera; aber von Sensation nicht die Spur, ab und zu eine Eidechse, die mich erschreckte, eine Art von Sandspinnen, das war alles.

Es blieb uns nichts als Warten.

Das erste, was ich in der Wüste von Tamaulipas tat: ich stellte mich dem Düsseldorfer vor, denn er interessierte sich für meine Kamera, ich erläuterte ihm meine Optik. Andere lasen.

Zum Glück, wie sich bald herausstellte, spielte er auch Schach, und da ich stets mit meinem Steck-Schach reise, waren wir gerettet; er organisierte sofort zwei leere Coca-Cola-Kistchen, wir setzten uns abseits, um das allgemeine Gerede nicht hören zu müssen, in den Schatten unter dem Schwanzsteuer – kleiderlos, bloß in Schuhen (wegen der Hitze des Sandes) und in Jockey-Unterhosen.

Unser Nachmittag verging im Nu.

Kurz vor Einbruch der Dämmerung erschien ein Flugzeug, Militär, es kreiste lange über uns, ohne etwas abzuwerfen,

Die Wüste lebt
(1953)

und verschwand (was ich gefilmt habe) gegen Norden, Richtung Monterrey.

Abendessen: ein Käse-Sandwich, eine halbe Banane.

Ich schätze das Schach, weil man Stunden lang nichts zu reden braucht. Man braucht nicht einmal zu hören, wenn der andere redet. Man blickt auf das Brett, und es ist keineswegs unhöflich, wenn man kein Bedürfnis nach persönlicher Bekanntschaft zeigt, sondern mit ganzem Ernst bei der Sache ist –

»Sie sind am Zug!« sagte er –

Die Entdeckung, daß er Joachim, meinen Freund, der seit mindestens zwanzig Jahren einfach verstummt war, nicht nur kennt, sondern daß er geradezu sein Bruder ist, ergab sich durch Zufall . . . Als der Mond aufging (was ich ebenfalls gefilmt habe) zwischen schwarzen Agaven am Horizont, hätte man noch immer Schach spielen können, so hell war es, aber plötzlich zu kalt; wir waren hinausgestapft, um eine Zigarette zu rauchen, hinaus in den Sand, wo ich gestand, daß ich mir aus Landschaften nichts mache, geschweige denn aus einer Wüste.

»Das ist nicht Ihr Ernst!« sagte er.

Er fand es ein Erlebnis.

»Gehen wir schlafen!« sagte ich, »– Hotel Super-Constellation, Holiday In Desert With All Accommodations!«[*]

Ich fand es kalt.

Urlaub in der Wüste mit allen Annehmlichkeiten!

Ich habe mich schon oft gefragt, was die Leute eigentlich meinen, wenn sie von Erlebnis reden. Ich bin Techniker und gewohnt, die Dinge zu sehen, wie sie sind. Ich sehe alles, wovon sie reden, sehr genau; ich bin ja nicht blind. Ich sehe den Mond über der Wüste von Tamaulipas – klarer als je, mag sein, aber eine errechenbare Masse, die um unseren Planeten kreist, eine Sache der Gravitation[*], interessant, aber wieso ein Erlebnis? Ich sehe die gezackten Felsen, schwarz vor dem Schein des Mondes; sie sehen aus, mag sein, wie die gezackten Rücken von urweltlichen Tie-

Schwerkraft

ren, aber ich weiß: Es sind Felsen, Gestein, wahrscheinlich vulkanisch, das müßte man nachsehen und feststellen. Wozu soll ich mich fürchten? Es gibt keine urweltlichen Tiere mehr. Wozu sollte ich sie mir einbilden? Ich sehe auch keine versteinerten Engel, es tut mir leid; auch keine Dämonen, ich sehe, was ich sehe: die üblichen Formen der Erosion*, dazu meinen langen Schatten auf dem Sand, aber keine Gespenster. Wozu weibisch werden? Ich sehe auch keine Sintflut, sondern Sand, vom Mond beschienen, vom Wind gewellt wie Wasser, was mich nicht überrascht; ich finde es nicht fantastisch, sondern erklärlich. Ich weiß nicht, wie verdammte Seelen aussehen; vielleicht wie schwarze Agaven in der nächtlichen Wüste. Was ich sehe, das sind Agaven, eine Pflanze, die ein einziges Mal blüht und dann abstirbt. Ferner weiß ich, daß ich nicht (wenn es im Augenblick auch so aussieht) der erste oder letzte Mensch auf der Erde bin; und ich kann mich von der bloßen Vorstellung, der letzte Mensch zu sein, nicht erschüttern lassen, denn es ist nicht so. Wozu hysterisch sein? Gebirge sind Gebirge, auch wenn sie in gewisser Beleuchtung, mag sein, wie irgend etwas anderes aussehen, es ist aber die Sierra Madre Oriental, und wir stehen nicht in einem Totenreich, sondern in der Wüste von Tamaulipas, Mexico, ungefähr sechzig Meilen von der nächsten Straße entfernt, was peinlich ist, aber wieso ein Erlebnis? Ein Flugzeug ist für mich ein Flugzeug, ich sehe keinen ausgestorbenen Vogel dabei, sondern eine Super-Constellation mit Motor-Defekt, nichts weiter, und da kann der Mond sie bescheinen, wie er will. Warum soll ich erleben, was gar nicht ist? Ich kann mich auch nicht entschließen, etwas wie die Ewigkeit zu hören; ich höre gar nichts, ausgenommen das Rieseln von Sand nach jedem Schritt. Ich schlottere, aber ich weiß: in sieben bis acht Stunden kommt wieder die Sonne. Ende der Welt, wieso? Ich kann mir keinen Unsinn einbilden, bloß um etwas zu erleben. Ich sehe den Sand-Hori-

Erdabtragung durch Wind, Wasser und Eis

zont, weißlich in der grünen Nacht, schätzungsweise zwanzig Meilen von hier, und ich sehe nicht ein, wieso dort, Richtung Tampico, das Jenseits beginnen soll. Ich kenne Tampico. Ich weigere mich, Angst zu haben aus bloßer Fantasie, beziehungsweise fantastisch zu werden aus bloßer Angst, geradezu mystisch.

»Kommen Sie!« sagte ich.

Herbert stand und erlebte noch immer.

»Übrigens«, sagte ich, »sind Sie irgendwie verwandt mit einem Joachim Hencke, der einmal in Zürich studiert hat?« Es kam mir ganz plötzlich, als wir so standen, die Hände in den Hosentaschen, den Rockkragen heraufgestülpt; wir wollten gerade in die Kabine steigen.

»Joachim?« sagte er, »das ist mein Bruder.«

»Nein!« sagte ich –

»Ja«, sagte er, »natürlich – ich erzählte Ihnen doch, daß ich meinen Bruder in Guatemala besuche.«

Wir mußten lachen.

»Wie klein die Welt ist!«

Die Nächte verbrachte man in der Kabine, schlotternd in Mantel und Wolldecken; die Besatzung kochte Tee, solange Wasser vorhanden.

»Wie geht's ihm denn?« fragte ich. »Seit zwanzig Jahren habe ich nichts mehr von ihm gehört.«

»Danke«, sagte er, »danke –«

»Damals«, sagte ich, »waren wir sehr befreundet –«

Was ich erfuhr, war so das Übliche: Heirat, ein Kind (was ich offenbar überhört habe; sonst hätte ich mich nicht später danach erkundigt), dann Krieg, Gefangenschaft, Heimkehr nach Düsseldorf und so fort, ich staunte, wie die Zeit vergeht, wie man älter wird.

»Wir sind besorgt«, sagte er –

»Wieso?«

»Er ist der einzige Weiße da unten«, sagte er, »seit zwei Monaten keinerlei Nachrichten –«

Er berichtete.

Die meisten Passagiere schliefen schon, man mußte flüstern, das große Licht in der Kabine war lange schon gelöscht, um die Batterie zu schonen, war man gebeten, auch das kleine Lämpchen über dem Sitz auszuknipsen; es war dunkel, nur draußen die Helligkeit des Sandes, die Tragflächen im Mondlicht, glänzend, kalt.

»Wieso Revolte?« fragte ich.

Ich beruhigte ihn.

»Wieso Revolte?« sagte ich, »vielleicht sind seine Briefe einfach verlorengegangen –«

Jemand bat uns, endlich zu schweigen.

Zweiundvierzig Passagiere in einer Super-Constellation, die nicht fliegt, sondern in der Wüste steht, ein Flugzeug mit Wolldecken um die Motoren (um sie vor Sand zu schützen) und mit Wolldecken um jeden Pneu, die Passagiere genau so, wie wenn man fliegt, in ihren Sesseln schlafend mit schrägen Köpfen und meistens offenen Mündern, aber dazu Totenstille, draußen die vier blanken Propeller-Kreuze, der weißliche Mondglanz auch auf den Tragflächen, alles reglos – es war ein komischer Anblick.

Jemand redete im Traum –

Beim Erwachen am Morgen, als ich zum Fensterchen hinausschaute und den Sand sah, die Nähe des Sandes, erschrak ich eine Sekunde lang, unnötigerweise.

Herbert las wieder ein rororo.

Ich nahm mein Kalenderchen:

27. III. Montage in Caracas!

Zum Frühstück gab es Juice, dazu zwei Biscuits, dazu Versicherungen, daß Lebensmittel unterwegs sind, Getränke auch, kein Grund zu Besorgnis – sie hätten besser nichts gesagt; denn so wartete man natürlich den ganzen Tag auf Motorengeräusch.

Wieder eine Irrsinnshitze!

In der Kabine war's noch heißer –

Was man hörte: Wind, dann und wann Pfiffe von Sand-
mäusen, die man allerdings nicht sah, das Rascheln einer
Eidechse, vor allem ein steter Wind, der den Sand nicht
aufwirbelte, wie gesagt, aber rieseln ließ, so daß unsere
Trittspuren immer wieder gelöscht waren; immer wieder
sah es aus, als wäre niemand hier gewesen, keine Gesellschaft von zweiundvierzig Passagieren und fünf Leuten der
Besatzung.

Ich wollte mich rasieren –

Zu filmen gab es überhaupt nichts.

Ich fühle mich nicht wohl, wenn unrasiert; nicht wegen der
Leute, sondern meinetwegen. Ich habe dann das Gefühl,
ich werde etwas wie eine Pflanze, wenn ich nicht rasiert
bin, und ich greife unwillkürlich an mein Kinn. Ich holte
meinen Apparat und versuchte alles mögliche, beziehungsweise unmögliche, denn ohne elektrischen Strom ist
mit diesem Apparat ja nichts zu machen, das weiß ich – das
war es ja, was mich nervös machte: daß es in der Wüste
keinen Strom gibt, kein Telefon, keinen Stecker, nichts.

Einmal, mittags, hörte man Motoren.

Alle, außer Herbert und mir, standen draußen in der brü-
tenden Sonne, um Ausschau zu halten in dem violetten
Himmel über dem gelblichen Sand und den grauen Disteln
und den rötlichen Gebirgen, es war nur ein dünnes Summen, eine gewöhnliche DC-7, die da in großer Höhe glänz-
te, im Widerschein weiß wie Schnee, Kurs auf Mexico-City, wo wir gestern um diese Zeit hätten landen sollen.
Die Stimmung war miserabler als je.

Wir hatten unser Schach, zum Glück.

Viele Passagiere folgten unserem Vorbild, indem sie sich
mit Schuhen und Unterhosen begnügten; die Damen hatten
es schwieriger, einige saßen in aufgekrempelten Röcken
und in Büstenhaltern, blau oder weiß oder rosa, ihre Bluse
um den Kopf gewickelt wie einen Turban.

Viele klagten über Kopfschmerz.

Jemand mußte sich erbrechen –
Wir hockten wieder abseits, Herbert und ich, im Schatten unter dem Schwanzsteuer, das, wie die Tragflächen auch, im Widerschein des besonnten Sandes blendete, so daß man sogar im Schatten wie unter einem Scheinwerfer saß, und wir redeten wie üblich wenig beim Schach. Einmal fragte ich:

»Ist Joachim denn nicht mehr verheiratet?«

»Nein«, sagte er.

»Geschieden?«

»Ja«, sagte er.

»Wir haben viel Schach gespielt – damals.«

»So«, sagte er.

Seine Einsilbigkeit reizte mich.

»Wen hat er denn geheiratet?«

Ich fragte zum Zeitvertreib, es machte mich nervös, daß man nicht rauchen durfte, ich hatte eine Zigarette im Mund, feuerlos, weil Herbert sich so lange besann, obschon er sehen mußte, daß es nichts mehr zu retten gibt; ich lag mit einem Pferdchen-Gewinn im sicheren Vorteil, als er nach langem Schweigen, dann so beiläufig, wie ich meinerseits gefragt hatte, den Namen von Hanna erwähnte.

»– Hanna Landsberg, Münchnerin, Halbjüdin.«

Ich sagte nichts.

»Sie sind am Zug!« sagte er.

Ich ließ nichts merken, glaube ich. Ich zündete versehentlich meine Zigarette an, was strengstens verboten war, und löschte sofort aus. Ich tat, als überlegte ich meine Züge, und verlor Figur um Figur –

»Was ist los?« lachte er, »was ist los?«

Wir spielten die Partie nicht zu Ende, ich gab auf und drehte das Brettchen, um die Figuren neuerdings aufzustellen. Ich wagte nicht einmal zu fragen, ob Hanna noch am Leben sei. Stundenlang spielten wir ohne ein Wort, von Zeit zu Zeit genötigt, unsere Coca-Cola-Kiste zu verrutschen, um im Schatten zu bleiben, das heißt: genötigt, immer wieder auf Sand zu sitzen, der gerade noch in der Sonne geglüht hatte. Wir schwitzten wie in der Sauna, wortlos über mein ledernes Steckschach gebeugt, das sich von unseren Schweißtropfen leider verfärbte.

Zu trinken gab es nichts mehr.

Warum ich nicht fragte, ob Hanna noch lebt, weiß ich nicht – vielleicht aus Angst, er würde mir sagen, Hanna sei nach ⌜Theresienstadt⌝ gekommen.

Ich errechnete ihr heutiges Alter.

Ich konnte sie mir nicht vorstellen.

Gegen Abend, kurz vor Dämmerung, kam endlich das versprochene Flugzeug, eine Sportmaschine, die lange kreiste, bis sie endlich den Fallschirmabwurf wagte: drei Säcke, zwei Kisten, die es im Umkreis von dreihundert Metern zu holen galt – wir waren gerettet: *Carta blanca, Cerveza Mexicana,* ein gutes Bier, das sogar Herbert, der Deutsche, anerkennen mußte, als man mit Bierdosen in der Wüste stand, Gesellschaft in Büstenhaltern und Unterhosen, dazu wieder Sonnenuntergang, den ich auf Farbfilm nahm.

Ich träumte von Hanna.

Hanna als Krankenschwester zu Pferd!

Am dritten Tag endlich ein erster Helikopter, um wenigstens die argentinische Mama mit ihren zwei Kindern zu holen, Gott sei Dank, und um Post mitzunehmen; er wartete eine Stunde auf Post.

Herbert schrieb sofort nach Düsseldorf.

Jedermann saß und schrieb.

Man mußte fast schreiben, bloß damit die lieben Leute nicht fragten, ob man denn keine Frau habe, keine Mutter, keine Kinder, – ich holte meine Hermes-Baby* (sie ist heute noch voll Sand) und spannte einen Bogen ein, Bogen mit Durchschlag, da ich annahm, ich würde an Williams schreiben, tippte das Datum und schob – Platz für Anrede: »My Dear!«

Reiseschreibmaschine des schweizer. Herstellers Hermes

Ich schrieb also an Ivy. Lange schon hatte ich das Bedürfnis, einmal sauberen Tisch zu machen. Endlich einmal
hatte ich die Ruhe und Zeit, die Ruhe einer ganzen Wüste.
»My Dear –«
Daß ich in der Wüste hocke, sechzig Meilen von der be-
fahrbaren Welt entfernt, war bald gesagt. Daß es heiß ist,
schönes Wetter, keine Spur von Verletzung und so weiter,
dazu ein paar Details zwecks Anschaulichkeit: Coca-Cola-
Kiste, Unterhosen, Helikopter, Bekanntschaft mit einem
Schachspieler, all dies füllte noch keinen Brief. Was weiter?
Die bläulichen Gebirge in der Ferne. Was weiter? Gestern
Bier. Was weiter? Ich konnte sie nicht einmal um Zustel-
lung von Filmen bitten und war mir bewußt, daß Ivy, wie
jede Frau, eigentlich nur wissen möchte, was ich fühle, beziehungsweise denke, wenn ich schon nichts fühle, und das
wußte ich zwar genau: Ich habe Hanna nicht geheiratet, die
ich liebte, und wieso soll ich Ivy heiraten? – aber das zu
formulieren, ohne daß es verletzte, war verdammt nicht
leicht, denn sie wußte ja nichts von Hanna und war ein
lieber Kerl, aber eine Art von Amerikanerin, die jeden
Mann, der sie ins Bett nimmt, glaubt heiraten zu müssen.
Dabei war Ivy durchaus verheiratet, ich weiß nicht zum
wievielten Mal, und ihr Mann, Beamter in Washington,
dachte ja nicht dran, sich scheiden zu lassen; denn er liebte
Ivy. Ob er ahnte, warum Ivy regelmäßig nach New York
flog, weiß ich nicht. Sie sagte, sie ginge zum Psychiater, und
das ging sie nämlich auch. Jedenfalls klopfte es nie an meiner Türe, und ich sah nicht ein, wieso Ivy, sonst in ihren
Ansichten modern, eine Ehe daraus machen wollte; sowieso hatten wir in letzter Zeit nur noch Krach, schien mir,
Krach um jede Kleinigkeit. Krach wegen ⌐Studebaker-
oder-Nash⌐! Ich brauchte nur daran zu denken – und es
tippte plötzlich wie von selbst, im Gegenteil, ich mußte auf
die Uhr sehen, damit mein Brief noch fertig wird, bis der
Helikopter startet.

Sein Motor lief bereits –

Nicht ich, sondern Ivy hatte den Studebaker gewollt; vor allem die Farbe (Tomatenrot nach ihrer Meinung, Himbeerrot nach meiner Meinung) war ihr Geschmack, nicht meiner, denn das Technische kümmerte sie wenig. Ivy war Mannequin, sie wählte ihre Kleider nach der Wagenfarbe, glaube ich, die Wagenfarbe nach ihrem Lippenstift oder umgekehrt, ich weiß es nicht. Ich kannte nur ihren ewigen Vorwurf: daß ich überhaupt keinen Geschmack habe und daß ich sie nicht heirate. Dabei war sie, wie gesagt, ein lieber Kerl. Aber daß ich daran dachte, ihren Studebaker zu verkaufen, das fand sie unmöglich, beziehungsweise typisch für mich, daß ich nicht eine Sekunde lang an ihre Garderobe dächte, die mit dem Himbeer-Studebaker stand und fiel, typisch für mich, denn ich sei ein Egoist, ein Rohling, ein Barbar in bezug auf Geschmack, ein Unmensch in bezug auf die Frau. Ich kannte ihre Vorwürfe und hatte sie satt. Daß ich grundsätzlich nicht heirate, das hatte ich oft genug gesagt, zumindest durchblicken lassen, zuletzt aber auch gesagt, und zwar auf dem Flugplatz, als wir drei Stunden lang auf diese Super-Constellation hatten warten müssen. Ivy hatte sogar geweint, somit gehört, was ich sagte. Aber vielleicht brauchte Ivy es schwarz auf weiß. Wären wir bei dieser Notlandung verbrannt, könnte sie auch ohne mich leben! – schrieb ich ihr (zum Glück mit Durchschlag) deutlich genug, so meinte ich, um uns ein Wiedersehen zu ersparen.

Der Helikopter war startbereit –

Ich konnte meinen Brief nicht mehr durchlesen, nur in den Umschlag stecken, zukleben und geben – schauen, wie der Helikopter startete.

Langsam hatte man Bärte.

Ich sehnte mich nach elektrischem Strom –

Langsam wurde die Sache doch langweilig, eigentlich ein Skandal, daß die zweiundvierzig Passagiere und fünf Leute

der Besatzung nicht längst aus dieser Wüste befreit waren,
schließlich reisten die meisten von uns in dringenden Ge-
schäften.

Einmal fragte ich doch:

»Lebt sie eigentlich noch?«

»Wer?« fragte er.

»Hanna – seine Frau.«

Eröffnung
einer Schach-
partie mit
einem
Bauernopfer
zur Erlangung
eines
Stellungs-
vorteils

»Ach so«, sagte er und überlegte nur, wie er meine Gambit-
Eröffnung* abwehren solle, dazu sein Pfeifen, das mir sowieso auf die Nerven ging, ein halbblaues Pfeifen ohne jede
Melodie, Gezisch wie bei einem Ventil, unwillkürlich – ich
mußte nochmals fragen:

»Wo lebt sie denn heute?«

»Weiß ich nicht«, sagte er.

»Aber sie lebt noch?«

»Ich nehme an.«

»Du weißt es nicht?«

»Nein«, sagte er, »aber ich nehme an –« Er wiederholte
alles wie sein eigenes Echo: »– ich nehme an.«

Unser Schach war ihm wichtiger.

»Vielleicht ist alles zu spät«, sagte er später, »vielleicht ist
alles zu spät.«

Damit meinte er das Schach.

»Hat sie denn noch ⌐emigrieren können?«

»Ja«, sagte er, »das hat sie –«

»Wann?«

»1938«, sagte er, »in letzter Stunde⌐ –«

»Wohin?«

»Paris«, sagte er, »dann vermutlich weiter, denn ein paar
Jahre später waren wir ja auch in Paris. – Übrigens meine
schönste Zeit! Bevor ich in den Kaukasus kam. ⌐Sous les
toits de Paris!⌐«

Mehr war nicht zu erfragen.

Figurentausch
beim Schach

»Du«, sagte er, »das ist eine beschissene Sache, scheint mir,
wenn ich jetzt nicht abtausche*.«

Wir spielten immer lustloser.

Wie man später erfuhr, warteten damals acht Helikopter der US-Army an der mexikanischen Grenze auf die behördliche Bewilligung, uns zu holen.

Ich putzte meine Hermes-Baby.

Herbert las.

Es blieb uns nichts als Warten.

Was Hanna betrifft:

Ich hätte Hanna gar nicht heiraten können, ich war damals, 1933 bis 1935, Assistent an der Eidgenössischen Technischen Hochschule, Zürich, arbeitete an meiner Dissertation (Über die ⌈Bedeutung des sogenannten Maxwell'schen Dämons⌉) und verdiente dreihundert Franken im Monat, eine Heirat kam damals nicht in Frage, wirtschaftlich betrachtet, abgesehen von allem anderen. Hanna hat mir auch nie einen Vorwurf gemacht, daß es damals nicht zur Heirat kam. Ich war bereit dazu. Im Grunde war es Hanna selbst, die damals nicht heiraten wollte.

Mein Entschluß, eine Dienstreise einfach zu ändern und einen privaten Umweg über Guatemala zu machen, bloß um einen alten Jugendfreund wiederzusehen, fiel auf dem neuen Flugplatz in Mexico-City, und zwar im letzten Augenblick; ich stand schon an der Schranke, nochmals Händeschütteln, ich bat Herbert, seinen Bruder zu grüßen von mir, sofern Joachim sich überhaupt noch an mich erinnerte – dazu wieder der übliche Lautsprecher: *Your attention please, your attention please*, es war wieder eine Super-Constellation, *all passengers for Panama – Caracas – Pernambuco**, es ödete mich einfach an, schon wieder in ein Flugzeug zu steigen, schon wieder Gürtel zu schnallen, Herbert sagte:

»Mensch, du mußt gehen!«

Ich gelte in beruflichen Dingen als äußerst gewissenhaft, geradezu pedantisch, jedenfalls ist es noch nicht vorge-

Bundesstaat in NO-Brasilien

kommen, daß ich eine Dienstreise aus purer Laune verzögerte, geschweige denn änderte – eine Stunde später flog ich mit Herbert.

»Du«, sagte er, »das ist flott von dir!«

Ich weiß nicht, was es wirklich war.

»Nun warten die Turbinen einmal auf mich«, sagte ich, »ich habe auch schon auf Turbinen gewartet – nun warten sie einmal auf mich!«

Natürlich ist das kein Standpunkt.

Schon in Campeche* empfing uns die Hitze mit schleimiger Sonne und klebriger Luft, Gestank von Schlamm, der an der Sonne verwest, und wenn man sich den Schweiß aus dem Gesicht wischt, so ist es, als stinke man selbst nach Fisch. Ich sagte nichts. Schließlich wischt man sich den Schweiß nicht mehr ab, sondern sitzt mit geschlossenen Augen und atmet mit geschlossenem Mund, Kopf an eine Mauer gelehnt, die Beine von sich gestreckt. Herbert war ganz sicher, daß der Zug jeden Dienstag fährt, laut Reiseführer von Düsseldorf, er hatte es sogar schwarz auf weiß – aber es war, wie sich nach fünfstündigem Warten plötzlich herausstellte, nicht Dienstag, sondern Montag.

Ich sagte kein Wort.

Im Hotel gibt es wenigstens eine Dusche, ein Handtuch, das nach Campfer riecht wie üblich in diesen Gegenden, und wenn man sich duschen will, fallen die fingerlangen Käfer aus dem schimmligen Vorhang – ich ersäufte sie, doch kletterten sie nach einer Weile immer wieder aus dem Ablauf hervor, bis ich sie mit der Ferse zertrat, um mich endlich duschen zu können.

Ich träumte von diesen Käfern.

Ich war entschlossen, Herbert zu verlassen und am andern Mittag zurückzufliegen, Kameradschaft hin oder her –

Ich spürte wieder meinen Magen.

Ich lag splitternackt –

Es stank die ganze Nacht.

mexik. Hafen-stadt an der W-Küste Yucatáns

Auch Herbert lag splitternackt –

Campeche ist immerhin noch eine Stadt, eine Siedlung mit elektrischem Strom, so daß man sich rasieren konnte, und mit Telefon; aber auf allen Drähten hockten schon Zopilote*, die reihenweise warten, bis ein Hund verhungert, ein Esel verreckt, ein Pferd geschlachtet wird, dann flattern sie herab ... Wir kamen gerade hinzu, wie sie hin und her zerrten an einem solchen Geschlamp von Eingeweide, eine ganze Meute von schwarzvioletten Vögeln mit blutigen Därmen in ihren Schnäbeln, nicht zu vertreiben, auch wenn ein Wagen kommt; sie zerren das Aas anderswohin, ohne aufzufliegen, nur hüpfend, nur huschend, alles mitten auf dem Markt.

Aasgeier

Herbert kaufte eine Ananas.

Ich war entschlossen, wie gesagt, nach Mexico-City zurückzufliegen. Ich war verzweifelt. Warum ich es nicht tat, weiß ich nicht.

Plötzlich war's Mittag –

Wir standen draußen auf einem Damm, wo es weniger stank, aber um so heißer war, weil schattenlos, und aßen unsere Ananas, wir bückten uns vornüber, so tropfte es, dann über die Steine hinunter, um die zuckerigen Finger zu spülen; das warme Wasser war ebenfalls klebrig, nicht zuckerig, aber salzig, und die Finger stanken nach Tang, nach Motoröl, nach Muscheln, nach Fäulnis unbestimmbarer Art, so daß man sie sofort am Taschentuch abwischte. Plötzlich das Motorengeräusch! Ich stand gelähmt. Meine DC-4 nach Mexico-City, sie flog gerade über uns hinweg, dann Kurve aufs offene Meer hinaus, wo sie im heißen Himmel sich sozusagen auflöste wie in einer blauen Säure – Ich sagte nichts.

Ich weiß nicht, wie jener Tag verging.

Er verging –

Unser Zug (Campeche–Palenque–Coatzacoalcos*) war besser als erwartet: Eine Dieselmaschine und vier Wagen

mexik. Hafenstadt

mit air-condition, so daß wir die Hitze vergaßen, mit der Hitze auch den Unsinn dieser ganzen Reise.

»Ob Joachim mich noch kennt?«

Ab und zu hielt unser Zug auf offener Strecke in der Nacht, man hatte keine Ahnung wieso, nirgends ein Licht, nur dank eines fernen Gewitters erkannte man, daß es durch Dschungel geht, teilweise Sumpf, Wetterleuchten hinter einem Geflecht von schwarzen Bäumen, unsere Lokomotive tutete und tutete in die Nacht hinaus, man konnte das Fenster nicht öffnen, um zu sehen, was los ist . . . Plötzlich fuhr er wieder: dreißig Stundenkilometer, obschon es topfeben ist, eine schnurgerade Strecke. Immerhin war man zufrieden, daß es weiterging.

Einmal fragte ich:

»Warum sind sie eigentlich geschieden?«

»Weiß ich nicht«, sagte er, »sie wurde Kommunistin, glaube ich –«

»Drum?«

Er gähnte.

»Ich weiß es nicht«, sagte er, »es ging nicht. Ich habe nie danach gefragt.«

Einmal, als unser Zug neuerdings hielt, ging ich zur Wagentür, um hinauszuschauen. Draußen die Hitze, die man vergessen hatte, eine feuchte Finsternis und Stille. Ich ging aufs Trittbrett hinunter, Stille mit Wetterleuchten, ein Büffel stand auf dem schnurgeraden Geleise vor uns, nichts weiter. Er stand wie ausgestopft, weil vom Scheinwerfer unserer Lokomotive geblendet, stur. Sofort hatte man wieder Schweiß auf der Stirne und am Hals. Es tutete und tutete. Ringsum nichts als Dickicht. Nach einigen Minuten ging der Büffel (oder was es war) langsam aus dem Scheinwerfer, dann hörte ich Rauschen im Dickicht, das Knicken von Ästen, dann ein Klatschen, sein Platschen im Wasser, das man nicht sah –

Dann fuhren wir wieder.

»Haben sie denn Kinder?« fragte ich.

»Eine Tochter –«

Wir richteten uns zum Schlafen, die Jacke unter den Nakken, die Beine gestreckt auf die leeren Sitze gegenüber.

»Hast du sie gekannt?«

»Ja«, sagte ich, »warum?«

Kurz darauf schlief er –

Beim Morgengrauen noch immer Dickicht, die erste Sonne
über dem flachen Dschungel-Horizont, viel Reiher, die in
weißen Scharen aufflatterten vor unserem langsamen Zug,
Dickicht ohne Ende, unabsehbar, dann und wann eine
Gruppe indianischer Hütten, verborgen unter Bäumen mit
Luftwurzeln, manchmal eine einzelne Palme, sonst meistens Laubhölzer, Akazien und Unbekanntes, vor allem
Büsche, ein vorsintflutliches Farnkraut, es wimmelte von
schwefelgelben Vögeln, die Sonne wieder wie hinter Milch-
glas, Dunst, man sah die Hitze.

Ich hatte geträumt – (Nicht von Hanna!)

Als wir neuerdings auf offener Strecke hielten, war es Palenque, ein Bahnhöflein irgendwo, wo niemand einsteigt
und niemand aussteigt außer uns, ein kleiner Schopf neben
dem Geleise, ein Signal, nichts weiter, nicht einmal Ver-
dopplung des Geleises (wenn ich mich richtig erinnere), wir
erkundigten uns dreimal, ob das Palenque ist.

Sofort rann wieder der Schweiß –

Wir standen mit unserem Gepäck, als der Zug weiterfuhr,
wie am Ende der Welt, mindestens am Ende der Zivilisation, und von einem Jeep, der hier hätte warten sollen,
um den Herrn aus Düsseldorf sofort zur Plantage hinüber-
zufahren, war natürlich keine Spur.

»There we are!«

Ich lachte.

Immerhin gab es ein Sträßlein, und nach einer halben Stunde, die uns ziemlich erschöpft hatte, kamen Kinder aus den
Büschen, später ein Eseltreiber, der unser Gepäck nahm,

ein Indio natürlich, ich behielt nur meine gelbe Aktenmappe mit Reißverschluß.

Fünf Tage hingen wir in Palenque.

Wir hingen in Hängematten, allzeit ein Bier in greifbarer Nähe, schwitzend, als wäre Schwitzen unser Lebenszweck, unfähig zu irgendeinem Entschluß, eigentlich ganz zufrieden, denn das Bier ist ausgezeichnet, *Yucateca,* besser als das Bier im Hochland, wir hingen in unseren Hängematten und tranken, um weiter schwitzen zu können, und ich wußte nicht, was wir eigentlich wollten.

Wir wollten einen Jeep!

Wenn man es sich nicht immer wieder sagte, so vergaß man es, und sonst sagten wir wenig den ganzen Tag, ein sonderbarer Zustand.

Ein Jeep, ja, aber woher?

Sprechen machte nur durstig.

»Das Kreuz« Der Wirt unsres winzigen Hotels *(Lacroix*)* hatte einen Landrover, offensichtlich das einzige Fahrzeug in Palenque, das er aber selber brauchte, um Bier und Gäste von der Bahn zu holen, Leute, die sich etwas aus indianischen Ruinen machen, Liebhaber von Pyramiden; zur Zeit war nur ein einziger da, ein junger Amerikaner, der zuviel redete, aber zum Glück war er tagsüber immer weg – draußen auf den Ruinen, die auch wir, meinte er, besichtigen sollten.

Ich dachte ja nicht daran!

Jeder Schritt löste Schweiß aus, der sofort mit Bier ersetzt werden mußte, und es ging nur, indem man in der Hängematte hing mit bloßen Füßen und sich nicht rührte, rauchend, Apathie als einzig möglicher Zustand – sogar das Gerücht, die Plantage jenseits der Grenze sei seit Monaten verlassen, regte uns nicht auf; wir blickten einander an, Herbert und ich, und tranken unser Bier.

Unsere einzige Chance: der Landrover.

Der stand tagelang vor dem Hotelchen –

Aber der Wirt, wie gesagt, brauchte ihn!

Erst nach Sonnenuntergang (die Sonne geht eigentlich nicht unter, sondern ermattet im Dunst) wurde es kühler, so daß man wenigstens blödeln konnte. Über die Zukunft der deutschen Zigarre! Ich fand es zum Lachen, nichts weiter, unsere ganze Reiserei und überhaupt. Revolte der Eingeborenen! Daran glaubte ich nicht einen Augenblick lang; dazu sind diese Indios viel zu sanft, zu friedlich, geradezu kindisch. Abende lang hocken sie in ihren weißen Strohhüten auf der Erde, reglos wie Pilze, zufrieden ohne Licht, still. Sonne und Mond sind ihnen Licht genug, ein weibisches Volk, unheimlich, dabei harmlos.

Herbert fragte, was ich denn glaube.

Nichts!

Was man denn machen solle, fragte er.

Duschen –

Ich duschte mich von morgens bis abends, ich hasse Schweiß, weil man sich wie ein Kranker vorkommt. (Ich bin in meinem Leben nie krank gewesen, ausgenommen Masern.) Ich glaube, Herbert fand es nicht gerade kameradschaftlich von mir, daß ich überhaupt nichts glaubte, aber es war einfach zu heiß, um etwas zu glauben, oder dann glaubte man geradezu alles – wie Herbert.

»Komm«, sagte ich, »gehen wir ins Kino!«

Herbert glaubte im Ernst, daß es in Palenque, das aus lauter indianischen Hütten besteht, ein Kino gibt, und er war wütend, als ich lachte.

Zum Regnen kam es nie.

Es wetterleuchtete jede Nacht, unsere einzige Abendunterhaltung, Palenque besitzt einen Dieselmotor, der elektrischen Strom erzeugt, aber um 21.00 Uhr abgestellt wird, so daß man plötzlich in der Finsternis des Dschungels hing und nur noch das Wetterleuchten sah, bläulich wie Quarzlampenlicht, dazu die roten Leuchtkäfer, später Mond, schleimig, Sterne sah man nicht, dazu war es zu dunstig . . .

Joachim schreibt einfach keine Briefe, weil es zu heiß ist,

ich konnte es verstehen; er hängt in seiner Hängematte wie
wir, gähnend, oder er ist tot – da gab es nichts zu glauben,
fand ich, bloß zu warten, bis wir einen Jeep bekommen, um
über die Grenze zu fahren und zu sehen.

Herbert schrie mich an:

»Ein Jeep! – woher?«

Kurz darauf schnarchte er.

Sonst herrschte, sobald der Dieselmotor abgestellt war,
meistens Stille; ein Pferd graste im Mondschein, im gleichen Gehege ein Reh, aber lautlos, ferner eine schwarze
Sau, ein Truthahn, der das Wetterleuchten nicht vertrug
und kreischte, ferner Gänse, die plötzlich, vom Truthahn
aufgeregt, ebenfalls schnatterten, plötzlich ein Alarm,
dann wieder Stille, Wetterleuchten über dem platten Land,
nur das grasende Pferd hörte man die ganze Nacht.

Ich dachte an Joachim –

Aber was eigentlich?

Ich war einfach wach.

Nur unser Ruinen-Freund schwatzte viel, und wenn man
zuhörte, sogar ganz interessant; von ⌈Tolteken, Zapoteken,
Azteken⌉, die zwar Tempel erbaut, aber das Rad nicht gekannt haben. Er kam aus Boston und war Musiker.
Manchmal ging er mir auf die Nerven wie alle Künstler, die
sich für höhere oder tiefere Wesen halten, bloß weil sie
nicht wissen, was Elektrizität ist.

Schließlich schlief ich auch.

Am Morgen, jedesmal, weckte mich ein sonderbarer Lärm,
halb Industrie, halb Musik, ein Geräusch, das ich mir nicht
erklären konnte, nicht laut, aber rasend wie Grillen, metallisch, monoton, es mußte eine Mechanik sein, aber ich
erriet sie nicht, und später, wenn wir zum Frühstück ins
Dorf gingen, war es verstummt, nichts zu sehen. Wir waren
die einzigen Gäste in der einzigen Pinte, wo wir immer das
gleiche bestellten: Huevos à la mexicana*, sauscharf, aber
vermutlich gesund, dazu Tortilla*, dazu Bier. Die indiani-

Eier auf mexik.
Art
Fladenbrot aus
Maismehl

sche Wirtin, eine Matrone mit schwarzen Zöpfen, hielt uns für Forscher. Ihre Haare erinnern an Gefieder: schwarz mit einem bläulich-grünen Glanz darin; dazu ihre Elfenbein-Zähne, wenn sie einmal lächeln, ihre ebenfalls schwarzen und weichen Augen.

»Frag sie doch«, sagte Herbert, »ob sie meinen Bruder kennt und wann sie ihn zuletzt gesehen hat.«

Viel war nicht zu erfahren.

»Sie erinnert sich an ein Auto«, sagte ich, »das ist alles –«

Auch der Papagei wußte nichts.

Gracias, hihi!

Ich redete spanisch mit ihm.

Hihi, gracias, hihi!

Am zweiten oder dritten Morgen, als wir wie üblich frühstückten, begafft von lauter Maya-Kindern, die übrigens nicht betteln, sondern einfach vor unserem Tisch stehen und von Zeit zu Zeit lachen, war Herbert von der fixen Idee besessen, es müßte irgendwo in diesem Hühnerdorf, wenn man es gründlich untersuchte, irgendeinen Jeep geben – irgendwo hinter einer Hütte, irgendwo im Dickicht von Kürbis und Bananen und Mais. Ich ließ ihn. Es war Blödsinn, schien mir, wie alles, aber es war mir einerlei, ich hing in meiner Hängematte, und Herbert zeigte sich den ganzen Tag nicht.

Sogar zum Filmen war ich zu faul.

Außer Bier, *Yucateca,* das ausgezeichnet war, aber ausgegangen, gab es in Palenque nur noch Rum, miserabel, und Coca-Cola, was ich nicht ausstehen kann –

Ich trank Rum und schlief.

Jedenfalls dachte ich stundenlang an nichts –

Herbert, der erst in der Dämmerung zurückkam, bleich vor Erschöpfung, hatte einen Bach entdeckt und gebadet, ferner zwei Männer entdeckt, die mit krummen Säbeln (so behauptete er) durch den Mais gingen, Indios mit weißen Hosen und weißen Strohhüten, genau wie die Männer im Dorf – aber mit krummen Säbeln in der Hand.

Von Jeep natürlich kein Wort!

Er hatte Angst, glaube ich.

Ich rasierte mich, solange es noch elektrischen Strom gab.

Herbert erzählte wieder von seinem Kaukasus, seine Schauergeschichten vom Iwan, die ich kenne; später gingen wir, da es kein Bier mehr gab, ins Kino, geführt von unserem Ruinen-Freund, der sein Palenque kannte – es gab tatsächlich ein Kino, Schopf* mit Wellblechdach, wir sahen als Vorfilm: Harald Lloyd*, Fassadenkletterei in der Mode der Zwanzigerjahre; als Hauptfilm: Liebesleidenschaft in den besten Kreisen von Mexico, Ehebruch mit Cadillac und Browning*, alles in Marmor und Abendkleid. Wir lachten uns krumm, während die vier oder fünf Indios reglos vor der zerknitterten Leinwand hockten, ihre großen Strohhüte auf dem Kopf, vielleicht zufrieden, vielleicht auch nicht, man weiß es nie, undurchsichtig, mongolisch ... Unser neuer Freund, Musiker aus Boston, wie gesagt, Amerikaner französischer Herkunft, war von Yucatan begeistert und konnte nicht fassen, daß wir uns nicht für Ruinen interessieren; er fragte, was wir hier machten.

Achselzucken unsrerseits –

Wir blickten uns an, Herbert und ich, indem es jeder dem andern überließ, zu sagen, daß wir auf einen Jeep warten. Ich weiß nicht, wofür der andere uns hielt.

Rum hat den Vorteil, daß man nicht einen Schweißausbruch hat wie nach jedem Bier, dafür Kopfschmerzen am anderen Morgen, wenn wieder der unverständliche Lärm losgeht, halb Klavier, halb Maschinengewehr, dazu Gesang – jedesmal zwischen 6.00 und 7.00 Uhr, jedesmal will ich der Sache nachgehen, vergesse es aber im Lauf des Tages.

Man vergißt hier alles.

Einmal – wir wollten baden, aber Herbert fand seinen sagenhaften Bach nicht wieder, und wir gerieten plötzlich zu den Ruinen – trafen wir unseren Künstler an seiner Arbeit.

Schuppen

H. L. (1893–1971), amerik. Stummfilmkomiker

automatische Pistole

In dem Gestein, das einen Tempel vorstellen soll, glühte eine Höllenhitze. Seine einzige Sorge: kein Schweißtropfen auf sein Papier! Er grüßte kaum; wir störten ihn. Seine Arbeit: er spannte Pauspapier über die steinernen Reliefs, um dann stundenlang mit einer schwarzen Kreide darüber hinzustreichen, eine irrsinnige Arbeit, bloß um Kopien herzustellen; er behauptete steif und fest, man könne diese Hieroglyphen* und Götterfratzen nicht fotografieren, sonst wären sie sofort tot. Wir ließen ihn.

heilige Schriftzeichen; hier: die Bilderschrift der Maya

Ich bin kein Kunsthistoriker –
Nach einiger Pyramidenkletterei aus purer Langeweile (die Stufen sind viel zu steil, gerade das verkehrte Verhältnis von Breite und Höhe, so daß man außer Atem kommt) legte ich mich, schwindlig vor Hitze, irgendwo in den Schatten eines sogenannten Palastes, meine Arme und Beine von mir gestreckt, atmend.
Die feuchte Luft –
Die schleimige Sonne –
Ich war entschlossen, meinerseits umzukehren: wenn wir bis morgen keinen Jeep hätten . . . Es war schwüler als je, moosig und moderig, es schwirrte von Vögeln mit langen blauen Schwänzen, jemand hatte den Tempel als Toilette benutzt, daher die Fliegen. Ich versuchte zu schlafen. Es schwirrte und lärmte wie im Zoo, wenn man nicht weiß, was da eigentlich pfeift und kreischt und trillert, Lärm wie moderne Musik, es können Affen sein, Vögel, vielleicht eine Katzenart, man weiß es nicht, Brunst oder Todesangst, man weiß es nicht. –
Ich spürte meinen Magen. (Ich rauchte zuviel!)
Einmal, im elften oder dreizehnten Jahrhundert, soll hier eine ganze Stadt gestanden haben, sagte Herbert, eine Maya-Stadt –
Meinetwegen!
Meine Frage, ob er eigentlich noch an die Zukunft der deutschen Zigarre glaube, beantwortete Herbert schon

nicht mehr: er schnarchte, nachdem er eben noch von der Religion der Maya geredet hatte, von Kunst und Derartigem.

Ich ließ ihn schnarchen.

Ich zog meine Schuhe aus, Schlangen hin oder her, ich brauchte Luft, ich hatte Herzklopfen vor Hitze, ich staunte über unseren Pauspapier-Künstler, der an der prallen Sonne arbeiten konnte und dafür seine Ferien hergibt, seine Ersparnisse, um Hieroglyphen, die niemand entziffern kann, nach Hause zu bringen –

Menschen sind komisch!

Ein Volk wie diese Maya, die das Rad nicht kennen und Pyramiden bauen, Tempel im Urwald, wo alles vermoost und in Feuchtigkeit verbröckelt – wozu?

Ich verstand mich selbst nicht.

Vor einer Woche hätte ich in Caracas und heute (spätestens) wieder in New York landen sollen; statt dessen hockte man hier – um einem Jugendfreund, der meine Jugendfreundin geheiratet hat, Gutentag zu sagen.

Wozu!

Wir warteten auf den Landrover, der unseren Ruinen-Künstler täglich hierher bringt, um ihn gegen Abend wieder abzuholen mit seinen Pauspapierrollen . . . Ich war entschlossen, Herbert zu wecken und ihm zu sagen, daß ich mit dem nächsten Zug, der dieses Palenque verläßt, meine Rückkehr antrete.

Die schwirrenden Vögel –

Nie ein Flugzeug!

Wenn man den Kopf zur Seite dreht, um nicht immer diesen Milchglashimmel zu sehen, meint man jedesmal, man sei am Meer, unsere Pyramide eine Insel oder ein Schiff, ringsum das Meer; dabei ist es nichts als Dickicht, uferlos, grün-grau, platt wie ein Ozean – Dickicht!

Drüber Vollmond lila im Nachmittag.

Herbert schnarchte nach wie vor.

Man staunt, wie sie diese Quader herbeigeschafft haben, wenn sie das Rad nicht kannten, also auch den Flaschenzug nicht. Auch das Gewölbe nicht! Abgesehen von den Verzierungen, die mir sowieso nicht gefallen, weil ich für Sachlichkeit bin, finde ich ja diese Ruinen sehr primitiv – im Widerspruch zu unserem Ruinen-Freund, der die Maya liebt, gerade weil sie ⌈keinerlei Technik hatten, dafür Götter⌉, er findet es hinreißend, daß man alle zweiundfünfzig Jahre einfach ein neues Zeitalter startet, nämlich alles vorhandene Geschirr zerschmettert, alle Herdfeuer löscht, dann vom Tempel her das gleiche Feuer wieder ins ganze Land hinausträgt, die ganze Töpferei neuerdings herstellt; ein Volk, das einfach aufbricht und seine Städte (unzerstört) verläßt, einfach aus Religion weiterzieht, um nach fünfzig oder hundert Meilen irgendwo in diesem immergleichen Dschungel eine vollkommen neue Tempel-Stadt zu bauen – Er findet es sinnvoll, obschon unwirtschaftlich, geradezu genial, tiefsinnig (profond), und zwar im Ernst. Manchmal mußte ich an Hanna denken –

Als ich Herbert weckte, schoß er auf. Was los sei? Als er sah, daß nichts los war, schnarchte er weiter – um sich nicht zu langweilen.

Von Motor kein Ton!

Ich versuche, mir vorzustellen, wie es wäre, wenn es plötzlich keine Motoren mehr gäbe wie zur Zeit der Maya. Irgend etwas mußte man ja denken. Ich fand es ein kindisches Staunen, betreffend die Herbeischaffung dieser Quader: – sie haben einfach Rampen erstellt, dann ihre Quader geschleift mit einem idiotischen Verschleiß an Menschenkraft, das ist ja gerade das Primitive daran. Anderseits ihre Astronomie! Ihr Kalender errechnete das Sonnenjahr, laut Ruinen-Freund, auf 365, 2420 Tage, statt 365, 2422 Tage; trotzdem brachten sie es mit ihrer Mathematik, die man anerkennen muß, zu keiner Technik und waren daher dem Untergang geweiht –

Endlich unser Landrover!

Das Wunder geschah, als unser Ruinen-Freund hörte, daß wir hinüber nach Guatemala müßten. Er war begeistert. Er zog sofort sein Kalenderchen, um die restlichen Tage seiner Ferien zu zählen. In Guatemala, sagte er, wimmle es von Maya-Stätten, teilweise kaum ausgegraben, und wenn wir ihn mitnähmen, wollte er alles versuchen, um den Landrover zu bekommen, den wir nicht bekommen, dank seiner Freundschaft mit dem *Lacroix*-Wirt – und er bekam ihn. (Hundert Pesos* pro Tag.)

Es war Sonntag, als wir packten, eine heiße Nacht mit schleimigem Mond, und der sonderbare Lärm, der mich jeden Morgen geweckt hatte, erwies sich als Musik, Geklimper einer altertümlichen Marimba*, Gehämmer ohne Klang, eine fürchterliche Musik, geradezu epileptisch*. Es war irgendein Fest, das mit dem Vollmond zu tun hat. Jeden Morgen vor der Feldarbeit hatten sie trainiert, um jetzt zum Tanz aufzuspielen, fünf Indios, die mit rasenden Hämmerchen auf ihr Instrument schlugen, eine Art hölzernes Xylophon, lang wie ein Tisch. Ich überholte den Motor, um uns eine Panne im Dschungel zu ersparen, und hatte keine Zeit, die Tanzerei anzuschauen; ich lag unter unserem Landrover. Die Mädchen saßen reihenweise um den Platz, die meisten mit einem Säugling an der braunen Brust, die Tänzer schwitzten und tranken Kokos-Milch. Im Lauf der Nacht kamen immer mehr, schien es, ganze Völkerstämme; die Mädchen trugen keine Trachten wie sonst, sondern amerikanische Konfektion zur Feier ihres Mondes, ein Umstand, worüber Marcel, unser Künstler, sich stundenlang aufregte. Ich hatte andere Sorgen! Wir besaßen keine Waffe, keinen Kompaß, nichts. Ich mache mir nichts aus Folklore. Ich packte unseren Landrover, jemand mußte es ja machen, und ich machte es gern, um weiterzukommen.

mexik. Währung

xylophonartiges Schlaginstrument

hier: geistesgestört

Erste Station

Hanna hatte Deutschland verlassen müssen und studierte damals Kunstgeschichte bei ⌐Professor Wölfflin⌐, eine Sache, die mir ferne lag, aber sonst verstanden wir uns sofort, ohne an Heiraten zu denken. Auch Hanna dachte nicht an Heiraten. Wir waren beide viel zu jung, wie schon gesagt, ganz abgesehen von meinen Eltern, die Hanna sehr sympathisch fanden, aber um meine Karriere besorgt waren, wenn ich eine Halbjüdin heiraten würde, eine Sorge, die mich ärgerte und geradezu wütend machte. Ich war bereit, Hanna zu heiraten, ich fühlte mich verpflichtet gerade in Anbetracht der Zeit. Ihr Vater, Professor in München, kam damals in ⌐Schutzhaft⌐, es war die Zeit der sogenannten ⌐Greuelmärchen⌐, und es kam für mich nicht in Frage, Hanna im Stich zu lassen. Ich war kein Feigling, ganz abgesehen davon, daß wir uns wirklich liebten. Ich erinnere mich genau an jene Zeit, ⌐Parteitag in Nürnberg, wir saßen vor dem Radio, Verkündung der deutschen Rassengesetze⌐. Im Grunde war es Hanna, die damals nicht heiraten wollte; ich war bereit dazu. Als ich von Hanna hörte, daß sie die Schweiz binnen vierzehn Tagen zu verlassen habe, war ich in Thun als Offizier; ich fuhr sofort nach Zürich, um mit Hanna zur ⌐Fremdenpolizei⌐ zu gehen, wo meine Uniform nichts ändern konnte, immerhin gelangten wir zum Chef der Fremdenpolizei. Ich erinnere mich noch heute, wie er das Schreiben betrachtete, das Hanna vorwies, und sich das Dossier kommen ließ, Hanna saß, ich stand. Dann seine wohlmeinende Frage, ob das Fräulein meine Braut sei, und unsere Verlegenheit. Wir sollten verstehen: die Schweiz sei ein kleines Land, kein Platz für zahllose Flüchtlinge, Asylrecht, aber Hanna hätte doch Zeit genug gehabt, ihre Auswanderung zu betreiben. Dann endlich das Dossier, und es stellt sich heraus, daß gar nicht Hanna gemeint war, sondern eine Emigrantin gleichen Namens, die bereits nach Übersee ausgewandert war. Erleichterung allerseits! Im Vorzimmer nahm ich meine Offiziershandschuhe, meine Offiziersmütze, als Hanna nochmals an den Schalter gerufen wurde, Hanna kreidebleich. Sie mußte noch zehn Rappen zahlen, Porto für den Brief, den man fälschlicherweise an ihre Adresse geschickt hatte. Ihre maßlose Empörung darüber! Ich fand es einen Witz. Leider mußte ich am selben Abend wieder nach Thun zu meinen Rekruten; auf jener Fahrt kam ich zum Entschluß, Hanna zu heiraten, falls ihr je die ⌐Aufenthaltsbewilligung⌐ entzogen werden sollte. Kurz darauf (wenn ich mich richtig erinnere) starb ihr alter Vater in Schutzhaft. Ich war entschlossen, wie gesagt, aber es kam nicht dazu. Ich weiß eigentlich nicht warum. Hanna war immer sehr empfindlich und sprunghaft, ein unberechenbares Temperament; wie Joachim sagte: manisch-depressiv. Dabei hatte Joachim sie nur ein oder zwei Mal gesehen, denn Hanna wollte mit Deutschen nichts zu tun haben. Ich schwor ihr, daß Joachim, mein Freund, kein Nazi ist; aber vergeblich. Ich verstand ihr Mißtrauen, aber sie machte es mir nicht leicht, abgesehen davon, daß unsere Interessen sich nicht immer deckten. Ich nannte sie eine Schwärmerin und Kunstfee. Dafür nannte sie mich: ⌐Homo Faber⌐. Manchmal hatten wir einen regelrechten Krach, wenn wir beispielsweise aus dem ⌐Schauspielhaus⌐ kamen, wohin sie mich immer wieder nötigte; Hanna hatte einerseits einen Hang zum Kommunistischen, was ich nicht vertrug, und andererseits zum Mystischen, um nicht zu sagen: zum Hysterischen. Ich bin nun einmal der Typ, der mit beiden Füßen auf der Erde steht. Nichtsdestoweniger waren wir sehr glücklich zusammen, scheint mir, und eigentlich weiß ich wirklich nicht, warum es damals nicht zur Heirat kam. Es kam einfach nicht dazu. Ich war, im Gegensatz zu meinem Vater, kein Antisemit, glaube ich; ich war nur zu jung wie die meisten Männer unter dreißig, zu unfertig, um Vater zu sein. Ich arbeitete noch an meiner Dissertation, wie gesagt, und wohnte bei meinen Eltern, was Hanna durchaus nicht begriff. Wir trafen uns immer in ihrer Bude. In jener Zeit kam das Angebot von Escher-Wyss, eine Chance sondergleichen für einen jungen Ingenieur, und was mir dabei Sorge machte, war nicht das Klima von Bagdad, sondern Hanna in Zürich. Sie erwartete damals ein Kind. Ihre Offenbarung hörte ich ausgerechnet an dem Tag, als ich von meiner ersten Besprechung mit Escher-Wyss kam, meinerseits entschlossen, die Stelle in Bagdad anzutreten sobald als möglich. Ihre Behauptung, ich sei zu Tode erschrocken, bestreite ich noch heute; ich fragte bloß: Bist du sicher? Immerhin eine sachliche und vernünftige Frage. Ich fühlte mich übertölpelt nur durch die Bestimmtheit ihrer Meldung; ich fragte: Bist du bei einem Arzt gewesen? Ebenfalls eine sachliche und erlaubte Frage. Sie war nicht beim Arzt gewesen. Sie wisse es! Ich sagte: Warten wir noch vierzehn Tage. Sie lachte, weil vollkommen sicher, und ich mußte annehmen, daß Hanna es schon lange gewußt, aber nicht gesagt hatte; nur insofern fühlte ich mich übertölpelt. Ich legte meine Hand auf ihre Hand, im Augenblick fiel mir nicht viel dazu ein, das ist wahr; ich trank Kaffee und rauchte. Ihre Enttäuschung! Ich tanzte nicht vor Vaterfreude, das ist wahr, dazu war die politische Situation zu ernst. Ich fragte: Hast du denn einen Arzt, wo du hingehen kannst? Natürlich meinte ich bloß: um sich einmal untersuchen zu lassen. Hanna nickte. Das sei keine Sache, sagte sie, das lasse sich schon machen! Ich fragte: Was meinst du? Später behauptete Hanna, ich sei erleichtert gewesen, daß sie das Kind nicht haben wollte, und geradezu entzückt, drum hätte ich meinen Arm um ihre Schultern gelegt, als sie weinte. Sie selber war es, die nicht mehr davon sprechen wollte, und dann berichtete ich von Escher-Wyss, von der Stelle in Bagdad, von den beruflichen Möglichkeiten eines Ingenieurs überhaupt. Das war keineswegs gegen ihr Kind gerichtet. Ich sagte sogar, wieviel ich in Bagdad verdienen würde. Und wörtlich: Wenn du dein Kind haben willst, dann müssen wir natürlich heiraten. Später ihr Vorwurf, daß ich von Müssen gesprochen habe! Ich fragte offen heraus: Willst du heiraten, ja oder nein? Sie schüttelte den Kopf, und ich wußte nicht, woran ich bin. Ich besprach mich viel mit Joachim, während wir unser Schach spielten; Joachim unterrichtete mich über das Medizinische, was bekanntlich kein Problem ist, dann über das Juristische, bekanntlich auch kein Problem, wenn man sich die erforderlichen Gutachten zu verschaffen weiß, und dann stopfte er seine Pfeife, Blick auf unser Schach, denn Joachim war grundsätzlich gegen Ratschläge. Seine Hilfe (er war Mediziner im Staatsexamen) hatte er zugesagt, falls wir, das Mädchen und ich, seine Hilfe verlangen. Ich war ihm sehr dankbar, etwas verlegen, aber froh, daß er keine große Geschichte draus machte; er sagte bloß: Du bist am Zug! Ich meldete Hanna, daß alles kein Problem ist. Es war Hanna, die plötzlich Schluß machen wollte; sie packte ihre Koffer, plötzlich ihre wahnsinnige Idee, nach München zurückzukehren. Ich stellte mich vor sie, um sie zur Vernunft zu bringen; ihr einziges Wort: Schluß! Ich hatte gesagt: Dein Kind, statt zu sagen: Unser Kind. Das war es, was mir Hanna nicht verzeihen konnte.

Die Strecke zwischen Palenque und der Plantage, in der Luftlinie gemessen, beträgt kaum siebzig Meilen, sagen wir: hundert Meilen zum Fahren, eine Bagatelle, hätte es so etwas wie eine Straße gegeben, was natürlich nicht der Fall war; die einzige Straße, die in unsrer Richtung führte, endete bereits bei den Ruinen, sie verliert sich einfach in Moos und Farnkraut –
Immerhin kamen wir voran.
37 Meilen am ersten Tag.
Wir wechselten am Steuer.
19 Meilen am zweiten Tag.
Wir fuhren einfach nach Himmelsrichtung, dabei natürlich

im Zickzack, wo es uns durchließ, das Dickicht, das übrigens nicht so lückenlos ist, wie es aus der Ferne aussieht; überall gab es wieder Lichtungen, sogar Herden, aber ohne Hirten, zum Glück keine größeren Sümpfe.

5 Wetterleuchten –
Zum Regnen kam es nie.

Was mich nervös machte: das Scheppern unsrer Kanister, ich stoppte öfter und befestigte sie, aber nach einer halben Stunde unserer Fahrt über Wurzeln und faule Stämme
10 schepperten sie wieder –
Marcel pfiff.

Obschon er hinten saß, wo es ihn hin und her schleuderte, pfiff er wie ein Bub und freute sich wie auf einer Schulreise, stundenlang sang er seine französischen Kinderlieder:
15 ⌜Il etait un petit navire . . .⌝
Herbert wurde eher still.

Über Joachim redeten wir kaum –

Was Herbert nicht ertrug, waren die Zopilote; dabei tun sie uns, solange wir leben, überhaupt nichts, sie stinken nur,
20 wie von Aasgeiern nicht anders zu erwarten, sie sind häßlich, und man trifft sie stets in Scharen, sie lassen sich kaum verscheuchen, wenn einmal an der Arbeit, alles Hupen ist vergeblich, sie flattern bloß, hüpfen um das aufgerissene Aas, ohne es aufzugeben . . . Einmal, als Herbert am Steuer
25 saß, packte ihn ein regelrechter Koller; plötzlich gab er Vollgas – los und hinein in die schwarze Meute, mitten hinein und hindurch, so daß es von schwarzen Federn nur so wirbelte!

Nachher hatte man es an den Rädern.

30 Der süßliche Gestank begleitete uns noch stundenlang, bis man sich überwand; das Zeug klebte in den Pneu-Rillen, und es half nichts als peinliche Handarbeit, Rille um Rille. –
Zum Glück hatten wir Rum! – Ohne Rum, glaube ich, wären wir umgekehrt – spätestens am dritten Tag – nicht
35 aus Angst, aber aus Vernunft.

Wir hatten keine Ahnung, wo wir sind.

Irgendwo am 18. Breitengrad ...

Marcel sang, *Il etait un petit navire,* oder er schwatzte wieder die halbe Nacht lang: – von ⌐Cortez und Montezuma⌐ (das ging noch, weil historische Tatsache) und vom Untergang der weißen Rasse (es war einfach zu heiß und zu feucht, um zu widersprechen), vom katastrophalen Scheinsieg des abendländischen Technikers (Cortez als Techniker, weil er Schießpulver hatte!) über die indianische Seele und was weiß ich, ganze Vorträge über die unweigerliche Wiederkehr der alten Götter (nach ⌐Abwurf der H-Bombe⌐!) und über das Aussterben des Todes (wörtlich!) dank Penicillin, über Rückzug der Seele aus sämtlichen zivilisierten Gebieten der Erde, die Seele im ⌐Maquis⌐ usw., Herbert erwachte an dem Wort *Maquis,* das er verstand, und fragte: Was sagt er? Ich sagte: Künstlerquatsch! und wir ließen ihm seine Theorie über Amerika, das keine Zukunft habe, *The American Way of Life:* Ein Versuch, das Leben zu kosmetisieren, aber das Leben lasse sich nicht kosmetisieren – Ich versuchte zu schlafen.

Ich platzte nur, wenn Marcel sich über meine Tätigkeit äußerte, beziehungsweise über die *Unesco:* der Techniker als letzte Ausgabe des weißen Missionars, ⌐Industrialisierung als letztes Evangelium einer sterbenden Rasse⌐, Lebensstandard als Ersatz für Lebenssinn –

Ich fragte ihn, ob er Kommunist sei.

Marcel bestritt es.

Am dritten Tag, als wir wieder durch Gebüsche fuhren, ohne eine Fährte zu haben, einfach Richtung Guatemala, hatte ich es satt –

Ich war für Umkehren.

»Weil es idiotisch ist«, sagte ich, »einfach aufs Geratewohl weiterzufahren, bis wir kein Gasoline* mehr haben.«

Herbert holte seine Karte –

Was mir auf die Nerven ging: die Molche in jedem Tümpel,

Benzin

in jeder Eintagspfütze ein Gewimmel von Molchen – überhaupt diese Fortpflanzerei überall, es stinkt nach Fruchtbarkeit, nach blühender Verwesung.

Wo man hinspuckt, keimt es!

Ich kannte sie, diese Karte 1: 500000, die nicht einmal unter der Lupe etwas hergibt, nichts als weißes Papier: ein blaues Flüßchen, eine Landesgrenze schnurgerade, die Linie eines Breitengrades im leeren Weiß!. . . Ich war für Umkehren. Ich hatte keine Angst (wovor denn!), aber es hatte keinen Sinn. Nur Herbert zuliebe fuhr man noch weiter, unglücklicherweise, denn kurz darauf kamen wir tatsächlich an einen Fluß, beziehungsweise ein Flußbett, das nichts anderes sein konnte als der Rio Usumacinta, Grenze zwischen Mexico und Guatemala, teilweise trocken, teilweise voll Wasser, das kaum zu fließen schien, nicht ohne weiteres zu überqueren, aber es mußte Stellen geben, wo es auch ohne Brücke möglich ist, und Herbert ließ keine Ruhe, obschon ich baden wollte, er steuerte am Ufer entlang, bis die Stelle gefunden war, wo man überqueren konnte und wo auch Joachim (wie sich später herausstellte) überquert hatte.

Ich badete.

Marcel badete ebenfalls, und wir lagen rücklings im Wasser, Mund geschlossen, um nichts zu schlucken, es war ein trübes und warmes Wasser, das stank, jede Bewegung hinterläßt Bläschen, immerhin Wasser, lästig nur die zahllosen Libellen und Herbert, der weiter drängte, und der Gedanke, es könnte Schlangen geben.

Herbert blieb an Land.

Unser Landrover stand bis zur Achse in dem schlüpfrigen Mergel* (oder was es ist), Herbert tankte –

Es wimmelte von Schmetterlingen.

Als ich einen rostigen Kanister im Wasser sah, was darauf schließen ließ, daß auch Joachim (wer sonst?) an dieser Stelle einmal getankt hatte, sagte ich kein Wort, sondern

blättriges Gestein aus kalkhaltigem Ton

badete weiter, während Herbert versuchte, unseren Landrover aus dem schlüpfrigen Mergel zu steuern . . .

Ich war für Umkehren.

Ich blieb im Wasser, obschon es mich plötzlich ekelte, das
Ungeziefer, die Bläschen auf dem braunen Wasser, das fau-　5
le Blinken der Sonne, ein Himmel voll Gemüse, wenn man
rücklings im Wasser lag und hinaufblickte, Wedel mit me-
terlangen Blättern, reglos, dazwischen Akazien-Filigran,
Flechten, Luftwurzeln, reglos, ab und zu ein roter Vogel,
der über den Fluß flog, sonst Totenstille (wenn Herbert　10
nicht gerade Vollgas-Versuche machte –) unter einem weiß-
lichen Himmel, die Sonne wie in Watte, klebrig und heiß,
dunstig mit einem Regenbogenring.

Ich war für Umkehren.

»Weil es Unsinn ist«, sagte ich, »weil wir diese verfluchte　15
Plantage nie finden werden –«

Ich war für Abstimmen.

Marcel war auch für Umkehren, da er seine Ferien zu Ende
gehen sah, und es handelte sich, als Herbert es tatsächlich
geschafft hatte und unser Landrover am anderen Ufer　20
stand, nur noch darum, Herbert zu überzeugen von dem
Unsinn, ohne jede Fährte weiterzufahren. Zuerst beschimpfte er mich, weil er meine Gründe nicht widerlegen
konnte, dann schwieg er und hörte zu, und eigentlich hatte
ich ihn soweit – wäre nicht Marcel gewesen, der dazwi-　25

»Dort . . . die
Spuren von
einem Nash!«

schenfunkte.

»Voilà«, rief er, »les traces d'une Nash!«*

Wir nahmen's für einen Witz.

»Schaut doch
hin . . . im
Ernst –«

»Mais regardez«, rief er, »sans blague –«*

Die verkrusteten Spuren waren teilweise verschwemmt, so　30
daß es auch Karrenspuren sein konnten; an andern Stellen,
je nach Bodenart, erkannte man tatsächlich das Pneu-
Muster.

Damit hatten wir die Fährte.

Sonst wäre ich nicht gefahren, wie gesagt, und es wäre (ich　35
werde diesen Gedanken nicht los) alles anders gekommen –

Nun gab es kein Umkehren.

(Leider!)

Am Morgen des vierten Tages sahen wir zwei Indios, die übers Feld gingen mit gekrümmten Säbeln in der Hand, genau wie die beiden, die Herbert schon in Palenque gesehen und für Mörder gehalten hatte; ihre krummen Säbel waren nichts anderes als Sicheln.

Dann die ersten Tabakfelder –

Die Hoffnung, noch vor Einbruch der Nacht hinzukommen, machte uns nervöser als je, dazu die Hitze wie noch nie, ringsum Tabak, Gräben dazwischen, Menschenwerk, schnurgerade, aber nirgends ein Mensch.

Wir hatten wieder die Spur verloren –

Wieder die Suche nach Pneu-Muster!

Bald ging die Sonne unter; wir stellten uns auf unseren Landrover und pfiffen, die Finger im Mund, so laut wir konnten. Wir mußten in nächster Nähe sein. Wir pfiffen und hupten, während die Sonne bereits in den grünen Tabak sank – wie gedunsen, im Dunst wie eine Blase voll Blut, widerlich, wie eine Niere oder so etwas.

Ebenso der Mond.

Es fehlte nur noch, daß wir einander in der Dämmerung verloren, indem jeder, um Pneu-Spuren zu finden, irgendwohin stapfte. Wir verteilten uns auf Bezirke, die jeder abzuschreiten hatte. Wer etwas findet, was irgendwie nach Pneu aussieht, sollte pfeifen.

Nur die Vögel pfiffen –

Wir suchten noch bei Mondschein, bis Herbert auf die Zopilote stieß, Zopilote auf einem toten Esel – er schrie und fluchte und schleuderte Steine gegen die schwarzen Vögel, nicht abzuhalten in seiner Wut. Es war scheußlich. Die Augen des Esels waren ausgehackt, zwei rote Löcher, ebenso die Zunge; nun versuchten sie, während Herbert noch immer seine Steine schleuderte, die Därme aus dem After zu zerren.

Das war unsere vierte Nacht –
Zu trinken hatten wir nichts mehr.
Ich war todmüde, die Erde wie geheizt, ich hockte, meinen
Kopf in die Hände gestützt, schwitzend im bläulichen
Mondschein. Es sprühte von Leuchtkäfern. 5
Herbert ging auf und ab.
Nur Marcel schlief.
Einmal – ich hörte plötzlich keine Schritte mehr und blickte
nach Herbert – stand er drüben beim toten Esel, ohne Stei-
ne zu werfen gegen die huschenden Vögel, er stand und sah 10
es sich an.
Sie fraßen die ganze Nacht –
Als der Mond endlich in den Tabak sank, so daß der feuch-
te Dunst über den Feldern aufhörte, wie Milch zu erschei-
nen, schlief ich doch; aber nicht lange. 15
Schon wieder die Sonne!
Der Esel lag offen, die Zopilote waren satt und hockten auf
den Bäumen ringsum, wie ausgestopft, als wir losfuhren
ohne Weg; Herbert als Vertreter und Neffe der Hencke-
Bosch GmbH., der diese Felder gehörten, übernahm die 20
Verantwortung und das Steuer, nach wie vor wortlos, und
fuhr mitten durch den Tabak, es war idiotisch, hinter uns
die Bahnen von zerstörtem Tabak, aber es blieb uns nichts
anderes übrig, da auf unser Hupen und Pfeifen, oft genug
wiederholt, keinerlei Antwort erfolgte – 25
Die Sonne stieg.
Dann eine Gruppe von Indios, Angestellte der Hencke-
Bosch GmbH, Düsseldorf, die uns sagten, ihr Señor sei tot.
Ich mußte übersetzen, da Herbert kein Spanisch verstand.
Wieso tot? Sie zuckten ihre Achseln. Ihr Señor sei tot, sag- 30
ten sie, und einer zeigte uns den Weg, indem er neben un-
serem Landrover herlief im indianischen Trabschritt.
Die andern arbeiteten weiter.
Von Revolte also keine Rede!
Es war eine amerikanische Baracke, gedeckt mit Well- 35

blech, und die einzige Türe war von innen verriegelt. Man hörte Radio. Wir riefen und klopften, Joachim sollte aufmachen.

»Nuestro Señor ha muerto –«[*]

Ich holte den Schraubenschlüssel von unserem Landrover, und Herbert sprengte die Türe. Ich erkannte ihn nicht mehr. Zum Glück hatte er's hinter geschlossenen Fenstern getan, Zopilote auf den Bäumen ringsum, Zopilote auf dem Dach, aber sie konnten nicht durch die Fenster. Man sah ihn durch die Fenster. Trotzdem gingen diese Indios täglich an ihre Arbeit und kamen nicht auf die Idee, die Türe zu sprengen und den Erhängten abzunehmen. – Er hatte es mit einem Draht gemacht. – Es wunderte mich, woher sein Radio, das wir sofort abstellten, den elektrischen Strom bezieht, aber das war jetzt nicht das Wichtigste –

Wir fotografierten und bestatteten ihn.

Die Indios (wie in meinem Bericht zuhanden des Verwaltungsrates bereits erwähnt) befolgten jede Anweisung von Herbert, obschon er damals noch kein Spanisch konnte, und anerkannten Herbert sofort als ihren nächsten Herrn . . . Ich opferte noch anderthalb Tage, um Herbert zu überzeugen, daß von Revolte nicht die Rede sein konnte, und daß sein Bruder einfach dieses Klima nicht ausgehalten hat, was ich verstand; ich weiß nicht, was Herbert sich in den Kopf setzte, er war nicht zu überreden, seinerseits entschlossen, das Klima auszuhalten. Wir mußten zurück. Herbert tat uns leid, aber ein Bleiben kam nicht in Frage, ganz abgesehen davon, daß es keinen Zweck hatte; Marcel mußte auch in Boston an seine Arbeit, auch ich mußte weiter, beziehungsweise zurück nach Palenque–Campeche–Mexico, um dann weiterzufliegen, ganz abgesehen davon, daß wir uns verpflichtet hatten, unseren Landrover spätestens in einer Woche dem freundlichen *Lacroix*-Wirt zurückzubringen. Ich mußte zu meinen Turbinen. Ich weiß

»Unser Herr ist gestorben –«

nicht, was Herbert sich vorstellte, Herbert konnte nicht einmal Spanisch, wie gesagt, und ich fand es unkameradschaftlich, geradezu unverantwortlich, ihn zurückzulassen als einzigen Weißen; wir beschworen ihn, aber vergeblich. Herbert hatte den Nash 55, den ich besichtigte; der Wagen stand in einer Indio-Hütte, nur mit einem Blätterdach gegen Regen geschützt, offensichtlich schon lange nicht mehr benutzt, verkratzt, verdreckt, aber fahrtüchtig. Ich untersuchte ihn persönlich. Damals war der Motor noch in Ordnung, wenn auch verschlammt; ich hatte den Motor probiert, und Gasoline war auch noch da. Sonst hätten wir Herbert, versteht sich, nicht allein zurückgelassen. Wir hatten einfach keine Zeit, Marcel so wenig wie ich; Marcel mußte zu seinen Symphonikern, wir hatten schließlich auch unsere Berufe, ob Herbert es begriff oder nicht – er zuckte die Achsel, ohne zu widersprechen, und winkte kaum, als wir auf dem Landrover saßen, Marcel und ich, und nochmals auf ihn warteten; er schüttelte den Kopf. Obendrein sah es nach schweren Gewittern aus, wir mußten fahren, solange wir die eigene Spur noch hatten.

Es ist mir heute noch ein Rätsel, wieso Hanna und Joachim geheiratet und wieso sie mich, Vater des Kindes, nie haben wissen lassen, daß dieses Kind zur Welt gekommen ist.
Ich kann nur berichten, was ich weiß.
Es war die Zeit, als die ⌐jüdischen Pässe annulliert¬ wurden. Ich hatte mir geschworen, Hanna keinesfalls im Stich zu lassen, und dabei blieb es. Joachim war bereit, Trauzeuge zu sein. Meinen bürgerlichen und besorgten Eltern war es auch recht, daß wir nicht eine Hochzeit mit Droschken und Klimbim wollten; nur Hanna machte sich immer noch Zweifel, ob es denn richtig wäre, daß wir heirateten, richtig für mich. Ich brachte unsere Papiere aufs zuständige Amt, unsere Eheverkündigung stand in der Zeitung. Auch im Fall einer Scheidung, so sagte ich mir, blieb Hanna je-

denfalls Schweizerin und im Besitz eines Passes. Die Sache eilte, da ich meine Stelle in Bagdad anzutreten hatte. Es war ein Samstagvormittag, als wir endlich – nach einem komischen Frühstück bei meinen Eltern, die dann das Kirchengeläute doch vermißten! – endlich ins Stadthaus gingen, um die Trauung zu vollziehen. Es wimmelte von Hochzeiten wie üblich an Samstagen, daher die lange Warterei, wir saßen im Vorzimmer, alle im Straßenanzug, umgeben von weißen Bräuten und Bräutigams, die wie Kellner aussahen. Als Hanna gelegentlich hinausging, dachte ich nichts Schlimmes, man redete, man rauchte. Als endlich der Standesbeamte uns rief, war Hanna nicht da. Wir suchten sie und fanden sie draußen an der Limmat*, nicht zu bewegen, sie weigerte sich in das Trauzimmer zu kommen. Sie könne nicht! Ich redete ihr zu, ringsum das Elfuhrgeläute, ich bat Hanna, die Sache ganz sachlich zu nehmen; aber vergeblich. Sie schüttelte den Kopf und weinte. Ich heirate ja bloß, um zu beweisen, daß ich kein Antisemit sei, sagte sie, und es war einfach nichts zu machen. Die Woche darauf, meine letzte in Zürich, war abscheulich. Es war Hanna, die nicht heiraten wollte, und ich hatte keine Wahl, ich mußte nach Bagdad, gemäß Vertrag. Hanna begleitete mich noch an die Bahn, und wir nahmen Abschied. Hanna hatte versprochen, nach meiner Abreise sofort zu Joachim zu gehen, der seine ärztliche Hilfe angeboten hatte, und in diesem Sinn nahmen wir Abschied; es war ausgemacht, daß unser Kind nicht zur Welt kommen sollte.

Später hörte ich nie wieder von ihr.

Das war 1936.

Ich hatte Hanna damals gefragt, wie sie Joachim, meinen Freund, nun finde. Sie fand ihn ganz sympathisch. Ich wäre nie auf die Idee gekommen, daß Hanna und Joachim einander heiraten.

> * Nebenfluss der Aare, fließt durch Zürich

Mein Aufenthalt in Venezuela (heute vor zehn Wochen) dauerte nur zwei Tage, denn die Turbinen lagen noch im Hafen, alles noch in Kisten verpackt, und von Montage konnte nicht die Rede sein –

20. IV. Abflug von Caracas.

Der Flughafen heißt heute John F. Kennedy Airport. 21. IV. Ankunft in New York, Idlewild*.

Ivy stellte mich an der Schranke, sie hatte sich erkundigt, wann ich ankomme, und war nicht zu umgehen. Ob sie meinen Brief nicht bekommen habe? Sie küßte mich, ohne zu antworten, und wußte bereits, daß ich in einer Woche dienstlich nach Paris fliegen mußte; sie roch nach Whisky. Ich redete kein Wort.

Man saß in unserem Studebaker, und Ivy steuerte zu meiner Wohnung. Kein Wort von meinem Wüsten-Brief! Ivy hatte Blumen besorgt, obschon ich mir aus Blumen nichts weißer Bordeauxwein mache, dazu Hummer, dazu Sauternes*: zur Feier meiner Errettung aus der Wüste: – dazu wieder ihre Küsse, während ich meine Post durchging.

Ich hasse Abschiede.

Ich hatte nicht damit gerechnet, Ivy nochmals zu sehen und schon gar nicht in dieser Wohnung, die sie »unsere« Wohnung nennt.

Kann sein, ich duschte endlos –

Unser Krach beginnt, als Ivy mit einem Frottiertuch kommt, ich werfe sie hinaus – mit Gewalt leider, denn sie liebt Gewalt, dann hat sie das Recht, mich zu beißen –

Zum Glück klingelte das Telefon!

Nach meiner Verabredung mit Dick, der zu meiner Notlandung gratuliert, Verabredung zu einem Schach, findet Ivy, ich sei ein Rohling, ein Egoist, ein Unmensch, ich habe überhaupt keine Gefühle –

Ich lachte natürlich.

Sie schlägt mit beiden Fäusten, schluchzend, aber ich hüte mich, Gewalt zu brauchen, denn das möchte sie.

Mag sein, daß Ivy mich liebte.

(Sicher war ich bei Frauen nie.)

Eine Viertelstunde später, als ich Dick anrief und mitteilte, daß ich leider doch nicht kommen könnte, hatte Dick unser Schach schon aufgestellt; ich entschuldigte mich, was peinlich war, ich konnte ja nicht sagen, warum und wieso, sagte nur, daß ich wirklich viel lieber ein Schach spielen würde – Ivy schluchzte von neuem.

Das war 18.00 Uhr, und ich wußte ja genau, wie dieser lange Abend verlaufen würde, wenn wir nicht ausgingen; ich schlug ein französisches Restaurant vor, dann ein chinesisches, dann ein schwedisches. Alles vergeblich! Ivy behauptete einfach und gelassen, keinen Hunger zu haben. Ich behauptete: Aber ich! Ivy verwies auf den Hummer im Eisschrank, ferner auf ihr sportliches Kleid, das nicht für ein elegantes Restaurant paßte. Wie ich's übrigens finde, ihr Kleid? Ich hatte unseren Hummer schon in der Hand, um ihn in den incinerator* zu werfen, nicht gewillt, mich von einem Hummer zwingen zu lassen – Ivy versprach sofort vernünftig zu sein.

Müllschlucker

Ich legte den Hummer wieder in den Eisschrank zurück, Ivy war einverstanden mit dem chinesischen Restaurant; nur war sie, wie ich zugeben mußte, sehr verheult, ein make-up unumgänglich.

Ich wartete –

Meine Wohnung, Central Park West, war mir schon lange zu teuer, zwei Zimmer mit Dachgarten, einzigartige Lage, kein Zweifel, aber viel zu teuer, wenn man nicht verliebt ist –

Ivy fragte, wann ich nach Paris fliege.

Schweigen meinerseits.

Ich stand draußen und ordnete meine letzten Filme, um sie zum Entwickeln geben zu können; ich schrieb die Spulen an, wie üblich ... Der Tod von Joachim, davon zu sprechen hatte ich keine Lust, Ivy kannte ihn ja nicht, Joachim war mein einziger wirklicher Freund.

Warum ich so schweigsam tue?

Dick, zum Beispiel, ist nett, auch Schachspieler, hochgebildet, glaube ich, jedenfalls gebildeter als ich, ein witziger Mensch, den ich bewunderte (nur im Schach war ich ihm gewachsen) oder wenigstens beneidete, einer von denen, die uns das Leben retten könnten, ohne daß man deswegen je intimer wird –

Ivy kämmte sich noch immer.

Ich erzählte von meiner Notlandung –

Ivy pinselte ihre Wimpern.

Allein die Tatsache, daß man zusammen nochmals ausging, nachdem man sich schriftlich getrennt hatte, machte mich wütend. Aber davon schien Ivy ja nichts zu wissen, daß man sich getrennt hatte!

Plötzlich hatte ich genug –

Ivy malte ihre Fingernägel und summte –

Plötzlich höre ich mich am Telefon: Anfrage wegen Schiffplatz nach Europa, gleichgültig welche Linie, je rascher um so lieber.

»Wieso Schiff?« fragte Ivy.

Es war sehr unwahrscheinlich, um diese Jahreszeit einen Schiffplatz nach Europa zu bekommen, und ich weiß nicht, wieso ich plötzlich (vielleicht bloß weil Ivy summte und tat, als wäre nichts gewesen) auf die Idee kam, nicht zu fliegen. Ich war selbst überrascht. Ich hatte Glück, indem ein cabin-class*-Bett soeben freigeworden war – Ivy hörte, wie ich bestellte, und war aufgesprungen, um mich zu unterbrechen; aber ich hatte den Hörer bereits aufgelegt.

»It's okay!« sagte ich.

Ivy war sprachlos, was ich genoß; ich zündete mir eine Zigarette an, Ivy hatte auch meine Abfahrtzeit vernommen:

»Eleven o'clock tomorrow morning.«

Ich wiederholte es.

»You're ready?« fragte ich und hielt ihren Mantel wie üb-

2. Klasse

lich, um mit ihr ausgehen zu können. Ivy starrte mich an, dann schleuderte sie plötzlich ihren Mantel irgendwohin ins Zimmer, stampfend, außer sich vor Zorn ... Ivy hatte sich eingerichtet, eine Woche in Manhattan zu verbringen, jetzt gestand sie's, und mein plötzlicher Entschluß, nicht zu fliegen wie üblich, sondern morgen schon mit dem Schiff zu reisen, um in einer Woche auch in Paris zu sein, war ein Strich durch ihre Rechnung.

Ich hob ihren Mantel auf.

Ich hatte ihr geschrieben, daß es Schluß ist, schwarz auf weiß; sie hatte es einfach nicht geglaubt. Sie hatte gemeint, ich sei hörig, und wenn wir zusammen eine Woche verbringen, sei alles wieder beim alten, das hatte sie gemeint – und drum lachte ich.

Mag sein, ich war gemein.

Sie war es auch –

Ihr Verdacht, daß ich Flugangst hätte, war rührend, und obschon ich natürlich nicht die mindeste Flugangst je erlebt habe, tat ich, als hätte ich Flugangst. Ich wollte es ihr leichter machen; ich wollte nicht gemein sein. Ich log und sagte, was ihr meinen Entschluß verständlich machte – ich schilderte ihr (zum zweiten Mal bereits) meine Notlandung in Tamaulipas, und wie wenig gefehlt hätte –

»Oh, Honey«, sagte sie, »stop it!«

Ein Defekt in der Brennstoffzufuhr, was natürlich nicht vorkommen sollte, eine einzige blöde Panne genügt, sagte ich, und was nützt es mir, daß von 1000 Flügen, die ich mache, 999 tadellos verlaufen; was interessiert es mich, daß am gleichen Tag, wo ich ins Meer stürze, 999 Maschinen tadellos landen?

Sie wurde nachdenklich.

Warum nicht einmal eine Schiffspassage?

Ich rechnete, bis Ivy mir glaubte, sie setzte sich sogar und gestand, daß sie solche Rechnungen nie angestellt hätte; sie verstand meinen Entschluß, nicht zu fliegen.

Sie bat mich um Verzeihung.

Ich bin in meinem Leben, glaube ich, über 100 000 Meilen geflogen ohne die mindeste Panne. Von Flugangst konnte keine Rede sein! Ich tat nur so, bis Ivy mich bat, nie wieder zu fliegen.

Ich mußte es schwören –

Nie wieder!

Ivy war komisch, – sie wollte meine Hand lesen, so glaubte sie plötzlich an meine Flugangst und bangte um mein Leben! Sie tat mir leid, denn sie meinte es, wie mir schien, vollkommen ernst, als sie von meiner kurzen Lebenslinie redete (dabei bin ich schon fünfzig!) und weinte, ich strich mit der rechten Hand, während sie meine linke Hand entzifferte, über ihr Haar – was ein Fehler war.

Ich spürte ihren heißen Schädel.

Ivy ist sechsundzwanzig.

Ich versprach, endlich zu einem Arzt zu gehen, und spürte ihre Tränen auf meiner linken Hand, ich fand mich kitschig, aber es war nicht zu ändern, Ivy mit ihrem Temperament, sie glaubte, was sie redete, und obschon ich meinerseits nicht an Wahrsagerei glaube, versteht sich, nicht einen Augenblick lang, mußte ich sie trösten, als wäre ich schon abgestürzt und zerschmettert und zur Unkenntlichkeit verkohlt, ich lachte natürlich, aber ich streichelte sie, wie man eine junge Witwe streichelt und tröstet, und küßte sie –

Es kam genau, wie ich's nicht wollte.

Eine Stunde später saß man nebeneinander, Ivy in ihrem Morgenrock, den ich ihr zu Weihnachten geschenkt hatte, und man aß Hummer, trank Sauternes; ich haßte sie.

Ich haßte mich selbst –

Ivy summte. Wie zum Hohn.

Ich hatte ihr geschrieben, daß es Schluß ist, und sie hatte meinen Brief (ich sah es) in ihrer Tasche –

Jetzt rächte sie sich.

Ich hatte Hunger, aber der Hummer ekelte mich. Ivy fand ihn himmlisch, und es ekelte mich ihre Zärtlichkeit, ihre Hand auf meinem Knie, ihre Hand auf meiner Hand, ihr Arm auf meiner Schulter, ihre Schulter an meiner Brust, ihr Kuß, wenn ich Wein einschenkte, es war unerträglich – ich sagte rundheraus, daß ich sie hasse.

Ivy glaubte es nicht.

Ich stand am Fenster und haßte die ganze Zeit, die ich in diesem Manhattan verbracht habe, vor allem aber meine Wohnung. Ich hätte sie anzünden wollen! Als ich vom Fenster zurückkehrte, hatte Ivy sich noch immer nicht angekleidet, sondern zwei Grapefruits gerichtet und fragte, ob ich Kaffee möchte.

Ich bat sie, sich anzukleiden.

Als sie an mir vorbeiging, um Wasser für den Kaffee aufzusetzen, gab sie mir einen Nasenstüber. Wie einem Hanswurst. Ob ich ins Kino wollte, fragte sie aus der Küchennische herüber, als wäre sie bereit, sofort zu kommen – in Strümpfen und Morgenrock.

Jetzt spielte sie Katz und Maus.

Ich beherrschte mich und sagte kein Wort, sammelte ihre Schuhe, ihre Wäsche, ihr Drum und Dran (ich vertrage den Anblick solcher Rosa-Sachen sowieso nicht) und warf es ins Nebenzimmer, damit Ivy noch einmal ihre endlose Toilette machen konnte.

Ja, ich wollte ins Kino!

Der Kaffee tat gut –

Mein Entschluß, diese Wohnung aufzugeben, war jetzt unerschütterlich, und ich sagte es auch.

Ivy widersprach nicht.

Ich hatte das Bedürfnis, mich zu rasieren, nicht weil ich's nötig hatte, sondern einfach so. Um nicht auf Ivy zu warten. Aber mein Apparat war kaputt; ich ging von Steckdose zu Steckdose – er summte nicht.

Ivy fand mich tiptop.

Aber darum ging es ja nicht!

Ivy in Mantel und Hut –

Natürlich war ich tiptop, ganz abgesehen davon, daß ich im Badezimmer noch einen andern Apparat hatte, einen älteren, der ging, aber darum ging es nicht, wie gesagt, ich hatte mich gesetzt, um den Apparat auseinanderzunehmen. Jeder Apparat kann einmal versagen; es macht mich nur nervös, solange ich nicht weiß, warum.

»Walter«, sagte sie, »I'm waiting.«

Als hätte unsereiner noch nie gewartet!

»Technology!« sagte sie – nicht nur verständnislos, wie ich's von Frauen gewohnt bin, sondern geradezu spöttisch, was mich nicht hinderte, das Apparätchen vollkommen zu zerlegen; ich wollte wissen, was los ist.

–––

Es war wieder ein purer Zufall, was die Zukunft entschied, nichts weiter, ein Nylon-Faden in dem kleinen Apparat – jedenfalls ein Zufall, daß wir nicht schon aus der Wohnung gegangen waren, als der Anruf von der CGT kam, derselbe vermutlich, den ich vor einer Stunde zwar gehört, aber nicht hatte abnehmen können, ein immerhin entscheidender Anruf: Mein Schiffplatz nach Europa könne nur gebucht werden, wenn ich sofort, spätestens bis zweiundzwanzig Uhr, mit meinem Paß vorbeikomme. Ich meine nur: Hätte ich das Apparätchen nicht zerlegt, so hätte mich jener Anruf nicht mehr erreicht, das heißt, meine Schiffreise wäre nicht zustande gekommen, jedenfalls nicht mit dem Schiff, das Sabeth benutzte, und wir wären einander nie auf der Welt begegnet, meine Tochter und ich.

–––

Eine Stunde später saß ich in einer Bar, meine Schiffskarte in der Tasche, unten am Hudson, vergnügt, nachdem ich unser Schiff gesehen hatte, einen Riesenkahn mit erleuchteten Fenstern überall, Maste und Krane und die roten Kamine im Scheinwerfer – ich freute mich aufs Leben wie ein Jüngling, wie schon lange nicht mehr. Meine erste Schifffahrt! Ich trank ein Bier und aß einen Hamburger, Mann unter Männern, Hamburger mit viel Senf, denn ich hatte Hunger, sobald ich allein war, ich schob meinen Hut in den Nacken, ich leckte den Schaum von den Lippen, Blick auf einen Boxkampf in Television, ringsum standen Dockarbeiter, vor allem Neger, ich zündete mir eine Zigarette an und fragte mich, was man als Jüngling eigentlich vom Leben erwartet hat –

Ivy wartete in der Wohnung.

Leider mußte ich zurück, ich mußte ja noch packen, aber es eilte nicht. Ich aß einen zweiten Hamburger.

Ich dachte an Joachim –

Ich hatte das Gefühl, ein neues Leben zu beginnen, vielleicht bloß, weil ich noch nie eine Schiffreise gemacht hatte; jedenfalls freute ich mich auf meine Schiffreise.

Ich saß bis Mitternacht dort.

Ich hoffte, daß Ivy nicht mehr wartete, sondern die Geduld verloren und meine Wohnung verlassen hatte, böse auf mich, da ich mich (ich wußte es) wie ein Flegel benahm; aber anders wurde ich Ivy nicht los – ich zahlte und ging zu Fuß, um die Chance, Ivy nicht mehr zu treffen, nochmals um eine halbe Stunde zu vergrößern; ich wußte, daß sie zähe ist. – Sonst wußte ich wenig von Ivy. – Sie ist katholisch, Mannequin, sie duldete Witze über alles, bloß nicht über den Papst, vielleicht ist sie lesbisch, ⌜vielleicht frigid⌝, es war ihr ein Bedürfnis, mich zu verführen, weil sie fand, ich sei ein Egoist, ein Unmensch, sie ist nicht dumm, aber ein bißchen pervers, so schien mir, komisch, dabei ein herzensguter Kerl, wenn sie nicht geschlechtlich wurde ... Als ich in meine Wohnung trat, saß sie in Mantel und Hut, lächelnd, obschon ich sie über zwei Stunden hatte sitzen lassen, ohne Vorwurf.

»Everything okay?« fragte sie.

Es gab noch Wein in der Flasche.

»Everything okay!« sagte ich.

Ihr Aschenbecher war übervoll, ihr Gesicht etwas verheult, ich füllte unsere Gläser so gerecht als möglich und bat um Entschuldigung wegen vorher. Strich darunter! Ich bin unausstehlich, wenn ich überarbeitet bin, und man ist meistens überarbeitet.

Unser Sauternes war lauwarm –

Als wir mit unseren halbvollen Gläsern anstießen, wünschte mir Ivy (sie stand) eine glückliche Reise, ein glückliches Leben überhaupt. Ohne Kuß. Wir tranken im Stehen wie bei diplomatischen Empfängen. Alles in allem, fand ich, hatten wir zusammen eine hübsche Zeit verlebt, Ivy fand es auch, unsere Wochenenden draußen auf Fire Island, auch unsere Abende auf dem Dachgarten hier –

Strich darunter! sagte auch Ivy.

Sie sah entzückend aus, dabei die Vernunft in Person, sie hatte die Figur eines Buben, nur ihre Brust war sehr weiblich, ihre Hüften schmal, wie es sich für Mannequins gehört.

So standen wir und nahmen Abschied.

Ich küßte sie –

Sie verweigerte jeden Kuß.

Während ich sie hielt, ohne etwas anderes zu wollen als einen letzten Kuß, und ihren Körper spürte, drehte sie ihr Gesicht zur Seite; ich küßte zum Trotz, während Ivy rauchte und ihre Zigarette nicht preisgab, ich küßte ihr Ohr, ihren straffen Hals, ihre Schläfe, ihr bitteres Haar –

Sie stand wie eine Kleiderpuppe.

Sie rauchte nicht nur ihre Zigarette, als wäre es die letzte, hinunter bis zum Filter, in der anderen Hand hielt sie ihr leeres Glas.

Ich weiß nicht, wie es wieder kam –

Ich glaube, Ivy wollte, daß ich mich haßte, und verführte mich bloß, damit ich mich haßte, und das war ihre Freude dabei, mich zu demütigen, die einzige Freude, die ich ihr geben konnte.

Manchmal fürchtete ich sie.

Wir saßen wieder wie vor Stunden –

Ivy wollte schlafen.

Als ich Dick nochmals anrief – ich wußte mir nicht anders zu helfen – war es Mitternacht vorbei, Dick hatte nun seinerseits Gesellschaft, ich bat ihn, mit der ganzen Bande herüberzukommen. Man hörte sie durchs Telefon, seine Gesellschaft, Gewirr von besoffenen Stimmen. Ich beschwor ihn. Aber Dick war erbarmungslos. Erst als Ivy sich an den Hörer hängte, bequemte sich Dick zu dem Freundesdienst, mich nicht mit Ivy allein zu lassen.

Ich war todmüde.

Ivy kämmte sich zum dritten Mal –

Endlich, als ich im Schaukelstuhl eingeschlafen war, kamen sie: sieben oder neun Männer, davon drei wie Invalide, die man aus dem Lift schleppen mußte. Einer streikte, als er hörte, daß eine Frau zugegen wäre; das war ihm zuviel oder zuwenig. Er ging, besoffen wie er war, die Treppe hinunter, schimpfend, sechzehn Stockwerke.

Dick stellte vor:

»This is a friend of mine –«

Ich glaube, er kannte die Brüder selber nicht, jemand wurde vermißt. Ich erklärte, daß einer umgekehrt war; Dick fühlte sich verantwortlich, daß keine Freunde verlorengingen, und zählte sie mit Fingern, um nach langem Hin und Her festzustellen, daß immer noch einer fehlte.

»He's lost«, sagte er, »anyhow –«[*]

Natürlich versuchte ich, alles von der komischen Seite zu nehmen, auch als die indianische Vase in Trümmer ging, die gar nicht mir gehörte.

> »Er ist verloren gegangen . . . was soll's –«

Ivy fand mich humorlos.

Ich hatte auch nach einer Stunde noch keine Ahnung, wer diese Leute waren. Einer sollte ein berühmter Artist sein. Um es zu beweisen, drohte er, einen Handstand auf dem Geländer unseres sechzehnten Stockwerkes zu machen, was verhindert werden konnte; dabei fiel eine Whisky-Flasche über die Fassade hinunter – natürlich war er kein Artist, sondern sie sagten es bloß, um mich zu foppen, ich weiß nicht warum. Zum Glück war niemand getroffen worden! Ich war sofort hinuntergegangen, darauf gefaßt, eine Ansammlung von Leuten zu treffen, Sanität, Blut, Polizei, die mich verhaften würde. Aber nichts von alledem! Als ich in meine Wohnung zurückkehrte, brachen sie in Gelächter aus; denn es wäre gar keine Whisky-Flasche über die Fassade hinuntergefallen –

Ich wußte nicht, was stimmte.

Als ich gelegentlich auf die Toilette ging, war die Tür verriegelt. Ich holte einen Schraubenzieher und sprengte die Türe. Einer saß am Boden und rauchte und wollte wissen, wie ich heiße.

So ging's die ganze Nacht.

In eurer Gesellschaft könnte man sterben, sagte ich, man könnte sterben, ohne daß ihr es merkt, von Freundschaft keine Spur, sterben könnte man in eurer Gesellschaft! schrie ich, und wozu wir überhaupt miteinander reden, schrie ich, wozu denn (ich hörte mich selber schreien), wozu diese ganze Gesellschaft, wenn einer sterben könnte, ohne daß ihr es merkt –

Ich war betrunken.

So ging's bis zum Morgen – ich weiß nicht, wann sie die Wohnung verlassen hatten und wie; nur Dick lag noch da. 9.30 Uhr mußte ich an Bord sein.

Ich hatte Kopfschmerzen, ich packte und war froh, daß Ivy mir half, ich war spät, ich bat sie, noch einmal ihren guten Kaffee zu machen, sie war rührend und begleitete mich sogar aufs Schiff. Natürlich weinte sie. Wen Ivy außer mir hatte, abgesehen von ihrem Mann, wußte ich nicht; Vater und Mutter hatte sie nie erwähnt, ich erinnerte mich nur an ihren drolligen Ausspruch: I'm just a dead-end kid!* Sie stammte aus der Bronx, sonst wußte ich wirklich nichts von Ivy, anfangs hatte ich sie für eine Tänzerin gehalten, dann für eine Kokotte*, beides stimmte nicht – ich glaube, Ivy arbeitete wirklich als Mannequin.

Wir standen auf Deck.

Ivy in ihrem Kolibri-Hütchen –

Ivy versprach, alles zu erledigen, die Sache mit der Wohnung und mit dem Studebaker. Ich gab ihr die Schlüssel. Ich dankte ihr, als es tutete und der Lautsprecher immer wieder die Begleiter aufforderte, das Schiff zu verlassen; ich küßte sie, denn Ivy mußte nun wirklich gehen, unsere Sirenen widerhallten ringsum, so daß man sich die Ohren zuhalten mußte. Ivy war die letzte, die über die Brücke an Land ging.

Ich winkte –

Ich mußte mich zusammennehmen, obschon ich froh war, als sie die schweren Taue lösten. Wir hatten einen wolkenlosen Tag. Ich war froh, daß alles noch geklappt hatte.

Ivy winkte auch –

Ein lieber Kerl! dachte ich, obschon ich Ivy nie verstanden habe; ich stand auf dem Sockel eines Krans, als die schwarzen Schlepper uns rückwärts hinauszogen, dazu nochmals Sirenen, ich filmte (mit meinem neuen Tele-Objektiv) die winkende Ivy, bis man von bloßem Auge schon keine Gesichter mehr unterscheiden konnte. Ich filmte die ganze Ausfahrt, solange man Manhattan sah, dann die Möwen, die uns begleiteten.

⌜Wir hätten Joachim (so denke ich oft) nicht in die Erde begraben, sondern verbrennen sollen.⌝ Aber das war nun nicht mehr zu ändern. Marcel hatte vollkommen recht:

Feuer ist eine saubere Sache, Erde ist Schlamm nach einem einzigen Gewitter (wie wir's auf unsrer Rückfahrt erlebt haben), Verwesung voller Keime, glitschig wie Vaseline, Tümpel im Morgenrot wie Tümpel von schmutzigem Blut, Monatsblut, Tümpel voller Molche, nichts als schwarze Köpfe mit zuckenden Schwänzchen wie ein Gewimmel von Spermatozoen*, genau so – grauenhaft.

männliche
Samenzellen

eingeäschert

(Ich möchte kremiert* werden!)

Auf unsrer Rückfahrt damals machten wir überhaupt keinen Stop, ausgenommen in der Nacht, weil es zum Fahren einfach zu finster war ohne Mond. Es regnete. Es gurgelte die ganze Nacht, wir ließen unsere Scheinwerfer an, obschon wir nicht fuhren, und es rauschte wie eine Sintflut, die Erde dampfte vor unseren Scheinwerfern, ein lauer und schwerer Regen. Ohne Wind. Was man im Scheinwerferkegel sah: Gewächs reglos, Geschlinge von Luftwurzeln, die in unserem Scheinwerferlicht glänzten wie Eingeweide. Ich war froh, nicht allein zu sein, obschon eigentlich keinerlei Gefahr, sachlich betrachtet; das Wasser lief ab. Wir schliefen nicht eine Minute. Wir hockten wie in der Sauna, nämlich ohne Kleider; es war unerträglich, das nasse Zeug auf dem Leib. Dabei war es, wie ich mir immer sagte, nur Wasser, kein Grund zum Ekel. Gegen Morgen hatte der Regen aufgehört, plötzlich, wie wenn man eine Dusche abstellt; aber es tropfte von den Gewächsen, es hörte nicht auf zu glucksen, zu tropfen. Dann die Morgenröte! Von Kühlung keine Spur; der Morgen war heiß und dampfig, die Sonne schleimig wie je, die Blätter glänzten, und wir waren naß von Schweiß und Regen und Öl, schmierig wie Neugeborene. Ich steuerte; ich weiß nicht, wie wir mit unserem Landrover durch den Fluß kamen; aber wir kamen hindurch und konnten es nicht fassen, daß wir je in diesem lauen Wasser mit fauligen Bläschen geschwommen sind. Es spritzte der Schlamm nach beiden Seiten, wenn wir durch die Tümpel fuhren, diese Tümpel

74   Erste Station

im Morgenrot – einmal sagte Marcel: ⌜Tu sais que la mort est femme! Ich blickte ihn an, et que la terre est femme!⌝ sagte er, und das letztere verstand ich, denn es sah so aus, genau so, ich lachte laut, ohne zu wollen, wie über eine Zote –

Es war kurz nach der Ausfahrt, als ich das Mädchen mit dem blonden Roßschwanz zum ersten Mal erblickte, man mußte sich im Speisesaal versammeln, um anzustehen wegen Tischkarten. Es war mir eigentlich unwichtig, wer an meinem Tisch sitzt, immerhin hoffte ich auf Männertisch, gleichviel welcher Sprache. Aber von Wählen keine Spur! Der Steward hatte einen Plan vor sich, ein französischer Bürokrat, ungnädig, wenn ein Mensch nicht Französisch versteht, dann wieder geschwätzig, wenn's ihm so paßte, charmant ohne Ende, während wir warteten, eine ganze Schlange von Passagieren – vor mir: ein junges Mädchen in schwarzer Cowboy-Hose, kaum kleiner als ich, Engländerin oder Skandinavierin, ich konnte ihr Gesicht nicht sehen, nur ihren blonden oder rötlichen Roßschwanz, der bei jeder Bewegung ihres Kopfes baumelte. Natürlich blickte man sich um, ob man jemand kennt; es hätte ja sein können. Ich hoffte wirklich auf Männertisch. Das Mädchen bemerkte ich bloß, weil ihr Roßschwanz vor meinem Gesicht baumelte, mindestens eine halbe Stunde lang. Ihr Gesicht, wie gesagt, sah ich nicht. Ich versuchte, das Gesicht zu erraten. Zum Zeitvertreib; wie man sich zum Zeitvertreib an ein Kreuzworträtsel macht. Übrigens gab es fast keine jungen Leute. Sie trug (ich erinnere mich genau) einen schwarzen Pullover mit Rollkragen, ⌜existentialistisch⌝, dazu Halskette aus gewöhnlichem Holz, Espadrilles*, alles ziemlich billig. Sie rauchte, ein dickes Buch unter dem Arm, und in der hinteren Tasche ihrer Cowboy-Hose steckte ein grüner Kamm. Ich war einfach durch diese Warterei gezwungen, sie zu betrachten; sie mußte sehr jung

*Leinensandalen mit geflochtener Bastsohle

sein: ihr Flaum auf dem Hals, ihre Bewegungen, ihre kleinen Ohren, die erröteten, als der Steward einen Spaß machte – sie zuckte nur die Achsel; ob erster oder zweiter Service, war ihr gleichgültig.

Sie kam in den ersten; ich in den zweiten.

Unterdessen war die letzte amerikanische Küste, Long Island, auch verschwunden, ringsum nichts als Wasser; ich brachte meine Kamera in die Kabine hinunter, wo ich zum ersten Mal meinen Mitschläfer sah, einen jungen und baumstarken Mann, Lajser Lewin, Landwirt aus Israel. Ich ließ ihm das untere Bett. Er hatte, als ich in die Kabine trat, auf dem oberen gesessen, gemäß Ticket; aber es war uns beiden wohler, glaube ich, als er auf dem unteren Bett saß, um seine Siebensachen auszupacken. Eine Lawine von Mensch! Ich rasierte mich, da ich in der Morgenhetze nicht dazu gekommen war. Ich steckte meinen Apparat an, denselben wie gestern, und er ging. Herr Lewin hatte die kalifornische Landwirtschaft studiert. Ich rasierte mich, ohne viel zu reden.

Später wieder auf Deck –

Es gab nichts zu sehen. Wasser ringsum, ich stand und genoß es, unerreichbar zu sein – statt daß ich mich um einen Decksessel kümmerte.

Ich wußte das alles noch nicht.

Möwen folgten dem Schiff –

Wie man eine Woche auf einem solchen Schiff verbringt, konnte ich mir nicht vorstellen, ich ging hin und her, Hände in den Hosentaschen, einmal geschoben vom Wind, geradezu schwebend, dann wieder gegen den Wind, dann mühsam, so daß man sich nach vorne lehnen mußte mit flatternden Hosen, ich wunderte mich, woher die andern Passagiere ihre Sessel hatten. Jeder Sessel mit Namen versehen. Als ich den Steward fragte, gab es keine Decksessel mehr. Sabeth spielte Pingpong.

Sie spielte famos, ticktack, ticktack, das ging nur so hin

und her, eine Freude zum Zuschauen. Ich selber hatte seit
Jahren nicht mehr gespielt.

Sie erkannte mich nicht.

Ich hatte genickt –

Sie spielte mit einem jungen Herrn. Möglicherweise ihr
Freund oder Verlobter. Sie hatte sich umgekleidet und trug
jetzt einen olivgrünen Manchesterrock*, glockig, was ihr
besser stand als die Bubenhosen, fand ich – vorausgesetzt,
daß es wirklich dieselbe Person war!

Jedenfalls war die andere nirgends zu finden.

In der Bar, die ich zufällig entdeckte, war kein Knochen*.
In der Bibliothek gab es bloß Romane, anderswo Tische für
Kartenspiele, was auch nach Langeweile aussah – draußen
war's windig, jedoch weniger langweilig, da man ja fuhr.

Eigentlich bewegte sich nur die Sonne –

Gelegentlich ein Frachter am Horizont.

Um vier Uhr gab's Tee.

Ab und zu blieb ich wieder beim Pingpong stehen, jedesmal
überrascht, wenn ich sie von vorne sah, gezwungen mich
zu fragen, ob es wirklich dieselbe Person war, deren Gesicht ich zu erraten versucht hatte, während wir auf unsere
Tischkarten hatten warten müssen. Ich stand bei dem großen Fenster des Promenadendecks, rauchte und tat, als
blickte ich aufs Meer hinaus. Von hinten gesehen, vom rötlichen Roßschwanz her, war sie's durchaus, aber von vorne
blieb sie merkwürdig. Ihre Augen wassergrau, wie oft bei
Rothaarigen. Sie zog ihre Wolljacke aus, weil sie das Spiel
verloren hatte, und krempelte ihre Bluse herauf. Einmal
überrannte sie mich fast, um den Ball zu fangen. Ohne ein
Wort der Entschuldigung. Das Mädchen sah mich gar
nicht.

Gelegentlich ging ich weiter –

Auf Deck wurde es kalt, sogar naß, weil Gischt, und der
Steward klappte die Sessel zusammen. Man hörte die Wellen viel lauter als zuvor, dazu Pingpong aus dem unteren

Rock aus
Kordsamt

kein Mensch

Stock, ticktack, ticktack. Dann Sonnenuntergang. Ich schlotterte. Als ich in die Kabine hinunterging, um meinen Mantel zu holen, mußte ich nochmals durch das Promenadendeck – ich hob ihr einen Ball auf, ohne mich aufzudrängen, glaube ich, sie dankte kurz und englisch (sonst sprach sie deutsch), und bald darauf gongte es zum Ersten Service.

Der erste Nachmittag war überstanden.

Als ich mit Mantel und Kamera zurückkehrte, um den Sonnenuntergang zu filmen, lagen die beiden Pingpong-Schläger auf dem grünen Tisch –

–––

Was ändert es, daß ich meine Ahnungslosigkeit beweise, mein Nichtwissenkönnen! Ich habe das Leben meines Kindes vernichtet und ich kann es nicht wiedergutmachen. Wozu noch ein Bericht? Ich war nicht verliebt in das Mädchen mit dem rötlichen Roßschwanz, sie war mir aufgefallen, nichts weiter, ich konnte nicht ahnen, daß sie meine eigene Tochter ist, ich wußte ja nicht einmal, daß ich Vater bin. Wieso Fügung? Ich war nicht verliebt, im Gegenteil, sie war mir fremder als je ein Mädchen, sobald wir ins Gespräch kamen, und es war ein unwahrscheinlicher Zufall, daß wir überhaupt ins Gespräch kamen, meine Tochter und ich. Es hätte ebensogut sein können, daß wir einfach aneinander vorbeigegangen wären. Wieso Fügung! Es hätte auch ganz anders kommen können.

–––

Schon am Abend jenes ersten Tages, nachdem ich den Sonnenuntergang gefilmt hatte, spielten wir Pingpong, unser erstes und letztes. Ein Gespräch war kaum möglich; ich habe nicht mehr gewußt, daß ein Mensch so jung sein kann. Ich hatte ihr meine Kamera erläutert, aber es langweilte sie alles, was ich sagte. Unser Pingpong ging besser, als meinerseits erwartet; ich hatte seit Jahrzehnten nicht mehr gespielt. Nur ihr »service«* war gerissener, sie schnitt. Früher hatte ich auch schneiden können, aber es fehlte mir die Übung; daher war ich zu langsam. Sie schnitt, wo sie nur konnte, aber nicht immer mit Erfolg; ich wehrte mich. Pingpong ist eine Frage des Selbstvertrauens, nichts weiter. Ich war nicht so alt, wie das Mädchen meinte, und so hopp-hopp, wie sie's offenbar erwartet hatte, ging es dann doch nicht; langsam merkte ich, wie ihre Bälle zu nehmen sind. Sicher langweilte ich sie. Ihr Partner vom Nachmittag, ein Jüngling mit Schnäuzchen, spielte natürlich viel imposanter. Ich hatte bald einen roten Kopf, da ich mich öfter bücken mußte, aber auch das Mädchen mußte noch die Wolljacke ausziehen, sogar ihre Bluse krempeln, um mich zu schlagen, sie warf ihren Roßschwanz in den Nacken zurück, ungeduldig. Sobald ihr Schnäuzchen-Freund auftauchte, um zu lächeln als Zuschauer mit beiden Händen in den Hosentaschen, gab ich meinen Schläger ab – sie bedankte sich, ohne mich aufzufordern, die Partie zu Ende zu spielen; ich bedankte mich gleichfalls, nahm meine Jacke.

Ich stellte ihr nicht nach.

Ich machte Konversation mit allerlei Leuten, meistens mit Mister Lewin, keinesfalls bloß mit Sabeth, sogar mit den alten Jungfern an meinem Tisch, Stenotypistinnen aus Cleveland, die sich verpflichtet fühlten, Europa gesehen zu haben, oder mit dem amerikanischen Geistlichen, ⌈Baptist⌉ aus Chicago, aber ein fideler Kerl –

Ich bin nicht gewohnt, untätig zu sein.

Vor dem Schlafengehen machte ich jedesmal, um Luft zu schnappen, eine Runde um sämtliche Decks. Allein. Traf ich sie im Dunkeln – zufällig – Arm in Arm mit ihrem Pingpong-Freund, so tat sie, als hätte sie mich nicht gesehen; als

Aufschlagball beim (Tisch-)Tennis

dürfte ich unter keinen Umständen wissen, daß sie verliebt
ist.

Was ging's mich an!

Ich ging, wie gesagt, um Luft zu schnappen.

Sie meinte, ich sei eifersüchtig –   5

Am andern Morgen, als ich allein an der Reling stand, trat
sie zu mir und fragte, wo denn mein Freund sei. Es interessierte mich nicht, wen sie für meinen Freund hielt, Israel-
Landwirt oder Chicago-Baptist, sie meinte, ich fühle mich
einsam, und wollte nett sein, gab's nicht auf, bis sie mich   10
zum Plaudern brachte – über Navigation, Radar, Erd-
krümmung, Elektrizität, ⌐Entropie⌐, wovon sie noch nie
gehört hat. Sie war alles andere als dumm. Nicht viele Leu-

vgl. Erl. zu
S. 35,12–13

te, denen ich den sogenannten Maxwell'schen Dämon* erläuterte, begreifen so flink wie dieses junge Mädchen, das   15
ich Sabeth nannte, weil Elisabeth, fand ich, ein unmöglicher Name ist. Sie gefiel mir, aber ich flirtete in keiner
Weise. Ich redete wie ein Lehrer, fürchtete ich, während sie
lächelte. Sabeth wußte nichts von Kybernetik, und wie immer, wenn man mit Laien darüber redet, galt es, allerlei   20
kindische Vorstellungen vom Roboter zu widerlegen, ⌐das
menschliche Ressentiment gegen die Maschine, das mich
ärgert, weil es borniert ist, ihr abgedroschenes Argument:
der Mensch sei keine Maschine⌐. Ich erklärte, was die heutige Kybernetik als *Information* bezeichnet: unsere Hand-   25
lungen als Antworten auf sogenannte Informationen, beziehungsweise Impulse, und zwar sind es automatische
Antworten, größtenteils unserem Willen entzogen, Refle-
xe, die eine Maschine ebensogut erledigen kann wie ein
Mensch, wenn nicht sogar besser. Sabeth rümpfte ihre   30
Brauen (wie stets bei Späßen, die ihr eigentlich mißfallen)

N. W. (1894–
1964), amerik.
Mathematiker
und Begründer
der Kybernetik

und lachte. Ich verwies sie auf Norbert Wiener*: *Cybernetics or Control and Communication in the Animal and the
Machine, M.I.T. 1948*. Natürlich meinte ich ⌐nicht die Roboter, wie sie die Illustrierten sich ausmalen⌐, sondern die   35

Höchstgeschwindigkeitsrechenmaschine, auch Elektronen-Hirn genannt, weil Steuerung durch Vakuum-Elektronenröhren, eine Maschine, die heute schon jedes Menschenhirn übertrifft. In einer Minute 2 000 000 Additionen oder Subtraktionen! In ebensolchem Tempo erledigt sie eine Infinitesimal-Rechnung, Logarithmen ermittelt sie schneller, als wir das Ergebnis ablesen können, und eine Aufgabe, die bisher das ganze Leben eines Mathematikers erfordert hätte, wird in Stunden gelöst und zuverlässiger gelöst, weil sie, die Maschine, nichts vergessen kann, weil sie alle eintreffenden Informationen, mehr als ein menschliches Hirn erfassen kann, in ihre Wahrscheinlichkeitsansätze einbezieht. Vor allem aber: die Maschine erlebt nichts, sie hat keine Angst und keine Hoffnung, die nur stören, keine Wünsche in bezug auf das Ergebnis, sie arbeitet nach der reinen Logik der Wahrscheinlichkeit, darum behaupte ich: ⌜Der Roboter erkennt genauer als der Mensch, er weiß mehr von der Zukunft als wir⌝, denn er errechnet sie, er spekuliert nicht und träumt nicht, sondern wird von seinen eigenen Ergebnissen gesteuert (feed back) und kann sich nicht irren; der Roboter braucht keine Ahnungen –

Sabeth fand mich komisch.

Ein wenig, glaubte ich, mochte sie mich doch; jedenfalls nickte sie, wenn sie mich auf Deck sah, sie lag in ihrem Decksessel und nahm sofort ihr Buch, aber winkte –

»Hello, Mister Faber!«

Sie nannte mich Mister Faber, weil ich mich, gewohnt an die englische Aussprache meines Namens, so vorgestellt hatte; im übrigen sprachen wir deutsch.

Ich ließ sie oft in Ruhe.

Eigentlich hätte ich arbeiten sollen –

So eine Schiffreise ist ein komischer Zustand. Fünf Tage ohne Wagen! Ich bin gewohnt zu arbeiten oder meinen Wagen zu steuern, es ist keine Erholung für mich, wenn nichts läuft, und alles Ungewohnte macht mich sowieso nervös. Ich konnte nicht arbeiten. Man fährt und fährt, die Motoren laufen Tag und Nacht, man hört sie, man spürt sie, man fährt pausenlos, aber nur die Sonne bewegt sich, beziehungsweise der Mond, es könnte auch eine Illusion sein, daß man fährt, unser Kahn kann noch so stampfen und Wellen werfen, Horizont bleibt Horizont, und man bleibt in der Mitte einer Kreisscheibe, wie fixiert, nur die Wellen gleiten davon, ich weiß nicht mit wieviel Knoten in der Stunde, jedenfalls ziemlich schnell, aber es ändert sich überhaupt nichts – nur daß man älter wird!

Sabeth spielte Pingpong oder las.

Ich wanderte halbe Tage lang, obschon es unmöglich ist, jemand zu treffen, der nicht an Bord ist; ich bin in zehn Jahren nicht so viel gegangen, wie auf diesem Schiff, manchmal ließ der Baptist sich herbei, dieses Kinderspiel zu machen, Schieberei mit Stecken und Holzscheiben, Zeitvertreib, ich hatte Zeit wie noch nie und kam nicht einmal dazu, die tägliche Bordzeitung zu lesen.

News of Today –

Nur die Sonne bewegt sich.

President Eisenhower says –

Meinetwegen!

Wichtig ist, daß man seine Holzscheibe in das richtige Feld schiebt, und sicher ist, daß anderseits auch niemand kommen kann, der nicht schon an Bord ist, Ivy zum Beispiel, man ist einfach unerreichbar.

Das Wetter war gut.

Eines Morgens, als ich mit dem Baptist frühstücke, setzt Sabeth sich an unsern Tisch, was mich aufrichtig freut, Sabeth in ihren schwarzen Cowboy-Hosen. Ringsum gibt es leere Tische genug, ich meine, falls das Mädchen mich nicht leiden könnte. Es freut mich aufrichtig. Sie reden vom Louvre in Paris, den ich nicht kenne, und ich schäle unterdessen meinen Apfel. Ihr Englisch läuft ganz famos. Wieder die Verblüffung, wie jung sie ist! Man fragt sich dann, ob man selber je so jung gewesen ist. Ihre Ansichten! Ein Mensch, der den Louvre nicht kennt, weil er sich nichts draus macht, das gibt es einfach nicht; Sabeth meint, ich mache mich bloß lustig über sie. Dabei ist es der Baptist, der sich lustig macht über mich.

»Mister Faber is an engineer«* – sagt er –

»Herr Faber ist Ingenieur –«

Was mich aufregt, sind keineswegs seine blöden Witze über die Ingenieure, sondern seine Flirterei mit dem jungen Mädchen, das nicht seinetwegen an unseren Tisch gekommen ist, seine Hand, die er auf ihren Arm legt, dann auf ihre Schulter, dann wieder auf ihren Arm, seine fleischige Hand. Wozu faßt er das Mädchen immer an! Bloß weil er ein Kenner des Louvre ist.

»Listen«, sagt er immer, »listen!«

Sabeth:

»Yes, I'm listening –«

Dabei hat er gar nichts zu sagen, der Baptist, es geht ihm mit seinem ganzen Louvre bloß darum, das Mädchen anfassen zu können, so eine Altherren-Manier, dazu sein Lächeln über mich.

»Go on«, sagt er zu mir, »go on!«

Ich stehe auf dem Standpunkt, daß der Beruf des Technikers, der mit den Tatsachen fertig wird, immerhin ein männlicher Beruf ist, wenn nicht der einzigmännliche überhaupt; ich stelle fest, daß wir uns auf einem Schiff befinden, somit auf einem Werk der Technik –

»True«, sagt er, »very true!«

Dabei hält er ihren Arm die ganze Zeit, tut gespannt und aufmerksam, bloß um den Arm des Mädchens nicht loslassen zu müssen.

»Go on«, sagt er, »go on!«

Das Mädchen will mich unterstützen und bringt das Gespräch, da ich die Skulpturen im Louvre nicht kenne, auf meinen Roboter; ich habe aber keine Lust, davon zu sprechen, und sagte lediglich, daß Skulpturen und Derartiges nichts anderes sind (für mich) als Vorfahren des Roboters. Die primitiven versuchten den Tod zu annullieren, indem sie den Menschenleib abbilden – wir, indem wir den Menschenleib ersetzen. Technik statt Mystik! 5

Zum Glück kam Mister Lewin.

Als sich herausstellt, daß auch Mister Lewin noch nie im Louvre gewesen ist, wechselt das Tischgespräch, Gottseidank, Mister Lewin hat gestern den Maschinenraum unsres Schiffes besichtigt – das führt zu einem Doppelgespräch: Baptist und Sabeth reden weiterhin über van Gogh, Lewin und ich reden über Dieselmotoren, wobei ich, obschon in Dieselmotoren interessiert, das Mädchen nicht aus den Augen lasse; sie hört dem Baptisten ganz aufmerksam zu, während sie seine Hand nimmt, um sie neben sich auf den Tisch zu legen, wie eine Serviette.

»Warum lachen Sie?«

»Why do you laugh?«* fragt er mich.

Ich lache einfach.

»Van Gogh ist der intelligenteste Bursche seiner Zeit . . . Haben Sie jemals seine Briefe gelesen?«

»Van Gogh is the most intelligent fellow of his time«, sagt er mir, »have you ever read his letters?«* 2

Dazu Sabeth:

»Er weiß wirklich sehr viel.«

Sobald wir, Mister Lewin und ich, von Elektrizität sprechen, weiß er aber auch nichts, unser Baptist und Hahn im Korb, sondern schält auch seinen Apfel und schweigt vor sich hin. Schließlich redet man über Israel.

Später auf Deck äußerte Sabeth (ohne Drängen meinerseits) den Wunsch, einmal den Maschinenraum zu besichtigen, und zwar mit mir; ich hatte lediglich gesagt, einmal werde ich auch den Maschinenraum besichtigen. Ich wollte sie keinesfalls belästigen. Sie wunderte sich, wieso ich keinen Decksessel habe, und bot mir sofort ihren Decksessel an, weil ihrerseits sowieso zu einem Pingpong verabredet.

Ich dankte, und weg war sie –

Seither saß ich öfter in ihrem Sessel; der Steward holte ihren Sessel hervor, sowie er mich erblickte, und klappte ihn auf, begrüßte mich als Mister Piper, weil auf ihrem Sessel stand: *Miss E. Piper.*

Ich sagte mir, daß mich wahrscheinlich jedes junge Mädchen irgendwie an Hanna erinnern würde. Ich dachte in diesen Tagen wieder öfter an Hanna. Was heißt schon Ähnlichkeit? Hanna war schwarz, Sabeth blond beziehungsweise rötlich, und ich fand es an den Haaren herbeigezogen, die beiden zu vergleichen. Ich tat es aus lauter Müßiggang. Sabeth ist jung, wie Hanna damals jung gewesen ist, und zudem redete sie das gleiche Hochdeutsch, aber schließlich (so sagte ich mir) gibt es ganze Völkerstämme, die hochdeutsch reden. Stundenlang lag ich in ihrem Sessel, meine Beine auf das weiße Geländer gestemmt, das zitterte, Blick aufs Meer hinaus. Leider hatte ich keine Fachzeitschriften bei mir, Romane kann ich nicht lesen, dann überlege ich mir lieber, woher diese Vibration, wieso sie nicht zu vermeiden ist, die Vibration, oder ich rechnete mir aus, wie alt jetzt Hanna wäre, ob sie schon weiße Haare hätte. Ich schloß die Augen, um zu schlafen. Wäre Hanna auf Deck gewesen, kein Zweifel, ich hätte sie sofort erkannt. Ich dachte: vielleicht ist sie auf Deck! und erhob mich, schlenderte zwischen den Decksesseln hin und her, ohne im Ernst zu glauben, daß Hanna wirklich auf Deck ist. Zeitvertreib! Immerhin (ich gebe es zu) hatte ich Angst, es könnte sein, und ich musterte sämtliche Damen, die keine jungen Mädchen mehr sind, in aller Ruhe. Man kann das ja, wenn man eine dunkle Sonnenbrille trägt; man steht und raucht und mustert, ohne daß die Gemusterten es merken können, in aller Ruhe, ganz sachlich. Ich schätzte ihr Alter, was keine leichte Sache war; ich achtete weniger auf die Haarfarbe, sondern auf die Beine, die Füße, sofern sie entblößt waren, vor allem auf die Hände und die Lippen. Da und dort, fand ich, gab es sehr blühende Lippen, während der Hals an die gefältelte Haut von Eidechsen erinnert, und ich konnte mir denken, daß Hanna noch immer sehr schön ist, ich meine liebenswert. Leider waren ihre Augen nicht zu sehen, weil lauter Sonnenbrillen. Allerlei Verbrauchtes, allerlei, was vermutlich nie geblüht hat, lag auch da, Amerikanerinnen, die Geschöpfe der Kosmetik. Ich wußte bloß: So wird Hanna nie aussehen.

Ich setzte mich wieder hin.

Der pfeifende Wind im Kamin –

Wellenschäume –

Einmal ein Frachter am Horizont –

Ich langweilte mich, daher die Spintisiererei um Hanna; ich lag, meine Beine auf das weiße Geländer gestützt, das die Vibration nicht lassen kann, und was ich von Hanna wußte, war gerade genug für einen Steckbrief, der nichts nützt, wenn die Person nicht hier ist. Ich sah sie nicht, wie gesagt, nicht einmal mit geschlossenen Augen.

Zwanzig Jahre sind eine Zeit.

Stattdessen (ich machte die Augen auf, weil jemand an meinen Sessel gestoßen war –) wieder das junge Ding, das Fräulein Elisabeth Piper heißt.

Ihr Pingpong war zu Ende.

Am meisten frappierte* mich, wie sie im Gespräch, um ihren Widerspruch zu zeigen, ihren Roßschwanz in den Nakken wirft (dabei hat Hanna nie einen Roßschwanz getragen!), oder wie sie ihre Achsel zuckt, wenn's ihr durchaus nicht gleichgültig ist, bloß aus Stolz. Vor allem aber: das kleine und kurze Rümpfen ihrer Stirne zwischen den Brauen, wenn sie einen Witz von mir, obschon sie lachen muß, eigentlich blöd findet. Es frappierte mich, es beschäftigte mich nicht. Es gefiel mir. Schließlich gibt es Gesten, die einem gefallen, weil man sie irgendwo schon einmal gesehen hat. Ich habe stets ein Fragezeichen gemacht, wenn von Ähnlichkeit die Rede ist; aus Erfahrung. Was haben wir uns krumm gelacht, mein Bruder und ich, wenn

*verblüffte

die guten Leute, die's nicht wissen konnten, unsere frappante Ähnlichkeit bemerkten! Mein Bruder war adoptiert. Wenn jemand mit der rechten Hand (zum Beispiel) um den Hinterkopf greift, um sich an der linken Schläfe zu kratzen, so frappiert es mich, ich muß sofort an meinen Vater denken, aber nie im Leben komme ich auf die Idee, jedermann für den Bruder meines Vaters zu halten, bloß weil er sich so kratzt. Ich halte es mit der Vernunft. Bin kein Baptist und kein Spiritist*. Wieso vermuten, daß irgendein Mädchen, das Elisabeth Piper heißt, eine Tochter von Hanna ist. Hätte ich damals auf dem Schiff (oder später) auch nur den mindesten Verdacht gehabt, es könnte zwischen dem jungen Mädchen und Hanna, die mir nach der Geschichte mit Joachim begreiflicherweise durch den Kopf ging, ein wirklicher Zusammenhang bestehen, selbstverständlich hätte ich sofort gefragt: Wer ist Ihre Mutter? Wie heißt sie? Woher kommt sie? – ich weiß nicht, wie ich mich verhalten hätte, jedenfalls anders, das ist selbstverständlich, ich bin ja nicht krankhaft, ich hätte meine Tochter als meine Tochter behandelt, ich bin nicht pervers!

Alles war so natürlich –

Eine harmlose Reisebekanntschaft –

Einmal war Sabeth etwas seekrank; statt auf Deck zu gehen, wie empfohlen, wollte sie in ihre Kabine, dann Erbrechen im Korridor, ihr Schnäuzchen-Freund legte sie aufs Bett, als wäre er ihr Mann. Zum Glück war ich dabei. Sabeth in ihren schwarzen Cowboy-Hosen, ihr Gesicht seitwärts gedreht, weil ihr Roßschwanz es anders nicht zuließ, wie's gerade kam, lahm und gespreizt, bleich wie Lehm. Er hielt ihre Hand. Ich schraubte sofort ein Bullauge auf, um mehr Luft zu verschaffen, und reichte Wasser – »Danke sehr!« sagte er, während er auf dem Rand ihres Bettes hockte; er schnürte ihre Espadrilles auf, um Samariter zu spielen. Als käme ihre Übelkeit aus den Füßen! Ich blieb in der Kabine.

glaube nicht an übersinnliche Kräfte

Ihr roter Gürtel war viel zu eng, man sah's, ich fand es nicht
unsere Sache, ihr den Gürtel zu lösen –
Ich stellte mich vor.
Kaum hatten wir uns die Hände gegeben, setzte er sich
wieder auf den Rand ihres Bettes. Vielleicht war er wirklich
ihr Freund. Sabeth war schon eine richtige Frau, wenn sie
so lag, kein Kind; ich nahm eine Decke vom oberen Bett, da
sie vielleicht fror, und deckte sie zu.
»Danke!« sagte er –
Ich wartete einfach, bis der junge Mann gleichfalls fand, es
gäbe nichts mehr zu tun, wir sollten das Mädchen jetzt
allein lassen –
»Tschau!« sagte er.
Ich durchschaute ihn, er wollte mich irgendwo auf Deck
verlieren, um dann allein in ihre Kabine zurückzukehren.
Ich forderte ihn zu einem Pingpong ... So blöd, wie vermutet, war er nicht, wenn auch keineswegs sympathisch.
Wieso trägt man ein Schnäuzchen? Zum Pingpong kam's
nicht, da wieder beide Tische besetzt waren; stattdessen
verwickelte ich ihn in ein Gespräch – natürlich in Hochdeutsch! – über Turbinen, er war Grafiker von Beruf,
Künstler, aber tüchtig. Sowie er merkte, daß man bei mir
nicht landet mit Malerei und Theater und derartigem, redete er kaufmännisch, nicht skrupellos, aber tüchtig,
Schweizer, wie sich herausstellte –
Ich weiß nicht, was Sabeth an ihm fand.
Meinerseits kein Grund zu Minderwertigkeitsgefühlen, ich
bin kein Genie, immerhin ein Mann in leitender Stellung,
nur vertrage ich immer weniger diese jungen Leute, ihre
Tonart, ihr Genie, dabei handelt es sich um lauter Zu-
kunftsträume, womit sie sich so großartig vorkommen,
und es interessiert sie einen Teufel, was unsereiner in dieser
Welt schon tatsächlich geleistet hat; wenn man es ihnen
einmal aufzählt, lächeln sie höflich.
»Ich will Sie nicht aufhalten!« sagte ich.

»Sie entschuldigen mich?«

»Bitte!« sagte ich –

Als ich die Tabletten brachte, die mir geholfen hatten, wollte Sabeth niemand in ihre Kabine lassen. Sie war komisch, dabei angekleidet, wie ich durch die Türspalte sah. Ich hatte ihr vorher die Tabletten versprochen, nur drum. Sie nahm die Tabletten durch die Türspalte. Ob er in ihrer Kabine war, weiß ich nicht. Ich ersuchte das Mädchen, die Tabletten auch wirklich zu nehmen. Ich wollte ihr ja nur helfen; denn mit Händchenhalten und Espadrilles-Ausziehen war ihr nicht geholfen. Es interessierte mich wirklich nicht, ob ein Mädchen wie Sabeth (ihre Unbefangenheit blieb mir immer ein Rätsel) schon einmal mit einem Mann zusammengewesen ist oder nicht, ich fragte mich bloß.

Was ich damals wußte:

Ein Semester in Yale, scholarship*, jetzt auf der Heimreise zur Mama, die in Athen lebt, Herr Piper hingegen in Ostdeutschland, weil immer noch vom Kommunismus überzeugt, ihre Hauptsorge in diesen Tagen: ein billiges Hotel in Paris zu finden – dann will sie mit Autostop nach Rom (was ich einen Wahnsinn fand) und weiß nicht, was aus ihr werden soll, Kinderärztin oder Kunstgewerblerin oder so etwas, vielleicht auch Stewardeß, um viel fliegen zu können, unter allen Umständen möchte sie einmal nach Indien und nach China. Sabeth schätzte mich (auf meine Frage hin) vierzig, und als sie vernahm, daß ich demnächst fünfzig bin, verwunderte es sie auch nicht. Sie selbst war zwanzig. Was ihr am meisten Eindruck machte an mir: daß ich mich an den ersten Atlantikflug von Lindbergh (1927) noch persönlich erinnere, indem ich damals zwanzig war. Sie rechnete nach, bevor sie's glaubte! An meinem Alter, von Sabeth aus gesehen, würde es nichts mehr verändert haben, glaube ich, wenn ich im gleichen Ton auch noch von Napoleon erzählt hätte. Ich stand meistens am Geländer, weil es nicht ging, daß Sabeth (meistens im Badkleid) auf dem

Stipendium

Boden sitzt, während ich im Sessel liege; das war mir zu onkelhaft, und umgekehrt: Sabeth im Sessel, während ich mit verschränkten Beinen daneben hocke, das war ebenfalls komisch –
Keinesfalls wollte ich mich aufdrängen.

Ich spielte Schach mit Mister Lewin, der seinen Kopf bei der Landwirtschaft hatte, oder mit anderen Passagieren, die nach spätestens zwanzig Zügen matt sind; es war langweilig, aber ich langweilte lieber mich als das Mädchen, das heißt, ich ging wirklich nur zu Sabeth, wenn ich etwas zu sagen wußte.

Ich verbot ihr, Stewardeß zu werden.

Sabeth war meistens in ihr dickes Buch vertieft, und wenn sie von Tolstoi redete, fragte ich mich wirklich, was so ein Mädchen eigentlich von Männern weiß. Ich kenne Tolstoi nicht. Natürlich foppte sie mich, wenn sie sagte:
»Jetzt reden Sie wieder wie Tolstoi!«
Dabei verehrte sie Tolstoi.

Einmal, in der Bar, erzählte ich – ich weiß nicht warum – plötzlich von meinem Freund, der es nicht ausgehalten hat, und wie wir ihn gefunden haben: – zum Glück hinter geschlossenen Türen, sonst hätten die Zopilote ihn wie einen toten Esel auseinandergezerrt.

Sabeth meinte, ich übertreibe.

Ich trank meinen dritten oder vierten Pernod, lachte und berichtete, wie das aussieht, wenn einer am Draht hängt: zwei Füße über dem Boden, als könne er schweben –
Der Sessel war umgefallen.

Er hatte einen Bart.

Wozu ich's erzählte, keine Ahnung, Sabeth fand mich zynisch, weil ich lachen mußte; er war wirklich steif wie eine Puppe –
Dazu rauchte ich viel.

Sein Gesicht: schwarz vom Blut.

Er drehte sich wie eine Vogelscheuche im Wind –

Ferner stank er.

Seine Fingernägel violett, seine Arme grau, seine Hände weißlich, Farbe von Schwämmen –

Ich erkannte ihn nicht mehr.

Seine Zunge auch bläulich –

Eigentlich gab es gar nichts zu erzählen, einfach ein Unglücksfall, er drehte sich im warmen Wind, wie gesagt, oberhalb des Drahtes gedunsen –

Ich wollte gar nicht erzählen.

Seine Arme: steif wie zwei Stecken –

Leider waren meine Guatemala-Filme noch nicht entwickelt, man kann das nicht beschreiben, man muß es sehen, wie es ist, wenn einer so hängt.

Sabeth in ihrem blauen Abendkleidchen –

Manchmal hing er plötzlich vor meinen Augen, mein Freund, als hätten wir ihn gar nicht begraben, plötzlich – vielleicht weil in dieser Bar auch ein Radio tönte, er hatte nicht einmal sein Radio abgestellt.

So war das.

Als wir ihn fanden, wie gesagt, spielte sein Radio. Nicht laut. Zuerst meinten wir noch, es spreche jemand im anderen Zimmer drüben, aber da war kein anderes Zimmer drüben, mein Freund lebte ganz allein, und erst als Musik folgte, merkten wir, daß es Radio sein mußte, natürlich stellten wir sofort ab, weil unpassend, weil Tanzmusik – Sabeth stellte Fragen.

Warum er's getan hat?

Er sagte es nicht, sondern hing wie eine Puppe und stank, wie schon gesagt, und drehte sich im warmen Wind –

So war das.

Als ich aufstand, stürzte mein Stuhl, Lärm, Aufsehen in der Bar, aber das Mädchen stellte ihn auf, meinen Stuhl, als wäre nichts dabei, und wollte mich in die Kabine begleiten, aber ich wollte nicht.

Ich wollte auf Deck.

Ich wollte allein sein –
Ich war betrunken.
Hätte ich damals den Namen genannt, Joachim Hencke, so
hätte sich alles aufgeklärt. Offenbar erwähnte ich nicht
einmal seinen Vornamen, sondern redete einfach von ei- 5
nem Freund, der sich in Guatemala erhängt hat, von einem
tragischen Unglücksfall.
Einmal filmte ich sie.
Als Sabeth es endlich entdeckte, streckte sie die Zunge heraus; ich filmte sie mit der gestreckten Zunge, bis sie, zornig 10
ohne Spaß, mich regelrecht anschnauzte. Was mir eigentlich einfalle? Sie fragte mich rundheraus: Was wollen Sie
überhaupt von mir?
Das war am Vormittag.
Ich hätte Sabeth fragen sollen, ob sie Mohammedanerin 15
sei, daß man sie nicht filmen darf, oder sonst abergläu-
bisch. Was bildete das Mädchen sich ein? Ich war durchaus
bereit, den betreffenden Film (mitsamt den Tele-Aufnah-
men von der winkenden Ivy) herauszuziehen und in die
Sonne zu halten, um alles zu löschen: Bitte! Am meisten 20
ärgerte mich, daß ihr Ton mich den ganzen Vormittag beschäftigte, die Frage, wofür das Mädchen mich hielt, wenn
sie sagte:
»Sie beobachten mich die ganze Zeit, Mister Faber, ich
mag das nicht!« 25
Ich war ihr nicht sympathisch.
Das stand fest, und ich machte mir keine falsche Hoffnung,
als ich sie später, kurz nach dem Mittagessen, an mein Versprechen erinnerte, ihr zu sagen, wenn ich den Maschinenraum besichtige. 30
»Jetzt?« fragte sie.
Sie mußte ein Kapitel zu Ende lesen.
»Bitte!« sagte ich.
Ich schrieb sie ab. Ohne beleidigt zu sein. Ich habe es immer
so gehalten; ich mag mich selbst nicht, wenn ich andern 35

Menschen lästig bin, und es ist nie meine Art gewesen, Frauen nachzulaufen, die mich nicht mögen; ich habe es nicht nötig gehabt, offen gestanden ... Der Maschinenraum eines solchen Schiffes hat den Umfang einer ordentlichen Fabrik, zur Hauptsache bestehend aus dem großen Dieseltriebwerk, hinzu kommen die Anlagen für Stromerzeugung, Warmwasser, Lüftung. Wenn auch für den Fachmann nichts Ungewohntes zu sehen ist, so finde ich die Anlage als solche, bedingt durch den Schiffkörper, doch sehenswert, ganz abgesehen davon, daß es immer Freude macht, Maschinen im Betrieb zu sehen. Ich erläuterte die Hauptschaltbrettanlage, ohne auf Einzelheiten einzugehen; immerhin erläuterte ich in Kürze, was ein Kilowatt ist, was Hydraulik ist, was ein Ampère ist, Dinge, die Sabeth natürlich aus der Schule kannte, beziehungsweise vergessen hatte, aber ohne Mühe wieder verstand. Am meisten imponierten ihr die vielen Röhren, gleichgültig wozu sie dienten, und der große Treppenschacht, Blick durch fünf oder sechs Stockwerke hinauf in den vergitterten Himmel. Es beschäftigte sie, daß die Maschinisten, die sie alle so freundlich fand, die ganze Zeit schwitzten und ihr Leben lang auf dem Ozean fahren, ohne den Ozean zu sehen. Ich bemerkte, wie sie gafften, wenn das Mädchen (das sie offensichtlich für meine Tochter hielten) von Eisenleiter zu Eisenleiter kletterte.

»Ça va, Mademoiselle, ça va?«

Sabeth kletterte wie eine Katze.

»Pas trop vite, ma petite –!«[*]

Ihre Männer-Grimassen waren unverschämt, fand ich, aber Sabeth bemerkte überhaupt nichts von alledem, Sabeth in ihren schwarzen Cowboy-Hosen mit den ehemals weißen Nähten, der grüne Kamm in ihrer Hintertasche, ihr rötlicher Roßschwanz, der über den Rücken baumelt, unter ihrem schwarzen Pullover die zwei Schulterblätter, die Kerbe in ihrem straffen und schlanken Rücken, dann ihre

»Nicht zu schnell, meine Kleine –!«

Hüften, die jugendlichen Schenkel in der schwarzen Hose, die bei den Waden gekrempelt sind, ihre Knöchel – ich fand sie schön, aber nicht aufreizend. Nur sehr schön! Wir standen vor dem gläsernen Guckloch eines Dieselbrenners, den ich in Kürze erläuterte, meine Hände in den Hosentaschen, um nicht ihren nahen Arm oder ihre Schulter zu fassen wie der Baptist neulich beim Frühstück.

Ich wollte das Mädchen nicht anfassen.

Plötzlich kam ich mir senil vor –

Ich faßte ihre beiden Hüften, als ihr Fuß vergeblich nach der untersten Sprosse einer Eisenleiter suchte, und hob sie kurzerhand auf den Boden. Ihre Hüften waren merkwürdig leicht, zugleich stark, anzufassen wie das Steuerrad meines Studebakers, graziös, im Durchmesser genau so – eine Sekunde lang, dann stand sie auf dem Podest aus gelochtem Blech, ohne im mindesten zu erröten, sie dankte für die unnötige Hilfe und wischte sich ihre Hände an einem Bündel bunter Putzfäden. Auch für mich war nichts Aufreizendes dabei gewesen, und wir gingen weiter zu den großen Schraubenwellen, die ich ihr noch zeigen wollte. Probleme der Torsion*, Reibungskoeffizient, Ermüdung des Stahls durch Vibration und so fort, daran dachte ich nur im stillen, beziehungsweise in einem Lärm, wo man kaum sprechen konnte – erläuterte dem Mädchen lediglich, wo wir uns jetzt befinden, nämlich wo die Schraubenwellen aus dem Schiffskörper stoßen, um draußen die Schrauben zu treiben. Man mußte brüllen. Schätzungsweise acht Meter unterm Wasserspiegel! Ich wollte mich erkundigen.

Schätzungsweise! schrie ich: Vielleicht nur sechs Meter! Hinweis auf den beträchtlichen Wasserdruck, den diese Konstruktion auszuhalten hat, war schon wieder zuviel – ihre kindliche Fantasie schon draußen bei den Fischen, während ich auf die Konstruktion zeigte. Hier! rief ich und nahm ihre Hand, legte sie auf die Siebzigmillimeter-Niete,

* Verwindung, Drillung

damit sie verstand, was ich erklärte. Haifische? Ich verstand kein anderes Wort. Wieso Haifische? Ich schrie zurück: Weiß ich nicht! und zeigte auf die Konstruktion, ihre Augen starrten.

Ich hatte ihr etwas bieten wollen.

Unsere Reise ging zu Ende, ich fand es schade, plötzlich das letzte Fähnlein auf der Atlantik-Karte, ein Rest von sieben Zentimetern: ein Nachmittag und eine Nacht und ein Vormittag –

Mister Lewin packte schon.

Gespräch über Trinkgelder –

Wenn ich mir vorstellte, wie man sich in vierundzwanzig Stunden verabschieden wird, Lebwohl nach allen Seiten, Lebwohl mit lauter guten Wünschen und Humor, Mister Lewin: Viel Glück in der Landwirtschaft! und unser Baptist: Viel Glück im Louvre! und das Mädchen mit dem rötlichen Roßschwanz und mit seiner unbeschriebenen Zukunft: Viel Glück! – es machte mir Mühe, wenn ich daran dachte, daß man nie wieder voneinander hören wird.

Ich saß in der Bar –

Reisebekanntschaften!

Ich wurde sentimental, was sonst nicht meine Art ist, und es gab einen großen Ball, wie offenbar üblich, es war der letzte Abend an Bord, zufällig mein fünfzigster Geburtstag; davon sagte ich natürlich nichts.

Es war mein erster Heiratsantrag.

Eigentlich saß ich mit Mister Lewin, der sich aus Bällen mit Tanz auch nichts machte, ich hatte ihn (ohne den besonderen Anlaß zu verraten) zu einem Burgunder eingeladen, zum Besten, was an Bord überhaupt zu haben war (man ist nur einmal 50, dachte ich): Beaune 1933, großartig im Bouquet*, im Nachgeschmack etwas dürftig, zu kurz, leider auch zu wenig trübe, was Mister Lewin, dem sogar kalifornischer Burgundy mundet, nichts ausmachte.

Ich war enttäuscht (ich hatte mir meinen 50. Geburtstag

*Duft des Weines

etwas anders vorgestellt, offen gestanden!) von dem Wein,
aber sonst zufrieden, Sabeth erschien nur so auf einen
Sprung, um einen Schluck von ihrem Citron-pressé* zu
nehmen, dann schon wieder ein Tänzer, ihr Schnäuzchen-
Grafiker, dazwischen Schiffsoffiziere in Gala, blank wie in 5
einer Operette, Sabeth in ihrem immergleichen blauen
Abendkleidchen, nicht geschmacklos, aber billig, zu kind-
lich . . . Ich überlegte, ob ich nicht zu Bett gehen wollte, ich
spürte meinen Magen, und wir saßen zu nahe bei der Musik, ein Heidenlärm, dazu dieser kunterbunte Karneval, wo 10
man hinsieht, Lampions, im Dunst von Zigaretten und Zigarren verschwommen wie die Sonne in Guatemala, Papierschlangen, Girlanden überall, ein Dschungel von Fir-
lefanz, grün und rot, Herren im Smoking, schwarz wie Zopilote, deren Gefieder genau so glänzt – 15
Daran wollte ich nicht denken.
Übermorgen in Paris – das war ungefähr alles, was ich denken konnte in diesem Rummel – werde ich zu einem Arzt
gehen, um einmal meinen Magen untersuchen zu lassen.
Es war ein komischer Abend – 20
Mister Lewin wurde geradezu amüsant, da er Wein nicht
gewohnt war, und hatte plötzlich Mut genug, mit Sabeth
zu tanzen, der Riesenkerl; sie reichte ihm bis zu den Rippen, während er, um sich nicht in Papierschlangen zu verfangen, seinen Kopf duckte. Sabeth redete zu ihm hinauf. 25
Mister Lewin hatte keinen dunklen Anzug und tanzte alles
auf Mazurka*, weil in Polen geboren, Kindheit im Ghetto
und so fort. Sabeth mußte sich strecken, um ihn um die
Schulter zu fassen, wie ein Schulmädchen in der Straßenbahn, wenn es sich halten will. Ich saß und schwenkte mei- 30
nen Burgunder, entschlossen, nicht sentimental zu werden,
weil ich Geburtstag habe, und trank. Was deutsch war,
trank Sekt beziehungsweise Champagner; ich mußte doch
an Herbert denken, beziehungsweise an die Zukunft der
deutschen Zigarre und was Herbert, allein unter Indios, 35
wohl machte.

Zitronensaft

poln. National-
tanz im
3/4–Takt

Später ging ich auf Deck.

Ich war vollkommen nüchtern, und als Sabeth mich aufsuchte, sagte ich sofort, sie werde sich nur erkälten, Sabeth in ihrem dünnen Abendkleidchen. Ob ich traurig sei, wollte sie wissen. Weil ich nicht tanzte. Ich finde sie lustig, ihre heutigen Tänze, lustig zum Schauen, diese existentialistische Hopserei, wo jeder für sich allein tanzt, seine eignen Faxen schwingt, verwickelt in die eignen Beine, geschüttelt wie von einem Schüttelfrost, alles etwas epileptisch, aber lustig, sehr temperamentvoll, muß ich sagen, aber ich kann das nicht.

Wieso sollte ich traurig sein?

England noch nicht in Sicht –

Dann gab ich ihr meine Jacke, damit sie sich nicht erkältete; ihr Roßschwanz wollte einfach nicht hinten bleiben, so windete es.

Die roten Kamine im Scheinwerfer –

Sabeth fand es toll, so eine Nacht auf Deck, wenn es pfeift in allen Seilen und knattert, die Segeltücher an den Rettungsbooten, der Rauch aus dem Kamin –

Die Musik war kaum noch zu hören.

Wir sprachen über Sternbilder – das Übliche, bis man weiß, wer sich im Himmel noch weniger auskennt als der andere, der Rest ist Stimmung, was ich nicht leiden kann. Ich zeigte ihr den Komet, der in jenen Tagen zu sehen war, im Norden. Es fehlte wenig, und ich hätte gesagt, daß ich Geburtstag habe. Daher der Komet! Aber es stimmte ja nicht einmal zum Spaß; der Komet war schon seit einer halben Woche sichtbar, wenn auch nie so deutlich wie in dieser Nacht, mindestens seit dem 26. IV. Also von meinem Geburtstag (29. IV.) sagte ich nichts.

»Ich wünsche mir zweierlei«, sagte ich, »zum Abschied. Erstens, daß Sie nicht Stewardeß werden –«

»Zweitens?«

»Zweitens«, sagte ich, »daß Sie nicht mit Autostop nach

Rom fahren. Im Ernst! Lieber zahle ich Ihnen die Bahn
oder das Flugzeug –«
Ich habe damals nicht einen Augenblick daran gedacht,
daß wir zusammen nach Rom fahren würden, Sabeth und
ich, der ich in Rom nichts verloren hatte.   5
Sie lachte mir ins Gesicht.
Sie mißverstand mich.
Nach Mitternacht gab es ein kaltes Buffet, wie üblich – ich
behauptete, hungrig zu sein, und führte Sabeth hinunter,
weil sie schlotterte, ich sah es, trotz meiner Jacke. Ihr Kinn 10
schlotterte.
Drunten war noch immer Ball –
Ihre Vermutung, ich sei traurig, weil allein, verstimmte
mich. Ich bin gewohnt, allein zu reisen. Ich lebe, wie jeder
wirkliche Mann, in meiner Arbeit. Im Gegenteil, ich will es 15
nicht anders und schätze mich glücklich, allein zu wohnen,
meines Erachtens der einzigmögliche Zustand für Männer,
ich genieße es, allein zu erwachen, kein Wort sprechen zu
müssen. Wo ist die Frau, die das begreift? Schon die Frage,
wie ich geschlafen habe, verdrießt mich, weil ich in Gedan- 20
ken schon weiter bin, gewohnt, voraus zu denken, nicht
rückwärts zu denken, sondern zu planen. Zärtlichkeiten
am Abend, ja, aber Zärtlichkeiten am Morgen sind mir
unerträglich, und mehr als drei oder vier Tage zusammen
mit einer Frau war für mich, offen gestanden, stets der   25
Anfang der Heuchelei, Gefühle am Morgen, das erträgt
kein Mann. Dann lieber Geschirr waschen!
Sabeth lachte –
Frühstück mit Frauen, ja, ausnahmsweise in den Ferien,
Frühstück auf einem Balkon, aber länger als drei Wochen   30
habe ich es nie ertragen, offen gestanden, es geht in den
Ferien, wenn man sowieso nicht weiß, was anfangen mit
dem ganzen Tag, aber nach drei Wochen (spätestens) sehne
ich mich nach Turbinen; die Muße der Frauen am Morgen,
zum Beispiel eine Frau, die am Morgen, bevor sie ange-   35

kleidet ist, imstande ist, Blumen anders in die Vase zu stellen, dazu Gespräch über Liebe und Ehe, das erträgt kein Mann, glaube ich, oder er heuchelt. Ich mußte an Ivy denken; Ivy heißt Efeu, und so heißen für mich eigentlich alle Frauen. Ich will allein sein! Schon der Anblick eines Doppelzimmers, wenn nicht in einem Hotel, das man bald wieder verlassen kann, sondern Doppelzimmer als Dauer-Einrichtung, das ist für mich so, daß ich an Fremdenlegion denke –

Sabeth fand mich zynisch.

Es ist aber so, wie ich sagte.

Ich redete nicht weiter, obschon Mister Lewin, glaube ich, kein Wort verstand; er legte sofort die Hand über sein Glas, als ich nachfüllen wollte, und Sabeth, die mich zynisch fand, wurde zum Tanz geholt . . . Ich bin nicht zynisch. Ich bin nur, was Frauen nicht vertragen, durchaus sachlich. Ich bin kein Unmensch, wie Ivy behauptet, und sage kein Wort gegen die Ehe; meistens fanden die Frauen selbst, daß ich mich nicht dafür eigne. Ich kann nicht die ganze Zeit Gefühle haben. Alleinsein ist der einzigmögliche Zustand für mich, denn ich bin nicht gewillt, eine Frau unglücklich zu machen, und Frauen neigen dazu, unglücklich zu werden. Ich gebe zu: Alleinsein ist nicht immer lustig, man ist nicht immer in Form. Übrigens habe ich die Erfahrung gemacht, daß Frauen, sobald unsereiner nicht in Form ist, auch nicht in Form bleiben; sobald sie sich langweilen, kommen die Vorwürfe, man habe keine Gefühle. Dann, offen gestanden, langweile ich mich noch lieber allein. Ich gebe zu: auch ich bin nicht immer für Television aufgelegt (obschon überzeugt, daß die Television in den nächsten Jahren auch noch besser wird, nebenbei bemerkt) und Stimmungen ausgeliefert, aber gerade dann begrüße ich es, allein zu sein. Zu den glücklichsten Minuten, die ich kenne, gehört die Minute, wenn ich eine Gesellschaft verlassen habe, wenn ich in meinem Wagen sitze, die Türe zuschlage und das

Schlüsselchen stecke, Radio andrehe, meine Zigarette anzünde mit dem Glüher, dann schalte, Fuß auf Gas; Menschen sind eine Anstrengung für mich, auch Männer. Was die Stimmung betrifft, so mache ich mir nichts draus, wie gesagt. Manchmal wird man weich, aber man fängt sich wieder. Ermüdungserscheinungen! Wie beim Stahl, Gefühle, so habe ich festgestellt, sind Ermüdungserscheinungen, nichts weiter, jedenfalls bei mir. Man macht schlapp! Dann hilft es auch nichts, Briefe zu schreiben, um nicht allein zu sein. Es ändert nichts; nachher hört man doch nur seine eignen Schritte in der leeren Wohnung. Schlimmer noch: diese Radio-Sprecher, die Hundefutter anpreisen, Backpulver oder was weiß ich, dann plötzlich verstummen: Auf Wiederhören morgen früh! Dabei ist es erst zwei Uhr. Dann Gin, obschon ich Gin, einfach so, nicht mag, dazu Stimmen von der Straße, Hupen beziehungsweise das Dröhnen der Subway, ab und zu das Dröhnen von Flugzeugen, es ist ja egal. Es kommt vor, daß ich dann einfach einschlafe, die Zeitung auf dem Knie, die Zigarette auf dem Teppich. Ich reiße mich zusammen. Wozu? Irgendwo noch ein Spätsender mit Sinfonien, die ich abstelle. Was weiter? Dann stehe ich einfach da, Gin im Glas, den ich nicht mag, und trinke; ich stehe, um keine Schritte zu hören in meiner Wohnung, Schritte, die doch nur meine eignen sind. Alles ist nicht tragisch, nur mühsam: Man kann sich nicht selbst Gutnacht sagen – Ist das ein Grund zum Heiraten?

Sabeth, von ihrem Tanz zurück, um ihr Citron-pressé zu trinken, stupste mich: – Mister Lewin schlief, der Riesenkerl, lächelnd, als sehe er den ganzen Rummel auch so, die Papierschlangen, die Kinderballons, die sich die Paare gegenseitig verknallen mußten.

Was ich die ganze Zeit denke? fragte sie.

Ich wußte es nicht.

Was sie denn denke? fragte ich.

Sie wußte es sofort:

»Sie sollten heiraten, Mister Faber!«

Dann neuerdings ihr Freund, der sie draußen auf allen Decks gesucht hatte, um sie zum Tanz zu bitten, sein Blick zu mir –

»Aber bitte sehr!« sagte ich.

Ich behielt nur ihre Handtasche.

Ich wußte genau, was ich denke. Es gibt keine Wörter dafür. Ich schwenkte mein Glas, um zu riechen, und wollte nicht daran denken, wie Mann und Weib sich paaren, trotzdem die plötzliche Vorstellung davon, unwillkürlich, Verwunderung, Schreck wie im Halbschlaf. Warum gerade so? Einmal von außen gedacht: Wieso eigentlich mit dem Unterleib? Man hält es, wenn man so sitzt und die Tanzenden sieht und es sich in aller Sachlichkeit vorstellt, nicht für menschenmöglich. Warum gerade so? Es ist absurd, wenn man nicht selber durch Trieb dazu genötigt ist, man kommt sich verrückt vor, auch nur eine solche Idee zu haben, geradezu pervers.

Ich bestellte Bier –

Vielleicht liegt's nur an mir.

Die Tanzenden, nebenbei gesehen, waren eben dabei, eine Orange zu halten mit zwei Nasen, so zu tanzen –

Wie ist es für Lajser Lewin?

Er schnarchte tatsächlich, nicht zu sprechen, sein halboffener Mund dabei: wie der rötliche Mund von einem Fisch am grünen Aquarium-Glas! fand ich –

Ich dachte an Ivy.

Wenn ich Ivy umarme und dabei denke: Ich sollte meine Filme entwickeln lassen, Williams anrufen! Ich könnte im Kopf irgendein Schach-Problem lösen, während Ivy sagt: I'm happy, o Dear, so happy, o Dear, o Dear! Ich spüre ihre zehn Finger um meinen Hinterkopf, sehe ihren epileptisch-glücklichen Mund und das Bild an der Wand, das wieder schief hängt, ich höre den Lift, ich überlege mir, welches Datum wir heute haben, ich höre ihre Frage: You're happy?

und ich schließe die Augen, um an Ivy zu denken, die ich in meinen Armen habe, und küsse aus Versehen meinen eignen Ellbogen. Nachher ist alles wie vergessen. Ich vergesse Williams anzurufen, obschon ich die ganze Zeit daran gedacht habe. Ich stehe am offenen Fenster und rauche endlich meine Zigarette, während Ivy draußen einen Tee macht, und weiß plötzlich, welches Datum. Aber es spielt gar keine Rolle, welches Datum. Alles wie nie gewesen! Dann höre ich, daß jemand ins Zimmer gekommen ist, und wende mich, und es ist Ivy im Morgenrock, die unsere zwei Tassen bringt, dann gehe ich zu ihr und sage: Ivy! und küsse sie, da sie ein lieber Kerl ist, obschon sie nicht begreift, daß ich lieber allein sein möchte –

Plötzlich stand unser Schiff.

Mister Lewin, plötzlich erwacht, obschon ich kein Wort gesprochen hatte, wollte wissen, ob wir in Southampton[*] sind. Lichter draußen –

Wahrscheinlich Southampton.

Mister Lewin erhob sich und ging auf Deck.

Ich trank mein Bier und versuchte, mich zu erinnern, ob es mit Hanna (damals) auch absurd gewesen ist, ob es immer absurd gewesen ist.

Jedermann ging auf Deck.

Als Sabeth in den Papierschlangensaal zurückkam, um ihre Handtasche zu holen, wunderte ich mich: sie verabschiedete ihren Freund, der eine saure Miene machte, und setzte sich neben mich. Ihr Hanna-Mädchen-Gesicht! Sie bat um Zigaretten, wollte nach wie vor wissen, was ich denn die ganze Zeit grübelte, und irgend etwas mußte ich ja sagen: ich gab ihr das Feuer, das ihr junges Gesicht erhellte, und fragte, ob sie mich denn heiraten würde.

Sabeth errötete.

Ob ich das ernst meine?

Warum nicht!

Draußen die Ausschiffung, die man gesehen haben mußte,

südengl. Hafenstadt am Kanal, wo die meisten Überseeschiffe anlegen

Erste Station

es war kalt, aber Ehrenpflicht, Damen schlotterten in ihren
Abendkleidern, Nebel, die Nacht voller Lichter, Herren in
Smokings, die ihre Damen mit Umarmungen zu wärmen
suchten, Scheinwerfer, die den Verlad beleuchteten, Herren in bunten Papiermützen, Lärm der Krane, aber alles im
Nebel; die Blinkfeuer an der Küste –
Wir standen ohne Berührung.
Ich hatte gesagt, was ich nie habe sagen wollen, aber gesagt
war gesagt, ich genoß es, unser Schweigen, ich war wieder
vollkommen nüchtern, dabei keine Ahnung, was ich denke, wahrscheinlich nichts.
Mein Leben lag in ihrer Hand –
Für eine Weile kam Mister Lewin dazwischen, ohne zu stören, im Gegenteil, wir waren froh, Sabeth auch, glaube ich,
wir standen Arm in Arm und plauderten mit Mister Lewin,
der seinen Burgunder ausgeschlafen hatte, Beratung über
die Trinkgeldfrage und Derartiges. Unser Schiff lag mindestens eine Stunde vor Anker, es tagte bereits. Als wir
wieder allein standen, die letzten auf dem nassen Deck, und
als Sabeth mich fragte, ob ich's wirklich im Ernst meine,
küßte ich sie auf die Stirn, dann auf ihre kalten und zittern-
den Augenlider, sie schlotterte am ganzen Leib, dann auf
ihren Mund, wobei ich erschrak. Sie war mir fremder als je
ein Mädchen. Ihr halboffener Mund, es war unmöglich;
ich küßte die Tränennässe aus ihren Augenhöhlen, zu sagen
gab es nichts, es war unmöglich.
Anderntags Ankunft in Le Havre*.

franz. Hafen-
stadt

Es regnete, und ich stand auf dem Oberdeck, als das fremde
Mädchen mit dem rötlichen Roßschwanz über die Brücke
ging, Gepäck in beiden Händen, weswegen sie nicht winken konnte. Sie sah mein Winken, glaube ich. Ich hatte
filmen wollen, ich winkte noch immer, ohne sie im Gedränge zu sehen. Später beim Zoll, als ich gerade meinen
Koffer aufmachen mußte, sah ich ihren rötlichen Roßschwanz noch einmal; sie nickte auch und lächelte, Gepäck

in beiden Händen, sie sparte sich einen Träger und schlepp-
te viel zu schwer, ich konnte aber nicht helfen, sie verschwand im Gedränge – Unser Kind! Aber das konnte ich
damals nicht wissen, trotzdem würgte es mich regelrecht in
der Kehle, als ich sah, wie sie einfach im Gedränge unter- 5
ging. Ich hatte sie gern. Nur so viel wußte ich. Im Sonder-
zug nach Paris hätte ich nochmals durch alle Wagen gehen
können. Wozu? Wir hatten Abschied genommen.

In Paris versuchte ich sofort, Williams anzurufen, um wenigstens mündlich meinen Rapport zu geben; er sagte Gu- 10
tentag (Hello) und hatte keine Zeit, meine Erklärung anzuhören. Ich fragte mich, ob irgend etwas los ist . . . Paris
war wie üblich, eine Woche voll Konferenzen, ich wohnte
wie üblich am Quai Voltaire, hatte wieder mein Zimmer
mit Blick auf die Seine und auf diesen Louvre, den ich noch 15
nie besucht hatte, gerade gegenüber.

Williams war merkwürdig –

»It's okay«, sagte er, »it's okay«, immer wieder, während
ich Rechenschaft ablegte wegen meiner kurzen Gua-
temala-Reise, die ja, wie sich in Caracas herausgestellt hat- 20
te, keinerlei Verzögerung bedeutete, da unsere Turbinen
noch gar nicht zur Montage bereit waren, ganz abgesehen
davon, daß ich ja zu den Konferenzen hier in Paris, die das
wichtigste Ereignis dieses Monats darstellten, rechtzeitig
eingetroffen war. »It's okay«, sagte er, noch als ich von 25
dem scheußlichen Selbstmord meines Jugendfreundes berichtete. »It's okay«, und zum Schluß sagte er: »What
about some holidays, Walter?« *

»Wie wär's mit
ein paar Tagen
Urlaub,
Walter?«

Ich begriff ihn nicht.

»Du siehst aus
wie –«

»What about some holidays?« sagte er, »You're looking 30
like –« *

Wir wurden unterbrochen.

»This is Mr. Faber, this is –«

Ob Williams es übelnahm, daß ich nicht geflogen, sondern
ausnahmsweise einmal mit dem Schiff gekommen war, 35

104   Erste Station

weiß ich nicht; seine Anspielung, ich hätte Ferien sehr nötig, konnte ja nur ironisch gemeint sein, denn ich war sonnengebräunt wie noch selten, nach der Esserei an Bord auch weniger hager als sonst, dazu sonnengebräunt – Williams war merkwürdig.

Später, nach der Konferenz, ging ich in ein Restaurant, das ich nicht kannte, allein und verstimmt, wenn ich an Williams dachte. Er war sonst nicht kleinlich. Meinte er vielleicht, ich habe in Guatemala oder sonstwo auf der Strecke ein bißchen love-affair gemacht? Sein Lächeln kränkte mich, da ich in beruflichen Dingen, wie erwähnt, die Gewissenhaftigkeit in Person bin; noch nie – und das wußte Williams genau! – bin ich wegen einer Frau auch nur eine halbe Stunde später zur Konferenz gekommen. Das gab es einfach nicht bei mir. Vor allem aber verstimmte mich, daß mich sein Mißtrauen oder was es nun war, wenn er immerzu sagte: It's okay! überhaupt beschäftigte, derart, daß der Kellner mich auch noch wie einen Idioten behandelte.

»Beaune, Monsieur, c'est un vin rouge.«[*]

»It's okay«, sagte ich.

»Du vin rouge«, sagte er, »du vin rouge – avec des poissons?«[*]

Ich hatte einfach vergessen, was ich bestellt habe, ich hatte anderes im Kopf; kein Grund, deswegen einen roten Kopf zu bekommen – ich war wütend, wie dieser Kellner (als bediene er einen Barbar) mich unsicher machte. Ich habe schließlich nicht nötig, Minderwertigkeitsgefühle zu haben, ich leiste meine Arbeit, es ist nicht mein Ehrgeiz, ein Erfinder zu sein, aber so viel wie ein Baptist aus Ohio, der sich über die Ingenieure lustig macht, leiste ich auch, ich glaube: was unsereiner leistet, das ist nützlicher, ich leite Montagen, wo es in die Millionen geht, und hatte schon ganze Kraftwerke unter mir, habe in Persien gewirkt und in Afrika (Liberia) und Panama, Venezuela, Peru, ich bin nicht hinterm Mond daheim – wie dieser Kellner offenbar meinte.

»Beaune, mein Herr, ist ein Rotwein.«

»Rotwein ... Rotwein – mit Fisch?«

»Voilà, Monsieur! –«

Das Theater, wenn sie die Flasche zeigen, dann entkorken, dann einen Probeschluck einfüllen – fragen:

»Mundet er Ihnen?«

»Il est bon?«[*]

Ich hasse Minderwertigkeitsgefühle.

»It's okay«, sagte ich und ließ mich nicht einschüchtern,

Korkgeruch

ich bemerkte genau den Zapfengeruch[*], aber wollte keine Debatte, »it's okay.«

Ich hatte andres im Kopf.

Ich war der einzige Gast, weil noch früh am Abend, und was mich irritierte, war lediglich der Spiegel gegenüber, Spiegel im Goldrahmen. Ich sah mich, sooft ich aufblickte, sozusagen als Ahnenbild: Walter Faber, wie er Salat ißt, in Goldrahmen. Ich hatte Ringe unter den Augen, nichts weiter, im übrigen war ich sonnengebräunt, wie gesagt, lange nicht so hager wie üblich, im Gegenteil, ich sah ausgezeichnet aus. Ich bin nun einmal (das wußte ich auch ohne Spiegel) ein Mann in den besten Jahren, grau, aber sportlich. Ich halte nichts von schönen Männern. Daß meine Nase etwas lang ist, hat mich in der Pubertät beschäftigt, seither nicht mehr; seither hat es genug Frauen gegeben, die mich von falschen Minderwertigkeitsgefühlen befreit haben, und was mich irritierte, war einzig und allein dieses Lokal: wo man hinblickte, gab es Spiegel, ekelhaft, dazu die endlose Warterei auf meinen Fisch. Ich reklamierte entschieden, zwar hatte ich Zeit, aber das Gefühl, daß die Kellner mich nicht ernst nehmen, ich weiß nicht warum, ein leeres Etablissement mit fünf Kellnern, die miteinander flüstern, und ein einziger Gast: Walter Faber, der Brot verkrümelt, in Goldrahmen, wohin ich auch blickte; mein Fisch, als er endlich kam, war ausgezeichnet, aber schmeckte mir überhaupt nicht, ich weiß nicht, was mit mir los war.

»You are looking like –«

Nur wegen dieser blöden Bemerkung von Williams (dabei mag er mich, das weiß ich!) blickte ich immer wieder, statt

106

meinen Fisch zu essen, in diese lächerlichen Spiegel, die
mich insgesamt in achtfacher Ausfertigung zeigten:
Natürlich wird man älter –
Natürlich bekommt man bald eine Glatze –
Ich bin nicht gewohnt, zu Ärzten zu gehen, nie in meinem
Leben krank gewesen, abgesehen vom Blinddarm – ich
blickte in die Spiegel, bloß weil Williams gesagt hatte:
What about some holidays, Walter? Dabei war ich son-
nengebräunt wie noch selten. In den Augen eines jungen
Mädchens, das Stewardeß werden möchte, war ich ein ge-
setzter Herr, mag sein, jedoch nicht lebensmüde, im Ge-
genteil, ich vergaß sogar, in Paris zu einem Arzt zu gehen,
wie ich es mir eigentlich vorgenommen hatte –
Ich fühlte mich vollkommen normal.
Anderntags (Sonntag) ging ich in den Louvre, aber von
einem Mädchen mit rötlichem Roßschwanz war nichts zu
sehen, dabei verweilte ich eine volle Stunde in diesem
Louvre.

Meine erste Erfahrung mit einer Frau, die allererste, habe
ich eigentlich vergessen, das heißt, ich erinnere mich überhaupt nicht daran, wenn ich nicht will. Sie war die Gattin
meines Lehrers, der mich damals, kurz vor meiner Matu-
rität*, über einige Wochenenden zu sich ins Haus nahm; ich   Reifeprüfung
half ihm bei den Korrekturen einer Neuauflage seines
Lehrbuches, um etwas zu verdienen. Mein sehnlichster
Wunsch war ein Motorrad, eine Occasion*, das Vehikel   Gelegenheit(s-
konnte noch so alt sein, wenn es nur lief. Ich mußte Figuren   kauf)
zeichnen, Lehrsatz des Pythagoras und so, in Tusche, weil
ich in Mathematik und Geometrie der beste Schüler war.
Seine Gattin war natürlich, von meinem damaligen Alter
aus gesehen, eine gesetzte Dame, vierzig, glaube ich, lun-
genkrank, und wenn sie meinen Bubenkörper küßte, kam
sie mir wie eine Irre vor oder wie eine Hündin; dabei nannte ich sie nach wie vor Frau Professor. Das war absurd. Ich

vergaß es von Mal zu Mal; nur wenn mein Lehrer ins Klassenzimmer trat und die Hefte aufs Pult legte, ohne etwas zu sagen, hatte ich Angst, er habe es erfahren, und die ganze Welt werde es erfahren. Meistens war ich der erste, den er aufrief, wenn es ans Verteilen der Hefte ging, und man mußte vor die Klasse treten – als der einzige, der keinen einzigen Fehler gemacht hat. Sie starb noch im gleichen Sommer, und ich vergaß es, wie man Wasser vergißt, das man irgendwo im Durst getrunken hat. Natürlich kam ich mir schlecht vor, weil ich es vergaß, und ich zwang mich, einmal im Monat an ihr Grab zu gehen; ich nahm ein paar Blumen aus meiner Mappe, wenn niemand es sah, und legte sie geschwind auf das Grab, das noch keinen Grabstein hatte, nur eine Nummer; dabei schämte ich mich, weil ich jedesmal froh war, daß es vorbei ist.

Nur mit Hanna ist es nie absurd gewesen.

großer Park in Paris

Es war Frühling, aber es schneite, als wir in den Tuilerien* saßen, Schneegestöber aus blauem Himmel; wir hatten uns fast eine Woche lang nicht gesehen, und sie war froh um unser Wiedersehen, schien mir, wegen der Zigaretten, sie war bankrott.

»Das habe ich Ihnen auch nie geglaubt«, sagte sie, »daß Sie nie in den Louvre gehen –«

»Jedenfalls selten.«

»Selten!« lachte sie. »Vorgestern schon habe ich Sie gesehen – unten bei den Antiken – und gestern auch.«

Sie war wirklich ein Kind, wenn auch Kettenraucherin, sie hielt es wirklich für Zufall, daß man sich in diesem Paris nochmals getroffen hatte. Sie trug wieder ihre schwarzen Hosen und ihre Espadrilles, dazu Kapuzenmantel, natürlich keinerlei Hut, sondern nur ihren rötlichen Roßschwanz, und es schneite, wie gesagt, sozusagen aus blauem Himmel.

»Haben Sie denn nicht kalt?«

»Nein«, sagte sie, »aber Sie!«

Um 16.00 Uhr hatte ich nochmals Konferenz –

»Trinken wir einen Kaffee?« sagte ich.

»Oh«, sagte sie, »sehr gerne.«

Als wir über die Place de la Concorde gingen, gehetzt vom Pfiff eines Gendarmen, gab sie mir ihren Arm. Das hatte ich nicht erwartet. Wir mußten rennen, da der Gendarm bereits seinen weißen Stab hob, eine Meute von Autos startete auf uns los; auf dem Trottoir, Arm in Arm gerettet, stellte ich fest, daß ich meinen Hut verloren hatte – er lag draußen im braunen Matsch, bereits von einem Pneu zerquetscht. Eh bien!* sagte ich und ging Arm in Arm mit dem Mädchen weiter, hutlos wie ein Jüngling im Schneegestöber. Auch gut!

Sabeth hatte Hunger.

Um mir nichts einzubilden, sagte ich mir, daß unser Wiedersehen sie freut, weil sie fast kein Geld mehr hat; sie futterte Patisserie*, so daß sie kaum aufblicken konnte, kaum reden . . . Ihre Idee, mit Autostop nach Rom zu reisen, war ihr nicht auszureden; sie hatte sogar ein genaues Programm: Avignon, Nîmes, Marseille nicht unbedingt, aber unbedingt Pisa, Firenze, Siena, Orvieto, Assisi und was weiß ich, sie hatte es an jenem Vormittag schon versucht, aber offenbar an der falschen Ausfallstraße. feine Konditorei-
waren

»Und Ihre Mama weiß das?«

Sie behauptete: ja.

»Ihre Mama macht sich keine Sorgen?«

Ich saß nur noch, weil ich zahlen mußte, zum Gehen bereit, meine Mappe auf das Knie gestützt; gerade jetzt, wo Williams so merkwürdig tat, wollte ich nicht zu spät zur Konferenz kommen.

»Natürlich macht sie sich Sorgen«, sagte das Mädchen, während sie das letzte Restchen ihrer Patisserie zusammenlöffelte, nur durch Erziehung daran verhindert, ihren Teller auch noch mit der Zunge zu lecken, und lachte, »Mama macht sich immer Sorgen –«

Später sagte sie:

»Ich habe ihr versprechen müssen, daß ich nicht mit jedermann fahre – aber das ist ja klar, ich bin ja nicht blöd.«

Ich hatte unterdessen bezahlt.

»Ich danke Ihnen«, sagte sie.

Ich wagte nicht zu fragen: Was machen Sie denn heute abend? Ich wußte immer weniger, was für ein Mädchen sie eigentlich war. Unbekümmert in welchem Sinn? Vielleicht ließ sie sich wirklich von jedem Mann einladen, eine Vorstellung, die mich nicht entrüstete, aber eifersüchtig machte, geradezu sentimental.

»Ob wir uns nochmals sehen«? fragte ich und fügte sofort hinzu: »Wenn nicht, dann wünsche ich Ihnen alles Gute –«

Ich mußte wirklich gehen.

»Sie bleiben noch hier?«

»Ja«, sagte sie, »ich habe ja Zeit –«

Ich stand bereits.

»Wenn Sie Zeit haben«, sagte ich, »mir einen Gefallen zu erweisen –«

Ich suchte meinen verlorenen Hut.

»Ich wollte in die Opéra«, sagte ich, »aber ich habe noch keine Karten –«

Ich staunte selbst über meine Geistesgegenwart, ich war noch nie in der Opéra gewesen, versteht sich, aber Sabeth mit ihrer Menschenkenntnis zweifelte nicht eine Sekunde, obschon ich nicht wußte, was in der Opéra gegeben wurde, und nahm das Geld für die Karten, bereit, mir einen Gefallen zu erweisen.

»Wenn Sie auch Lust haben«, sagte ich, »nehmen Sie zwei, und wir treffen uns um sieben Uhr – hier.«

»Zwei?«

»Es soll großartig sein!«

Das hatte ich von Mrs. Williams gehört.

»Mister Faber«, sagte sie, »das kann ich aber nicht annehmen –«

Zur Konferenz kam ich verspätet.

Ich hatte Professor O. wirklich nicht erkannt, wie er da plötzlich vor mir steht: Wohin denn so eilig, Faber, wohin denn? Sein Gesicht ist nicht einmal bleich, aber vollkommen verändert; ich weiß nur: Dieses Gesicht kenne ich. Sein Lachen kenne ich, aber woher? Er muß es gemerkt haben. Kennen Sie mich denn nicht mehr? Sein Lachen ist gräßlich geworden. Jaja, lacht er, ich habe etwas durchgemacht! Sein Gesicht ist kein Gesicht mehr, sondern ein Schädel mit Haut drüber, sogar mit Muskeln, die eine Mimik machen, und die Mimik erinnert mich an Professor O., aber es ist ein Schädel, sein Lachen viel zu groß, es entstellt sein Gesicht, viel zu groß im Verhältnis zu den Augen, die weit hinten liegen. Herr Professor! sage ich und muß aufpassen, daß ich nicht sage: Ich weiß, man sagte es mir, daß Sie gestorben sind. Statt dessen: Wie geht's denn immer? Er ist nie so herzlich gewesen, ich habe ihn geschätzt, aber so herzlich wie jetzt, da ich die Taxi-Türe halte, ist er nie gewesen. Frühling in Paris! lacht er, und es ist nicht einzusehen, warum er immer lacht, ich kenne ihn als Professor der ETH* und nicht als Clown, aber sobald er den Mund aufmacht, sieht es aus wie Lachen. Jaja, lacht er, jetzt geht's wieder besser! Dabei lacht er nämlich gar nicht, sowenig wie ein Totenschädel lacht, es wirkt nur so, und ich entschuldige mich, daß ich ihn in der Eile nicht sofort erkannt habe. Er hat einen Bauch, was er nie gehabt hat, einen Ballon von Bauch, der unter den Rippen hervorquillt, alles andere ist mager, seine Haut wie Leder oder wie Lehm, seine Augen lebhaft, aber weit hinten. Ich erzähle irgend etwas. Seine Ohren stehen ab. Wohin denn so eilig? lacht er und fragt mich, ob ich nicht zu einem Apéro* komme. Auch seine Herzlichkeit, wie gesagt, ist viel zu groß; er ist mein Professor gewesen damals in Zürich, ich habe ihn geschätzt, aber ich habe wirklich keine Zeit für einen Apéro. Lieber Herr Professor! Das habe ich sonst nie gesagt. Lieber Herr

vgl.
S. 16,26–27

Kurzform von
Aperitif

Professor! sage ich, weil er mich am Arm faßt, und weiß, was jedermann weiß; aber er, scheint es, weiß es nicht. Er lacht. Dann halt ein andermal! sagt er, und ich weiß genau, daß dieser Mann eigentlich schon gestorben ist, und sage: Gerne! und steige in meinen Taxi – 5

Die Konferenz ging mich nichts an.

Professor O. ist für mich immer eine Art Vorbild gewesen, obschon kein Nobelpreisträger, keiner von den Professoren der ETH Zürich, die Weltruhm genießen, immerhin ein seriöser Fachmann – Ich werde nie vergessen, wie 10 wir in weißen Zeichenmänteln, Studenten, um ihn herumstehen und lachen über seine Offenbarung: Eine Hochzeitsreise (so sagte er immer) genügt vollkommen, nachher finden Sie alles Wichtige in Publikationen, lernen Sie fremde Sprachen, meine Herren, aber Reisen, meine Herren, ist 15 mittelalterlich, wir haben heute schon ⌐Mittel der Kommunikation⌐, geschweige denn morgen und übermorgen, Mittel der Kommunikation, die uns die Welt ins Haus liefern, es ist ein Atavismus, von einem Ort zum andern zu fahren. Sie lachen, meine Herren, aber es ist so, Reisen ist 20

Rückfall in urtümliche oder primitive Zustände

ein Atavismus*, es wird kommen der Tag, da es überhaupt keinen Verkehr mehr gibt, und nur noch die Hochzeitspaare werden mit einer Droschke durch die Welt fahren, sonst kein Mensch – Sie lachen, meine Herren, aber Sie werden es noch erleben! 25

Plötzlich stand er in Paris.

Vielleicht hat er darum immerzu gelacht. Vielleicht stimmt's gar nicht, daß er (wie es hieß) Magenkrebs hat, und er lacht, weil seit zwei Jahren jedermann sagt, daß die Ärzte ihm keine zwei Monate mehr geben, er lacht über 30 uns; er ist so sicher, daß wir uns ein andermal sehen –

»Ich habe meine Meinung geändert.«

Die Konferenz dauerte knapp zwei Stunden.

»Williams«, sagte ich, »I changed my mind.«*

»Was ist los?«

»What's the matter?«*

»Well, I changed my mind –«

Williams fuhr mich zu meinem Hotel; während ich darlegte, daß ich doch daran denke, ein bißchen auszusetzen, ein bißchen Ferien zu machen, frühlingshalber, zwei Wochen oder so, eine kleine Reise (trip) nach Avignon und Pisa, Florenz, Rom, war er keineswegs merkwürdig, im Gegenteil, Williams war großartig wie je: sofort bot er seinen Citroën an, da er anderntags nach New York flog.

»Walter«, sagte er, »have a nice time!«

Ich rasierte mich und kleidete mich um. Für den Fall, daß es mit der Opéra klappen sollte. Ich war viel zu früh, obschon ich zu Fuß in die Champs Elysees ging. Ich setzte mich übrigens in ein Café nebenan. Glasveranda mit Infra-Heizung, und hatte noch kaum meinen Pernod bekommen, als das fremde Mädchen mit dem Roßschwanz vorbeiging, ohne mich zu sehen, ebenfalls viel zu früh, ich hätte sie rufen können –

Sie setzte sich ins Café.

Ich war glücklich und trank meinen Pernod, ohne zu eilen, ich beobachtete sie durchs Glas der Veranda, wie sie bestellte, wie sie wartete, wie sie rauchte und einmal auf die Uhr blickte. Sie trug den schwarzen Kapuzenmantel mit den Hölzchen und Schnüren, darunter ihr blaues Abendkleidchen, bereit für die Opéra, eine junge Dame, die ihr Rouge prüft. Sie trank Citron-pressé. Ich war glücklich wie noch nie in diesem Paris und wartete auf den Kellner, um zu zahlen, um gehen zu können – hinüber zu dem Mädchen, das auf mich wartet! – dabei war ich fast froh, daß der Kellner mich immer wieder warten ließ, obschon ich protestierte; ich konnte nie glücklicher sein als jetzt.

Seit ich weiß, wie alles gekommen ist, vor allem angesichts der Tatsache, daß das junge Mädchen, das mich in die Pariser Opéra begleitete, dasselbe Kind gewesen ist, das wir beide (Hanna auch) mit Rücksicht auf unsere persönlichen Umstände, ganz abgesehen von der politischen Weltlage damals, nicht hatten haben wollen, habe ich mit mehreren und verschiedenartigen Leuten darüber gesprochen, wie sie sich zur Schwangerschaftsunterbrechung stellen, und dabei festgestellt, daß sie (wenn man es grundsätzlich betrachtet) meine Ansicht teilen. Schwangerschaftsunterbrechung ist heutzutage eine Selbstverständlichkeit. Grundsätzlich betrachtet: Wo kämen wir hin ohne Schwangerschaftsunterbrechungen? Fortschritt in Medizin und Technik nötigen gerade den verantwortungsbewußten Menschen zu neuen Maßnahmen. Verdreifachung der Menschheit in einem Jahrhundert. Früher keine Hygiene. Zeugen und gebären und im ersten Jahr sterben lassen, wie es der Natur gefällt, das ist primitiver, aber nicht ethischer. Kampf gegen das Kindbettfieber. Kaiserschnitt. Brutkasten für Frühgeburten. Wir nehmen das Leben ernster als früher. Johann Sebastian ⌈Bach⌉ hatte dreizehn Kinder (oder so etwas) in die Welt gestellt, und davon lebten nicht 50%. Menschen sind keine Kaninchen, Konsequenz des Fortschritts: wir haben die Sache selbst zu regeln. Die drohende Überbevölkerung unserer Erde. Mein Oberarzt war in Nordafrika, er sagt wörtlich: Wenn die Araber eines Tages dazu kommen, ihre Notdurft nicht rings um ihr Haus zu verrichten, so ist mit einer Verdoppelung der arabischen Bevölkerung innerhalb von zwanzig Jahren zu rechnen. Wie die Natur es überall macht: Überproduktion, um die Erhaltung der Art sicherzustellen. Wir haben andere Mittel, um die Erhaltung der Art sicherzustellen. Heiligkeit des Lebens! Die natürliche Überproduktion (wenn wir drauflosgebären wie die Tiere) wird zur Katastrophe; nicht Erhaltung der Art, sondern Vernichtung der Art. Wieviel Menschen ernährt die Erde? Steigerung ist möglich, Aufgabe der Unesco: Industrialisierung der unterentwickelten Gebiete, aber die Steigerung ist nicht unbegrenzt. Politik vor ganz neuen Problemen. Ein Blick auf die Statistik: Rückgang der Tuberkulose beispielsweise, Erfolg

der Prophylaxe, Rückgang von 30% auf 8%. Der liebe
Gott! Er machte es mit Seuchen; wir haben ihm die Seuchen
aus der Hand genommen. Folge davon: wir müssen ihm
auch die Fortpflanzung aus der Hand nehmen. Kein Anlaß
zu Gewissensbissen, im Gegenteil: Würde des Menschen,
vernünftig zu handeln und selbst zu entscheiden. Wenn
nicht, so ersetzen wir die Seuchen durch Krieg. Schluß
mit Romantik. Wer die Schwangerschaftsunterbrechung
grundsätzlich ablehnt, ist romantisch und unverantwortlich. Es sollte nicht aus Leichtsinn geschehen, das ist klar,
aber grundsätzlich: wir müssen den Tatsachen ins Auge
sehen, beispielsweise der Tatsache, daß die Existenz der
Menschheit nicht zuletzt eine Rohstoff-Frage ist. Unfug
der staatlichen Geburtenförderung in faschistischen Ländern, aber auch in Frankreich. Frage des Lebensraumes.
Nicht zu vergessen die Automation: wir brauchen gar nicht
mehr so viele Leute. Es wäre gescheiter, Lebensstandard zu
heben. Alles andere führt zum Krieg und zur totalen Vernichtung. Unwissenheit, Unsachlichkeit noch immer sehr
verbreitet. Es sind immer die Moralisten, die das meiste
Unheil anrichten. Schwangerschaftsunterbrechung: eine
Konsequenz der Kultur, nur der Dschungel gebärt und verwest, wie die Natur will. Der Mensch plant. Viel Unglück
aus Romantik, die Unmenge katastrophaler Ehen, die aus
bloßer Angst vor Schwangerschaftsunterbrechung geschlossen werden heute noch. Unterschied zwischen Ver-
hütung und Eingriff? In jedem Fall ist es ein menschlicher
Wille, kein Kind zu haben. Wieviele Kinder sind wirklich
gewollt? Etwas anderes ist es, daß die Frau eher will, wenn
es einmal da ist, Automatismus der Instinkte, sie vergißt,
daß sie es hat vermeiden wollen, dazu das Gefühl der
Macht gegenüber dem Mann, Mutterschaft als wirtschaft-
liches Kampfmittel der Frau. Was heißt Schicksal? Es ist
lächerlich, Schicksal abzuleiten aus mechanisch-physiolo-
gischen Zufällen, es ist eines modernen Menschen nicht

würdig. Kinder sind etwas, was wir wollen, beziehungsweise nicht wollen. Schädigung der Frau? Physiologisch jedenfalls nicht, wenn nicht Eingriff durch Pfuscher; psychisch nur insofern, als die betroffene Person von moralischen oder religiösen Vorstellungen beherrscht wird. Was wir ablehnen: ⌈Natur als Götze!⌉ Dann müßte man schon konsequent sein: dann auch kein Penicillin, keine Blitzableiter, keine Brille, kein DDT*, kein Radar und so weiter. Wir leben technisch, der Mensch als Beherrscher der Natur, ⌈der Mensch als Ingenieur⌉, und wer dagegen redet, der soll auch keine Brücke benutzen, die nicht die Natur gebaut hat. Dann müßte man schon konsequent sein und jeden Eingriff ablehnen, das heißt: sterben an jeder Blinddarmentzündung. Weil Schicksal! Dann auch keine Glühbirne, keinen Motor, keine Atom-Energie, keine Rechenmaschine, keine Narkose – dann los in den Dschungel!

Unsere Reise durch Italien – ich kann nur sagen, daß ich glücklich gewesen bin, weil auch das Mädchen, glaube ich, glücklich gewesen ist trotz Altersunterschied.
Ihr Spott über die jungen Herren:
»Buben!« sagte sie. »Das kannst du dir ja nicht vorstellen – man kommt sich wie ihre Mutter vor, und das ist furchtbar!«
Wir hatten fantastisches Wetter.
Was mir Mühe machte, war lediglich ihr Kunstbedürfnis, ihre Manie, alles anzuschauen. Kaum in Italien, gab es keine Ortschaft mehr, wo ich nicht stoppen mußte: Pisa, Florenz, Siena, Perugia, Arezzo, Orvieto, Assisi. – Ich bin nicht gewohnt, so zu reisen. In Florenz rebellierte ich, indem ich ihren ⌈Fra Angelico⌉, offen gesagt, etwas kitschig fand. Ich verbesserte mich dann: Naiv. Sie bestritt es nicht, im Gegenteil, sie war begeistert; es kann ihr nicht naiv genug sein.
Was ich genoß: Campari!
Meinetwegen auch Mandolinen-Bettler –

chem. Mittel zur Desinfektion und Ungezieferbekämpfung

Was mich interessierte: Straßenbau, Brückenbau, der neue Fiat, der neue Bahnhof in Rom, der neue Rapido-Triebwagen, die neue Olivetti –
Ich kann mit Museen nichts anfangen.

Ich saß draußen auf der Piazza San Marco, während Sabeth aus purem Trotz, glaube ich, das ganze Kloster besichtigte, und trank meinen Campari wie üblich. Ich hatte mir in diesen letzten Tagen, seit Avignon, schon allerhand angeschaut, bloß um in ihrer Nähe zu sein. Ich sah keinen Grund, eifersüchtig zu sein, und war es doch. Ich wußte nicht, was so ein junges Mädchen sich eigentlich denkt. Bin ich ihr Chauffeur? Dann gut; dann habe ich das Recht, unterdessen einen Campari zu trinken, bis meine Herrschaft aus der nächsten Kirche kommt. Es hätte mir nichts ausgemacht, ihr Chauffeur zu sein, wäre nicht Avignon gewesen. Ich zweifelte manchmal, wofür ich sie halten sollte. Ihre Idee: mit Autostop nach Rom! Auch wenn sie es schließlich nicht getan hatte, die bloße Idee machte mich eifersüchtig. Was in Avignon gewesen ist, wäre es mit jedem Mann gewesen?
Ich dachte an Heirat wie noch nie –
Ich wollte ja das Kind, je mehr ich es liebte, nicht in ein solches Fahrwasser bringen. Ich hoffte von Tag zu Tag, daß ich einmal mit ihr sprechen kann, ich war entschlossen, offen zu sein, nur hatte ich Angst, daß sie mir dann nicht glauben, beziehungsweise mich auslachen würde . . . Noch immer fand sie mich zynisch, glaube ich, sogar schnoddrig (nicht ihr gegenüber, aber gegenüber dem Leben ganz allgemein) und ironisch, was sie nicht vertrug, und oft wußte ich überhaupt nichts mehr zu sagen. Hörte sie mich überhaupt? Ich hatte gerade das Gefühl, daß ich die Jugend nicht mehr verstehe. Ich kam mir oft wie ein Betrüger vor. Warum eigentlich? Ich wollte ihre Erwartung, daß ⌈Tivoli⌉ alles übertreffe, was ich auf dieser Welt gesehen habe, und daß ein Nachmittag in Tivoli beispielsweise das Glück im

Quadrat wäre, nicht zerstören; nur konnte ich's nicht glauben. Ihre stete Sorge, ich nehme sie nicht ernst, war verkehrt; ich nahm mich selbst nicht ernst, und irgend etwas machte mich immer eifersüchtig, obschon ich mir Mühe gab, jung zu sein. Ich fragte mich, ob die Jugend heute (1957) vollkommen anders ist als zu unsrer Zeit, und stellte nur fest, daß ich überhaupt nicht weiß, wie die derzeitige Jugend ist. Ich beobachtete sie. Ich folgte ihr in etliche Museen, bloß um in ihrer Nähe zu sein, um Sabeth wenigstens zu sehen in der Spiegelung einer Vitrine, wo es von etruskischen Scherben wimmelte, ihr junges Gesicht, ihren Ernst, ihre Freude! Sabeth glaubte nicht, daß ich nichts davon verstehe, und hatte einerseits ein maßloses Vertrauen zu mir, bloß weil man dreißig Jahre älter ist, ein kindisches Vertrauen, anderseits überhaupt keinen Respekt. Es verstimmte mich, daß ich Respekt erwarte. Sabeth hörte zu, wenn ich von meinen Erfahrungen redete, jedoch wie man einem Alten zuhört: ohne zu unterbrechen, höflich, ohne zu glauben, ohne sich zu ereifern. Höchstens unterbrach sie, um mir vorzugreifen in der Erzählung und dadurch anzudeuten, daß ich all das schon einmal erzählt hatte. Dann schämte ich mich. Überhaupt zählte für sie nur die Zukunft, ein bißchen auch die Gegenwart; aber auf Erfahrung ließ sie sich überhaupt nicht ein, wie alle Jungen. Es interessierte sie keinen Deut, daß alles schon dagewesen ist und was unsereiner daraus gelernt hat, beziehungsweise hätte lernen können. Ich achtete drauf, was sich Sabeth eigentlich von der Zukunft versprach, und stellte fest: sie weiß es selbst nicht, aber sie freut sich einfach. Hatte ich von der Zukunft etwas zu erwarten, was ich nicht schon kenne? Für Sabeth war alles ganz anders. Sie freute sich auf Tivoli, auf Mama, auf das Frühstück, auf die Zukunft, wenn sie einmal Kinder haben wird, auf ihren Geburtstag, auf eine Schallplatte, auf Bestimmtes und vor allem Unbestimmtes: auf alles, was noch nicht ist. Das machte mich eifersüchtig, mag sein, aber daß ich mich meinerseits nicht freuen kann, stimmt nicht; ich freute mich über jeden Augenblick, der sich einigermaßen dazu eignete. Ich mache keine Purzelbäume, ich singe nicht, aber ich freue mich schon auch. Und nicht nur über ein gutes Essen! Ich kann mich vielleicht nicht immer ausdrücken. Wieviele von den Menschen, die unsereiner trifft, haben denn ein Interesse an meiner Freude, überhaupt an meinen Gefühlen! Sabeth fand, ich untertreibe immer, beziehungsweise ich verstelle mich. Was mich am meisten freute, war ihre Freude. Ich staunte manchmal, wie wenig sie brauchte, um zu singen, eigentlich überhaupt nichts; sie zog die Vorhänge auseinander und stellte fest, daß es nicht regnete, und sang. Leider hatte ich einmal meine Magenbeschwerden erwähnt; nun meinte sie immer, ich hätte Magenbeschwerden, mütterlich besorgt, als wäre ich unmündig. Insofern war sie nicht immer leicht, unsere Reise, oft komisch: ich langweilte sie mit Lebenserfahrung, und sie machte mich alt, indem sie von Morgen bis Abend überall auf meine Begeisterung wartete . . .

In einem großen Kreuzgang *(Museo Nazionale*)* weigerte ich mich, ihren Baedeker anzuhören, ich hockte auf der Brüstung und versuchte eine italienische Zeitung zu lesen, ich hatte sie satt, diese Sammlungen von steinernen Trümmern. Ich streikte, aber Sabeth war noch immer überzeugt, ich halte sie zum besten mit meinem Geständnis, daß ich nichts von Kunst verstehe – ihrerseits gestützt auf einen Ausspruch ihrer Mama, jeder Mensch könne ein Kunstwerk erleben, bloß der Bildungsspießer nicht.

»Eine gnädige Mama!« sagte ich.

Ein italienisches Paar, das durch den großen Kreuzgang ging, interessierte mich mehr als alle Statuen, vor allem der Vater, der ihr schlafendes Kind auf den Armen trug – Sonst kein Mensch.

Vögel zwitscherten, sonst Grabesstille.

das Thermenmuseum in Rom, dessen Exponate aus der Sammlung Ludovisi hier beschrieben werden

Dann, als Sabeth mich allein gelassen hatte, steckte ich die Zeitung ein, die ich sowieso nicht lesen konnte, und stellte mich vor irgendeine Statue, um den Ausspruch ihrer Mama zu prüfen. Jeder Mensch könne ein Kunstwerk erleben! – aber Mama, fand ich, irrte sich.

Ich langweilte mich bloß.

Im kleinen Kreuzgang (Verglasung) hatte ich Glück: eine ganze Gruppe deutscher Touristen, geführt von einem katholischen Priester, drängte sich vor dem Relief wie vor einer Unglücksstätte, so daß ich neugierig wurde, und als Sabeth mich fand (»Da bist du ja, Walter, ich dachte schon, du bist zu deinem Campari verschwunden!«), sagte ich, was ich eben von dem Priester gehört hatte: ⌈Geburt der Venus.⌉ Vor allem das Mädchen auf der Seite, Flötenbläserin, fand ich entzückend . . . Entzückend, fand Sabeth, das sei kein Wort für ein solches Relief; sie fand es toll, geradezu irrsinnig, maximal, genial, terrific.

Zum Glück kamen Leute –

Ich kann es nicht ausstehen, wenn man mir sagt, was ich zu empfinden habe; dann komme ich mir, obschon ich sehe, wovon die Rede ist, wie ein Blinder vor.

⌈Kopf einer schlafenden Erinnye.⌉

Das war meine Entdeckung (im selben Seitensaal links) ohne Hilfe eines bayerischen Priesters; ich wußte allerdings den Titel nicht, was mich keineswegs störte, im Gegenteil, meistens stören mich die Titel, weil ich mich mit antiken Namen sowieso nicht auskenne, dann fühlt man sich wie im Examen . . . Hier fand ich: Großartig, ganz großartig, beeindruckend, famos, tiefbeeindruckend. Es war ein steinerner Mädchenkopf, so gelegt, daß man drauf blickt wie auf das Gesicht einer schlafenden Frau, wenn man sich auf die Ellbogen stützt.

»Was sie wohl zusammenträumt –?«

Keine Art der Kunstbetrachtung, mag sein, aber es interessierte mich mehr als die Frage, ob viertes Jahrhundert oder drittes Jahrhundert v. Chr. ... Als ich nochmals die Geburt der Venus besichtigte, sagt sie plötzlich: Bleib! Ich darf mich nicht rühren. Was ist los? frage ich. Bleib! sagt sie: Wenn du dort stehst, ist sie viel schöner, die Erinnye hier, unglaublich, was das ausmacht! Ich muß mich davon überzeugen, Sabeth besteht darauf, daß wir die Plätze wechseln. Es macht etwas aus, in der Tat, was mich aber nicht verwundert; eine Belichtungssache. Wenn Sabeth (oder sonst jemand) bei der Geburt der Venus steht, gibt es Schatten, das Gesicht der schlafenden Erinnye wirkt, infolge einseitigen Lichteinfalls, sofort viel wacher, lebendiger, geradezu wild.

»Toll«, sagt sie, »was das ausmacht!«

Wir tauschten noch einmal oder zweimal die Plätze, dann war ich dafür, endlich weiterzugehen, es gab noch ganze Säle voll Statuen, die Sabeth gesehen haben wollte –

Ich hatte Hunger.

Von einem Ristorante zu sprechen, das mir durch den Kopf ging, war ausgeschlossen; ich bekam nicht einmal Antwort auf meine Frage, woher Sabeth all ihre gescheiten Wörter bezieht, nur diese Wörter selbst – archaisch, linear, hellenistisch, dekorativ, sakral, naturalistisch, expressiv, kubisch, allegorisch, kultisch, kompositorisch und so weiter, ein ganzes highbrow*-Vokabular. Erst beim Ausgang, wo es nichts mehr zu sehen gibt als Bögen aus antikem Ziegelstein, eine simple, aber korrekte Maurerarbeit, die mich interessierte, antwortete sie auf meine Frage, indem sie durch das Drehkreuz voranging, beiläufig wie üblich, wenn von Mama die Rede war: ^{betont intellektuelles}

»Von Mama.«

Das Mädchen gefiel mir, wenn wir in einem Ristorante saßen, jedesmal aufs neue, ihre Freude am Salat, ihre kinderhafte Art, Brötchen zu verschlingen, ihre Neugierde ringsherum, sie kaute Brötchen um Brötchen und blickte ringsherum, ihre festliche Begeisterung vor einem Hors d'œuvre*, ihr Übermut – ^{Vorspeise}

Betreffend ihre Mama:

Wir rupften unsere Artischocken, tauchten Blatt um Blatt in die Mayonnaise und zogen's durch unsere Zähne, Blatt um Blatt, während ich einiges von der gescheiten Dame erfuhr, die ihre Mama ist. Ich war nicht sehr neugierig, offen gestanden, da ich intellektuelle Damen nicht mag. Ich erfuhr: sie hat eigentlich nicht Archäologie studiert, sondern Philologie; sie arbeitet aber in einem Archäologischen Institut, sie muß ja Geld verdienen, weil von Herrn Piper getrennt – ich wartete, mein Glas in der Hand, um anzustoßen; Herr Piper interessierte mich schon gar nicht, ein Mann, der aus Überzeugung in Ostdeutschland lebt. Ich hob mein Glas und unterbrach: Prosit! und wir tranken . . .

Ferner erfuhr ich:

Mama ist auch mal Kommunistin gewesen, aber mit Herrn Piper geht es trotzdem nicht, daher die Trennung, das kann ich verstehen, und nun arbeitet Mama eben in Athen, weil sie das derzeitige Westdeutschland auch nicht mag, das kann ich verstehen, und Sabeth ihrerseits leidet an dieser Trennung keineswegs, im Gegenteil, sie hatte einen herrlichen Appetit, während sie davon erzählte, und trank von dem weißen Orvieto – der mir immer zu süß war, aber ihr Lieblingswein: *Orvieto Abbocato* . . . Sie hat ihren Vater nicht allzusehr geliebt, beziehungsweise ist Herr Piper gar nicht ihr Vater, denn Mama ist früher schon einmal verheiratet gewesen, Sabeth also ein Kind aus erster Ehe, ihre Mama hat Pech gehabt mit den Männern, so schien mir, vielleicht weil zu intellektuell, so dachte ich, sagte natürlich nichts, sondern bestellte nochmals ein halbes Fläschchen *Orvieto Abbocato*, und dann sprach man wieder über alles mögliche, über Artischocken, über Katholizismus, über Cassata*, über die Schlafende Erinnye, über Verkehr, die Not unsrer Zeit, und wie man zur Via Appia kommt – Sabeth mit ihrem Baedeker:

»Die *Via Appia*, die 312 vor Christus vom Censor Appius

Claudius Caecus* angelegte Königin der Straßen, führte über Terracina nach Capua, von wo sie später bis Brindisi verlängert wurde –«

Der röm. Patrizier Appius Claudius trug den Beinamen Caecus, »der Blinde«.

Wir waren die Via Appia hinaus gepilgert, drei Kilometer zu Fuß, wir lagen auf einem solchen Grabmal, Steinhügel, Schutzhügel mit Unkraut, worüber zum Glück nichts im Baedeker steht. Wir lagen im Schatten einer Pinie und rauchten eine Zigarette.

»Walter, schläfst du?«

Ich genoß es, nichts besichtigen zu müssen.

»Du«, sagt sie, »dort drüben ist Tivoli.«

Sabeth wie üblich in ihren schwarzen Cowboy-Hosen mit den ehemals weißen Nähten, dazu ihre ehemals weißen Espadrilles, obschon ich ihr ein Paar italienische Schuhe gekauft hatte schon in Pisa.

»Interessiert es dich wirklich nicht?«

»Es interessiert mich wirklich nicht«, sagte ich, »aber ich werde mir alles ansehen, mein Liebes. Was tut man nicht alles auf einer Hochzeitsreise!«

Sabeth fand mich wieder zynisch.

Es genügte mir, im Gras zu liegen, Tivoli hin oder her, Hauptsache: ihr Kopf an meiner Schulter.

»Du bist ein Wildfang*«, sagte ich, »keine Viertelstunde hast du Ruhe –«

ausgelassenes Kind

Sie kniete und hielt Ausschau.

Man hörte Stimmen –

»Soll ich?« fragte sie, ihr Mund dabei, wie wenn man spukken will. »Soll ich?«

Ich zog sie an ihrem Roßschwanz herunter, aber sie duldete es nicht. Ich fand es auch schade, daß wir nicht allein sind, aber nicht zu ändern. Auch nicht, wenn man ein Mann ist! Ihre komische Idee immer: Du bist ein Mann! Offenbar hatte sie erwartet, daß ich aufspringe und Steine schleudere, um die Leute zu vertreiben wie eine Gruppe von Ziegen. Sie war allen Ernstes enttäuscht, ein Kind, das ich als

Frau behandelte, oder eine Frau, die ich als Kind behandelte, das wußte ich selber nicht.

»Ich finde«, sagte sie, »das ist unser Platz!«

Offenbar waren es Amerikaner, ich hörte bloß die Stimmen, eine Gesellschaft, die um unser Grabmal schlenderte; nach den Stimmen zu schließen, hätten es die Stenotypistinnen von Cleveland sein können.

Oh, isn't it lovely?

Oh, this is the Campagna?

Oh, how lovely here!

Oh, usw.

Ich richtete mich auf, um über das Gestrüpp zu spähen. Die violetten Frisuren von Damen, dazwischen Glatzen von Herren, die ihre Panama-Hüte abnehmen – Ausbruch aus einem Altersheim! dachte ich, sagte es aber nicht.

»Unser Grabhügel«, sagte ich, »scheint doch ein berühmter Grabhügel zu sein –«

Sabeth ganz ungehalten:

»Du, da kommen immer mehr!«

Sie stand, ich lag wieder im Gras.

Bus »Du«, sagt sie, – »ein ganzer Autocar*!«

Wie Sabeth über mir steht beziehungsweise neben mir: Ihre Espadrilles, dann ihre bloßen Waden, ihre Schenkel, die noch in der Verkürzung sehr schlank sind, ihr Becken in den straffen Cowboy-Hosen; sie hatte beide Hände in den Hosentaschen, als sie so stand. Ihre Taille nicht zu sehen; wegen der Verkürzung. Dann ihre Brust und ihre Schultern, Kinn, Lippen, darüber schon die Wimpern, ihre Augenbogen blaß wie Marmor, weil Widerschein von unten, dann ihr Haar im knallblauen Himmel, man hätte meinen können, es werde sich im Geäst der schwarzen Pinie verfangen, ihr rötliches Haar. So stand sie, während ich auf der Erde lag, im Wind. Schlank und senkrecht, dabei sprachlos wie eine Statue.

»Hello!« rief jemand von unten.

Sabeth ganz mürrisch: »Hello –«

Sabeth konnte es nicht fassen.

»Du«, sagte sie, – »die machen Picnic!«

Dann, wie zum Trotz gegen die amerikanischen Belagerer, kam sie herunter und legte sich auf meine Brust, als wollte sie einschlafen; aber nicht lange. Sie stützte sich auf und fragte, ob sie schwer sei.

»Nein«, sagte ich, »du bist leicht –«

»Aber?«

»Kein Aber!« sagte ich.

»Doch«, sagte sie, »du denkst etwas.«

Meinerseits keine Ahnung, was ich gedacht hatte; irgend etwas denkt man meistens, aber ich wußte es wirklich nicht. Ich fragte, was sie denn gedacht hätte. Sie bat um eine Zigarette, ohne zu antworten.

»Du rauchst zuviel!« sagte ich. »Als ich in deinem Alter war –«

Ihre Ähnlichkeit mit Hanna ist mir immer seltener in den Sinn gekommen, je vertrauter wir uns geworden sind, das Mädchen und ich. Seit Avignon überhaupt nicht mehr! Ich wunderte mich höchstens, daß mir eine Ähnlichkeit mit Hanna je in den Sinn gekommen ist. Ich musterte sie daraufhin. Von Ähnlichkeit keine Spur! Ich gab ihr Feuer, obschon überzeugt, daß sie viel zu früh raucht, ein Kind von zwanzig Jahren –

Dann immer ihr Spott:

»Du tust wie ein Papa!«

Vielleicht hatte ich (wieder einmal) daran gedacht, daß ich für Sabeth, wenn sie sich auf meine Brust stützt und mein Gesicht mustert, eigentlich ein alter Mann bin.

»Du«, sagte sie, »das ist also der Ludovisische Altar, was uns heute vormittag so gefallen hat. Wahnsinnig berühmt!« Ich ließ mich belehren.

Wir hatten unsere Schuhe ausgezogen, unsere bloßen Füße auf der warmen Erde, ich genoß es, barfuß zu sein, und überhaupt.

Ich dachte an unser Avignon. (Hotel Henri IV.)

Sabeth mit ihrem offenen Baedeker wußte von Anfang an, daß ich ein Techniker bin, daß ich nach Italien fahre, um mich zu erholen. Trotzdem las sie vor:

»Die *Via Appia*, die 312 vor Christus vom Censor Appius Claudius Caecus angelegte Königin der Straßen –«

Heute noch höre ich ihre Baedeker-Stimme!

»Der interessantere Teil der Straße beginnt, das alte Pflaster liegt mehrfach zutage, links die großartigen Bogenreihen der Aqua Marcia (vergleiche Seite 261).«

Dann blätterte sie jedesmal nach.

Einmal meine Frage:

»Wie heißt eigentlich deine Mama mit Vornamen?«

Sie ließ sich nicht unterbrechen.

»Wenige Minuten weiter das Grabmal der *Caecilia Metella,* die bekannteste Ruine der Campagna, ein Rundbau von zwanzig Meter Durchmesser, auf viereckiger Basis, mit Travertin* verkleidet. Die Inschrift auf einer Marmortafel lautet: Caecilia Q. Cretici f(iliae) Metellae Crassi, der Tochter des Metellus Cretius, Schwiegertochter des Triumvirn Crassus. Das Innere (Trkg.) enthielt die Grabkammern.«

Sie hielt inne und sann.

»Trkg. – was heißt denn das?«

»Trinkgeld«, sagte ich. »Aber ich habe dich etwas anderes gefragt –«

»Entschuldigung.«

Sie klappte den Baedeker zusammen.

»Was hast du gefragt?«

Ich ergriff ihren Baedeker und öffnete ihn.

»Das dort drüben«, fragte ich, »das ist Tivoli?«

In der Ebene vor Tivoli mußte ein Flugplatz liegen, wenn auch auf den Karten in diesem Baedeker nicht zu finden; die ganze Zeit hörte man Motoren, genau dieses vibrierende Summen wie über meinem Dachgarten am Central

Park West, ab und zu eine DC-7 oder Super-Constellation, die über unsere Pinie flog, das Fahrgestell ausgeschwenkt, um zur Landung anzusetzen und irgendwo in dieser Campagna zu verschwinden.

»Dort muß der Flugplatz sein«, sagte ich.

Es interessierte mich tatsächlich.

»Was du gefragt hast?« fragte sie.

»Wie deine Mama eigentlich heißt.«

»Piper!« sagte sie. »Wie sonst?«

Ich meinte natürlich den Vornamen.

»Hanna.«

Sie hatte sich schon wieder erhoben, um über das Gestrüpp zu spähen, ihre beiden Hände in den Hosentaschen, ihr rötlicher Roßschwanz auf der Schulter. Sie merkte mir nichts an.

»My goodness!« sagte sie. »Was die zusammenfressen da unten, das nimmt ja kein Ende – jetzt fangen sie noch mit Früchten an!«

Sie stampfte wie ein Kind.

»Herrgott«, sagte sie, »ich sollte verschwinden.«

Dann meine Fragen:

Hat Mama einmal in Zürich studiert?

Was?

Wann?

Ich fragte weiter, obschon das Mädchen, wie gesagt, verschwinden sollte. Ihre Antworten etwas unwillig, aber ausreichend.

»Walter, das weiß ich doch nicht!«

Es ging mir, versteht sich, um genaue Daten.

»Damals war ich noch nicht dabei!« sagte sie.

Es amüsierte sie, was ich alles wissen wollte. Ihrerseits keine Ahnung, was ihre Antworten bedeuten. Es amüsierte sie, aber das änderte nichts daran, daß Sabeth eigentlich verschwinden mußte. Ich saß, ich hatte ihren Unterarm gefaßt, damit sie nicht davonläuft.

»Bitte«, sagte sie, »bitte«.

Meine letzte Frage:

»Und ihr Mädchenname: – Landsberg?«

Ich hatte ihren Unterarm losgelassen. Wie erschöpft. Ich brauchte meine ganze Kraft, nur um dazusitzen. Vermutlich mit Lächeln. Ich hatte gehofft, daß sie nun davonläuft. Stattdessen setzte sie sich, um ihrerseits Fragen zu stellen.

»Hast du Mama denn gekannt?«

Mein Nicken –

»Aber nein«, sagte sie, »wirklich?«

Ich konnte einfach nicht sprechen.

»Ihr habt euch gekannt«, sagte sie, »als Mama noch studiert hat?«

Sie fand es toll; nur toll.

»Du«, sagte sie beim Weggehen, »das werde ich ihr aber schreiben, Mama wird sich freuen –«

Heute, wo ich alles weiß, ist es für mich unglaublich, daß ich nicht schon damals, nach dem Gespräch an der Via Appia, alles wußte. Was ich gedacht habe in diesen zehn Minuten, bis das Mädchen zurückkam, weiß ich nicht. Eine Art von Bilanz, das schon. Ich weiß nur: Am liebsten wäre ich auf den Flugplatz gegangen. Kann sein, daß ich überhaupt nichts dachte. Eine Überraschung war es ja nicht, bloß eine Gewißheit. Ich schätze es, Gewißheit zu haben. Wenn sie einmal da ist, dann amüsiert sie mich fast. Sabeth: die Tochter von Hanna! Was mir dazu einfiel: eine Heirat kam wohl nicht in Frage. Dabei dachte ich nicht einen Augenblick daran, daß Sabeth sogar mein eignes Kind sein könnte. Es lag im Bereich der Möglichkeit, theoretisch, aber ich dachte nicht daran. Genauer gesagt, ich glaubte es nicht. Natürlich dachte ich daran: unser Kind damals, die ganze Geschichte, bevor ich Hanna verlassen habe, unser Beschluß, daß Hanna zu einem Arzt geht, zu Joachim – Natürlich dachte ich daran, aber ich konnte es einfach nicht glauben, weil zu unglaublich, daß dieses

Mädchen, das kurz darauf wieder auf unseren Grabhügel zurückkletterte, mein eignes Kind sein soll.

»Walter«, fragte sie, »was ist los?«

Sabeth ganz ahnungslos.

»Weißt du«, sagte sie, »du rauchst auch zuviel!«

Dann unser Gespräch über Aquaedukte –

Um zu reden!

Meine Erklärung der ⌐Kommunizierenden Röhre⌐.

»Jaja«, sagte sie, »das haben wir gehabt.«

Ihr Spaß, als ich beweise, daß die alten Römer, wären sie bloß im Besitz dieser Skizze auf meiner Zigarettenschachtel gewesen, mindestens 90% ihrer Maurerarbeit hätten sparen können.

Wir lagen wieder im Gras.

Die Flugzeuge über uns –

»Weißt du«, sagte sie, »eigentlich solltest du nicht zurückfliegen.«

Es war unser vorletzter Tag.

»Einmal müssen wir uns doch trennen, mein liebes Kind, so oder so –«

Ich beobachtete sie.

»Natürlich«, sagte sie – sie hatte sich aufgesetzt, um einen Halm zu nehmen, dann Blick gradaus; der Gedanke, daß wir uns trennen, machte ihr nichts aus, so schien mir, überhaupt nichts. Sie steckte den Halm nicht zwischen die Zähne, sondern wickelte ihn um den Finger und sagte: »Natürlich –«

Ihrerseits kein Gedanke an Heirat!

»Ob Mama sich noch an dich erinnert?«

Es amüsierte sie.

»Mama als Studentin«, sagte sie, »das kann ich mir nicht vorstellen, weißt du, Mama als Studentin mit einer Bude, sagst du, mit einer Dachbude – davon hat Mama nie erzählt.«

Es amüsierte sie.

»Wie war sie denn?«

Ich hielt den Kopf so, daß sie sich nicht rühren konnte, mit beiden Händen, wie man beispielsweise den Kopf eines Hundes hält. Ich spürte ihre Kraft, die ihr aber nichts nützte, die Kraft ihres Nackens; meine Hände wie ein Schraubstock. Sie schloß die Augen. Ich küßte nicht. Ich hielt bloß ihren Kopf. Wie eine Vase, leicht und zerbrechlich, dann immer schwerer.

»Du«, sagte sie, »du tust mir weh –«

Meine Hände hielten ihren Kopf, bis sie langsam die Augen aufmachte, um zu sehen, was ich eigentlich will: ich wußte es selber nicht.

»Im Ernst«, sagte sie, »du tust mir weh!«

Es war an mir, irgend etwas zu sagen; sie schloß wieder ihre Augen, wie ein Hund, wenn man ihn so festhält.

Dann meine Frage –

»Laß mich!« sagte sie.

Ich wartete auf Antwort.

»Nein«, sagte sie, »du bist nicht der erste Mann in meinem Leben, das hast du doch gewußt –«

Nichts hatte ich gewußt.

»Nein«, sagte sie, »mach dir keine Sorge –«

Wie sie sich das gepreßte Haar aus den Schläfen strich, man hätte meinen können, es geht nur um die Haare. Sie nahm den Kamm aus ihrer schwarzen Cowboy-Hose, um sich zu kämmen, während sie erzählte, beziehungsweise nicht erzählte, sondern nur so bekanntgab: He's teaching in Yale.[*] Sie hatte eine Spange zwischen den Zähnen.

Er lehrt in Yale.

»Und der andere«, sagte sie mit der Spange zwischen den Zähnen, während sie den Roßschwanz auskämmte, »den hast du ja gesehen.«

Gemeint war wohl der Pingpong-Jüngling.

»Er will mich heiraten«, sagte sie, »aber das war ein Irrtum von mir, weißt du, ich mag ihn gar nicht.«

Dann brauchte sie die Spange, nahm sie aus dem Mund,

der nun offenblieb, dabei stumm, während sie sich zu Ende kämmte. Dann blies sie den Kamm aus, Blick gegen Tivoli, und war fertig.

»Gehen wir?« fragte sie.

Eigentlich wollte ich nicht sitzen bleiben, sondern mich aufrichten, meine Schuhe holen, meine Schuhe anziehen, zuerst natürlich die Socken, dann die Schuhe, damit wir gehen können –

»Du findest mich schlimm?«

Ich fand gar nichts.

»Walter!« sagte sie –

Ich nahm mich zusammen.

»It's okay«, sagte ich, »it's okay.«

Dann zu Fuß auf der Via Appia zurück.

Wir saßen bereits im Wagen, als Sabeth nochmals damit anfing (»Du findest mich schlimm?«) und wissen wollte, was ich die ganze Zeit denke – ich steckte das Schlüsselchen, um den Motor anzulassen.

»Komm«, sagte ich, »reden wir nicht.«

Ich wollte jetzt fahren.

Sabeth redete, während wir im Wagen saßen, ohne zu fahren, von ihrem Papa, von Scheidung, von Krieg, von Mama, von Emigration, von Hitler, von Rußland –

»Wir wissen nicht einmal«, sagte sie, »ob Papa noch lebt.«

Ich stellte den Motor ab.

»Hast du den Baedeker?« fragte sie.

Sie studierte die Karte.

»Das ist die Porta San Sebastiano«, sagte sie, »jetzt rechts, dann kommen wir zu San Giovanni in Laterano!«

Ich ließ den Motor wieder an.

»Ich habe ihn gekannt«, sagte ich –

»Papa?«

»Joachim«, sagte ich, »ja –«

Dann fuhr ich, wie befohlen: zur Porta San Sebastiano, dann rechts, bis wieder eine Basilika vor uns stand.

Wir besichtigten weiter.

Vielleicht bin ich ein Feigling. Ich wagte nichts mehr zu sagen, Joachim betreffend, oder zu fragen. Ich rechnete im stillen (während ich redete, mehr als sonst, glaube ich) pausenlos, bis die Rechnung aufging, wie ich sie wollte: Sie konnte nur das Kind von Joachim sein! Wie ich's rechnete, weiß ich nicht; ich legte mir die Daten zurecht, bis die Rechnung wirklich stimmte, die Rechnung als solche. In der Pizzeria, als Sabeth eine Weile weggegangen war, genoß ich es, die Rechnung auch noch schriftlich zu überprüfen. Sie stimmte; ich hatte ja die Daten (die Mitteilung von Hanna, daß sie ein Kind erwartet, und meine Abreise nach Bagdad) so gewählt, daß die Rechnung stimmte; fix blieb nur der Geburtstag von Sabeth, der Rest ging nach Adam Riese, bis mir ein Stein vom Herzen fiel.

Ich weiß, daß das Mädchen mich an jenem Abend lustiger fand als je, geradezu witzig. Wir saßen bis Mitternacht in dieser volkstümlichen Pizzeria zwischen Pantheon und Piazza Colonna, wo die Gitarrensänger, nachdem sie vor den Touristen-Restaurants gebettelt hatten, ihre Pizza essen und Chianti per Glas trinken; ich zahlte ihnen Runde um Runde, und die Stimmung war ganz groß.

»Walter«, sagte sie, »haben wir es toll!«

Auf dem Weg zu unserem Hotel (Via Veneto) waren wir vergnügt, nicht betrunken, aber geradezu geistreich – bis zum Hotel, wo man uns die große Glastüre hält und in der Alabaster-Halle sofort die Zimmerschlüssel überreicht, gemäß unsrer eignen Anmeldung:

»Mister Faber, Miss Faber – Goodnight!«

Ich weiß nicht, wie lange ich in meinem Zimmer stand, ohne die Vorhänge zu ziehen, so ein Grandhotel-Zimmer: viel zu groß, viel zu hoch. Ich stand, ohne mich auszuziehen. Wie ein Apparat, der die Information bekommt: Wasch dich! – aber nicht funktioniert.

»Sabeth«, fragte ich, »was ist los?«

Sie stand vor meiner Türe; ohne zu klopfen.

»Sag's doch!« sagte ich.

Sie stand barfuß und trug ihr gelbes Pyjama, darüber ihren schwarzen Kapuzenmantel; sie wollte nicht eintreten, sondern nur nochmals Gutnacht sagen. Ich sah ihre verheulten Augen –

»Warum soll ich dich nicht mehr lieb haben?« fragte ich.

»Wegen Hardy oder wie er heißt?«

Plötzlich ihr Schluchzen –

Später schlief sie, ich hatte sie zugedeckt, denn die Nacht durchs offene Fenster war kühl; die Wärme, scheint es, beruhigte sie, so daß sie wirklich schlief trotz Lärm draußen in der Straße, trotz ihrer Angst, daß ich fortgehe. Es mußte eine Stop-Straße sein, daher der Lärm: Motorräder, die im Leerlauf aufheulen, dann schalten, am schlimmsten ein Alfa Romeo, der immer wieder kommt und jedesmal wie zu einem Rennstart ansetzt, sein Hall zwischen den Häusern, kaum drei Minuten lang blieb es ruhig, dann und wann der Glockenschlag einer römischen Kirche, dann neuerdings Hupen, Stop mit quietschenden Pneus, Vollgas auf Leerlauf, sinnlos, Lausbüberei, dann wieder das blecherne Dröhnen, es schien wirklich der gleiche Alfa Romeo zu sein, der uns die ganze Nacht lang umkreiste. Ich wurde immer wacher. Ich lag neben ihr, nicht einmal die staubigen Schuhe und meine Krawatte hatte ich ausgezogen, ich konnte mich nicht rühren, da ihr Kopf an meiner Schulter lag. In den Vorhängen blieb der Schein einer Bogenlampe, die ab und zu wankte, und ich lag wie gefoltert, da ich mich nicht rühren konnte; das schlafende Mädchen hatte ihre Hand auf meine Brust gelegt, beziehungsweise auf meine Krawatte, so daß sie zog, die Krawatte. Ich hörte Stundenschlag um Stundenschlag, während Sabeth schlief, ein schwarzes Bündel mit heißem Haar und Atem, meinerseits nicht imstande, vorwärts zu denken. Dann wieder der Alfa Romeo, sein Hupen in den Gassen, Bremsen, Vollgas im Leerlauf, Schalten, sein blechernes Dröhnen in der Nacht –

Was ist denn meine Schuld? Ich habe sie auf dem Schiff getroffen, als man auf die Tischkarten wartete, ein Mädchen mit baumelndem Roßschwanz vor mir. Sie war mir aufgefallen. Ich habe sie angesprochen, wie sich Leute auf einem solchen Schiff eben ansprechen; ich habe dem Mädchen nicht nachgestellt. Ich habe dem Mädchen nichts vorgemacht, im Gegenteil, ich habe offener mit ihr gesprochen, als es sonst meine Art ist, beispielsweise über mein Junggesellentum. Ich habe einen Heiratsantrag gemacht, ohne verliebt zu sein, und wir haben sofort gewußt, daß es Unsinn ist, und wir haben Abschied genommen. Warum habe ich sie in Paris gesucht! Wir sind zusammen in die Opéra gegangen, und nachher nahmen wir noch ein Eis, dann fuhr ich sie, ohne sie länger aufzuhalten, zu ihrem billigen Hotel bei Saint Germain, ich habe ihr angeboten, ihre Autostop-Fahrt mit mir zu machen, da ich den Citroën von Williams hatte, und in Avignon, wo wir zum ersten Mal übernachteten, wohnten wir selbstverständlich (alles andere hätte auf eine Absicht schließen lassen, die ich gar nicht hatte) im gleichen Hotel, aber nicht einmal auf der gleichen Etage; ich dachte nicht einen Augenblick daran, daß es dazu kommen würde. Ich erinnere mich genau. Es war die Nacht (13. V.) mit der Mondfinsternis, die uns überraschte; ich hatte keine Zeitung gelesen, und wir waren nicht darauf gefaßt. Ich sagte: Was ist denn mit dem Mond los? Wir hatten im Freien gesessen, und es war ungefähr zehn Uhr, Zeit zum Aufbrechen, da wir in der Morgenfrühe weiterfahren wollten. Die bloße Tatsache, daß drei Himmelskörper, Sonne und Erde und Mond, gelegentlich in einer Geraden liegen, was notwendigerweise eine Verdunkelung des Mondes verursacht, brachte mich aus der Ruhe, als wisse ich nicht ziemlich genau, was es mit einer Mondfinsternis auf sich hat – ich zahlte, als ich den runden Erdschatten auf dem Vollmond bemerkte, sofort unseren Kaffee, und wir gingen Arm in Arm hinauf zur

Terrasse über der Rhone, um eine volle Stunde lang, nach wie vor Arm in Arm, in der Nacht zu stehen und die verständliche Erscheinung zu verfolgen. Ich erklärte dem Mädchen noch, wieso der Mond, vom Erdschatten gänzlich überdeckt, trotzdem so viel Licht hat, daß wir ihn deutlich sehen konnten, im Gegensatz zum Neumond, deutlicher sogar als sonst: nicht als leuchtende Scheibe wie sonst, sondern deutlich als Kugel, als Ball, als Körper, als Gestirn, als eine ungeheure Masse im leeren All, orange. Ich erinnere mich nicht, was ich alles redete in jener Stunde. Das Mädchen fand damals (daran erinnere ich mich) zum ersten Mal, daß ich uns beide ernst nehme, und küßte mich wie nie vorher. Dabei war es, als bloßer Anblick, eher beklemmend, eine immerhin ungeheure Masse, die da im Raum schwebt, beziehungsweise saust, was die sachlich gerechtfertigte Vorstellung nahelegte, daß wir, die Erde, ebenso im Finstern schweben, beziehungsweise sausen. Ich redete vom Tod und Leben, glaube ich, ganz allgemein, und wir waren beide aufgeregt, da wir noch nie eine dermaßen klare Mondfinsternis gesehen hatten, auch ich nicht, und zum ersten Mal hatte ich den verwirrenden Eindruck, daß das Mädchen, das ich bisher für ein Kind hielt, in mich verliebt war. Jedenfalls war es das Mädchen, das in jener Nacht, nachdem wir bis zum Schlottern draußen gestanden hatten, in mein Zimmer kam –

Dann das Wiedersehen mit Hanna.
(26. V. in Athen.)
Ich erkannte sie schon, bevor ich erwacht war. Sie redete mit der Diakonissin. Ich wußte, wo ich bin, und wollte fragen, ob die Operation gemacht ist – aber ich schlief, vollkommen erschöpft, ich verdurstete, aber ich konnte es nicht sagen. Dabei hörte ich ihre Stimme, griechisch. Man hatte mir Tee gebracht, aber ich konnte ihn nicht nehmen; ich schlief, ich hörte alles und wußte, daß ich schlief, und ich wußte: Wenn ich erwache, dann vor Hanna.

Plötzlich die Stille –
Mein Schrecken, das Kind sei tot.
Plötzlich liege ich mit offenen Augen: – das weiße Zimmer,
ein Laboratorium, die Dame, die vor dem Fenster steht und
meint, ich schlafe und sehe sie nicht. Ihr graues Haar, ihre
kleine Gestalt. Sie wartet, beide Hände in den Taschen ihres Jacketts, Blick zum Fenster hinaus. Sonst niemand im
Zimmer. Eine Fremde. Ihr Gesicht ist nicht zu sehen, nur
ihr Nacken, ihr Hinterkopf, ihr kurzgeschnittenes Haar.
Ab und zu nimmt sie ihr Taschentuch, um sich zu schneu-
zen, und steckt es sofort wieder zurück, beziehungsweise
knüllt es in ihrer nervösen Hand zusammen. Sonst reglos.
Sie trägt eine Brille, schwarz, Hornbrille. Es könnte sich
um eine Ärztin handeln, eine Anwältin oder so etwas. Sie
weint. Einmal greift sie mit der Hand unter ihre Hornbrille,
als halte sie ihr Gesicht; eine ganze Weile. Dann braucht sie
ihre beiden Hände, um das nasse Taschentuch nochmals
aufzufalten, dann steckt sie's wieder ein und wartet, Blick
zum Fenster hinaus, wo nichts zu sehen ist als Sonnenstores. Ihre Gestalt: sportlich, geradezu mädchenhaft, wären nicht ihre grauen oder weißen Haare. Dann nimmt
sie's nochmals, ihr Taschentuch, um die Brille zu putzen, dabei sehe ich endlich ihr nacktes Gesicht, das braun ist – es
könnte, abgesehen von ihren blauen Augen, das Gesicht
von einem alten Indio sein.
Ich tat, als schliefe ich.
Hanna mit weißen Haaren!
Offenbar hatte ich tatsächlich nochmals geschlafen – eine
halbe Minute oder eine halbe Stunde, bis mein Kopf von
der Wand rutschte, so daß ich erschrak – sie sah, daß ich
wach bin. Sie sagte kein Wort, sondern blickte mich nur an.
Sie saß, ihre Beine verschränkt, und stützte ihren Kopf, sie
rauchte.
»Wie geht es?« fragte ich.
Hanna rauchte weiter.

»Hoffen wir das Beste«, sagt sie, »es ist gemacht – hoffen wir das Beste.«

»Sie lebt?«

»Ja«, sagt sie –

5 Von Begrüßung kein Wort.

»Dr. ⌈Eleutheropulos⌉ war gerade hier«, sagt sie, »es ist keine Kreuzotter gewesen, meint er –«

Sie füllte eine Tasse für mich.

»Komm«, sagt sie, »trink deinen Tee.«

10 Es kam mir (ohne Verstellung) nicht in den Sinn, daß man sich zwanzig Jahre nicht mehr gesprochen hatte; wir redeten über die Operation, die vor einer Stunde gemacht worden war, oder nichts. Wir warteten gemeinsam auf weitere Meldungen des Arztes.

15 Ich leerte Tasse um Tasse.

»Das weißt du«, sagt sie, »daß sie dir auch eine Injektion gemacht haben?«

Davon hatte ich nichts gemerkt.

»Nur zehn Kubikzentimeter, nur prophylaktisch«, sagt sie,
20 »wegen der Mundschleimhaut.«

Hanna überhaupt sehr sachlich.

»Wie ist das gekommen?« fragt sie. »Ihr seid heute in Korinth gewesen?«

Ich fror.

25 »Wo hast du denn deine Jacke?«

Meine Jacke lag am Meer.

»Seit wann seid ihr in Griechenland?«

Ich staunte über Hanna; ein Mann, ein Freund, hätte nicht sachlicher fragen können. Ich versuchte auch sachlich zu
30 antworten. Wozu hundertmal versichern, daß ich nichts dafür kann! Hanna machte ja keinerlei Vorwürfe, sondern fragte bloß, Blick zum Fenster hinaus. Sie fragte, ohne mich anzublicken:

»Was hast du gehabt mit dem Kind?«

35 Dabei war sie sehr nervös, ich sah es.

»Wieso keine Kreuzotter?« frage ich.
»Komm«, sagt sie, »trink deinen Tee!«
»Seit wann trägst du eine Brille?« frage ich –

Ich hatte die Schlange nicht gesehen, nur gehört, wie Sabeth schrie. Als ich kam, lag sie bewußtlos. Ich hatte gesehen, wie Sabeth gestürzt war, und lief zu ihr. Sie lag im Sand, bewußtlos infolge ihres Sturzes, vermutete ich. Dann erst sah ich die Bißwunde oberhalb der Brust, klein, drei Stiche nahe zusammen, ich begriff sofort. Sie blutete nur wenig. Natürlich sog ich die Wunde sofort aus, wie vorgeschrieben, wußte, daß man abbinden sollte gegen das Herz hin. Aber wie? Der Biß war oberhalb der linken Brust. Ich wußte: sofortiges Ausschneiden der Wunde beziehungsweise Ausbrennen. Ich schrie um Hilfe, aber ich war schon außer Atem, bevor ich die Straße erreicht hatte, die Verunglückte auf den Armen, das Stapfen im weichen Sand, dazu die Verzweiflung, als ich den Ford vorbeifahren sah, ich schrie, so laut ich konnte. Aber der Ford fuhr vorbei. Ich stand außer Atem, die Bewußtlose auf den Armen, die immer schwerer wurde, ich konnte sie kaum noch halten, weil sie in keiner Weise half. Es war die richtige Straße, aber kein Fahrzeug weit und breit. Ich verschnaufte, dann weiter auf dieser Straße mit gekiestem Teer, zuerst Laufschritt, dann langsam und immer langsamer, ich war barfuß. Es war Mittag. Ich weinte und ging, bis endlich dieser Zwei-'räder kam. Vom Meer herauf. Ein Arbeiter, der nur griechisch redete, aber sofort verstand angesichts der Wunde. Ich saß auf dem holpernden Karren, der mit nassem Kies beladen war, mein Mädchen auf den Armen, so wie es gerade war, nämlich im Badkleid (Bikini) und sandig. Es schüttelte den Kies, so daß ich die Bewußtlose in den Armen tragen mußte weiterhin, und es schüttelte auch mich. Ich bat den Arbeiter, geschwinder zu fahren. Der Esel gab nicht mehr Tempo als ein Fußgänger. Es war ein ächzender

Karren mit schiefen wackligen Rädern, ein Kilometer wurde zur Ewigkeit; ich saß so, daß ich rückwärts schaute. Aber von einem Auto keine Spur. Ich verstand nicht, was der Grieche redete, warum er stoppte bei einem Ziehbrunnen, er band den Esel an; dazu Zeichen, ich sollte warten. Ich beschwor ihn, weiterzufahren und keine Zeit zu verlieren; ich wußte nicht, was er im Sinn hatte, als er mich allein auf dem Kieskarren ließ, allein mit der Verunglückten, die Serum brauchte. Ich sog neuerdings ihre Wunde aus. Offenbar ging er zu den Hütten, um Hilfe zu holen. Ich wußte nicht, wie er sich das vorstellte, Hilfe mit Kräutern oder Aberglauben oder was weiß ich. Er pfiff, dann ging er weiter, da keinerlei Antwort aus den Hütten. Ich wartete ein paar Minuten, dann los, ohne zu überlegen, weiter, die Verunglückte auf den Armen, zuerst wieder im Laufschritt, bis ich neuerdings außer Atem war. Ich konnte einfach nicht mehr. Ich legte sie an die Straßenböschung, weil Laufen sowieso sinnlos; ich konnte sie ja nicht nach Athen tragen. Entweder kam ein Motorfahrzeug, das uns aufnimmt, oder es kam nicht. Als ich wieder ihre kleine Wunde oberhalb der Brust aussog, sah ich, daß Sabeth langsam zum Bewußtsein kommt: ihre Augen weit offen, aber ohne Blick, sie klagt nur über Durst, ihre Stimme vollkommen heiser, ihr Puls sehr langsam, dann Erbrechen, dazu Schweiß. Ich sah jetzt die bläulichrote Schwellung um ihre Wunde. Ich lief, um Wasser zu suchen. Ringsum nichts als Ginster, Disteln, Oliven auf einem trockenen Acker, kein Mensch, ein paar Ziegen im Schatten, ich konnte rufen und schreien, soviel ich wollte – es war Mittag, Totenstille, ich kniete neben Sabeth; sie war nicht bewußtlos, nur sehr schläfrig, wie gelähmt. Zum Glück sah ich den Lastwagen noch zeitig genug, so daß ich auf die Straße laufen konnte; er stoppte, ein Lastwagen mit einem Bündel langer Eisenröhren. Sein Fahrziel war nicht Athen, sondern Megara*, immerhin unsere Richtung. Ich saß nun neben dem Fahrer,

Megara liegt genau auf halbem Weg zwischen Korinth und Athen.

die Verunglückte auf meinen Armen. Das Scheppern der langen Röhren, dazu das mörderische Tempo; kaum dreißig Stundenkilometer auf gerader Strecke! Ich hatte meine Jacke am Meer, mein Geld in der Jacke – in Megara, wo er stoppte, gab ich dem Fahrer, der ebenfalls nur Griechisch versteht, meine Omega-Uhr, damit er unverzüglich weiterfährt, ohne seine Röhren abzuladen. In Eleusis*, wo er tanken mußte, ging wieder eine Viertelstunde verloren. Ich werde diese Strecke nie vergessen. Ob er fürchtete, daß ich meine Omega-Uhr zurückfordere, wenn ich mit einem schnelleren Vehikel weiterfahren könnte, oder was er sich dabei dachte, weiß ich nicht; jedenfalls verhinderte er es zweimal, daß ich umstieg. Einmal war es ein Bus, ein Pullman, einmal eine Limousine, die ich mit Winken hatte stoppen können; mein Fahrer redete griechisch, und die andern fuhren weiter. Er ließ es sich einfach nicht nehmen, unser Retter zu sein, dabei war er ein miserabler Fahrer. In der Steigung nach Daphni* kamen wir kaum voran. Sabeth schlief, und ich wußte nicht, ob sie ihre Augen je wieder aufmachen würde. Endlich die Vororte von Athen, aber es ging immer langsamer; die Verkehrslichter, die üblichen Stockungen, unser Lastwagen mit langen Röhren hinten heraus war unbeweglicher als alle anderen, die kein Serum brauchten, die scheußliche Stadt, Wirrwarr mit Straßenbahn und Eselskarren, natürlich wußte unser Fahrer nicht, wo ein Hospital ist, er mußte fragen, ich hatte den Eindruck, er findet es nie, ich schloß meine Augen oder blickte auf Sabeth, die ganz langsam atmete. (Alle Krankenhäuser liegen am andern Ende von Athen.) Unser Fahrer, da er vom Land kam, kannte nicht einmal die Straßennamen, die man ihm nannte, ich verstand immer nur: Leofores, Leofores, ich versuchte zu helfen, aber ich konnte ja nicht einmal lesen – wir hätten es nie gefunden, wäre nicht der junge Bursche auf unser Trittbrett gestiegen, um uns zu führen. Dann dieses Vorzimmer –

Eleusis liegt genau zwischen Megara und Athen.

Daphni liegt genau zwischen Leusis und Athen.

5

10

15

20

25

30

35

Lauter griechische Fragen –
Endlich die Diakonissin, die Englisch versteht, eine Person
von satanischer Ruhe: ihre Hauptsorge, unsere Personalien
zu wissen!

5 ---

Der Arzt, der das Mädchen behandelt hatte, beruhigte uns.
Er verstand Englisch und antwortete griechisch; Hanna
übersetzte mir das Wichtige, seine Erklärung, warum keine
Kreuzotter, sondern eine Viper ⌜(Aspisviper*)⌝, seines Er-
10 achtens hatte ich das Einzigrichtige unternommen: Trans-
port ins Hospital. Von den volkstümlichen Maßnahmen
(Aussaugen der Bißwunde, Ausschneiden oder Ausbrennen, Abschnüren der betroffenen Gliedmaßen) hielt er als
Fachmann nicht viel; zuverlässig nur die Serum-Injektion
15 innerhalb drei bis vier Stunden, das Ausschneiden der Bißwunde nur als zusätzliche Maßnahme.
Er wußte nicht, wer ich bin.
Ich war auch in einem Zustand; verschwitzt und verstaubt,
wie der Arbeiter auf dem Kieskarren, dazu Teer an den
20 Füßen, zu schweigen von meinem Hemd, ein Landstreicher, barfuß und ohne Jacke, der Arzt kümmerte sich
um meine Füße, die er der Diakonissin überließ, und redete
nur mit Hanna, bis Hanna mich vorstellte.
»Mister Faber is a friend of mine.«
25 Was mich beruhigte: Die Mortalität* bei Schlangenbiß
(Kreuzotter, Vipern aller Art) beträgt drei bis zehn Prozent,
sogar bei Biß von Kobra nicht über fünfundzwanzig Prozent, was in keinem Verhältnis steht zu der abergläubi-
schen Angst vor Schlangen, die man allgemein noch hat.
30 Hanna war auch ziemlich beruhigt –
Wohnen konnte ich bei Hanna.
Ich wollte aber das Hospital nicht verlassen, ohne das
Mädchen gesehen zu haben, ich bestand darauf, das Mäd-

der Kreuzotter
nah verwandte
Giftschlange

Sterblichkeit

chen zu sehen, wenn auch nur für eine Minute, und fand Hanna (der Arzt willigte sofort ein!) sehr sonderbar – sie ließ mich, als wollte ich ihr die Tochter stehlen, nicht eine Minute lang im Krankenzimmer.

»Komm«, sagt sie, – »sie schläft jetzt.«

Vielleicht ein Glück, daß das Kind uns nicht mehr erkannt hat; sie schlief mit offenem Mund (sonst nicht ihre Art) und war sehr blaß, ihr Ohr wie aus Marmor, sie atmete in Zeitlupentempo, jedoch regelmäßig, sozusagen zufrieden, und einmal, während ich vor ihrem Bett stand, dreht sie den Kopf nach meiner Seite. Aber sie schlief.

»Komm«, sagt Hanna, »laß sie!«

Ich wäre lieber in irgendein Hotel gefahren. Warum sagte ich's nicht? Vielleicht wäre es Hanna auch lieber gewesen. Wir hatten einander noch nicht einmal die Hand gegeben. Im Taxi, als es mir bewußt wurde, sagte ich:

»Grüß dich!«

Ihr Lächeln, wie stets über meine verfehlten Witze: mit einem Rümpfen ihrer Stirne zwischen den Brauen.

Sie glich ihrer Tochter schon sehr.

Ich sagte natürlich nichts.

»Wo hast du Elsbeth kennengelernt?« fragt sie. »Auf dem Schiff?«

Sabeth hatte geschrieben: von einem älteren Herrn, der ihr auf dem Schiff, kurz vor Le Havre, einen Heiratsantrag gemacht habe.

»Stimmt das?« fragt sie.

Unser Taxi-Gespräch: lauter Fragen, keine Antworten.

Wieso ich sie Sabeth nenne? Als Frage auf meine Frage: Wieso Elsbeth? Dazwischen ihre Hinweise: Das ⌈Dionysos-Theater⌉. Wieso ich sie Sabeth nenne: weil Elisabeth, fand ich, ein unmöglicher Name ist. Dazwischen wieder ein Hinweis auf kaputte Säulen. Wieso gerade Elisabeth? Ich würde nie ein Kind so nennen. Dazwischen Stoplichter, die üblichen Stockungen. Nun heißt sie eben Elisabeth, nichts zu machen, auf Wunsch ihres Vaters. Dazwischen redete sie mit dem Fahrer, der einen Fußgänger beschimpfte, griechisch, ich hatte den Eindruck, wir fahren im Kreis herum und es machte mich nervös, obschon wir jetzt, plötzlich, Zeit hatten; dann ihre Frage:

»Hast du Joachim je wiedergesehen?«

Ich fand Athen eine gräßliche Stadt, Balkan, ich konnte mir nicht vorstellen, wo man hier wohnt, Kleinstadt, teilweise sogar Dorf, levantinisch, Gewimmel von Leuten mitten auf der Straße, dann wieder Einöde, Ruinen, dazwischen Imitation von Großstadt, gräßlich, wir hielten kurz nach ihrer Frage.

»Hier?« frage ich –

»Nein«, sagt sie, »ich komme gleich.«

Es war das Institut, wo Hanna arbeitet, und ich mußte im Taxi warten, ohne eine Zigarette zu haben; ich versuchte Anschriften zu lesen und kam mir wie ein Analphabet vor, völlig verloren.

Dann zurück zur Stadt –

Als sie aus dem Institut gekommen war; hatte ich Hanna, offen gestanden, nicht wiedererkannt, sonst hätte ich die Taxi-Türe selbstverständlich geöffnet.

Dann ihre Wohnung.

»Ich geh voran«, sagt sie.

Hanna geht voran, die Dame mit grauem und kurzgeschnittenem Haar, mit Hornbrille, die Fremde, aber Mutter von Sabeth beziehungsweise Elsbeth (sozusagen meine Schwiegermutter!), ab und zu wundert es mich, daß man sich so ohne weiteres duzt.

»Komm«, sagt sie, »mach es dir bequem.«

Wiedersehen nach zwanzig Jahren, damit hatte ich nicht gerechnet, Hanna auch nicht, übrigens hat sie recht: es sind einundzwanzig Jahre, genau gerechnet.

»Komm«, sagt sie, »setz dich.«

Meine Füße schmerzten.

Ich wußte natürlich, daß sie ihre Frage (»Was hast du gehabt mit dem Mädchen?«) früher oder später wiederholen wird, und ich hätte schwören können: nichts! – ohne zu lügen, denn ich glaubte es selbst nicht, sowie ich Hanna vor mir sah.

»Walter«, sagt sie, »warum setzt du dich nicht?«

Mein Trotz, zu stehen –

Hanna zog die Sonnenstores herauf.

Hauptsache, daß das Kind gerettet ist! – ich sagte es mir ununterbrochen, während ich irgend etwas redete oder schwieg, Zigaretten von Hanna rauchte; sie räumte Bücher aus den Sesseln, damit ich mich setzen könnte.

»Walter«, fragt sie, »hast du Hunger?«

Hanna als Mutter –

Ich wußte nicht, was denken.

»Eine hübsche Aussicht«, sage ich, »was du hier hast! Das also ist diese berühmte Akropolis?«

»Nein«, sagt sie, »das ist der ⌈Lykabettos⌉.«

Sie hatte immer schon diese Art, geradezu eine Manie, noch in Nebensachen ganz genau zu sein: Nein, das ist der Lykabettos!

Ich sage es ihr:

»Du hast dich nicht verändert!«

»Meinst du?« fragt sie. »Hast du dich verändert?«

Ihre Wohnung: wie bei einem Gelehrten (auch das habe ich offenbar gesagt; später hat Hanna, in irgendeinem Gespräch über Männer, meinen damaligen Ausspruch von der Gelehrten-Wohnung zitiert als Beweis dafür, daß auch ich die Wissenschaft für ein männliches Monopol halte, überhaupt den ⌈Geist⌉), – alle Wände voller Bücher, ein Schreibtisch voller Scherben mit Etiketten versehen, im übrigen fand ich auf den ersten Blick nichts Antiquarisches, im Gegenteil, die Möbel waren durchaus modern, was mich bei Hanna wunderte.

»Hanna«, sage ich, »du bist ja fortschrittlich geworden!«

Sie lächelte bloß.

»Ich meine es im Ernst!« sage ich –

»Noch immer?« fragt sie.

Manchmal verstand ich sie nicht.

»Bist du noch immer fortschrittlich?« fragt sie, und ich war froh, daß Hanna wenigstens lächelte . . . Ich sah schon: die üblichen Gewissensbisse, die man sich macht, wenn man ein Mädchen nicht geheiratet hat, erwiesen sich als überflüssig. Hanna brauchte mich nicht. Sie lebte ohne eigenen Wagen, aber dennoch zufrieden; auch ohne Television.

»Eine hübsche Wohnung«, sage ich, »was du da hast –«

Ich erwähnte ihren Mann.

»Der Piper«, sagt sie.

Auch ihn brauchte sie nicht, schien es, nicht einmal ökonomisch. Sie lebte seit Jahren von ihrer eignen Arbeit (worunter ich mir heute noch nichts Genaues vorstellen kann, offen gestanden) nicht großartig, aber immerhin. Ich sah es. Ihre Kleidung hätte sogar vor Ivy bestehen können, und abgesehen von einer archaischen Wanduhr mit zersprungenem Zifferblatt ist ihre Wohnung, wie gesagt, durchaus modern.

»Und wie geht's denn dir?« fragt sie.

Ich trug eine fremde Jacke, die man mir im Hospital geliehen hatte, und es störte mich, eine Jacke, die mir zu groß war, ich spürte es schon die ganze Zeit: zu weit, da ich mager bin, und dabei zu kurz, Ärmel wie von einer Bubenjacke. Ich zog sie sofort aus, als Hanna in die Küche ging; jedoch mein Hemd ging auch nicht, weil blutig.

»Wenn du ein Bad nehmen willst«, sagt Hanna, »bevor ich koche –«

Sie deckte den Tisch.

»Ja«, sage ich, »ich habe geschwitzt –«

Sie war rührend, dabei immer sachlich; sie stellte den Gasbrenner an und erklärte, wie man abstellt, und brachte ein frisches Frottiertuch, Seife.

»Wie geht's deinen Füßen?« fragt sie.

Dabei hantierte sie immer.

»Wieso ins Hotel?« fragt sie. »Das ist doch selbstverständlich, daß du hier wohnen kannst –«

Ich fühlte mich sehr unrasiert.

Das Bad füllte sich nur sehr langsam und dampfte, Hanna ließ kaltes Wasser hinzu, als könnte ich es nicht selber tun; ich saß auf einem Hocker, untätig wie ein Gast, meine Füße schmerzten sehr, Hanna öffnete das Fensterchen, im Dampf sah ich nur noch ihre Bewegungen, die sich nicht verändert haben, überhaupt nicht.

»Ich habe immer gemeint, du bist wütend auf mich«, sage ich, »wegen damals.«

Hanna nur verwundert.

»Wieso wütend? Weil wir nicht geheiratet haben?« sagt sie.

»Das wäre ein Unglück gewesen –«

Sie lachte mich geradezu aus.

»Im Ernst«, sagt sie, »das hast du wirklich gemeint, daß ich wütend bin, Walter, einundzwanzig Jahre lang?«

Mein Bad war voll.

»Wieso ein Unglück?« frage ich –

Sonst haben wir nie wieder über die Heiratsgeschichte von damals gesprochen. Hanna hatte recht, wir hatten andere Sorgen.

»Hast du gewußt?« frage ich, »daß die Mortalität bei Schlangenbiß nur drei bis zehn Prozent beträgt?«

Ich war erstaunt.

Hanna hält nichts von Statistik, das merkte ich bald. Sie ließ mich einen ganzen Vortrag halten – damals im Badezimmer – über Statistik, um dann zu sagen:

»Dein Bad wird kalt.«

Ich weiß nicht, wie lange ich in jenem Bad gelegen habe, meine verbundenen Füße auf dem Rand der Wanne – Gedanken über Statistik, Gedanken an Joachim, der sich erhängt hat, Gedanken an die Zukunft, Gedanken, bis mich fröstelte, ich wußte selbst nicht, was ich dachte, ich konnte mich sozusagen nicht entschließen, zu wissen, was ich denke. Ich sah die Fläschchen und Dosen, Tuben, lauter damenhafte Utensilien, ich konnte mir Hanna schon nicht mehr vorstellen, Hanna damals, Hanna heute, eigentlich keine von beiden. Ich fröstelte, aber ich hatte keine Lust, mein blutiges Hemd nochmals anzuziehen – ich antwortete nicht, als Hanna mich rief.

Was mit mir los sei?

Ich wußte es selbst nicht.

Ob Tee oder Kaffee?

Ich war erschöpft von diesem Tag, daher meine Entschlußlosigkeit, was sonst nicht meine Art ist, und daher die Spintisiererei (die Badewanne als Sarkophag; etruskisch!), geradezu ein Delirium von fröstelnder Entschlußlosigkeit –

»Ja«, sage ich, »ich komme.«

Eigentlich hatte ich nicht im Sinn gehabt, Hanna wiederzusehen; nach unsrer Ankunft in Athen wollte ich sofort auf den Flugplatz hinaus –

Meine Zeit war abgelaufen.

Wie ich den Citroën, den Williams mir geliehen hatte und der in Bari* stand, nach Paris zurückbringe, war mir rätselhaft. Ich wußte nicht einmal den Namen der betreffenden Garage!

»Ja!« rufe ich. »Ich komme!«

Dabei blieb ich liegen.

Die Via Appia –

Die Mumie im Vatikan –

Mein Körper unter Wasser –

Ich halte nichts von Selbstmord, das ändert ja nichts daran, daß man auf der Welt gewesen ist, und was ich in dieser Stunde wünschte: Nie gewesen sein!

»Walter«, fragt sie, »kommst du?«

Ich hatte die Badezimmertür nicht abgeschlossen, und

*südital. Hafenstadt

Hanna (so dachte ich) könnte ohne weiteres eintreten, um mich von rückwärts ⌜mit einer Axt zu erschlagen⌝; ich lag mit geschlossenen Augen, um meinen alten Körper nicht zu sehen. –

Hanna telefonierte.

Warum ging's nicht ohne mich!

Später im Laufe des Abends, redete ich wieder, als wäre nichts dabei. Ohne Verstellung: es war eigentlich nichts dabei, Hauptsache, daß Sabeth gerettet war. Dank Serum. Ich fragte Hanna, wieso sie nicht an Statistik glaubt, statt dessen aber an Schicksal und Derartiges.

»Du mit deiner Statistik!« sagt sie. »Wenn ich hundert Töchter hätte, alle von einer Viper gebissen, dann ja! Dann würde ich nur drei bis zehn Töchter verlieren. Erstaunlich wenig! Du hast vollkommen recht.«

Ihr Lachen dabei.

»Ich habe nur ein einziges Kind!« sagt sie.

Ich widersprach nicht, trotzdem bekamen wir beinahe Streit, plötzlich hatten wir die Nerven verloren. Es begann mit einer Bemerkung meinerseits.

»Hanna«, sage ich, »du tust wie eine Henne!«

Es war mir so herausgerutscht.

»Entschuldige«, sage ich, »aber es ist so!«

Ich merkte erst später, was mich ärgerte: – Ich war aus dem Bad gekommen, Hanna am Telefon, sie hatte das Hospital angerufen, während ich im Badezimmer war – sie redete mit Elsbeth.

Ich hörte alles, ohne zu wollen.

Kein Wort über mich. –

Sie redete, als gebe es nur Hanna, die Mutter, die um Sabeth gebangt hatte und sich freute, daß das Mädchen sich langsam wohler fühlte, sogar reden konnte, sie redeten deutsch, bis ich ins Zimmer trat, dann wechselte Hanna auf griechisch. Ich verstand kein Wort. Dann hängte sie den Hörer auf.

»Wie geht es?« frage ich.

Hanna sehr erleichtert –

»Hast du gesagt«, frage ich, »daß ich hier bin?«

Hanna nahm sich eine Zigarette.

5 »Nein«, sagt sie.

Hanna tat sehr merkwürdig, und ich glaubte es einfach nicht, daß das Mädchen nicht nach mir gefragt hätte; mindestens hatte ich ein Recht darauf, scheint mir, alles zu wissen, was gesprochen worden war.

10 »Komm«, sagt Hanna, »essen wir etwas.«

Was mich wütend machte: ihr Lächeln, als hätte ich kein Recht darauf, alles zu wissen.

»Komm«, sagt Hanna, »setz dich.«

Ich setzte mich aber nicht.

15 »Wieso bist du gekränkt, wenn ich mit meinem Kind spreche?« sagt sie. »Wieso?«

Sie tat wirklich (wie es die Art aller Frauen ist, vermute ich, auch wenn sie noch so intellektuell sind) wie eine Henne, die ihr Junges unter die Flügel nehmen muß; daher meine

20 Bemerkung mit der Henne, ein Wort gab das andere, Hanna war außer sich wegen meiner Bemerkung, weibischer als ich sie je gesehen habe. Ihr ewiges Argument:

»Sie ist mein Kind, nicht dein Kind.«

Daher meine Frage:

25 »Stimmt es, daß Joachim ihr Vater ist?«

Darauf keine Antwort.

»Laß mich!« sagt sie. »Was willst du überhaupt von mir? Ich habe Elsbeth ein halbes Jahr lang nicht gesehen, plötzlich dieser Anruf vom Hospital, ich komme und finde sie

30 bewußtlos – weiß nicht, was geschehen ist.«

Ich nahm alles zurück.

»Du«, sagt sie, »du – was hast du zu sprechen mit meiner Tochter? Was willst du überhaupt von ihr? Was hast du mit ihr?«

35 Ich sah, wie sie zitterte.

Hanna ist alles andere als eine alte Frau, aber ich sah natürlich ihre mürbe Haut, ihre Tränensäcke, ihre Schläfen mit Krähenfüßen, die mich nicht störten, aber ich sah sie. Hanna war magerer geworden, zarter. Ihr Alter stand ihr eigentlich sehr gut, fand ich, vor allem im Gesicht, abgesehen von der Haut unter ihrem Kinn, die mich an die Haut von Eidechsen erinnert – Ich nahm alles zurück.

Ich verstand ohne weiteres, daß Hanna an ihrem Kind hängt, daß sie die Tage gezählt hat, bis das Kind wieder nach Hause kommt, und daß es für eine Mutter nicht leicht ist, wenn das Kind, das einzige, zum ersten Mal in die Welt hinaus reist.

»Sie ist ja kein Kind mehr«, sagt sie, »ich selber habe sie ja auf diese Reise geschickt, eines Tages muß sie ja ihr eigenes Leben führen, das ist mir klar, daß sie eines Tages nicht wiederkommt –«

Ich ließ Hanna sprechen.

»Das ist nun einmal so«, sagt sie, »wir können das Leben nicht in unseren Armen behalten, Walter, auch du nicht.«

»Ich weiß!« sage ich.

»Warum versuchst du es denn?« fragt sie.

Ich verstand Hanna nicht immer.

»Das Leben geht mit den Kindern«, sagt sie –

Ich hatte mich nach ihrer Arbeit erkundigt.

»Das ist nun einmal so«, sagt sie, »wir können uns nicht mit unseren Kindern nochmals verheiraten.«

Keine Antwort auf meine Frage.

»Walter«, fragt sie, »wie alt bist du jetzt?«

Dann eben ihr Ausspruch: sie habe nicht hundert Töchter, sondern eine einzige (was ich wußte), und ihre Tochter hätte nur ein einziges Leben (was ich ebenfalls wußte) wie jeder Mensch; auch sie, Hanna, hätte nur ein einziges Leben, ein Leben, das verpfuscht sei, und auch ich (ob ich es wisse?) hätte nur ein einziges Leben.

»Hanna«, sage ich, »das wissen wir.«

Unser Essen wurde kalt.

»Wieso verpfuscht?« frage ich.

Hanna rauchte. Statt zu essen.

»Du bist ein Mann«, sagte sie, »ich bin eine Frau – das ist ein Unterschied, Walter.«

»Hoffentlich!« lache ich.

»Ich werde keine Kinder mehr haben –«

Das sagte sie im Laufe des Abends zweimal.

»Was ich arbeite?« sagt sie. »Du siehst es ja, Scherbenarbeit. Das soll eine Vase gewesen sein. Kreta. Ich kleistere die Vergangenheit zusammen –«

Ich finde das Leben von Hanna gar nicht verpfuscht. Im Gegenteil. Ich kenne ihren zweiten Mann nicht, diesen Piper, eine Bekanntschaft aus der Emigration; Hanna erwähnt ihn fast nie, obschon sie (was mich noch heute jedesmal verwundert) seinen Namen trägt: Dr. Hanna Piper. Dabei hat Hanna immer getan, was ihr das Richtige schien, und das ist für eine Frau, finde ich, schon allerhand. Sie führte das Leben, wie sie's wollte. Warum es mit Joachim nicht gegangen war, sagte sie eigentlich nicht. Sie nennt ihn einen lieben Menschen. Von Vorwurf keine Spur; höchstens findet sie uns komisch, die Männer ganz allgemein. Hanna hat sich vielleicht zuviel versprochen, die Männer betreffend, wobei ich glaube, daß sie die Männer liebt. Wenn Vorwurf, dann sind es Selbstvorwürfe; Hanna würde die Männer, wenn sie nochmals leben könnte oder müßte, ganz anders lieben. Sie findet es natürlich, daß die Männer (sagt sie) borniert sind, und bereut nur ihre eigne Dummheit, daß sie jeden von uns (ich weiß nicht, wieviele es gewesen sind) für eine Ausnahme hielt. Dabei ist Hanna, wie ich finde, alles andere als dumm. Sie findet es aber. Sie findet es dumm von einer Frau, daß sie vom Mann verstanden werden will; der Mann (sagt Hanna) will die Frau als Geheimnis, um von seinem eignen Unverständnis begeistert und erregt zu sein. Der Mann hört nur sich selbst, laut Hanna, drum kann das Leben einer Frau, die vom Mann verstanden werden will, nicht anders als verpfuscht sein. Laut Hanna. ⌐Der Mann sieht sich als Herr der Welt, die Frau nur als seinen Spiegel.⌐ Der Herr ist nicht gezwungen, die Sprache der Unterdrückten zu lernen; die Frau ist gezwungen, doch nützt es ihr nichts, die Sprache ihres Herrn zu lernen, im Gegenteil, sie lernt nur eine Sprache, die ihr immer unrecht gibt. Hanna bereut, daß sie Dr. phil. geworden ist. Solange Gott ein Mann ist, nicht ein Paar, kann das Leben einer Frau, laut Hanna, nur so bleiben, wie es heute ist, nämlich erbärmlich, die Frau als Proletarier der Schöpfung, wenn auch noch so elegant verkleidet – Ich fand sie komisch, eine Frau von fünfzig Jahren, die wie ein Backfisch philosophiert, eine Frau, die noch so tadellos aussieht wie Hanna, geradezu attraktiv, dazu eine Persönlichkeit, das war mir klar, eine Dame von ihrem Ansehen, ich mußte daran denken, wie man Hanna beispielsweise im Hospital behandelt hatte, eine Ausländerin, die erst seit drei Jahren in Athen wohnt, geradezu wie eine Professorin, eine Nobelpreisträgerin! – sie tat mir leid.

»Walter, du ißt ja gar nichts.«

Ich faßte ihren Arm:

»Du, Proletarierin der Schöpfung! –«

Hanna war nicht gewillt zu lächeln, sie wartete darauf, daß ich ihren Arm losließ.

»Wo«, fragt sie, »seid ihr in Rom gewesen?«

Ich rapportierte.

Ihr Blick –

Man hätte meinen können, ich sei ein Gespenst, so blickte Hanna mich an, während ich von Rom rapportierte; ein Ungetüm mit dem Rüssel und mit Krallen, ein Monstrum, was Tee trinkt.

Ich werde diesen Blick nie vergessen.

Ihrerseits kein Wort –

Ich redete neuerdings, weil Schweigen unmöglich, über

Mortalität bei Schlangenbiß, beziehungsweise über Statistik im allgemeinen.

Hanna wie taub.

Ich wagte nicht, in ihre Augen zu blicken – so oft ich auch
nur eine Sekunde lang (länger konnte ich nicht) daran
dachte, daß ich Sabeth umarmt habe, beziehungsweise,
daß Hanna, die vor mir sitzt, ihre Mutter ist, die Mutter
meiner Geliebten, die selbst meine Geliebte ist.

Ich weiß nicht, was ich redete.

Ihre Hand (ich redete sozusagen nur noch zu ihrer Hand)
war merkwürdig: klein wie eine Kinderhand, älter als die
übrige Hanna, nervös und schlaff, häßlich, eigentlich gar
keine Hand, sondern etwas Verstümmeltes, weich und
knochig und welk, Wachs mit Sommersprossen, eigentlich
nicht häßlich, im Gegenteil, etwas Liebes, aber etwas
Fremdes, etwas Entsetzliches, etwas Trauriges, etwas Blindes,
ich redete und redete, ich schwieg, ich versuchte mir
die Hand von Sabeth vorzustellen, aber erfolglos, ich sah
nur, was neben dem Aschenbecher auf dem Tisch lag,
Menschenfleisch mit Adern unter der Haut, die wie zerknittertes
Seidenpapier aussieht, so mürbe und zugleich
glänzend.

Ich war selber todmüde.

»Eigentlich ist sie noch ein Kind«, sagt Hanna, – »oder
glaubst du, sie ist mit einem Mann zusammengewesen?«

Ich blickte Hanna in die Augen –

»Ich wünsche es ihr ja«, sagt sie, »ich wünsche es ihr ja!«

Plötzlich tischte sie ab.

Ich half.

Betreffend Statistik: Hanna wollte nichts davon wissen,
weil sie an Schicksal glaubt, ich merkte es sofort, obschon
Hanna es nie ausdrücklich sagte. Alle Frauen haben einen
Hang zum Aberglauben, aber Hanna ist hochgebildet; darum
verwunderte es mich. Sie redete von Mythen, wie unsereiner
vom ⌐Wärmesatz⌐, nämlich wie von einem phy-

sikalischen Gesetz, das durch jede Erfahrung nur bestätigt wird, daher in einem geradezu gleichgültigen Ton. Ohne Verwunderung. ⌈Oedipus und die Sphinx⌉, auf einer kaputten Vase dargestellt in kindlicher Weise, Athene, die Erinnyen beziehungsweise ⌈Eumeniden⌉ und wie sie alle heißen, das sind Tatsachen für sie; es hindert sie nichts, mitten im ernsthaftesten Gespräch gerade damit zu kommen. Ganz abgesehen davon, daß ich in Mythologie und überhaupt in Belletristik nicht beschlagen bin, ich wollte nicht streiten; wir hatten praktische Sorgen genug.

Am 29. V. sollte ich in Paris sein –

Am 31. V. in New York –

Am 3. VI. (spätestens) in Venezuela –

Hanna arbeitet in einem Archäologischen Institut, Götter gehören zu ihrem Job, das mußte ich mir immer wieder sagen: sicher hat auch unsereiner, ohne es zu merken, eine déformation professionelle*. Ich mußte lächeln, wenn Hanna so redete.

berufs-
bedingte Ein-
seitigkeit

»Du mit deinen Göttern!«

Dann ließ sie es sofort.

»Ich würde ja nicht abreisen«, sage ich, »wenn es nicht feststehen würde, daß das Kind gerettet ist, das wirst du mir glauben.«

Hanna hatte volles Verständnis, schien es, sie wusch das Geschirr, während ich kurz von meinem beruflichen Verpflichtungen sprach, und ich trocknete ab – wie vor zwanzig Jahren, fand ich, beziehungsweise vor einundzwanzig Jahren.

»Findest du?«

»Findest du nicht?« sage ich.

Wie Hanna rechnete, daß sie auf einundzwanzig Jahre kam, wußte ich nicht. Aber ich hielt mich daran, damit sie mich nicht jedesmal verbesserte.

»Eine hübsche Küche«, sage ich –

Plötzlich wieder ihre Frage:

»Hast du Joachim je wiedergesehen?«

Einmal, das war klar, mußte ich es sagen, daß Joachim aus dem Leben geschieden ist, aber nicht gerade heute, fand ich, nicht gerade am ersten Abend.

Ich redete von irgend etwas –

Unsere Abendessen damals in ihrer Bude!

»Erinnerst du dich an Frau Oppikofer?«

»Warum?« fragt sie.

»Einfach so!« sage ich. »Wie sie immer mit ihrem Besenstiel klopfte, wenn ich nach zweiundzwanzig Uhr noch in deiner Bude war –«

Unser Geschirr war gewaschen und getrocknet.

»Walter«, fragt sie, »nimmst du einen Kaffee?«

Erinnerungen sind komisch.

»Ja«, sage ich, »nach zwanzig Jahren kann man darüber lachen –«

Hanna setzte Wasser auf.

»Walter«, fragt sie, »ob du Kaffee nimmst –«

Sie wollte keine Erinnerungen hören.

»Ja«, sage ich, »gerne.«

Ich sehe nicht ein, wieso ihr Leben verpfuscht sein sollte. Im Gegenteil. Ich finde es allerhand, wenn jemand ungefähr so lebt, wie er's sich einmal in den Kopf gesetzt hat. Ich bewundere sie. Ich habe, offen gesprochen, nie daran geglaubt, daß Philologie und Kunstgeschichte sich bezahlt machen. Dabei kann man nicht einmal sagen, Hanna sei unfraulich. Es steht ihr, eine Arbeit zu haben. Schon in der Ehe mit Joachim, scheint es, hat sie stets gearbeitet, Übersetzungen und Derartiges, und in der Emigration sowieso. In Paris, nach ihrer Scheidung von Joachim, arbeitete sie in einem Verlag. Als dann die Deutschen kamen, floh sie nach England und sorgte allein für ihr Kind. Joachim war Arzt in Rußland, somit zahlungsunfähig. Hanna arbeitete als deutsche Sprecherin bei BBC. Heute noch ist sie britische Staatsbürgerin. Herr Piper verdankt ihr sein Leben, scheint mir; Hanna heiratete ihn ⌜aus einem Lager⌝ heraus (soviel ich verstanden habe) ohne viel Besinnen, dank ihrer alten Vorliebe für Kommunisten. Herr Piper war eine Enttäuschung, weil kein Kommunist, sondern Opportunist. Wie Hanna sagt: linientreu bis zum Verrat, neuerdings bereit, Konzentrationslager gutzufinden. Hanna lachte nur: Männer! Er unterwirft sich jeder Devise, um seine Filme machen zu können. ⌜Juni 1953⌝ hat Hanna ihn verlassen. Er merke es gar nicht, wenn er heute verkündet, was er gestern widerrufen hat, oder umgekehrt; was er verloren habe: ein spontanes Verhältnis zur Realität. Hanna berichtet ungern von ihm, dabei um so ausführlicher, je weniger es mich interessiert. Hanna findet es schade, beziehungsweise typisch für gewisse Männer, wie dieser Piper im Leben steht: stockblind, laut Hanna, ohne Kontakt. Früher habe er Humor besessen; jetzt lache er nur noch über den Westen. Hanna macht keine Vorwürfe, eigentlich lacht sie bloß über sich selbst, beziehungsweise über ihre Liebe zu Männern.

»Wieso soll dein Leben verpfuscht sein?« sage ich. »Das redest du dir ein, Hanna –«

Auch mich fand sie stockblind.

»Ich sehe nur«, sage ich, »was da ist: deine Wohnung, deine wissenschaftliche Arbeit, deine Tochter – du solltest Gott danken!«

»Wieso Gott?«

Hanna wie früher: sie weiß genau, was man meint. Ihre ⌜Lust an Worten⌝! Als käme es auf die Worte an. Wenn man es noch so ernst meint, plötzlich verfängt sie sich in irgendeinem Wort.

»Walter, seit wann glaubst du an Gott?«

»Komm«, sage ich, »mach einen Kaffee!«

Hanna wußte genau, daß ich ⌜mit Gott nichts anfangen⌝ kann, und wenn man schließlich drauf eingeht, zeigt sich, daß Hanna es gar nicht ernst meint.

»Wieso kommst du darauf«, fragt sie, »daß ich religiös bin? Du meinst, einer Frau im Klimaterium* bleibt nichts anderes übrig.«

in den Wechsel-jahren

Ich machte Kaffee.

Ich konnte mir nicht vorstellen, wie es sein wird, wenn Sabeth aus dem Hospital kommt. Sabeth und Hanna und ich in einem Raum, beispielsweise in dieser Küche: – Hanna, die merkt, wie ich mich zusammennehmen muß, um nicht ihr Kind zu küssen oder wenigstens den Arm auf ihre Schulter zu legen, und Sabeth, die entdeckt, daß ich eigentlich (wie ein Schwindler, der seinen Ehering ausgezogen hat) zu Mama gehöre, obschon ich sie, Sabeth, um die Schulter halte.

»Sie soll bloß nicht Stewardeß werden«, sage ich, »ich habe es ihr auszureden versucht.«

»Wieso?«

»Weil Stewardeß nicht in Frage kommt«, sage ich, »nicht für ein Mädchen wie Sabeth, das schließlich nicht irgendein Mädchen ist –«

Unser Kaffee war gemacht.

»Warum soll sie nicht Stewardeß werden?«

Dabei wußte ich, daß auch Hanna, die Mutter, keineswegs entzückt war von dieser Backfisch-Idee; sie trotzte nur, um mir zu zeigen, daß es mich nichts angeht:

»Walter, das ist ihre Sache!«

Ein ander Mal:

»Walter, du bist nicht ihr Vater.«

»Ich weiß!« sage ich –

Vor dem Augenblick, da man sich setzt, weil es nichts zu hantieren gibt, hatte ich mich von Anfang an gefürchtet – nun war es soweit.

»Komm«, sagt sie, »rede, –!«

Es war leichter als erwartet, fast alltäglich.

»Erzähl mir«, sagt sie, »was gewesen ist.«

Ich staunte über ihre Ruhe.

»Du kannst dir meinen Schreck vorstellen«, sagt sie, »als ich ins Hospital komme und dich sehe, wie du da sitzest und schläfst –«

Ihre Stimme ist unverändert.

In einem gewissen Sinn ging es weiter, als wären keine zwanzig Jahre vergangen, genauer: als hätte man diese ganze Zeit, trotz Trennung, durchaus gemeinsam verbracht. Was wir nicht voneinander wußten, waren Äußerlichkeiten, nicht der Rede wert. Karriere und Derartiges. Was hätte ich reden sollen? Hanna wartete aber.

»Nimmst du Zucker?« fragt sie.

Ich redete von meinem Beruf –

»Wieso reist du mit Elsbeth?« fragt sie.

Hanna ist eine Frau, aber anders als Ivy und die andern, die ich gekannt habe, nicht zu vergleichen; auch anders als Sabeth, die ihr in vielem gleicht. Hanna ist vertrauter; ohne Hader, als sie mich anblickt. Ich wunderte mich.

»Du liebst sie?« fragt sie.

Ich trank meinen Kaffee.

»Seit wann hast du gewußt«, fragt sie, »daß ich ihre Mutter bin?«

Ich trank meinen Kaffee.

»Du weißt noch gar nicht«, sage ich, »daß Joachim gestorben ist –«

Ich hatte es nicht sagen wollen.

»Gestorben?« fragt sie. »Wann?«

Ich hatte mich hinreißen lassen, nun war's zu spät, ich mußte berichten – ausgerechnet an diesem ersten Abend! – die ganze Geschichte in Guatemala, Hanna wollte alles erfahren, was ich meinerseits wußte, seine Heimkehr aus Rußland, seine Tätigkeit auf der Farm, sie hatte seit ihrer Scheidung nichts mehr von Joachim vernommen, zum Schluß sagte ich doch nicht, daß Joachim sich erhängt, sondern log: angina pectoris*. Ich staunte, wie gefaßt sie blieb.

»Hast du's dem Mädchen gesagt?« fragt sie.

anfallsweise auftretende Beklemmungen in der Herzgegend

Dann unser endloses Schweigen.

Sie hatte ihre Hand wieder unter die Hornbrille geschoben, als halte sie ihr Gesicht zusammen; ich kam mir wie ein Scheusal vor.

»Was kannst denn du dafür!« sagt sie.

Daß Hanna nicht einmal weinte, machte alles nur schwerer; sie stand –

»Ja«, sagt sie, »gehen wir schlafen.«

Es war Mitternacht – schätzungsweise, ich hatte ja meine Uhr nicht mehr, aber abgesehen davon, es war tatsächlich, als stehe die Zeit.

»Du hast das Zimmer von Elsbeth.«

Wir standen in ihrem Zimmer.

»Hanna«, sage ich, »sag doch die Wahrheit: ist er ihr Vater?«

»Ja!« sagt sie. »Ja!«

Im Augenblick war ich erleichtert, ich hatte keinen Grund anzunehmen, daß Hanna lügt, und fand es im Augenblick (die Zukunft war sowieso nicht zu denken) wichtiger als alles andere, daß das Mädchen eine Serum-Injektion bekommen hat und gerettet ist.

Ich gab ihr die Hand.

Man stand, zum Hinsinken müde, Hanna auch, glaube ich, eigentlich hatten wir uns schon Gutnacht gesagt – als Hanna nochmals fragte:

»Walter, was hast du mit Elsbeth gehabt?«

Dabei wußte sie es bestimmt.

»Komm«, sagt sie, »sag es!«

Ich weiß nicht, was ich antwortete.

»Ja oder nein!« fragt sie.

Gesagt war gesagt –

Hanna lächelte noch, als hätte sie's nicht gehört, ich war erleichtert, daß es endlich gesagt war, geradezu munter, mindestens erleichtert.

»Bist du mir böse?« frage ich.

Ich hätte lieber auf dem Boden geschlafen, Hanna bestand darauf, daß ich mich wirklich ausruhen sollte, das Bett war bereits mit frischen Tüchern bezogen – alles für die Tochter, die ein halbes Jahr in der Fremde gewesen ist: ein neues Pyjama, das Hanna wegnahm, Blumen auf dem Nachttisch, Schokolade, das blieb.

»Bist du mir böse?« frage ich.

»Hast du alles?« fragt sie, »Seife ist da –«

»Ich konnte nicht wissen«, sage ich –

»Walter«, sagt sie, »wir müssen schlafen.«

Sie war nicht böse, schien mir, sie gab mir sogar nochmals die Hand. Sie war nervös, nichts weiter. Sie war eilig. Ich hörte, daß sie in die Küche ging, wo alles getan war.

»Kann ich etwas helfen?«

»Nein«, sagt sie, »schlaf jetzt!«

Das Zimmer von Sabeth: etwas klein, jedoch nett, viele Bücher auch hier, Blick gegen den Lykabettos, ich stand noch lange am offenen Fenster –

Ich hatte kein Pyjama.

Es ist nicht meine Art, in fremden Zimmern zu schnüffeln, aber das Foto stand gerade auf dem Büchergestell, und schließlich hatte ich Joachim, ihren Vater, selber gekannt – ich nahm's herunter.

Aufgenommen 1936 in Zürich.

Eigentlich war ich entschlossen, ins Bett zu gehen, nichts mehr zu denken, aber ich hatte kein Pyjama, wie gesagt, bloß mein schmutziges Hemd –

Endlich ging Hanna in ihr Zimmer.

Das mochte gegen zwei Uhr sein, ich saß auf dem sauberen Bett, wie sie auf Bänken in öffentlichen Anlagen sitzen, wenn sie schlafen, die Obdachlosen, vornüber gekrümmt, (so denke ich stets beim Anblick solcher Schläfer:) wie ein Fötus – aber ich schlief nicht.

Ich wusch mich.

Einmal klopfte ich an ihre Wand.

Hanna tat, als schliefe sie.

Hanna wollte nicht mit mir reden, irgendwann an diesem Abend hatte sie gesagt, ich solle schweigen: Es wird alles so klein, wenn du darüber redest!

Vielleicht schlief Hanna tatsächlich.

Ihre Briefe aus Amerika – ich meine die Briefe von Sabeth – lagen auf dem Tisch, ein ganzes Bündel, Stempel von Yale, einer von Le Havre, dann Ansichtskarten aus Italien, ich las eine einzige, weil sie auf den Boden gefallen war: Gruß aus Assisi (ohne Erwähnung meiner Person) mit tausend Küssen für Mama, mit inniger Umarmung –

Ich rauchte nochmals eine Zigarette.

Dann mein Versuch, das Hemd zu waschen –

Ich weiß nicht, wieso ich auf die Idee kam, alles sei überstanden, jedenfalls das Schlimmste, und wieso ich glauben konnte, Hanna schlafe.

Ich wusch so leise als möglich.

Ich gebe zu, daß ich Viertelstunden lang einfach vergaß, was los ist, beziehungsweise kam es mir wie ein bloßer Traum vor: wenn man träumt, man sei zum Tod verurteilt, und weiß, es kann nicht stimmen, ich brauche bloß zu erwachen –

Ich hängte mein nasses Hemd ins Fenster.

Das Gesicht von Joachim, das ich mir anschaute, ein männliches Gesicht, sympathisch, aber Ähnlichkeiten mit Sabeth fand ich eigentlich nicht.

»Hanna?« rufe ich, »schläfst du?«

Keine Antwort.

Ich fröstelte, weil ohne Hemd, ich kam nicht auf die Idee, ihren Morgenrock zu nehmen, der an der Türe hing, ich sah ihn –

Überhaupt ihre Mädchensachen!

Ihre Flöte auf dem Bücherbrett –

Ich löschte das Licht.

Vermutlich hatte Hanna schon eine ganze Weile ge-

schluchzt, ihr Gesicht in die Kissen gepreßt, bis es nicht
mehr ging – ich erschrak, als ich sie hörte; mein erster Gedanke: Sie hat gelogen, und ich bin doch der Vater. Sie
schluchzte immer lauter, bis ich an ihre Türe ging, um zu
klopfen.   5
»Hanna«, sage ich, »ich bin's.«
Sie verriegelte die Türe.
Ich stand und hörte nur ihr Schluchzen, meine vergeblichen
Bitten, sie sollte in die Diele kommen und sagen, was los ist,
aber als Antwort nichts als Schluchzen, einmal leise, dann   10
wieder lauter, es hörte nicht auf, und wenn's einmal aufhörte, war es noch schlimmer, ich legte mein Ohr an die
Türe, wußte nicht, was ich denken sollte, oft hatte sie einfach keine Stimme mehr, nur so ein Wimmern, so daß ich
erleichtert war, wenn sie wieder aufschluchzte.   15
Ich hatte kein Taschenmesser und nichts –
»Hanna«, sage ich, »mach auf!«
Als es mir gelungen war, mit dem Feuerhaken die Türe
aufzusprengen, stemmte Hanna sich dagegen. Sie schrie
geradezu, als sie mich sah. Ich stand mit nacktem Ober-   20
körper; vielleicht drum. Natürlich tat sie mir leid, und ich
ließ ab, die Türe aufzustoßen.

»Hanna«, sage ich, »ich bin's!«
Sie wollte allein sein.

———   25

Vor vierundzwanzig Stunden (es kam mir wie eine Jugend-
erinnerung vor!) saßen wir noch auf Akrokorinth*, Sabeth
und ich, um den Sonnenaufgang zu erwarten. Ich werde es
nie vergessen! Wir sind von Patras* gekommen und in Korinth ausgestiegen, um die sieben Säulen eines Tempels zu   30
besichtigen, dann Abendessen in einem Guest-House in der
Nähe. Sonst ist Korinth ja ein Hühnerdorf. Als sich heraus-

die Burg von Korinth

griech. Küstenstadt, ca. 100 km westl. von Korinth

stellte, daß es keine Zimmer gibt, dämmert es bereits; Sabeth fand es eine Glanzidee von mir, einfach weiterzuwandern in die Nacht hinaus und unter einem Feigenbaum zu schlafen. Eigentlich habe ich's als Spaß gemeint, aber da Sabeth es eine Glanzidee findet, ziehen wir wirklich los, um einen Feigenbaum zu finden, einfach querfeldein. Dann das Gebell von Hirtenhunden, Alarm ringsum, die Herden in der Nacht; es müssen ziemliche Bestien sein, nach ihrem Gekläff zu schließen, und in der Höhe, wohin sie uns treiben, gibt es keine Feigenbäume mehr, nur Disteln, dazu Wind. Von Schlafen keine Rede! Ich habe ja nicht gedacht, daß die Nacht in Griechenland so kalt sein würde, eine Nacht im Juni, geradezu naß. Und dazu keine Ahnung, wohin er uns führen wird, ein Saumpfad zwischen Felsen hinauf, steinig, staubig, daher im Mondlicht weiß wie Gips. Sabeth findet: Wie Schnee! Wir einigen uns: Wie Joghurt! Dazu die schwarzen Felsen über uns: Wie Kohle! finde ich, aber Sabeth findet wieder irgend etwas anderes, und so unterhalten wir uns auf dem Weg, der immer höher führt. Das Wiehern eines Esels in der Nacht: Wie der erste Versuch auf einem Cello! findet Sabeth, ich finde: Wie eine ungeschmierte Bremse! Sonst Totenstille; die Hunde sind endlich verstummt, seit sie unsere Schritte nicht mehr hören. Die weißen Hütten von Korinth: Wie wenn man eine Dose mit Würfelzucker ausgeleert hat! Ich finde etwas anderes, bloß um unser Spiel weiterzumachen. Eine letzte schwarze Zypresse. Wie ein Ausrufzeichen! findet Sabeth, ich bestreite es; Ausrufzeichen haben ihre Spitze nicht oben, sondern unten. Wir sind die ganze Nacht gewandert. Ohne einen Menschen zu treffen. Einmal erschreckt uns Gebimmel einer Ziege, dann wieder Stille über schwarzen Hängen, die nach Pfefferminz duften, Stille mit Herzklopfen und Durst, nichts als Wind in trockenen Gräsern: Wie wenn man Seide reißt! findet Sabeth, ich muß mich besinnen, und oft fällt mir überhaupt nichts ein, dann

ist das ein Punkt für Sabeth, laut Spielregel. Sabeth weiß
fast immer etwas. Türme und Zinnen einer mittelalterli-
chen Bastion: Wie Kulissen in der Opéra! Wir gehen durch
Tore und Tore, nirgends ein Geräusch von Wasser, wir hören das Echo unsrer Schritte an den türkischen Mauern,
sonst Totenstille, sobald wir stehen. Unsere Mondschatten:
Wie Scherenschnitte! findet Sabeth. Wir spielen stets auf
einundzwanzig Punkte, wie beim Pingpong, dann ein neues
Spiel, bis wir plötzlich, noch mitten in der Nacht, oben auf
dem Berg sind. Unser Komet ist nicht mehr zu sehen. In der
Ferne das Meer: Wie Zinkblech! finde ich, während Sabeth
findet, es sei kalt, aber trotzdem eine Glanzidee, einmal
nicht im Hotel zu übernachten. Es ist ihre erste Nacht im
Freien gewesen. Sabeth in meinem Arm, während wir auf
den Sonnenaufgang warten, schlottert. Vor Sonnenaufgang ist es ja am kältesten. Dann rauchen wir zusammen
noch unsere letzte Zigarette; vom kommenden Tag, der für
Sabeth die Heimkehr bedeuten sollte, haben wir kein Wort
gesprochen. Gegen fünf Uhr das erste Dämmerlicht: Wie
Porzellan! Von Minute zu Minute wird es heller, das Meer
und der Himmel, nicht die Erde; man sieht, wo Athen liegen muß, die schwarzen Inseln in hellen Buchten, es scheiden sich Wasser und Land, ein paar kleine Morgenwolken
darüber: Wie Quasten* mit Rosa-Puder: findet Sabeth, ich
finde nichts und verliere wieder einen Punkt. 19:9 für Sabeth! Die Luft um diese Stunde: Wie Herbstzeitlosen! Ich
finde: Wie Cellophan mit nichts dahinter. Dann erkennt
man bereits die Brandung an den Küsten: Wie Bierschaum!
Sabeth findet: Wie eine Rüsche!! Ich nehme meinen Bierschaum zurück, ich finde: Wie Glaswolle! Aber Sabeth
weiß nicht, was Glaswolle ist – und dann die ersten Strah-
len aus dem Meer: Wie eine Garbe, wie Speere, wie Sprün-
ge in einem Glas, wie eine Monstranz*, wie Fotos von Elek-
tronen-Beschießungen. Für jede Runde zählt aber nur ein
einziger Punkt; es erübrigt sich, ein halbes Dutzend von

(Borsten-)
Büschel

Schaugefäß
für Hostie in
der kath.
Kirche

Vergleichen anzumelden, kurz darauf ist die Sonne schon aufgegangen, blendend: Wie der erste Anstich in einem Hochofen! finde ich, während Sabeth schweigt und ihrerseits einen Punkt verliert ... Ich werde nie vergessen, wie sie auf diesem Felsen sitzt, ihre Augen geschlossen, wie sie schweigt und sich von der Sonne bescheinen läßt. Sie sei glücklich, sagt sie, und ich werde nie vergessen: das Meer, das zusehends dunkler wird, blauer, violett, das Meer von Korinth und das andere, das attische Meer, die rote Farbe der Äcker, die Oliven, grünspanig, ihre langen Morgenschatten auf der roten Erde, die erste Wärme und Sabeth, die mich umarmt, als habe ich ihr alles geschenkt, das Meer und die Sonne und alles, und ich werde nie vergessen, wie Sabeth singt!

— — —

Ich sah das Frühstück, das Hanna gerichtet hatte, und ihren Zettel: Komme bald, Hanna. Ich wartete. Ich fühlte mich sehr unrasiert und durchstöberte das ganze Badezimmer nach einer Klinge; nichts als Fläschlein, Dosen voll Puder, Lippenstift, Tuben, Nagellack, Spangen – im Spiegel sah ich mein Hemd: scheußlicher als gestern, die Blutflecken etwas blasser, dafür verschmiert.

Ich wartete mindestens eine Stunde.

Hanna kam aus dem Hospital.

»Wie geht es ihr?« frage ich.

Hanna sehr merkwürdig.

»Ich habe gedacht«, sagt sie, »du solltest ausschlafen –«

Später ohne Ausrede:

»Ich wollte mit Elsbeth allein sein, du brauchst deswegen nicht gekränkt zu sein, Walter, ich bin zwanzig Jahre mit dem Kind allein gewesen.«

Meinerseits kein Wort.

»Das ist kein Vorwurf«, sagt sie, »aber das mußt du schon

verstehen. Ich wollte allein mit ihr sein. Nur das. Ich wollte sprechen mit ihr.«

Was sie denn gesprochen habe?

»Wirres Zeug!«

»Von mir?« frage ich.

»Nein«, sagt sie, »sie redete von Yale, nur von Yale, von einem jungen Mann namens Hardy, aber lauter wirres Zeug.«

Was Hanna berichtete, gefiel mir nicht: Umspringen des Pulses, gestern schnell, heute langsam, viel zu langsam, dazu ihr gerötetes Gesicht, wie Hanna sagte, und sehr kleine Pupillen, dazu Atmungsstörungen.

»Ich will sie sehen!« sage ich.

Hanna fand, zuerst ein Hemd kaufen –

Soweit war ich einverstanden.

Hanna am Telefon –

»Es ist in Ordnung!« sagt sie. »Ich bekomme den Wagen vom Institut – damit wir nach Korinth fahren können, weißt du, um ihre Sachen zu holen, auch deine Sachen, deine Schuhe und deine Jacke.«

Hanna wie ein Manager.

»Es ist in Ordnung«, sagt sie, »das Taxi ist bestellt –«

Hanna immer hin und her, ein Gespräch nicht möglich, Hanna leerte die Aschenbecher, dann ließ sie die Sonnenstores herunter.

»Hanna«, frage ich, »warum siehst du mich nicht an?«

Sie wußte es nicht, mag sein, aber es war so, Hanna blickte mich an diesem Morgen überhaupt nicht an. Was konnte ich dafür, daß alles so gekommen war! Es stimmt: Hanna machte ja keine Vorwürfe, keine Anklagen, sie leerte nur die Aschenbecher vom Abend vorher.

Ich hielt es nicht mehr aus.

»Du«, frage ich, »können wir nicht sprechen?«

Ich packte sie an den Schultern.

»Du«, sage ich, »sieh mich an!«

Ihre Figur – ich erschrak, als ich sie hielt – ist zarter, kleiner als die Tochter, zierlicher, ich weiß nicht, ob Hanna kleiner geworden ist; ihre Augen sind schöner geworden, ich wollte, daß sie mich ansehen.

»Walter«, sagt sie, »du tust mir weh.«

Was ich redete, war Unsinn, ich sah es an ihrem Gesicht, daß ich Unsinn rede, nur weil Schweigen, fand ich, noch unmöglicher ist; ich hielt ihren Kopf zwischen meinen Händen. Was ich wolle? Ich dachte nicht daran, Hanna zu küssen. Warum wehrte sie sich? Ich habe keine Ahnung, was ich sagte. Ich sah nur: ihre Augen, die entsetzt sind, ihre grauen und weißen Haare, ihre Stirn, ihre Nase, alles zierlich, nobel (oder wie man's nennen soll) und fraulich, nobler als bei ihrer Tochter, ihre Eidechsenhaut unter dem Kinn, die Krähenfüße an den Schläfen, ihre Augen, die nicht müde, nur entsetzt sind, schöner als früher.

»Walter«, sagt sie, »du bist fürchterlich!«

Das sagte sie zweimal.

Ich küßte sie.

Hanna starrte mich nur an, bis ich meine Hände wegnahm, sie schwieg und ordnete nicht einmal ihr Haar, sie schwieg – ⌜sie verfluchte mich⌝.

Dann das Taxi.

Wir fuhren in die City, um ein frisches Hemd zu kaufen, das heißt, Hanna kaufte es, ich hatte ja kein Geld und wartete im Taxi, um mich in meinem alten Hemd nicht zeigen zu müssen – Hanna war rührend: sie kommt nach einer Weile sogar zurück, um die Nummer meiner Größe zu fragen! – dann ins Institut, wo Hanna, wie vereinbart, den Wagen des Institutes bekam, einen Opel, und dann hinaus ans Meer, um die Kleider von Elsbeth zu holen und meine Brieftasche, beziehungsweise meine Jacke (wegen Paß vor allem) und meine Kamera.

Hanna am Steuer –

In ⌜Daphni⌝, also kurz nach Athen, gibt es einen Hain, wo

ich mein Hemd hätte wechseln können, schien mir; Hanna
schüttelte den Kopf und fuhr weiter, ich öffnete das Paket.
Wovon sollte man sprechen!
Ich redete über die griechische Wirtschaftslage, ich sah vor
Eleusis die große Baustelle *Greek Government Oil Re-*
finery, alles an deutsche Firmen vergeben, was Hanna jetzt
(und auch sonst) nicht interessiert; aber unser Schweigen
war auch unerträglich. Nur einmal fragte sie:
»Du weißt nicht, wie die Ortschaft heißt?«
»Nein.«
»ꞌTheodohoriꞌ?«
Ich wußte es nicht, wir waren mit Bus von Korinth gekommen und irgendwo ausgestiegen, wo das Meer uns ge-
fiel, sechsundsiebzig Kilometer vor Athen, das wußte ich;
ich erinnerte mich an die Tafel in einer Eukalyptus-Allee.
Hanna, am Steuer, schwieg.
Ich wartete auf eine Gelegenheit, um das frische Hemd an-
ziehen zu können; ich wollte es nicht im Wagen tun – Fahrt
durch Eleusis.
Fahrt durch Megara.
Ich redete über meine Uhr, die ich dem Lastwagenfahrer
vermacht hatte, und über die Zeit ganz allgemein; über
Uhren, die imstande wären, die Zeit rückwärts laufen zu
lassen –
»Stop!« sagte ich. »Hier ist es –«
Hanna stoppte.
»Hier?« fragte sie.
Ich wollte nur zeigen: – die Böschung, wo ich sie nieder-
legen muß, bis der Lastwagen mit den Eisenröhren kommt.
Eine Böschung wie irgendeine andere, Fels mit Disteln, da-
zwischen roter Mohn, dann die schnurgerade Straße, wo
ich sie im Laufschritt zu tragen versuchte, schwarz, Teer
mit Kies, dann der Ziehbrunnen mit dem Ölbaum, die
steinigen Äcker, die weißen Hütten mit Wellblech –
Es war wieder Mittag.

»Bitte«, bat ich, »fahre langsamer!«

Was eine Ewigkeit ist, wenn man barfuß geht, mit dem Opel waren es kaum zwei Minuten. Sonst alles wie gestern. Nur der Kieskarren mit Esel stand nicht mehr bei der Zisterne. Hanna glaubte mir aufs Wort; ich weiß nicht, warum ich ihr alles zeigen wollte. Die Stelle, wo der Karren heraufkommt mit seinem tropfenden Kies, war ohne weiteres wieder zu finden, man sah die Räderspur, Eseltritte. Ich dachte, Hanna würde im Wagen warten.

Aber Hanna stieg aus, dann zu Fuß auf der heißen Teerstraße, Hanna folgte mir, ich suchte die Pinie, dann hinunter durch Ginster irgendwo, ich begriff nicht, warum Hanna nicht im Wagen warten wollte.

»Walter«, sagte sie, »dort ist eine Spur!«

Wir waren aber, fand ich, nicht hierher gefahren, um allfällige Blutspuren, sondern um meine Brieftasche zu finden, meine Jacke, meinen Paß, meine eignen Schuhe –

Alles lag unberührt.

Hanna bat um eine Zigarette –

Alles wie gestern!

Nur vierundzwanzig Stunden später: derselbe Sand, dieselbe Brandung, schwach, nur so ein Auslaufen kleiner Wellen, die sich kaum überschlagen, dieselbe Sonne, derselbe Wind im Ginster – nur daß es nicht Sabeth ist, die neben mir steht, sondern Hanna, ihre Mutter.

»Hier habt ihr gebadet?«

»Ja«, sage ich –

»Schön hier!« sagt sie.

Es war furchtbar.

Was den Unfall betrifft, habe ich nichts zu verheimlichen. Es ist ein flacher Strand. Man watet hier mindestens dreißig Meter, bis Schwimmen möglich, und im Augenblick, als ich ihren Schrei höre, bin ich mindestens fünfzig Meter vom Ufer entfernt. Ich sehe, daß Sabeth aufgesprungen ist. Ich rufe: Was ist los? Sie rennt – Wir haben, nach unsrer schlaflosen Nacht auf Akrokorinth, im Sand geschlafen, dann das Bedürfnis meinerseits, ins Wasser zu gehen und eine Weile allein zu sein, während sie schläft. Vorher habe ich noch ihre Schultern bedeckt mit ihrer Wäsche, ohne sie zu wecken; wegen Sonnenbrand. Es gibt hier wenig Schatten, eine vereinzelte Pinie; hier haben wir uns in die Mulde gebettet. Dann aber, wie vorauszusehen, ist der Schatten gewandert, beziehungsweise die Sonne, und daran, scheint es, bin ich erwacht, weil plötzlich in Schweiß, dazu die ⌐Mittagsstille, ich bin erschrocken⌐, vielleicht weil ich irgend etwas geträumt oder gemeint habe, Schritte zu hören. Wir sind aber vollkommen allein. Vielleicht habe ich den Kieskarren gehört, Schaufeln von Kies; ich sehe aber nichts, Sabeth schläft, und es ist kein Grund zum Erschrecken, ein gewöhnlicher Mittag, kaum eine Brandung, nur ein schwaches Zischeln von Wellen, die im Kies verlaufen, manchmal ein schwaches Rollen von Kies, geradezu Klingeln, sonst Stille, ab und zu eine Biene. Ich überlegte, ob Schwimmen vernünftig ist, wenn man Herzklopfen hat. Eine Weile stand ich unschlüssig; Sabeth merkte, daß niemand mehr neben ihr lag, und reckte sich, ohne zu erwachen. Ich streute Sand auf ihren Nacken, aber sie schlief. Schließlich ging ich schwimmen – im Augenblick, als Sabeth schreit, bin ich mindestens fünfzig Meter draußen.

Sabeth rennt, ohne zu antworten.

Ob sie mich gehört hat, weiß ich nicht. Dann mein Versuch, im Wasser zu rennen! Ich rufe, sie soll stehenbleiben, meinerseits wie gelähmt, als ich endlich aus dem Wasser komme; ich stapfe ihr nach, bis sie stehenbleibt –

Sabeth oben auf der Böschung:

Sie hält ihre rechte Hand auf die linke Brust, wartet und

gibt keinerlei Antwort, bis ich die Böschung ersteige (es ist mir nicht bewußt gewesen, daß ich ⌜nackt bin) und mich nähere – dann der Unsinn, daß sie vor mir, wo ich ihr nur helfen will, langsam zurückweicht⌝, bis sie rücklings (dabei bin ich sofort stehengeblieben!), rücklings über die Böschung fällt.

Das war das Unglück.

Es sind keine zwei Meter, eine Mannshöhe, aber als ich zu ihr komme, liegt sie bewußtlos im Sand. Vermutlich Sturz auf den Hinterkopf. Erst nach einer Weile sehe ich die Bißwunde, drei kleine Blutstropfen, die ich sofort abwische, ich ziehe sofort meine Hosen an, mein Hemd, keine Schuhe, dann mit dem Mädchen im Arm hinauf zur Straße, wo der ⌜Ford⌝ vorbeifährt, ohne mich zu hören –

– – –

Hanna, wie sie an diesem Unglücksort stand, Hanna mit ihrer Zigarette, während ich berichtete, so genau ich es konnte, und die Böschung zeigte und alles, sie war unglaublich, Hanna wie ein Freund, dabei war ich ja gefaßt darauf, daß sie, die Mutter, mich in Grund und Boden verflucht, obschon ich anderseits, sachlich betrachtet, wirklich nichts dafür kann.

»Komm«, sagt sie, »nimm deine Sachen.«

Wären wir nicht überzeugt gewesen, daß das Kind gerettet ist, hätten wir natürlich nicht so geredet wie damals am Strand.

»Du weißt«, sagt sie, »daß es dein Kind ist?«

Ich wußte es.

»Komm«, sagt sie, »nimm deine Sachen –«

Wir standen, die Sachen auf dem Arm; ich trug meine staubigen Schuhe in der Hand, Hanna die schwarze Cowboy-Hose unsrer Tochter.

Ich wußte selbst nicht, was ich sagen will.

»Komm« sagt sie, »gehen wir!«

Einmal meine Frage:
»Warum hast du's mir verheimlicht?«
Darauf keine Antwort.
Wieder die blaue Hitze über dem Meer – wie gestern um
diese Zeit, Mittag mit flachen Wellen, die sich kaum über- 5
schlagen, nur auslaufen in Schaum, dann Klirren im Kies,
Stille, bis es sich wiederholt.
Hanna verstand mich sehr genau.
»Du vergißt«, sagt sie, »daß ich verheiratet bin –«
Ein andermal: 10
»Du vergißt, daß Elsbeth dich liebt –«
Ich war nicht imstande, alles zugleich in meine Rechnung
zu nehmen; aber irgendeine Lösung, fand ich, muß es immer geben.
Wir standen noch lange. 15
»Warum sollte ich in diesem Land keine Arbeit finden?«
sage ich. »Techniker braucht man überall, du hast gesehen,
auch Griechenland wird industrialisiert –«
Hanna verstand genau, wie ich's meinte, nicht romantisch,
nicht moralisch, sondern praktisch: gemeinsames Woh- 20
nen, gemeinsame Ökonomie, gemeinsames Alter. Warum
nicht? Hanna hat es gewußt, als ich noch nichts habe ahnen
können, seit zwanzig Jahren hat sie es gewußt; trotzdem
war sie verwunderter als ich.
»Hanna«, frage ich, »warum lachst du?« 25
Irgendeine Zukunft, fand ich, gibt es immer, die Welt ist
noch niemals einfach stehengeblieben, das Leben geht weiter!
»Ja«, sagt sie. »Aber vielleicht ohne uns.«
Ich hatte ihre Schulter gefaßt. 30
»Komm!« sagt sie. »Wir sind verheiratet, Walter, wir sind
es! – rühr mich nicht an.«
Dann zum Wagen zurück.
Hanna hatte recht; irgend etwas vergaß ich stets; aber auch
dann, wenn sie mich erinnerte, war ich unter allen Um- 35

ständen entschlossen, mich nach Athen versetzen zu lassen oder zu kündigen, um mich in Athen anzusiedeln, auch wenn ich im Augenblick selbst nicht sah, wie es sich machen ließ, unser gemeinsames Wohnen; ich bin gewohnt, Lösungen zu suchen, bis sie gefunden sind . . . Hanna ließ mich ans Steuer, ich habe noch nie einen Opel-Olympia gefahren, und Hanna hatte auch die ganze Nacht nicht geschlafen; sie tat jetzt, als schliefe sie.

In Athen kauften wir noch Blumen.

Kurz vor fünfzehn Uhr.

Noch im Wartezimmer, wo man uns warten läßt, sind wir vollkommen ahnungslos, Hanna wickelt das Papier von den Blumen –

Dann dieses Gesicht der Diakonissin!

Hanna am Fenster wie gestern, kein Wort zwischen uns, wir sehen einander nicht an –

Dann kam Dr. Eleutheropulos.

Alles griechisch; aber ich verstehe alles.

Ihr Tod kurz nach vierzehn Uhr.

– – Dann vor ihrem Bett, Hanna und ich, man kann es einfach nicht glauben, unser Kind mit geschlossenen Augen, genau wie wenn sie schläft, aber weißlich wie Gips, ihr langer Körper unter dem Leinentuch, ihre Hände neben den Hüften, unsere Blumen auf ihrer Brust, ich meine es nicht als Trost, sondern wirklich: Sie schläft! Ich kann es ja heute noch nicht glauben. Sie schläft! sage ich – gar nicht zu Hanna, die plötzlich mich anschreit, Hanna mit ihren kleinen Fäusten vor mir, ich erkenne sie nicht mehr, ich wehre mich nicht, ich merke es nicht, wie ihre Fäuste mich auf die Stirne schlagen. Was ändert das! Sie schreit und schlägt mich ins Gesicht, bis sie nicht mehr kann, die ganze Zeit hatte ich nur meine Hand vor den Augen.

– – –

Wie heute feststeht, ist der Tod unsrer Tochter nicht durch Schlangengift verursacht gewesen, das durch die Serum-Injektion erfolgreich bekämpft worden ist; ihr Tod war die Folge einer nichtdiagnostizierten Fraktur der Schädelbasis, compressio cerebri*, hervorgerufen durch ihren Sturz über die kleine Böschung. Verletzung der arteria meningica media*, sog. Epidural-Haematom*, was durch chirurgischen Eingriff (wie man mir sagt) ohne weiteres hätte behoben werden können.

Geschrieben in Caracas, 21. Juni bis 8. Juli

Gehirndruck

Hirnhaut-
arterie

Bluterguss
zwischen der
harten Hirn-
haut und dem
Schädeldach

Zweite Station

*Sie haben meine Hermes-Baby genommen und in den wei-
ßen Schrank geschlossen, weil Mittag, weil Ruhestunde.
Ich solle von Hand schreiben! Ich kann Handschrift nicht
leiden, ich sitze mit nacktem Oberkörper auf dem Bett,
und mein kleiner Ventilator (Geschenk von Hanna) saust
von Morgen bis Abend; sonst Totenstille. Heute wieder
vierzig Grad im Schatten! Diese Ruhestunden (13.00–
17.00) sind das Schlimmste. Dabei habe ich nur noch wenig Zeit, um meinen Kalender nachzuführen. Hanna besucht mich täglich, mein Schreck jedesmal, wenn es an die
weiße Doppeltür klopft; Hanna in Schwarz, ihr Eintreten
in mein weißes Zimmer. Warum setzt sie sich nie? Sie geht
täglich ans Grab, das ist zurzeit alles, was ich von Hanna
weiß, und täglich ins Institut. Ihr Stehen am offenen Fenster, während ich liegen muß, macht mich nervös, ihr
Schweigen. Kann sie verzeihen? Kann ich wiedergutmachen? Ich weiß nicht einmal, was Hanna seither getan hat;
kein Wort davon. Ich habe gefragt, warum Hanna sich
nicht setzt. Ich verstehe Hanna überhaupt nicht, ihr Lächeln, wenn ich frage, ihr Blick an mir vorbei, manchmal
habe ich Angst, sie wird noch verrückt. Heute sind es sechs
Wochen.*

1. VI. New York.
Die übliche Saturday-Party draußen bei Williams, ich wollte nicht gehen, aber ich mußte, das heißt: eigentlich konnte
mich niemand zwingen, aber ich ging. Ich wußte nicht, was
anfangen. Zum Glück erwartete mich wenigstens die Meldung, daß die Turbinen für Venezuela endlich zur Montage

bereit sind, also Weiterflug sobald wie möglich – ich fragte mich, ob ich meiner Aufgabe gewachsen bin. Während Williams, der Optimist, seine Hand auf meine Schulter legte, nickte ich; aber ich fragte mich.

Come on, Walter, have a drink!

Die übliche Umhersteherei –

Roman Holidays, oh, how marvellous!

Ich habe niemand gesagt, daß meine Tochter gestorben ist, denn niemand weiß, daß es diese Tochter je gegeben hat, und ich trage auch keine Trauer im Knopfloch, denn ich will nicht, daß sie mich fragen, denn es geht sie ja alle nichts an.

Come on, Walter, another drink!

Ich trinke viel zu viel –

Walter ist in Schwierigkeiten ... Walter kann seinen Wohnungsschlüssel nicht finden!

Walter has trouble, sagt Williams ringsum, Walter can't find the key of his home!*

Williams meint, ich müsse eine Rolle spielen, besser eine komische als keine. Man kann nicht einfach in der Ecke stehen und Mandeln essen.

Fra Angelico, oh, I just love it!

Alle verstehen mehr als ich –

How did you enjoy the ⌈Masaccio⌉-fresco?

Ich weiß nicht, was reden –

⌈Semantics⌉! You've never heard of semantics?

Ich komme mir wie ein Idiot vor –

Ich wohnte im Hotel Times Square. Mein Namensschild war noch an der Wohnung; aber Freddy, der doorman, wußte nichts von einem Schlüssel. Ivy hätte ihn abliefern sollen, ich klingelte an meiner eignen Tür. Ich war ratlos. Alles offen: Office und Kino und Subway, bloß meine Wohnung nicht. Später auf ein Sightseeingboat, bloß um Zeit loszuwerden; die Wolkenkratzer wie Grabsteine (das habe ich schon immer gefunden), ich hörte mir den Lautsprecher an: Rockefeller Center, Empire State, United Nations und so weiter, als hätte ich nicht elf Jahre in diesem

Manhattan gelebt. Dann ins Kino. Später fuhr ich mit der Subway, wie üblich: *IRT, Express Uptown,* ohne Umsteigen am Columbus Circle, obschon ich mit der *Independent* näher zu meiner Wohnung gelangen könnte, aber ich bin in elf Jahren nie eingestiegen, ich stieg aus, wo ich immer ausgestiegen bin, und ging wie üblich, im Vorbeigehen, zu meiner Chinese Laundry*, wo man mich noch kennt. Hello Mister Faber, dann mit drei Hemden, die monatelang auf mich gewartet hatten, zurück zum Hotel, wo ich nichts zu tun hatte, wo ich mehrmals meine eigene Nummer anrief – natürlich ohne Erfolg! – dann leider hierher.

chin. Wäscherei

Nice to see you, etc.

Vorher ging ich noch zu meiner Garage, um zu fragen, ob es meinen Studebaker noch gibt; ich brauchte aber nicht zu fragen, man sah ihn von weither (sein Lippenstiftrot) im Hof zwischen schwarzen Brandmauern.

Dann, wie gesagt, hierher.

Walter, what's the matter with you?

Ich habe diese Saturday-Party eigentlich von jeher gehaßt. Es ist mir nicht gegeben, witzig zu sein. Aber deswegen brauche ich keine Hand auf meiner Schulter –

Walter, don't be silly!

Ich wußte, daß ich meiner Aufgabe nicht gewachsen bin. Ich war betrunken, ich wußte es. Sie meinten, ich merke es nicht. Ich kannte sie. Wenn man nicht mehr da ist, wird niemand es bemerken. Ich war schon nicht mehr da. Ich ging über den nächtlichen Times Square (zum letzten Mal, hoffe ich), um in einer öffentlichen Kabine nochmals meine Nummer einzustellen – ich verstehe heute noch nicht, wieso jemand abgenommen hat.

»This is Walter«, sage ich.

»Who?«

»Walter Faber«, sage ich, »this is Walter Faber –«

Unbekannt.

»Sorry«, sage ich.

Vielleicht eine falsche Nummer; ich nehme das riesige
Manhattan-Buch, um meine Nummer nachzusehen, und
versuche es nochmals.

»Who's calling?«

»Walter«, sage ich. »Walter Faber.«

Es antwortet dieselbe Stimme wie vorher, so daß ich eine
Weile verstumme; ich begreife nicht.

»Yes – what do you want?«

Eigentlich kann mir nichts geschehen, wenn ich antworte.
Ich fasse mich, bevor der andere aufhängt, und frage, bloß
um zu sprechen, nach der Nummer.

Vorwahl-
nummer »Yes – this is Trafalgar* 4-5571.«

Ich bin betrunken.

»That's impossible!« sage ich –

Vielleicht ist meine Wohnung vermietet, vielleicht hat die
Nummer gewechselt, alles möglich, ich sehe es ein, aber es
hilft mir nichts.

»Trafalgar 4-5571«, sage ich, »that's me!«

Ich höre, wie er seine Hand auf die Muschel legt und mit
jemand spricht (mit Ivy?), ich höre Gelächter, dann: »Who
are you?«

Ich frage zurück:

»Are you Walter Faber?«

Schließlich hängte er ein, ich saß in einer Bar, schwindlig,
ich vertrage keinen Whisky mehr, später bat ich den Barmann, die Nummer von Mister Walter Faber zu suchen
und mir die Nummer einzustellen, was er tat; er gab mir
den Hörer, ich hörte langes Klingeln, dann wurde abgenommen:

»Trafalgar 4-5571 – Hello?«

Ich hängte auf, ohne einen Ton zu sagen.

*Meine Operation wird mich von sämtlichen Beschwerden
für immer erlösen, laut Statistik eine Operation, die in 94,6
von 100 Fällen gelingt, und was mich nervös macht, ist*

lediglich diese Warterei von Tag zu Tag. Ich bin nicht ge-
wohnt, krank zu sein. Was mich auch nervös macht: wenn
Hanna mich tröstet, weil sie nicht an Statistik glaubt. Ich
bin wirklich voll Zuversicht, dazu froh, daß ich's nicht in
New York oder Düsseldorf oder Zürich habe machen las-
sen; ich muß Hanna sehen, beziehungsweise sprechen mit
ihr. Ich kann mir nicht vorstellen, was Hanna außerhalb
dieses Zimmers tut. Ißt sie? Schläft sie? Sie geht täglich ins
Institut (08.00-11.00 und 17.00-19.00) und täglich ans
Grab unsrer Tochter. Was außerdem? Ich habe Hanna ge-
beten, daß sie sich setzt. Warum spricht sie nicht? Wenn
Hanna sich setzt, vergeht keine Minute, bis irgend etwas
fehlt, Aschenbecher oder Feuerzeug, so daß sie sich erhebt
und wieder stehenbleibt. Wenn Hanna mich nicht aushal-
ten kann, warum kommt sie? Sie richtet mir die Kissen.
Wenn es Krebs wäre, dann hätten sie mich sofort unters
Messer genommen, das ist logisch, ich habe es Hanna er-
klärt, und es überzeugt sie, hoffe ich. Heute ohne Spritze!
Ich werde Hanna heiraten.

2. VI. Flug nach Caracas.
Ich fliege diesmal über Miami und Merida*, Yucatan, wo
man fast täglich Anschluß nach Caracas hat, und unter-
breche in Merida (Magenbeschwerden) –
Dann nochmal nach Campeche.
(6^1/$_2$ Stunden mit Bus von Merida.)
Auf dem kleinen Bahnhof mit Schmalspurgeleise und Kak-
teen zwischen den Schwellen, wo ich mit Herbert Hencke
schon einmal auf den Zug gewartet habe vor zwei Monaten, Kopf an die Mauer gelehnt mit geschlossenen Augen
und Beine und Arme gespreizt, kommt mir alles, was seit
dem letzten Warten auf diesen Zug geschehen ist, wie eine
Halluzination vor – hier ist alles unverändert:
Die klebrige Luft –
Geruch von Fisch und Ananas –

Hauptstadt
des mexik.
Staates
Yucatán

Die mageren Hunde –

Die toten Hunde, die niemand bestattet, die Zopilote auf den Dächern über dem Markt, die Hitze, der flaue Gestank vom Meer, die filzige Sonne über dem Meer, über dem Land blitzte es aus schwarzem Gewölk bläulich-weiß wie das zuckende Licht einer Quarzlampe.

Nochmals die Bahnfahrt!

Das Wiedersehen mit Palenque machte mich geradezu froh, alles unverändert: die Veranda mit unseren Hängematten, unser Bier, unsere Pinte mit dem Papagei, man kennt mich noch, sogar die Kinder kennen mich, ich kaufe und verteile mexikanisches Zuckerzeug, einmal fahre ich sogar zu den Ruinen hinaus, wo sowieso alles unverändert ist, kein Mensch, die schwirrenden Vögel wie damals, es ist noch genau wie vor zwei Monaten – auch die Nacht, nachdem der Dieselmotor von Palenque verstummt ist: der Truthahn im Gehege vor der Veranda, sein Kreischen, weil er das Wetterleuchten nicht mag, das Reh, die schwarze Sau am Pflock, der wattige Mond, das grasende Pferd in der Nacht.

Überall mein müßiger Gedanke:

Wäre es doch damals! nur zwei Monate zurück, die hier nichts verändert haben; warum kann es nicht sein, daß es April ist! und alles andere eine Halluzination von mir.

Dann allein mit Landrover –

Ich rede mit Herbert.

Ich rede mit Marcel.

Ich bade im Rio Usumacinta, der sich verändert hat; er hat mehr Wasser, keine Bläschen auf dem Wasser, weil es rascher fließt, und es ist zweifelhaft, ob man jetzt noch mit einem Landrover durchkommt, ohne zu ersaufen –

Es ist gegangen.

Herbert war verändert, man sah es auf den ersten Blick, Herbert mit einem Bart, aber auch sonst – sein Mißtrauen: »Mensch, was willst denn du hier?«

Herbert meint, ich reise im Auftrag seiner Familie, beziehungsweise Firma, um ihn nach Düsseldorf zurückzuholen, und glaubt nicht, daß ich gekommen bin, bloß um ihn wiederzusehen, aber es ist so; man hat nicht soviel Freunde.

Er hat seine Brille zerbrochen.

»Warum flickst du sie nicht?« frage ich.

Ich flicke seine Brille.

Während der Regengüsse sitzen wir in der Baracke sozusagen wie in einer Arche Noah, ohne Licht, weil die Batterie, die seinerzeit noch das Radio betrieben hat, längst verbraucht ist, und was man aus der Welt berichtet, interessiert ihn überhaupt nicht, auch Ereignisse aus Deutschland nicht, ⌜Aufruf der Göttinger Professoren⌝; ich rede nicht von persönlichen Dingen.

Ich erkundige mich nach seinem Nash –

Herbert ist nie in Palenque gewesen!

Ich habe Gasoline gebracht, fünf Kanister für Herbert, damit er jederzeit fahren kann; aber er denke nicht daran.

Sein Grinsen im Bart.

Wir verstanden uns überhaupt nicht.

Sein Grinsen, als er sieht, wie ich mich mit einer alten Klinge rasiere, weil es hier keinen Strom gibt und weil ich keinen Bart will, weil ich ja weiter muß –

Seinerseits keinerlei Pläne!

Sein Nash 55 stand unter dem dürren Blätterdach wie das vorige Mal, sogar der Schlüssel steckte noch; offenbar wissen diese Indios nicht einmal, wie man einen Motor anläßt, alles war unversehrt, aber in einem sagenhaften Zustand, so daß ich mich sogleich an die Arbeit machte.

»Wenn's dir Spaß macht«, sagt er, »bitte.«

Herbert auf Guana*-Fang.

Leguan, Echse

Ich finde den Motor vollkommen verschlammt von Regengüssen, alles muß gereinigt werden, alles verfilzt und verschleimt, Geruch von Blütenstaub, der auf Maschinenöl klebt und verwest, aber ich bin froh um Arbeit –

Die Maya-Kinder ringsum.

Sie schauen tagelang zu, wie ich den Motor zerlege, Bananenblätter auf dem Boden, die Maschinenteile drauf – Wetterleuchten ohne Regen.

Die Mütter gaffen auch zu, sie kommen nicht aus dem Gebären heraus, scheint es, sie halten ihren letzten Säugling an der braunen Brust, abgestützt auf ihrer neuen Schwangerschaft, so stehen sie da, während ich den Motor putze, und gaffen, ohne ein Wort zu sagen, da ich sie nicht verstehe.

Herbert mit seinem Guana-Bündel –

Sie leben, sie sind vollkommen reglos, bis man sie anrührt, ihr Eidechsenmaul zusammengebunden mit Stroh, weil sie sehr bissig sind, gekocht schmecken sie wie Hühnerfleisch.

Abends in Hängematten.

Kein Bier, nur diese Kokos-Milch –

Wetterleuchten.

Meine Sorge, es könnte etwas gestohlen werden, was nicht zu ersetzen ist, berührt Herbert nicht; er ist überzeugt, daß sie keine Maschinenteile anrühren. Kein Wort mehr von Revolte! Sie arbeiten sogar tüchtig, sagt Herbert, sie gehorchen, obschon überzeugt, daß es nichts nützt.

Sein Grinsen im Bart –

Die Zukunft der deutschen Zigarre!

Ich frage Herbert, was er sich eigentlich denke; ob er bleiben wolle oder nach Düsseldorf zurückkehre; was er vorhabe –

Nichts! Nada!*

Einmal sage ich, daß ich Hanna getroffen habe, daß ich Hanna heiraten werde; aber ich weiß nicht einmal, ob Herbert es gehört hat.

Herbert wie ein Indio!

Die Hitze –

Die Leuchtkäfer –

Man tropft wie in einer Sauna.

Am andern Tag gab es Regen, plötzlich, nur eine Viertelstunde lang, Sintflut, dann wieder Sonne; aber das Wasser stand in braunen Teichen, und ich hatte den Nash aus
der Hütte gestoßen, um in der Luft arbeiten zu können,
hatte nicht wissen können, daß gerade hier ein Teich entstehen würde. Ich konnte es nicht komisch finden, im Gegensatz zu Herbert. Das Wasser reichte über die Achsen,
ganz zu schweigen von Teilen des zerlegten Motors, die ich
auf der Erde ausgebreitet hatte. Ich war entsetzt, als ich's
sah. Herbert gab mir zwanzig Indios, um mich zu beruhi-
gen, und tat, als ginge es ihn selbst nichts an, das Baum-
fällen, das ich anordnete, das Aufbocken, damit man von
unten zukam. Ich verlor einen ganzen Tag, bis ich nur die
Bestandteile des Motors gesammelt hatte, das Waten in
dem trüben Tümpel, das Austasten des warmen Schlam-
mes, alles mußte ich allein machen, da Herbert sich nicht
interessierte.
»Gib's auf!« sagte er nur. »Wozu!«
Ich stellte die zwanzig Indios an, um Gräben auszuheben,
damit das Wasser endlich ablief; nur so war es möglich,
sämtliche Bestandteile zu finden, noch immer schwierig
genug, da sie zum Teil im Schlamm bereits versunken waren, einfach verschluckt.
Sein zweites Wort: Nada!
Ich ließ ihn blödeln, ohne zu antworten. Ohne Nash war
Herbert verloren. Ich ließ mich nicht anstecken und arbeitete.
»Was machst du ohne einen Wagen?« sagte ich.
Als ich den Motor endlich beisammen hatte, so daß er lief,
grinste er und sagte Bravo, nichts weiter, er schlug seine
Hand auf meine Schulter: ich soll ihn haben, seinen Nash,
er schenke ihn mir.
»Was soll ich damit!« sagte er –
Herbert war nicht abzubringen von seiner Blödelei: Her-
bert als Verkehrspolizist, während ich in dem aufgebock-

ten Wagen, um nochmals alles zu prüfen, am Steuer sitze
und schalte, ringsum Mayakinder, die Mütter mit ihren
weißen Hemden, alle mit Säugling, später auch Männer,
die im Dickicht stehen, alle mit ihrem krummen Messer, sie
haben seit Monaten keinen Motor gehört, ich schalte und 5
gebe Vollgas, Leerlauf der Räder in der Luft, Herbert
winkt: Stop! ich stoppe, ich hupe, Herbert winkt: Durch-
fahrt! Die Indios (es werden immer mehr) gaffen uns zu,
ohne zu lachen, während wir blödeln, alle ganz stumm,
geradezu andächtig, während wir (wozu eigentlich!) Stoß- 10
verkehr in Düsseldorf spielen –

Diskussion mit Hanna! – über Technik (laut Hanna) als
Kniff, die Welt so einzurichten, daß wir sie nicht erleben
müssen. Manie des Technikers, die Schöpfung nutzbar zu
machen, weil er sie als Partner nicht aushält, nichts mit ihr 15
anfangen kann; ⌐Technik als Kniff, die Welt als Widerstand
aus der Welt zu schaffen, beispielsweise durch Tempo zu
verdünnen⌐, *damit wir sie nicht erleben müssen. (Was Han-*
na damit meint, weiß ich nicht.) Die Weltlosigkeit des
Technikers. (Was Hanna damit meint, weiß ich nicht.) 20
Hanna macht keine Vorwürfe, Hanna findet es nicht un-
begreiflich, daß ich mich gegenüber Sabeth so verhalten
habe; ich habe (meint Hanna) eine Art von Beziehung er-
lebt, die ich nicht kannte, und sie mißdeutet, indem ich mir
einredete, verliebt zu sein. Es ist kein zufälliger Irrtum ge- 25
wesen, sondern ein Irrtum, der zu mir gehört (?) wie mein
Beruf, wie mein ganzes Leben sonst. Mein Irrtum: daß wir
Techniker versuchen, ohne den Tod zu leben. Wörtlich: Du
behandelst das ⌐*Leben nicht als Gestalt, sondern als bloße*
Addition⌐, *daher kein Verhältnis zur Zeit, weil kein Ver-* 30
hältnis zum Tod. Leben sei Gestalt in der Zeit. Hanna gibt
zu, daß sie nicht erklären kann, was sie meint. Leben ist
nicht Stoff, nicht mit Technik zu bewältigen. Mein Irrtum
mit Sabeth: Repetition, ich habe mich so verhalten, als gebe

es kein Alter, daher widernatürlich. Wir können nicht das
Alter aufheben, indem wir weiter addieren, indem wir un-
sere eigenen Kinder heiraten.

20. VI. Ankunft in Caracas.

Endlich klappte es; die Turbinen waren an Ort und Stelle,
ebenso die angeforderten Arbeitskräfte. Ich riß mich zusammen, solange es ging, und daß ich jetzt, wo die Montage endlich lief, meinerseits ausfiel wegen Magenbeschwerden, war Pech, aber nicht zu ändern; anläßlich meines vo-
rigen Besuches (19. und 20. IV.) war ich fit gewesen, aber
alles übrige nicht bereit. Es war insofern meine Schuld, daß
ich die Montage nicht überwachen konnte; ich mußte im
Hotel liegen, was kein Spaß ist, mehr als zwei Wochen. In
Caracas hatte ich auf einen Brief von Hanna gehofft. Ein
Telegramm nach Athen, das ich damals aufgab, blieb ebenfalls ohne Antwort. Ich wollte Hanna schreiben und fing
mehrere Briefe an; aber ich hatte keine Ahnung, wo Hanna
steckt, und es blieb mir nichts anderes übrig (etwas mußte
ich in diesem Hotel ja tun!) als einen Bericht abzufassen,
ohne denselben zu adressieren.
Die Montage ging in Ordnung – ohne mich.

Die Diakonissin hat mir endlich einen Spiegel gebracht –
ich bin erschrocken. Ich bin immer hager gewesen, aber
nicht so wie jetzt; nicht wie der alte Indio in Palenque, der
uns die feuchte Grabkammer zeigte. Ich bin wirklich etwas
erschrocken. Außer beim Rasieren pflege ich nicht in den
Spiegel zu schauen; ich kämme mich ohne Spiegel, trotz-
dem weiß man, wie man aussieht, beziehungsweise ausge-
sehen hat. Meine Nase ist von jeher zu lang gewesen, doch
meine Ohren sind mir nicht aufgefallen. Ich trage aller-
dings ein Pyjama ohne Kragen, daher mein zu langer Hals,
die Sehnen am Hals, wenn ich den Kopf drehe, und Gruben
zwischen den Sehnen, Höhlen, die mir nie aufgefallen sind.

Meine Ohren: wie bei geschorenen Häftlingen! Ich kann mir im Ernst nicht vorstellen, daß mein Schädel kleiner geworden ist. Ich frage mich, ob meine Nase sympathischer ist, und komme zum Schluß, daß Nasen nie sympathisch sind, eher absurd, geradezu obszön. Sicher habe ich 5 *damals in Paris (vor zwei Monaten!) nicht so ausgesehen, sonst wäre Sabeth nie mit mir in die Opéra gekommen. Dabei ist meine Haut noch ziemlich gebräunt, nur der Hals etwas weißlich. Mit Poren wie bei einem gerupften Hühnerhals! Mein Mund ist mir noch sympathisch, ich weiß* 10 *nicht warum, mein Mund und meine Augen, die übrigens nicht braun sind, wie ich immer gemeint habe, weil es im Paß so heißt, sondern graugrünlich; alles andere könnte auch einem andern gehören, der sich überarbeitet hat. Meine Zähne habe ich schon immer verflucht. Sobald ich wie-* 15 *der auf den Beinen bin, muß ich zum Zahnarzt. Wegen* Geschwulst an der Zahn-wurzel *Zahnstein, vielleicht auch wegen Granulom*; ich spüre keinerlei Schmerz, nur Puls im Kiefer. Meine Haare habe ich stets sehr kurz getragen, weil es praktischer ist, und auf den Seiten ist mein Haarwuchs keineswegs dünner gewor-* 20 *den, auch hinten nicht. Grau bin ich eigentlich schon lange, silberblond, was mich nicht kümmert. Wenn ich auf dem Rücken liege und den Spiegel über mich halte, sehe ich immer noch aus, wie ich ausgesehen habe; nur etwas magerer, was von der Diät kommt, begreiflicherweise. Viel-* 25 *leicht ist es auch das weißliche Jalousie-Licht in diesem Zimmer, was einen bleich macht sozusagen hinter der gebräunten Haut; nicht weiß, aber gelb. Schlimm nur die Zähne. Ich habe sie immer gefürchtet; was man auch dagegen tut: ihre Verwitterung. Überhaupt der ganze* 30 *Mensch! – als Konstruktion möglich, aber das Material ist verfehlt: Fleisch ist kein Material, sondern ein Fluch.*

PS. Es hat noch nie so viele Todesfälle gegeben, scheint mir, wie in diesem letzten Vierteljahr. Jetzt ist Professor O., den ich in Zürich noch vor einer Woche persönlich gesprochen habe, auch gestorben.

PS. Ich habe mich eben rasiert, dann die Haut massiert. Lächerlich, was man sich vor lauter Müßiggang alles einbildet! Kein Grund zum Erschrecken, es fehlt mir nur an Bewegung und frischer Luft, das ist alles.

9.–13 VII. in Cuba.

Was ich in Habana zu tun hatte: – das Flugzeug wechseln, weil ich keinesfalls über New York fliegen wollte, KLM von Caracas, Cubana nach Lissabon, ich blieb vier Tage. Vier Tage nichts als Schauen –

El Prado*:   die Allee Paseo
Martí

Die alte Straße mit den alten Platanen, wie die Ramblas in Barcelona, Corso am Abend, die Allee der schönen Menschen, unglaublich, ich gehe und gehe, ich habe nichts anderes zu tun –

Die gelben Vögel, ihr Krawall bei Dämmerung.

Alle wollen meine Schuhe putzen –

Die Neger-Spanierin, die mir ihre Zunge herausstreckt, weil ich sie bewundere, ihre Rosa-Zunge im braunen Gesicht, ich lache und grüße – sie lacht auch, ihr weißes Gebiß in der roten Blume ihrer Lippen (wenn man so sagen kann) und ihre Augen, ich will nichts von ihr.

»How do you like Habana?«

Mein Zorn, daß sie mich immer für einen Amerikaner halten, bloß weil ich ein Weißer bin; die Zuhälter auf Schritt und Tritt:

»Something very beautiful! D'you know what I mean?   »Etwas sehr
Something very young!«*   Hübsches! Sie
wissen, was
ich meine?
Etwas sehr
Junges!«

Alles spaziert, alles lacht.

Alles wie Traum –

Die weißen Polizisten, die Zigarren rauchen; die Soldaten der Marine, die Zigarren rauchen: – Buben, ihre Hüften in den engen Hosen.

⌜*Castillo del Morro*⌝ (Philipp II.).

Ich lasse meine Schuhe putzen.

Mein Entschluß, anders zu leben –

Meine Freude –

Ich kaufe Zigarren, zwei Kistchen.

Sonnenuntergang –

Die nackten Buben im Meer, ihre Haut, die Sonne auf ihrer nassen Haut, die Hitze, ich sitze und rauche eine Zigarre, Gewitterwolken über der weißen Stadt: schwarz-violett, dazu der letzte Sonnenschein auf den Hochhäusern.

El Prado:

Die grüne Dämmerung, die Eisverkäufer; auf der Mauer unter den Laternen sitzen die Mädchen (in Gruppen) und lachen.

Tamales:

Das ist Mais, eingewickelt in Bananenblätter, ein Imbiß, den sie auf den Straßen verkaufen – man ißt im Gehen und verliert keine Zeit.

Meine Unrast? Wieso eigentlich?

Ich hatte in Habana gar nichts zu tun.

Meine Rast im Hotel – immer wieder – mit Duschen, dann kleiderlos auf dem Bett, Ventilator-Wind, ich liege und rauche Zigarren. Ich schließe meine Zimmertür nicht ab; draußen das Girl, das im Korridor putzt und singt, auch eine Neger-Spanierin, ich rauche pausenlos.

Meine Begierde –

Warum kommt sie nicht einfach!

Meine Müdigkeit dabei, ich bin zu müde, um mir einen Aschenbecher zu holen; ich liege auf dem Rücken und rauche meine Zigarre, so daß ihre weißliche Asche nicht abfällt, senkrecht.

Zigarren-
marke   *Partagas.**

Wenn ich wieder auf den Prado gehe, so ist es wieder wie eine Halluzination: – lauter schöne Mädchen, auch die Männer sehr schön, ⌜lauter wunderbare Menschen⌝, die Mischung von Neger und Spanier, ich komme nicht aus dem Gaffen heraus: ihr aufrechter und fließender Gang, die Mädchen in blauen Glockenröckchen, ihr weißes Kopftuch, Fesseln wie bei Negerinnen, ihre nackten Rücken sind gerade so dunkel wie der Schatten unter den Platanen, infolgedessen sieht man auf den ersten Blick bloß ihre Rökke, blau oder lila, ihr weißes Kopftuch und das weiße Gebiß, wenn sie lachen, das Weiß ihrer Augen; ihre Ohrringe blinken –

The Caribbean Bar.

Ich rauche schon wieder –

⌜*Romeo y Julieta.*⌝

Ein junger Mann, den ich zuerst für einen Zuhälter halte, besteht darauf, meinen Whisky zu zahlen, weil er Vater geworden ist:

»For the first time!«

Er umarmt mich, dazu immer wieder:

»Isn't it a wonderful thing?«

Er stellt sich vor und will wissen, wie man heißt, wieviel Kinder man hat, vor allem Söhne; ich sage:

»Five.«

Er will sofort fünf Whiskys bestellen.

»Walter«, sagt er, »you're my brother!«

Kaum hat man angestoßen, ist er weg, um den andern einen Whisky zu zahlen, um zu fragen, wieviel Kinder sie haben, vor allem Söhne –

Alles wie verrückt.

Endlich das Gewitter: – wie ich allein unter den Arkaden sitze in einem gelben Schaukelstuhl, ringsum rauscht es, ein plötzlicher Platzregen mit Wind, die Allee ist plötzlich ohne Menschen, wie Alarm, Knall der Storen, draußen die Spritzer über dem Pflaster: wie ein plötzliches Beet von Narzissen (vor allem unter den Laternen) weiß –

Zigarren-marke

Wie ich schaukle und schaue.

Meine Lust, jetzt und hier zu sein –

Ab und zu duscht es unter die Arkaden, Blüten-Konfetti, dann der Geruch von heißem Laub und die plötzliche Kühle auf der Haut, ab und zu Blitze, aber der Wasserfall ist lauter als alles Gedonner, ich schaukle und lache, Wind, das Schaukeln der leeren Sessel neben mir, die Flagge von Cuba.

Ich pfeife.

Mein Zorn auf Amerika!

Ich schaukle und fröstle –

The American Way of Life!

Mein Entschluß, anders zu leben –

Licht der Blitze; nachher ist man wie blind, einen Augenblick lang hat man gesehen: die schwefelgrüne Palme im Sturm, Wolken, violett mit der bläulichen Schweißbrenner-Glut, das Meer, das flatternde Wellblech; der Hall von diesem flatternden Wellblech, meine kindliche Freude daran, meine Wollust – ich singe.

The American Way of Life:

Schon was sie essen und trinken, diese Bleichlinge, die nicht wissen, was Wein ist, diese Vitamin-Fresser, die kalten Tee trinken und Watte kauen und nicht wissen, was Brot ist, dieses Coca-Cola-Volk, das ich nicht mehr ausstehen kann –

Dabei lebe ich von ihrem Geld!

Ich lasse mir die Schuhe putzen –

Mit ihrem Geld!

Der Siebenjährige, der mir schon einmal die Schuhe geputzt hat, jetzt wie eine ersoffene Katze; ich greife nach seinem Kruselhaar –

Sein Grinsen –

Es ist nicht schwarz, sein Haar, eher grau wie Asche, braungrau, jung, wie Roßhaar fühlt es sich an, aber kruselig und kurz, man spürt den kindlichen Schädel darunter, warm, wie wenn man einen geschorenen Pudel greift.

Er grinst nur und putzt weiter –
Ich liebe ihn.
Seine Zähne –
Seine junge Haut –
Seine Augen erinnern mich an Houston, Texas, an die put-
zende Negerin, die in der Toilette, als ich meinen Schweiß-
anfall mit Schwindel hatte, neben mir kniete, das Weiß ih-
rer großen Augen, die überhaupt anders sind, schön wie
Tier-Augen. Überhaupt ihr Fleisch!
Wir plaudern über Auto-Marken.
Seine flinken Hände –
Es gibt keine Menschen mehr außer uns, ein Bub und ich,
die Sintflut ringsum, er hockt und glänzt meine Schuhe mit
seinem Lappen, daß es nur so klatscht –
The American Way of Life:
Schon ihre Häßlichkeit, verglichen mit Menschen wie hier:
ihre rosige Bratwurst-Haut, gräßlich, sie leben, weil es Penicillin gibt, das ist alles, ihr Getue dabei, als wären sie
glücklich, weil Amerikaner, weil ohne Hemmungen, dabei
sind sie nur schlaksig und laut – Kerle wie Dick, die ich mir
zum Vorbild genommen habe! – wie sie herumstehen, ihre
linke Hand in der Hosentasche, ihre Schulter an die Wand
gelehnt, ihr Glas in der andern Hand, ⌜ungezwungen⌝, die
Schutzherren der Menschheit, ihr Schulterklopfen, ihr Optimismus, bis sie besoffen sind, dann Heulkrampf, ⌜Aus-
verkauf der weißen Rasse⌝, ihr Vakuum zwischen den Lenden. Mein Zorn auf mich selbst!
(Wenn man nochmals leben könnte.)
Mein Nacht-Brief an Hanna –
Am andern Tag fuhr ich hinaus an den Strand, es war wol-
kenlos und heiß, Mittag mit schwacher Brandung: die aus-
laufenden Wellen, dann das Klirren im Kies, jeder Strand
erinnert mich an Theodohori.
Ich weine.
Das klare Wasser, man sieht den Meeresgrund, ich

schwimme mit dem Gesicht im Wasser, damit ich den Meeresgrund sehe; mein eigener Schatten auf dem Meeresgrund: ein violetter Frosch.

Brief an Dick.

Was Amerika zu bieten hat: Komfort, die beste Installation der Welt, ready for use*, die Welt als amerikanisiertes Vakuum, wo sie hinkommen, alles wird Highway, die Welt als Plakat-Wand zu beiden Seiten, ihre Städte, die keine sind, Illumination, am andern Morgen sieht man die leeren Gerüste, Klimbim, infantil, ⌈Reklame für Optimismus als Neon-Tapete vor der Nacht und vor dem Tod⌉ –

Später mietete ich ein Boot.

Um allein zu sein!

Noch im Badkleid sieht man ihnen an, daß sie Dollar haben; ihre Stimmen (wie an der Via Appia), nicht auszuhalten, ihre Gummi-Stimmen überall, Wohlstand-Plebs.

Brief an Marcel.

Marcel hat recht: ihre falsche Gesundheit, ihre falsche Jugendlichkeit, ihre Weiber, die nicht zugeben können, daß sie älter werden, ⌈ihre Kosmetik noch an der Leiche⌉, überhaupt ihr pornografisches Verhältnis zum Tod, ihr ⌈Präsident⌉, der auf jeder Titelseite lachen muß wie ein rosiges Baby, sonst wählen sie ihn nicht wieder, ihre obszöne ⌈Jugendlichkeit⌉ –

Ich ruderte weit hinaus.

Hitze auf dem Meer –

Sehr allein.

Ich las meine Briefe an Dick und an Marcel und zerriß sie, weil unsachlich; die weißen Fetzchen auf dem Wasser; mein weißes Brusthaar –

Sehr allein.

Später wie ein Schulbub: ich zeichne eine Frau in den heißen Sand und lege mich in diese Frau, die nichts als Sand ist, und spreche laut zu ihr –

Wildlingin*!

Ich wußte nicht, was anfangen mit diesem Tag, mit mir, ein komischer Tag, ich kannte mich selbst nicht, keine Ahnung, wie er vergangen ist, ein Nachmittag, der geradezu wie Ewigkeit aussah, blau, unerträglich, aber schön, aber endlos – bis ich wieder auf der Prado-Mauer sitze (abends) mit geschlossenen Augen; ich versuche mir vorzustellen, daß ich in Habana bin, daß ich auf der Prado-Mauer sitze. Ich kann es mir nicht vorstellen, Schrecken.

Alle wollen meine Schuhe putzen –

Lauter schöne Menschen, ich bewundere sie wie fremde Tiere, ihr weißes Gebiß in der Dämmerung, ihre braunen Schultern und Arme, ihre Augen – ihr Lachen, weil sie gerne leben, weil Feierabend, weil sie schön sind.

Meine Wollust, zu schauen –

Meine Begierde –

Vakuum zwischen den Lenden –

Ich existiere nur noch für Schuhputzer!

Die Zuhälter –

Die Eisverkäufer –

Ihr Vehikel; Kombination aus alten Kinderwagen und Buffet, dazu ein halbes Fahrrad, Baldachin aus verrosteten Jalousien; Karbid-Licht; ringsum die grüne Dämmerung mit ihren blauen Glockenröcken.

Der lila Mond –

Dann meine Taxi-Geschichte: es war noch früh am Abend, aber ich ertrug es nicht länger als Leiche im Corso der Lebenden zu gehen und wollte in mein Hotel, um ein Schlafpulver zu nehmen, ich winkte einem Taxi, und als ich die Türe aufreiße, sitzen bereits die zwei Damen darin, eine schwarze, eine blonde, ich sage: Sorry! schlage die Wagentür zu, aber der Driver springt heraus, um mich zurückzurufen: Yes, Sir! ruft er und reißt die Wagentüre wieder auf: For you, Sir! ich muß lachen über soviel »service«, steige ein –

Unser kostbares Souper!

Dann die Blamage –

Ich habe gewußt, daß es einmal so kommen wird, später liege ich in meinem Hotel – schlaflos, aber gelassen, es ist eine heiße Nacht, ab und zu dusche ich meinen Körper, der mich verläßt, aber ich nehme kein Schlafpulver, mein Kör- 5 per taugt gerade noch, um den Ventilator-Wind zu genießen, der hin und her schwenkt, Wind auf Brust, Wind auf Beine, Wind auf Brust.

Mein Hirngespinst: Magenkrebs.

Sonst glücklich – 1

Krawall der Vögel im Morgengrauen, ich nehme meine Hermes-Baby und tippe endlich meinen Unesco-Rapport, betreffend die Montage in Venezuela, die erledigt ist.

Dann Schlaf bis Mittag.

Ich esse Austern, weil ich nicht weiß, was tun, meine Arbeit 1 ist erledigt, ich rauche viel zu viel Zigarren.

(Daher meine Magenschmerzen.)

Die Überraschung abends:

Wie ich mich auf der Prado-Mauer einfach zu dem fremden Mädchen setze und sie anspreche, meines Erachtens die- 2 selbe, die vorgestern die Rosa-Zunge herausgestreckt hat. Sie erinnert sich nicht. Ihr Lachen, als ich sage, daß ich kein American bin.

Mein Spanisch zu langsam –

»Say it in English!« 2

Ihre langen und dünnen Hände –

Mein Spanisch reicht für berufliche Verhandlungen, die Komik: ich sage nicht, was ich will, sondern was die Sprache will. Ihr Lachen dazu. Ich bin das Opfer meines kleinen Wortschatzes. Ihr Staunen, ihre geradezu lieben Augen, 3 wenn ich manchmal selber staune: über mein Leben, das mir selber, so gesagt, belanglos vorkommt.

Juana ist achtzehn.

(Noch jünger als unser Kind.)

(span.)
Schweiz Suiza*: sie meint immer Schweden. 3

Ihre braunen Arme als Stützen rückwärts gespreizt, ihr Kopf an der Gußeisen-Laterne, ihr weißes Kopftuch und das schwarze Haar, ihre unglaublich schönen Füße; wir rauchen; meine beiden weißen Hände um mein rechtes Hosenknie gespannt –

Ihre Unbefangenheit.

Sie hat Cuba noch nie verlassen –

Das ist mein dritter Abend hier, aber alles schon vertraut: die grüne Dämmerung mit Neon-Reklame darin, die Eis-verkäufer, die gescheckte Rinde der Platanen, die Vögel mit ihrem Zwitschern und das Schattennetz auf dem Boden, die rote Blume ihrer Münder.

Ihr Lebensziel: New York!

Der Vogelmist von oben –

Ihre Unbefangenheit:

Juana ist Packerin, Freudenmädchen nur übers Wochen-ende, sie hat ein Kind, sie wohnt nicht in Habana selbst.

Wieder die jungen Matrosen schlendernd.

Ich erzähle von meiner Tochter, die gestorben ist, von der Hochzeitsreise mit meiner Tochter, von Korinth, von der Aspisviper, die über der linken Brust gebissen hat, und von ihrem Begräbnis, von meiner Zukunft.

»I'm going to marry her.«

Sie versteht mich falsch:

»I think she's dead.«

Ich berichtige.

»Oh«, lacht sie, »you're going to marry the mother of the girl, I see!«[*]

»As soon as possible.«

»Fine!« sagt sie.

»My wife is living in Athens –«

Ihre Ohrringe, ihre Haut.

Sie wartet hier auf ihren Bruder –

Meine Frage, ob Juana an eine Todsünde glaubt, bezie-hungsweise an Götter; ihr weißes Lachen; meine Frage, ob

»Oh, Sie werden die Mutter des Mädchens heiraten, ich verstehe.«

Juana glaubt, daß die Schlangen (ganz allgemein) von Göttern gesteuert werden, beziehungsweise von Dämonen.
»What's your opinion, Sir?«
Später der Kerl mit gestreiftem Hollywood-Hemd, der jugendliche Zuhälter, der mich auch schon angesprochen hat, ihr Bruder. Sein Handschlag: »Hello, camerad!«
Es ist nichts dabei, alles ganz munter, Juana legt ihre Zigarette unter den Absatz, um sie zu löschen, und ihre braune Hand auf meiner Schulter:
»He's going to marry his wife – he's a gentleman!«
Juana verschwunden –
»Wait here!« sagt er und blickt zurück, um mich festzuhalten. »Just a moment, Sir, just a moment!«
Meine letzte Nacht in Habana.
Keine Zeit auf Erden, um zu schlafen!
Ich hatte keinen besonderen Anlaß, glücklich zu sein, ich war es aber. Ich wußte, daß ich alles, was ich sehe, verlassen werde, aber nicht vergessen: – die Arkade in der Nacht, wo ich schaukle und schaue, beziehungsweise höre, ein Droschkenpferd wiehert, die spanische Fassade mit den gelben Vorhängen, die aus schwarzen Fenstern flattern, dann wieder das Wellblech irgendwo, sein Hall durch Mark und Bein, mein Spaß dabei, meine Wollust, Wind, nichts als Wind, der die Palmen schüttelt, Wind ohne Wolken, ich schaukle und schwitze, die grüne Palme ist biegsam wie eine Gerte, in ihren Blättern tönt es wie Messerwetzen, Staub, dann die Gußeisen-Laterne, die zu flöten beginnt, ich schaukle und lache, ihr zuckendes und sterbendes Licht, es muß ein beträchtlicher Sog sein, das wiehernde Pferd kann die Droschke kaum halten, alles will fliehen, das Schild von einem barber-shop[*], Messing, sein Klingeln in der Nacht, und das unsichtbare Meer spritzt über die Mauern, dann jedesmal Donner im Boden, darüber zischt es wie eine Espresso-Maschine, mein Durst, Salz auf den Lippen, Sturm ohne Regen, kein Tropfen will

Friseurladen

fallen, es kann nicht, weil keine Wolken, nichts als Sterne, nichts als der heiße und trockene Staub in der Luft, Backofenluft, ich schaukle und trinke einen Scotch, einen einzigen, ich vertrage nichts mehr, ich schaukle und singe. Stundenlang. Ich singe! Ich kann ja nicht singen, aber niemand hört mich, das Droschkenpferd auf dem leeren Pflaster, die letzten Mädchen in ihren fliegenden Röcken, ihre braunen Beine, wenn die Röcke fliegen, ihr schwarzes Haar, das ebenfalls fliegt, und die grüne Jalousie, die sich losgerissen hat, ihr weißes Gelächter im Staub, und wie sie über das Pflaster rutscht, die grüne Jalousie, hinaus zum Meer, das Himbeer-Licht im Staub über der weißen Stadt in der Nacht, die Hitze, die Fahne von Cuba – ich schaukle und singe, nichts weiter, das Schaukeln der leeren Sessel neben mir, das flötende Gußeisen, die Wirbel von Blüten. Ich preise das Leben!

Samstag, 13. VII., Weiterflug.

Morgen auf dem Prado, nachdem ich auf der Bank gewesen bin, um Geld zu wechseln, die menschenleere Allee, glitschig von Vogelmist und weißen Blüten –

Die Sonne –

Alles an die Arbeit.

Die Vögel –

Dann ein Mann, der mich um Feuer bittet für seine Zigarre, geschäftig, er begleitet mich trotzdem, um zu fragen:

»How do you like Habana?«

»I love it!« sage ich.

Wieder ein Zuhälter, seine Teilnahme.

»You're happy, aren't you?«

Er bewundert meine Kamera.

»Something very beautiful! D'you know what I mean? Something very young!«

Als ich ihm sage, daß ich verreise, will er wissen, wann ich im Flughafen sein müsse.

»Ten o'clock, my friend, ten o'clock.«

Sein Blick auf die Uhr.

»Jetzt ist es neun Uhr – Sir, das ist jede Menge Zeit!«

»Well«, sagt er, »now it's nine o'clock – Sir, that's plenty of time!«[*]

Ich schlendere nochmals zum Meer.

Weit draußen die Fischerboote – 5

Abschied.

Ich sitze nochmals auf den Uferblöcken und rauche nochmals eine Zigarre – ich filme nichts mehr. Wozu! Hanna hat recht: nachher muß man es sich als Film ansehen, wenn es nicht mehr da ist, und es vergeht ja doch alles – 10

Abschied.

Hanna ist dagewesen. Ich sagte ihr, sie sehe aus wie eine Braut. ⌐Hanna in Weiß.¬ Sie kommt plötzlich nicht mehr in ihrem Trauerkleid; ihre Ausrede: es sei zu heiß draußen. Ich habe ihr soviel von Zopiloten geredet, jetzt will sie nicht als schwarzer Vogel neben meinem Bett sitzen – und meint, ich merke ihre liebe Rücksicht nicht, weil ich früher (noch vor wenigen Wochen) soviel nicht gemerkt habe. Hanna hat viel erzählt.

P.S. Einmal, als Kind, hat Hanna mit ihrem Bruder gerungen und sich geschworen, nie einen Mann zu lieben, weil es dem jüngeren Bruder gelungen war, Hanna auf den Rücken zu werfen.

Sie war dermaßen empört über den lieben Gott, weil er die Jungens einfach kräftiger gemacht hat, sie fand ihn unfair, nicht ihren Bruder, aber den lieben Gott. Hanna beschloß, gescheiter zu sein als alle Jungens von München-Schwabing, und gründete einen geheimen Mädchenklub, um Jehova abzuschaffen. Jedenfalls kam nur ein Himmel in Frage, wo es auch Göttinnen gibt. Hanna wandte sich vorerst an die Mutter Gottes, veranlaßt durch Kirchenbilder, wo Maria in der Mitte thront; sie kniete nieder wie ihre katholischen Freundinnen und bekreuzigte sich, was Papa nicht wissen durfte. Der einzige Mann, dem sie vertraute, war ein Greis namens Armin, der in ihren Mädchenjahren eine gewisse Rolle gespielt hat. Ich habe nicht gewußt, daß Hanna einen Bruder hat. Hanna sagt: er lebt in Canada und ist tüchtig, glaube ich, er legt alle auf den Rücken. Ich habe gefragt, wie sie mit Joachim lebte, damals, wie und wo und wie lange. Ich habe viel gefragt, dann sagt Hanna immer: aber das weißt du doch! Am meisten erzählt sie von Armin. Er war ein Blinder. Hanna liebt ihn noch, obschon er längst gestorben, beziehungsweise verschollen ist. Hanna war noch Schülerin, ein Mädchen mit Kniestrümpfen, sie traf ihn regelmäßig im Englischen Garten, wo er stets auf der gleichen Bank saß, und führte ihn dann durch München. Er liebte München. Er war alt, nach ihren damaligen Begriffen sogar uralt: zwischen 50 und 60. Sie hatten immer nur wenig Zeit, je Dienstag und Freitag, wenn Hanna ihre Geigenstunde hatte, und sie trafen sich bei jedem Wetter, sie führte ihn und zeigte ihm die Schaufenster. Armin war vollkommen blind, aber er konnte sich alles vorstellen, wenn man es ihm sagte. Hanna sagt: es war einfach wunderbar, mit ihm durch die Welt zu gehen. Ich habe auch gefragt, wie es bei der Geburt unseres Kindes gegangen ist. Ich war ja nicht dabei; wie soll ich's mir vorstellen können? Joachim war natürlich dabei. Er hatte gewußt, daß er nicht der Vater ist; aber er war wie ein richtiger Vater. Eine leichte Geburt, laut Hanna; sie erinnert sich nur, daß sie als Mutter sehr glücklich war. Was ich auch nicht gewußt habe: meine Mutter wußte, daß das Kind von mir ist, sonst niemand in Zürich, mein Vater hatte keine Ahnung. Ich habe gefragt, warum meine Mutter in keinem Brief je erwähnt hat, daß sie es weiß. Bund der Frauen? Sie erwähnen einfach nicht, was wir nicht verstehen, und behandeln uns wie Unmündige. Meine Eltern sollen überhaupt, laut Hanna, anders gewesen sein, als ich meine; anders jedenfalls gegenüber Hanna. Wenn Hanna von meiner Mutter be-

richtet, kann ich bloß zuhören. Wie ein Blinder! Sie hatten noch jahrelang einen Briefwechsel, Hanna und meine Mutter, die übrigens nicht an einer Embolie* gestorben ist, wie ich gemeint habe. Hanna ist verwundert, was ich alles nicht gewußt habe. Hanna ist bei ihrer Beerdigung gewesen, 5
1937. Ihre Liebe zu den alten Griechen, meint Hanna, begann auch im Englischen Garten; Armin konnte Griechisch, und das Mädchen mußte ihm aus den Schulbüchern vorlesen, damit er's auswendiglernen konnte. Das war sozusagen seine Vergewaltigung. Er nahm Hanna nie 10
in seine Wohnung. Sie weiß nicht, wo er wohnte und wie. Hanna traf ihn im Englischen Garten und verließ ihn im Englischen Garten, und niemand in der Welt wußte von ihrer Vereinbarung, daß sie zusammen nach Griechenland fahren, Armin und sie, sobald sie erwachsen ist und frei, 15
und Hanna wird ihm die griechischen Tempel zeigen. Ob der alte Mann es ernst meinte, ist ungewiß; Hanna meinte es ernst. Hanna in Kniestrümpfen! Einmal, ich erinnere mich, saß im ⌈Café Odéon⌉, Zürich, ein alter Herr, den Hanna regelmäßig abholen mußte, um ihn ins Tram zu 20
führen. Ich habe dieses Café Odéon eigentlich gehaßt; Emigranten und Intellektuelle, Boheme. Professoren und die alten Kokotten für Geschäftsleute vom Lande, ich ging nur Hanna zuliebe in dieses Café. Er wohnte in der Pension Fontana, ich wartete dann in einer kleinen Anlage (versteckt) an der Gloriastraße, bis Hanna ihren alten Onkel 25
abgeliefert hatte. Das also ist Armin gewesen! Ich habe ihn nicht eigentlich wahrgenommen. Hanna sagt: aber er hat dich wahrgenommen. Hanna redet heute noch von Armin, als lebe er, als sehe er alles. Ich habe gefragt, warum Hanna nie mit ihm nach Griechenland gefahren ist. Hanna lacht 30
mich aus, als wäre alles nur ein Scherz gewesen, Kinderei. In Paris (1938 bis 1940) lebte Hanna mit einem französischen Schriftsteller, der ziemlich bekannt sein soll; ich habe seinen Namen vergessen. Was ich auch nicht gewußt habe: 35

Hanna ist in Moskau gewesen (1948) mit ihrem zweiten
Mann. Einmal ist sie wieder durch Zürich gefahren (1953)
ohne unsere Tochter; sie hat Zürich ganz gern, als wäre
nichts gewesen, und war auch im Café Odéon. Ich habe
gefragt, wie Armin gestorben ist. In London (1942) hat
Hanna ihn nochmals getroffen. Armin wollte auswandern,
und Hanna hat ihn noch auf das Schiff geführt, das er nicht
sehen konnte und das wahrscheinlich von einem deutschen
U-Boot versenkt wurde; jedenfalls ist es nie angekommen.

15. VII. Düsseldorf.
Was der junge Techniker, den mir die Herren von Hencke-Bosch zur Verfügung stellten, von mir denken mag,
weiß ich nicht; ich kann nur sagen, daß ich mich an diesem
Vormittag zusammennahm, solange ich konnte.
Hochhaus in Chrom –
Ich hielt es für meine Freundespflicht, die Herren zu in-
formieren, wie ihre Plantage in Guatemala aussieht, das
heißt, ich war von Lissabon nach Düsseldorf geflogen,
ohne zu überlegen, was ich in Düsseldorf eigentlich zu tun
oder zu sagen habe, und saß nun einfach da, höflich emp-
fangen.
»Ich habe Filme«, sagte ich –
Ich hatte den Eindruck, sie haben die Plantage bereits ab-
geschrieben; sie interessierten sich aus purer Höflichkeit.
»Wie lange dauern denn Ihre Filme?«
Eigentlich störte ich bloß.
»Wieso Unfall?« sagte ich. »Mein Freund hat sich erhängt –
das wissen Sie nicht?«
Man wußte es natürlich.
Ich hatte das Gefühl, man nimmt mich nicht ernst, aber es
mußte nun sein, Vorführung meines Farbfilms aus Guatemala. Der Techniker, der mir zur Verfügung gestellt wurde, um im Sitzungszimmer des Verwaltungsrates her-
zurichten, was zur Vorführung nötig war, machte mich nur

nervös; er war sehr jung, dabei nett, aber überflüssig, ich brauchte Apparatur, Bildschirm, Kabel, ich brauchte keinen Techniker.

»Ich danke Ihnen!« sagte ich.

»Bitte sehr, mein Herr.«

»Ich kenne die Apparatur« – sagte ich.

Ich wurde ihn nicht los.

Es war das erste Mal, daß ich die Filme selber sah (alle noch ungeschnitten), gefaßt, daß es von Wiederholungen wimmelt, unvermeidlich; ich staunte, wieviel Sonnenuntergänge, drei Sonnenuntergänge allein in der Wüste von Tamaulipas, man hätte meinen können, ich reise als Vertreter von Sonnenuntergängen, lächerlich; ich schämte mich geradezu vor dem jungen Techniker, daher meine Ungeduld –

»Geht nicht schärfer, mein Herr.«

Unser Landrover am Rio Usumacinta –

Zopilote an der Arbeit –

»Weiter«, sagte ich, »bitte.«

Dann die ersten Indios am Morgen, die uns melden, ihr Señor sei tot, dann Ende der Spule – Wechsel der Spule, was einige Zeit in Anspruch nimmt; unterdessen Gespräch über Ektachrom. Ich sitze in einem Polstersessel und rauche, weil untätig, die leeren Verwaltungsratssessel neben mir; nur schaukeln sie nicht im Wind.

»Bitte«, sagte ich, »weiter –«

Jetzt Joachim am Draht.

»Stop«, sage ich, »bitte!«

Es ist eine sehr dunkle Aufnahme geworden, leider, man sieht nicht sogleich, was es ist, unterbelichtet, weil in der Baracke aufgenommen mit der gleichen Blende wie vorher die Zopilote auf dem Esel draußen in der Morgensonne, ich sage:

»Das ist Dr. Joachim Hencke.«

Sein Blick auf die Leinwand:

»Geht nicht schärfer, mein Herr, – bedaure.«

Das ist alles, was er zu sagen hat.

»Bitte«, sage ich, »weiter!«

Nochmals Joachim am Draht, aber diesmal von der Seite, so daß man besser sieht, was los ist; es ist merkwürdig, es macht nicht nur meinem jungen Techniker, sondern auch mir überhaupt keinen Eindruck, ein Film, wie man schon manche gesehen hat, Wochenschau, es fehlt der Gestank, die Wirklichkeit, wir sprechen über Belichtung, der junge Mann und ich, unterdessen das Grab mit den betenden Indios ringsum, alles viel zu lang, dann plötzlich die Ruinen von Palenque, der Papagei von Palenque. Ende der Spule.

»Vielleicht kann man hier ein Fenster aufmachen«, sagte ich, »das ist ja wie in den Tropen.«

»Bitte sehr, mein Herr.«

Das Mißgeschick kam daher, daß der Zoll meine Spulen durcheinandergebracht hatte, beziehungsweise daß die Spulen der letzten Zeit (seit meiner Schiffspassage) nicht mehr angeschrieben waren; ich wollte ja den Herrn von Hencke-Bosch, die auf 11.30 Uhr kommen sollten, lediglich vorführen, was Guatemala betrifft. Was ich brauchte: mein letzter Besuch bei Herbert.

»Stop«, sagte ich, »das ist Griechenland.«

»Griechenland?«

»Stop!« schrie ich, – »stop!«

»Bitte sehr, mein Herr.«

Der Junge machte mich krank, sein gefälliges Bitte-sehr, sein herablassendes Bitte-sehr, als wäre er der erste Mensch, der sich auf eine solche Apparatur versteht, sein Quatsch über Optik, wovon er nichts versteht, vor allem aber sein Bitte-sehr, seine Besserwisserei dabei.

»Gibt nichts anderes, mein Herr, durchlassen und sehen! Gibt nichts anderes, wenn die Spulen nicht angeschrieben sind.«

Es war nicht sein Fehler, daß die Spulen nicht angeschrieben waren; insofern gab ich ihm recht.

»Es fängt an«, sagte ich, »mit Herrn Herbert Hencke, ein
Mann mit Bart in der Hängematte – soviel ich mich erinnere.«

Licht aus, Dunkel, Surren des Films.

Ein pures Glücksspiel! Es genügten die ersten Meter: – Ivy
auf dem Pier in Manhattan, ihr Winken durch mein Tele-
Objektiv, Morgensonne auf Hudson, die schwarzen
Schlepper, Manhattan-Skyline, Möwen . . .

»Stop«, sagte ich, »bitte die nächste.«

Wechsel der Spulen.

»Sie sind wohl um die halbe Welt gereist, mein Herr, das
möchte ich auch –«

Es war 11.00 Uhr.

Ich mußte meine Tabletten nehmen, um fit zu sein, wenn
die Herren der Firma kommen, Tabletten ohne Wasser, ich
wollte nichts merken lassen.

»Nein«, sagte ich, »die auch nicht.«

Wieder Wechsel der Spulen.

»Das war der Bahnhof in Rom, was?«

Meinerseits keine Antwort. Ich wartete auf die nächste
Spule. Ich lauerte, um sofort stoppen zu können. Ich wußte: Sabeth auf dem Schiff, Sabeth beim Pingpong auf dem
Promenadendeck (mit ihrem Schnäuzchen-Freund) und
Sabeth in ihrem Bikini, Sabeth, die mir die Zunge herausstreckt, als sie merkt, daß ich filme – das alles mußte in
der ersten Spule gewesen sein, die mit Ivy begonnen hatte;
also abgelegt. Es lagen aber noch sechs oder sieben Spulen
auf dem Tisch und plötzlich, wie nicht anders möglich, ist
sie da – lebensgroß – Sabeth auf dem Bildschirm. In Farben.

Ich stand auf.

Sabeth in Avignon.

Ich stoppte aber nicht, sondern ließ die ganze Spule laufen,
obschon der Techniker mehrmals meldete, das könnte
nicht Guatemala sein.

Ich sehe diesen Streifen noch jetzt:

Ihr Gesicht, das nie wieder da sein wird –
Sabeth im Mistral*, sie geht gegen den Wind, die Terrasse, Jardin des Papes*, alles flattert, Haare, ihr Rock wie ein Ballon, Sabeth am Geländer, sie winkt.

Ihre Bewegungen –
Sabeth, wie sie Tauben füttert.

Ihr Lachen, aber stumm –
Pont d'Avignon, die alte Brücke, die in der Mitte einfach aufhört. Sabeth zeigt mir etwas, ihre Miene, als sie bemerkt, daß ich filme statt zu schauen, ihr Rümpfen der Stirne zwischen den Brauen, sie sagt etwas.

Landschaften –
Das Wasser der Rhone, kalt, Sabeth versucht es mit den Zehen und schüttelt den Kopf, Abendsonne, mein langer Schatten ist drauf.

Ihr Körper, den es nicht mehr gibt –
Das antike Theater in Nîmes*.

Frühstück unter Platanen, der Kellner, der uns nochmals Brioches* bringt, ihr Geplauder mit dem Kellner, ihr Blick zu mir, sie füllt meine Tasse mit schwarzem Kaffee.

Ihre Augen, die es nicht mehr gibt –
Pont du Gard*.

Sabeth, wie sie Postkarten kauft, um an Mama zu schreiben; Sabeth in ihren schwarzen Cowboy-Hosen, sie merkt nicht, daß ich filme; Sabeth, wie sie ihren Roßschwanz aus dem Nacken wirft.

Hotel Henri IV.

Sabeth sitzt auf der tiefen Fensterbrüstung, ihre Beine verschränkt, barfuß, sie ißt Kirschen, Blick in die Straße hinunter, sie spuckt die Steine einfach hinaus, Regentag.

Ihre Lippen –
Wie Sabeth sich mit einem französischen Maulesel unterhält, der ihrer Meinung nach zu schwer beladen ist.

Ihre Hände –
Unser Citroën, Modell 57.

trockener, kalter Fallwind in Südfrankreich

Garten des Papstpalastes in Avignon

südfranz. Stadt, ca. 50 km westl. von Avignon

franz. Hefegebäck

röm. Aquädukt in der Provence

Ihre Hände, die es nirgends mehr gibt, sie streichelt den
Maulesel, ihre Arme, die es nirgends mehr gibt –

ca. 40 km
südl. von
Avignon

Stierkampf in Arles*.

Sabeth, wie sie ihre Haare kämmt, eine Spange zwischen
den jungen Zähnen, sie merkt wieder, daß ich filme, und
nimmt die Spange aus dem Mund, um mir etwas zu sagen,
vermutlich sagt sie, ich soll sie nicht filmen, plötzlich muß
sie lachen.

Ihre gesunden Zähne –

Ihr Lachen, das ich nie wieder hören werde –

Ihre junge Stirne –

Eine Prozession (ebenfalls in Arles, glaube ich), Sabeth
streckt ihren Hals und raucht mit gekniffenen Augen wegen Rauch, Hände in den Hosentaschen. Sabeth auf einem
Sockel, um über die Menge zu schauen. Baldachine, vermutlich Glockengeläute, aber unhörbar, Muttergottes, die
singenden Meßknaben, aber unhörbar.

Provence-Allee, Platanen-Allee.

Unser Picnic unterwegs. Sabeth, wie sie Wein trinkt.
Schwierigkeit, aus der Flasche zu trinken, sie schließt die
Augen und versucht's neuerdings, dann wischt sie sich den
Mund, es geht nicht, sie reicht mir die Flasche zurück, Ach-
selzucken.

Pinien im Mistral.

Nochmals Pinien im Mistral.

Ihr Gang –

Sabeth geht zu einem Kiosk, um Zigaretten zu holen. Sabeth, wie sie geht. Sabeth in ihren schwarzen Hosen wie
üblich, sie steht auf dem Trottoir, um links und rechts zu
schauen, ihr baumelnder Roßschwanz dabei, dann schräg
über die Straße zu mir.

Ihr hüpfender Gang –

Nochmals Pinien im Mistral.

Sabeth schlafend, ihr Mund ist halboffen, Kindermund, ihr
offenes Haar, ihr Ernst, die geschlossenen Augen –

Ihr Gesicht, ihr Gesicht –

Ihr atmender Körper –

Marseille. Verladen von Stieren im Hafen, die braunen Stiere werden auf das ausgelegte Netz geführt, dann Aufzug, ihr Schrecken, ihre plötzliche Ohnmacht, wenn sie in der Luft hängen, ihre vier Beine durch die Maschen des großen Netzes gestreckt, ihre Augen dabei epileptisch –

Pinien im Mistral; nochmals.

⌐L'Unité d'Habitation⌐ (Corbusier) –

Im großen ganzen ist die Belichtung dieses Filmes nicht schlecht, jedenfalls besser als beim Guatemala-Streifen; die Farben kommen großartig, ich staune.

Sabeth beim Blumenpflücken –

Ich habe (endlich!) die Kamera weniger hin und her bewegt, dadurch kommen die Bewegungen des Objektes viel stärker.

Brandung –

Ihre Finger, Sabeth sieht zum ersten Mal eine Korkeiche, ihre Finger, wie sie die Rinde brechen, dann wirft sie nach mir!

(Defekt.)

Brandung im Mittag, nichts weiter.

Sabeth nochmals beim Kämmen, ihr Haar ist naß, ihr Kopf schräg aufwärts, um sich auszukämmen, sie sieht nicht, daß ich filme, und erzählt etwas, während sie sich auskämmt, ihr Haar ist dunkler als üblich, weil naß, rötlicher, ihr grüner Kamm offenbar voll Sand, sie putzt ihn, ihre Marmorhaut mit Wassertropfen drauf, sie erzählt noch immer –

Unterseeboote bei Toulon*.

ca. 50 km östl. von Marseille

Der junge Landstreicher mit dem Hummer, der sich bewegt, Sabeth hat Angst, sobald der Hummer sich bewegt –

Unser Hotelchen in Le Trayaz.

Sabeth sitzt auf einer Mole –

Nochmals Brandung.

(Viel zu lang!)
Sabeth nochmals auf der Mole draußen, sie steht jetzt, unsere tote Tochter, und singt, ihre Hände wieder in den Hosentaschen, sie glaubt sich mutterseelenallein und singt, aber unhörbar – 5
Ende der Spule.

Was der junge Techniker von mir dachte und sagte, als die Herren kamen, weiß ich nicht, ich saß im Speisewagen (*Helvetia-Expreß* oder *Schauinsland-Expreß,* das weiß ich 10 nicht mehr) und trank Steinhäger. Wie ich das Hencke-Bosch-Haus verlassen habe, das weiß ich auch nicht mehr; ohne Erklärung, ohne Ausrede, ich bin einfach gegangen. Nur die Filme ließ ich zurück.
Ich sagte dem jungen Techniker, ich müsse gehen, und bedankte mich für seine Dienste. Ich ging in das Vorzimmer, 15 wo ich Hut und Mantel hatte, und bat das Fräulein um meine Mappe, die noch in der Direktion lag. Ich stand schon im Lift; es war 11.32 Uhr, jedermann zur Vorführung bereit, als ich mich entschuldigte wegen Magen- 20 schmerzen (was gar nicht stimmte) und den Lift nahm. Man wollte mich mit Wagen ins Hotel bringen, beziehungsweise ins Krankenhaus; aber ich hatte ja gar keine Magenschmerzen. Ich bedankte mich und ging zu Fuß. Ohne Hast, ohne Ahnung, wohin ich gehen sollte; ich weiß 25 nicht, wie das heutige Düsseldorf aussieht, ich ging durch die Stadt, Stoßverkehr in Düsseldorf, ohne auf die Verkehrslichter zu achten, glaube ich, wie blind. Ich ging zum Schalter, wo ich mir eine Fahrkarte kaufte, dann in den nächsten Zug – ich sitze im Speisewagen, trinke Steinhäger 30 und blicke zum Fenster hinaus, ich weine nicht, ich möchte bloß nicht mehr da sein, nirgends sein. Wozu auch zum Fenster hinausblicken? Ich habe nichts mehr zu sehen. Ihre

zwei Hände, die es nirgends mehr gibt, ihre Bewegung, wenn sie das Haar in den Nacken wirft oder sich kämmt, ihre Zähne, ihre Lippen, ihre Augen, die es nirgends mehr gibt, ihre Stirn: wo soll ich sie suchen? Ich möchte bloß, ich wäre nie gewesen. Wozu eigentlich nach Zürich? Wozu nach Athen? Ich sitze im Speisewagen und denke: Warum nicht diese zwei Gabeln nehmen, sie aufrichten in meinen Fäusten und mein Gesicht fallen lassen, um die Augen loszuwerden?

Meine Operation auf übermorgen angesetzt.

P.S. Ich habe ja auf meiner ganzen Reise überhaupt keine Ahnung gehabt, was Hanna nach dem Unglück machte. Kein einziger Brief von Hanna! Ich weiß es heute noch nicht. Wenn ich sie frage, ihre Antwort: Was kann ich machen! Ich verstehe überhaupt nichts mehr. Wie kann Hanna nach allem was geschehen ist, mich aushalten? Sie kommt hierher, um zu gehen, und kommt wieder, sie bringt mir, was ich noch wünsche, sie hört mich an. Was denkt sie? Ihre Haare sind weißer geworden. Warum sagt sie's nicht, daß ich ihr Leben zerstört habe? Ich kann mir nach allem, was geschehen ist, ihr Leben nicht vorstellen. Ein einziges Mal habe ich Hanna verstanden, als sie mit beiden Fäusten in mein Gesicht schlug, damals am Totenbett. Seither verstehe ich sie nicht mehr.

16. VII. Zürich.
Ich fuhr von Düsseldorf nach Zürich, glaube ich, bloß weil ich meine Vaterstadt seit Jahrzehnten nicht mehr gesehen habe.
Ich hatte in Zürich nichts zu tun.
Williams erwartete mich in Paris –
In Zürich, als er neben mir stoppte und aus dem Wagen

stieg, um mich zu begrüßen, erkannte ich ihn wieder nicht;
genau wie das letzte Mal: ein Schädel mit Haut darüber, die
Haut wie gelbliches Leder, sein Ballon-Bauch, die abste-
henden Ohren, seine Herzlichkeit, sein Lachen wie bei einem Totenkopf, seine Augen noch immer lebendig, aber
weit hinten, ich wußte bloß, daß ich ihn kenne, aber im
ersten Augenblick wußte ich wieder nicht, wer's ist.
»Immer in Eile«, lachte er, »immer in Eile –«
Was ich denn in Zürich mache?
»Sie kennen mich wieder nicht?« fragte er.
Er sah grauenhaft aus, ich wußte nicht, was sagen, na-
türlich kannte ich ihn, es war nur der erste Schreck gewe-
sen, dann die Angst, etwas Unmögliches zu sagen, ich sag-
te:
»Natürlich habe ich Zeit.«
Dann zusammen ins Café Odéon.
»Es tut mir leid«, sagte ich, »daß ich Sie das letzte Mal in
Paris nicht erkannt habe –«
Er nahm's mir aber nicht übel, er lachte, ich hörte zu, Blick
auf seine alten Zähne, es sah nur so aus, als lache er, seine
Zähne viel zu groß, die Muskeln reichten nicht mehr für ein
Gesicht ohne Lachen, Unterhaltung mit einem Toten-
schädel, ich mußte mich zusammennehmen, um Professor
O. nicht zu fragen, wann er denn sterbe. Er lachte:
»Was zeichnen Sie denn, Faber?«
Ich zeichnete auf das Marmor-Tischlein, nichts weiter, eine
Spirale, in dem gelben Marmor gab es eine versteinerte
Schnecke, daher meine Spirale – ich steckte meinen Fix-
pencil wieder ein, Gespräch über Weltlage, sein Lachen
störte mich derart, daß ich einfach nichts zu sagen wußte.
Ich sei ja so schweigsam.
Einer der Odéon-Kellner, Peter, ein alter Wiener, kannte
mich noch; er findet mich unverändert –
Professor O. lachte.
Er findet es schade, daß ich damals meine Dissertation

(über den sog. Maxwell'schen Dämon) nicht gemacht habe –

Die Odéon-Kokotten wie damals.

»Das wissen Sie nicht«, lachte er, »daß das Odéon abgerissen wird?«

Einmal seine plötzliche Frage:

»Wie geht's Ihrer schönen Tochter?«

Er hatte Sabeth gesehen, als wir uns in dem Café verabschiedeten, damals in Paris; wie er sagt: Neulich in Paris! Es war der Nachmittag, bevor wir in die Opéra gingen, Sabeth und ich, Vorabend unserer Hochzeitsreise – ich sagte nichts, nur:

»Wieso wußten Sie, daß es meine Tochter war?«

»Ich dachte es mir –!«

Sein Lachen dabei.

Ich hatte in Zürich nichts verloren, noch am gleichen Tag (nach dem Odéon-Geplauder mit Professor O.) fuhr ich nach Kloten* hinaus, um weiterzufliegen –

Mein letzter Flug!

Wieder eine Super-Constellation.

Dabei war es eigentlich ein ruhiger Flug, nur schwacher Föhn über den Alpen, die ich noch aus jungen Jahren einigermaßen kenne, aber zum ersten Mal überfliege, ein blauer Nachmittag mit üblicher Föhn-Mauer, Vierwaldstättersee, rechts das Wetterhorn, dahinter Eiger und Jungfrau, vielleicht Finsteraarhorn, so genau kenne ich sie nicht mehr, unsere Berge, ich habe andres im Kopf –

Was eigentlich?

Täler im Schräglicht des späteren Nachmittags, Schattenhänge, Schattenschluchten, die weißen Bäche drin, Weiden im Schräglicht, Heustadel, von der Sonne gerötet, einmal eine Herde in einer Mulde voll Geröll über der Waldgrenze: wie weiße Maden! (Sabeth würde es natürlich anders taufen, aber ich weiß nicht wie.) Meine Stirne am kalten Fenster mit müßigen Gedanken –

Zürcher Flughafen

Wunsch, Heu zu riechen!

Nie wieder fliegen!

Wunsch, auf der Erde zu gehen – dort unter den letzten Föhren, die in der Sonne stehen, ihr Harz riechen und das Wasser hören, vermutlich ein Tosen, Wasser trinken – 5
Alles geht vorbei wie im Film!

Wunsch, die Erde zu greifen –

Stattdessen steigen wir immer höher.

Zone des Lebens, wie dünn sie eigentlich ist, ein paar hundert Meter, dann wird die Atmosphäre schon zu dünn, zu 10 kalt, eine Oase eigentlich, was die Menschheit bewohnt, die grüne Talsohle, ihre schmalen Verzweigungen, dann Ende der Oase, die Wälder sind wie abgeschnitten (hierzulande auf 2000 m, in Mexico auf 4000 m), eine Zeit lang gibt es noch Herden, weidend am Rand des möglichen Le- 15 bens, Blumen – ich sehe sie nicht, aber weiß es – bunt und würzig aber winzig, Insekten, dann nur noch Geröll, dann Eis –

Einmal ein neuer Stausee.

Sein Wasser: wie Pernod, grünlich und trübe, darin Spie- 20 gelweiß von einem Firn*, ein Ruderschiff auf dem Ufer, Segment-Damm, kein Mensch.

Dann die ersten Nebel, jagend –

Die Gletscherspalten: grün wie Bierflaschenglas. Sabeth würde sagen: wie Smaragd! Wieder unser Spiel auf einund- 25 zwanzig Punkte! Die Felsen im späten Licht: wie Gold. Ich finde: wie Bernstein, weil matt und beinahe durchsichtig, oder wie Knochen, weil bleich und spröde. Unser Flugzeugschatten über Moränen* und Gletschern: wie er in die Schlünde sackt, man meint jedesmal, er sei verloren und 30 verlocht, und schon klebt er an der nächsten Felswand, im ersten Augenblick: wie mit einer Pflasterkelle hingeworfen, aber er bleibt nicht wie Verputz, sondern gleitet und fällt wieder ins Leere jenseits des Grates. Unser Flugzeugschatten: wie eine Fledermaus! so würde Sabeth sagen, ich 35

alter, körnig gewordener Schnee des Hochgebirges

Gletschergeröll

finde nichts und verliere einen Punkt, ich habe anderes im Kopf: eine Spur im Firn, Menschenspur, sie sieht aus wie eine Nieten-Naht, Sabeth würde finden: wie eine Halskette, bläulich, in großer Schleife um eine weiße Firn-Büste gehängt. Was ich im Kopf habe: Wenn ich jetzt noch auf jenem Gipfel stehen würde, was tun? Zu spät, um abzusteigen; es dämmert schon in den Tälern, und die Abendschatten strecken sich über ganze Gletscher, dann Knick in die senkrechten Wände hinauf. Was tun? Wir fliegen vorbei; man sieht das Gipfelkreuz, weiß, es leuchtet, aber sehr einsam, ein Licht, das man als Bergsteiger niemals trifft, weil man vorher absteigen muß, Licht, das man mit dem Tod bezahlen müßte, aber sehr schön, ein Augenblick, dann Wolken, Luftlöcher, die Alpensüdseite bewölkt, wie zu erwarten war, die Wolken: wie Watte, wie Gips, wie Blumenkohl, wie Schaum mit Seifenblasenfarben, ich weiß nicht, was Sabeth alles finden würde, es wechselt rasch, manchmal ein Wolkenloch, in der Tiefe: ein schwarzer Wald, ein Bach, der Wald wie ein Igel, aber nur eine Sekunde lang, die Wolken schieben sich durcheinander, Schatten der oberen Wolken auf den unteren, Schatten wie Vorhänge, wir fliegen hindurch, Gewölk in der Sonne vor uns: als müsse unsere Maschine daran zerschellen, Gebirge aus Wasserdampf, aber prall und weiß wie griechischer Marmor, körnig –

Wir fliegen hinein.

Seit meiner Notlandung in Tamaulipas habe ich mich stets so gesetzt, daß ich das Fahrgestell sehe, wenn sie es ausschwenken, gespannt, ob die Piste sich im letzten Augenblick, wenn die Pneus aufsetzen, nicht doch in Wüste verwandelt –

Mailand:

Depesche an Hanna, daß ich komme.

Wohin sonst?

Es ist nicht einzusehen, wieso ein solches Fahrgestell, bestehend aus zwei Pneu-Paaren mit Federung im Rohrgestell und mit Schmieröl auf dem blanken Metall, wie es sich gehört, sich plötzlich wie ein Dämon benehmen soll, wenn es den Boden berührt, wie ein Dämon, der die Piste plötzlich in Wüste verwandelt – Spintisiererei, die ich natürlich selber nicht ernstnahm; ich bin in meinem Leben noch keinem Dämon begegnet, ausgenommen der sog. Maxwell'sche Dämon, der bekanntlich keiner ist.

Rom:

Depesche an Williams, daß ich kündige.

Langsam wurde ich ruhig.

Es war Nacht, als man weiterflog, und wir flogen zu nördlich, so daß ich den Golf von Korinth – gegen Mitternacht – nicht erkennen konnte.

Alles wie üblich:

Auspuff mit Funkensprühen in der Nacht –

Das grüne Blinklicht an der Tragfläche –

Mondglanz auf der Tragfläche –

Das rote Glühen in der Motorhaube –

Ich war gespannt, als fliege ich zum ersten Mal in meinem Leben; ich sah wie das Fahrgestell langsam ausschwenkte, Aufblenden der Scheinwerfer unter der Tragfläche, ihr weißer Schein in den Scheiben der Propeller, dann löschen sie wieder aus, Lichter unter uns, Straßen von Athen, beziehungsweise Piräus*, wir sanken, dann die Bodenlichter, gelb, die Piste, wieder unsere Scheinwerfer, dann der übliche weiche Stoß (ohne Sturz vornüber ins Bewußtlose) mit den üblichen Staubschwaden hinter dem Fahrgestell –

Ich löse meinen Gürtel –

Hanna am Flughafen.

Ich sehe sie durch mein Fenster –

Hanna in Schwarz.

Ich habe nur meine Mappe, meine Hermes-Baby, Mantel und Hut, so daß der Zoll sofort erledigt ist; ich komme als erster heraus, aber wage nicht einmal zu winken. Kurz vor

Hafen von
Athen

der Schranke bin ich einfach stehengeblieben (sagt Hanna)
und habe gewartet, bis Hanna auf mich zuging. Ich sah
Hanna zum ersten Mal in Schwarz. Sie küßte mich auf die
Stirn. Sie empfahl das ⌐Hotel Estia Emborron⌐.

Heute nur noch Tee, noch einmal die ganze Untersucherei,
nachher ist man erledigt. Morgen endlich Operation.

Bis heute bin ich ein einziges Mal an ihrem Grab gewesen,
da sie mich hier (ich verlangte nur eine Untersuchung) sofort behalten haben; ein heißes Grab, Blumen verdorren in
einem halben Tag –

18.00 Uhr
Sie haben meine Hermes-Baby genommen.

19.30 Uhr
Hanna ist nochmals dagewesen.

24.00 Uhr
Ich habe noch keine Minute geschlafen und will auch nicht.
Ich weiß alles. Morgen werden sie mich aufmachen, um
festzustellen, was sie schon wissen: daß nichts mehr zu ret-
ten ist. Sie werden mich wieder zunähen, und wenn ich
wieder zum Bewußtsein komme, wird es heißen, ich sei
operiert. Ich werde es glauben, obschon ich alles weiß. Ich
werde nicht zugeben, daß die Schmerzen wieder kommen,
stärker als je. Das sagt man so: Wenn ich wüßte, daß ich
⌐Magenkrebs⌐ habe, dann würde ich mir eine Kugel in den
Kopf schießen! Ich hänge an diesem Leben wie noch nie,
und wenn es nur noch ein Jahr ist, ein elendes, ein Viertel-
jahr, zwei Monate (das wären September und Oktober),
ich werde hoffen, obschon ich weiß, daß ich verloren bin.
Aber ich bin nicht allein, Hanna ist mein Freund, und ich
bin nicht allein.

02.40 Uhr
Brief an Hanna geschrieben.

04.00 Uhr
Verfügung für Todesfall: alle Zeugnisse von mir wie Be-
richte, Briefe, Ringheftchen, sollen vernichtet werden, es 5
stimmt nichts. Auf der Welt sein: im Licht sein. Irgendwo
(wie der Alte neulich in Korinth) Esel treiben, unser Beruf!
– aber vor allem: standhalten dem ⌐Licht, der Freude (wie
unser Kind, als es sang) im Wissen, daß ich erlösche im
Licht über Ginster, Asphalt und Meer¬, standhalten der 10
Zeit, beziehungsweise Ewigkeit im Augenblick. Ewig sein:
gewesen sein.

04.15 Uhr
Auch Hanna hat keine Wohnung mehr, erst heute (ge-
stern!) sagte sie es. Sie wohnt jetzt in einer Pension. Schon 15
meine Depesche aus Caracas hat Hanna nicht mehr er-
reicht. Es muß um diese Zeit gewesen sein, als Hanna sich
einschiffte. Zuerst ihre Idee, ein Jahr lang auf die Inseln zu
gehen, wo sie griechische Bekannte hat aus der Zeit der
Ausgrabungen (Delos); man lebe auf diesen Inseln sehr bil- 20
lig. In Mykonos kauft man ein Haus für zweihundert Dol-
lar, meint Hanna, in Amorgos für hundert Dollar. Sie ar-
beitet auch nicht mehr im Institut, wie ich immer gemeint
habe. Hanna hat versucht, ihre Wohnung mitsamt der Ein-
richtung zu vermieten, was in der Eile nicht gelungen ist; 25
dann verkaufte sie alles, viele Bücher verschenkte sie. Sie
hielt es in Athen einfach nicht mehr aus, sagte sie. Als sie
sich einschiffte, habe sie an Paris gedacht, vielleicht auch
an London; alles ungewiß, denn es ist nicht so einfach,
meint Hanna, in ihrem Alter eine neue Arbeit zu finden, 30
beispielsweise als Sekretärin. Hanna hat nicht eine Minute
daran gedacht, mich um Hilfe zu bitten; drum schrieb sie
auch nicht. Im Grunde hatte Hanna nur ein einziges Ziel:

weg von Griechenland! Sie verließ die Stadt, ohne sich von ihren hiesigen Bekannten zu verabschieden, ausgenommen der Direktor des Instituts, den sie sehr schätzt. Die letzten Stunden vor der Abfahrt verbrachte sie draußen auf dem Grab und mußte um 14.00 Uhr an Bord sein, Ausfahrt um 15.00 Uhr, aber aus irgendeinem Grunde verzögerte sich die Ausfahrt um fast eine Stunde. Plötzlich (sagt Hanna) kam es ihr sinnlos vor, und sie verließ das Schiff mit ihrem Handgepäck. Für die drei großen Koffer im Lager war es zu spät; die Koffer fuhren nach Neapel und sollen demnächst zurückkommen. Sie wohnte zuerst im Hotel Estia Emborron, das ihr aber auf die Dauer zu teuer war, und meldete sich wieder im Institut, wo ihr bisheriger Mitarbeiter unterdessen ihre Stelle übernommen hat, Vertrag auf drei Jahre, nicht mehr zu ändern, da ihr Nachfolger lange genug gewartet hat und nicht freiwillig zurückzutreten gedenkt. Der Direktor soll äußerst nett sein, aber das Institut nicht reich genug, um diesen Posten doppelt zu besetzen. Was man ihr geben kann: Aussicht auf gelegentliche Sonderarbeiten, dazu Empfehlungen nach auswärts. Aber Hanna will in Athen bleiben. Ob Hanna mich hier erwartet oder Athen hat verlassen wollen, um mich nicht wiederzusehen, weiß ich nicht. Es war ein Zufall, daß sie meine Depesche aus Rom zeitig genug bekommen hat; sie war, als die Depesche kam, gerade in der leeren Wohnung, um die Schlüssel an den Hausverwalter auszuhändigen. Was Hanna jetzt arbeitet: Fremdenführerin vormittags im Museum, nachmittags auf Akropolis, abends nach Sunion*. Sie führt vor allem Gruppen, die alles an einem Tag machen, Mittelmeerreisegesellschaften.

*06.00 Uhr
Brief an Hanna nochmals geschrieben.*

* Kap an der SO-Spitze der Halbinsel Attika, sö. von Athen, mit dem Tempel des Poseidon

Ich weiß es nicht, warum Joachim sich erhängt hat, Hanna fragt mich immer wieder. Wie soll ich's wissen? Sie kommt immer wieder damit, obschon ich von Joachim weniger weiß als Hanna. Sie sagt: Das Kind, als es dann da war, hat mich nie an dich erinnert, es war mein Kind, nur meines. In bezug auf Joachim: Ich liebte ihn, gerade weil er nicht der Vater meines Kindes war, und in den ersten Jahren war alles so einfach. Hanna meint, unser Kind wäre nie zur Welt gekommen, wenn wir uns damals nicht getrennt hätten. Davon ist Hanna überzeugt. Es entschied sich für Hanna, noch bevor ich in Bagdad angekommen war, scheint es; sie hatte sich ein Kind gewünscht, die Sache hatte sie überfallen, und erst als ich verschwunden war, entdeckte sie, daß sie ein Kind wünschte (sagt Hanna) ohne Vater, nicht unser Kind, sondern ihr Kind. Sie war allein und glücklich, schwanger zu sein, und als sie zu Joachim ging, um sich überreden zu lassen, war Hanna bereits entschlossen, ihr Kind zu haben; es störte sie nicht, daß Joachim damals meinte, sie in einem entscheidenden Beschluß ihres Lebens bestimmt zu haben, und daß er sich in Hanna verliebte, was kurz darauf zur Heirat führte. Auch mein unglücklicher Ausspruch neulich in ihrer Wohnung: Du tust wie eine Henne! hat Hanna sehr beschäftigt, weil auch Joachim, wie sie zugibt, einmal dieselben Worte gebraucht hat. Joachim sorgte für das Kind, ohne sich in die Erziehung einzumischen; es war ja nicht sein Kind, auch nicht mein Kind, sondern ein vaterloses, einfach ihr Kind, ihr eigenes, ein Kind, das keinen Mann etwas angeht, womit Joachim sich offenbar zufriedengeben konnte, wenigstens in den ersten Jahren, solange es ein Kleinkind war, das sowieso ganz zur Mutter gehört, und Joachim gönnte es ihr, da es Hanna glücklich machte. Von mir, sagte Hanna, war nie die Rede. Joachim hatte keinen Grund, eifersüchtig zu sein, und war es auch nicht in bezug auf mich; er sah, daß ich nicht als Vater galt, nicht für die Welt, die ja nichts davon wußte, und schon gar nicht für Hanna, die mich einfach vergaß (wie Hanna immer wieder versichert), ohne Vorwurf. Schwieriger wurde es zwischen Joachim und Hanna erst, als sich die Erziehungsfragen mehrten: weniger wegen Meinungsunterschieden, die selten waren, aber Joachim vertrug es grundsätzlich nicht, daß Hanna sich in allem, was Kinder betrifft, als die einzige und letzte Instanz betrachtete. Hanna gibt zu, daß Joachim ein verträglicher Mensch gewesen ist, allergisch nur in diesem Punkt. Offenbar hoffte er mehr und mehr auf ein Kind, ein gemeinsames, das ihm die Stellung des Vaters geben würde, und meinte, dann würde alles durchaus selbstverständlich, Elsbeth hielt ihn für ihren Papa; sie liebte ihn, aber Joachim mißtraute ihr, meint Hanna, und kam sich überflüssig vor. Es gab damals allerlei vernünftige Gründe, keine weiteren Kinder in die Welt zu setzen, vor allem für eine deutsche Halbjüdin; Hanna pocht auf diese Gründe noch heute, als würde ich sie bestreiten. Joachim glaubte ihr die Gründe nicht; sein Verdacht: Du willst keinen Vater im Haus! er meinte, Hanna wolle nur Kinder, wenn nachher der Vater verschwindet. Was ich auch nicht gewußt habe: Joachim betrieb seine Auswanderung nach Übersee seit 1935, seinerseits zu allem entschlossen, um sich nicht von Johanna trennen zu müssen. Auch Hanna dachte nie an eine Trennung; sie wollte mit Joachim nach Canada oder Australien, sie lernte zusätzlich den Beruf einer Laborantin, um ihm überall in der Welt helfen zu können. Dazu ist es aber nicht gekommen. Als Joachim erfährt, daß Hanna sich hat unterbinden* lassen, kommt es zu einer Kurzschlußhandlung: Joachim meldet sich (nachdem er sich zum Verdruß seiner Sippe hat freimachen können) freiwillig zur Wehrmacht. Hanna hat ihn nie vergessen. Obschon sie in den folgenden Jahren nicht ohne Männer lebt, opfert sie ihr ganzes Leben für ihr Kind. Sie arbeitet in Paris, spä-

*sterilisieren

ter in London, in Ostberlin, in Athen. Sie flieht mit ihrem Kind. Sie unterrichtet ihr Kind, wo es keine deutsch-sprachige Schule gibt, selbst und lernt mit vierzig Jahren noch Geige, um ihr Kind begleiten zu können. Nichts ist Hanna zuviel, wenn es um ihr Kind geht. Sie pflegt ihr Kind 5 in einem Keller, als die Wehrmacht nach Paris kommt, und wagt sich auf die Straße, um Medikamente zu holen. Hanna hat ihr Kind nicht verwöhnt; dazu ist Hanna zu gescheit, finde ich, auch wenn sie sich selbst (seit einigen Tagen) immerzu als Idiotin bezeichnet. Warum ich das gesagt ha- 10 be? fragt sie jetzt immerzu. Damals: Dein Kind, statt unser Kind. Ob als Vorwurf oder nur aus Feigheit? Ich verstehe ihre Frage nicht. Ob ich damals gewußt hätte, wie recht ich habe? Und warum ich neulich gesagt habe: Du benimmst dich wie eine Henne! Ich habe diesen Ausspruch schon 15 mehrmals zurückgenommen und widerrufen, seit ich weiß, was Hanna alles geleistet hat; aber es ist Hanna, die nicht davon loskommt. Ob ich ihr verzeihen könne! Sie hat ge-weint, Hanna auf den Knien, während jeden Augenblick die Diakonissin eintreten kann, Hanna, die meine Hand 20 küßt, dann kenne ich sie gar nicht. Ich verstehe nur, daß Hanna, nach allem was geschehen ist, Athen nie wieder verlassen will, das Grab unseres Kindes. Wir beide werden hier bleiben, denke ich. Ich verstehe auch, daß sie ihre Wohnung aufgab mit dem leeren Zimmer; es ist Hanna 25 schon schwer genug gefallen, das Mädchen allein auf die Reise zu lassen, wenn auch nur für ein halbes Jahr. Hanna hat immer schon gewußt, daß ihr Kind sie einmal verlassen wird; aber auch Hanna hat nicht ahnen können, daß Sa-beth auf dieser Reise gerade ihrem Vater begegnet, der alles 30 zerstört –

08.05 Uhr
Sie kommen.

Kommentar

1. *Homo faber* – die Verführung des technischen Zeitalters

1.1. Aufbau und Erzählstrategie

Der *Bericht* des Ingenieurs Walter Faber über die Begegnung mit seiner – ihm bis dahin unbekannten und jetzt unerkannten – Tochter Sabeth, über den unbewussten Inzest mit ihr, ihren Unfall und Tod, die Wiederbegegnung mit Sabeths Mutter Hanna, über seine eigene, wohl zum Tod führende Krankheit ist klar gegliedert. Faber erzählt analytisch; er rekonstruiert die Vergangenheit: »Die Aufzeichnungen selbst sind unterteilt in zwei ›Stationen‹. Faber verfaßt die ›Erste Station‹ [S. 7–174] bereits krank in einem Hotelzimmer in Caracas [Erzählzeit: 21. Juni – 8. Juli]. Darin rekonstruiert er die Ereignisse vom verspäteten Abflug in New York bis zum Tod Sabeths [erzählte Zeit: 25. März – 28. Mai]. Die Aufzeichnungen der ›Zweiten Station‹ [S. 175–220] stammen aus Fabers Aufenthaltszeit im Athener Krankenhaus [Erzählzeit: 19. Juli – Morgen des 26. Juli, des Tages der Operation]. Faber führt seinen rückblickenden *Bericht* fort und fügt – in unterschiedlichem Druckbild – seine jüngsten Tagebuchnotizen ein, so daß erzählte Zeit und Erzählzeit schließlich ineinander aufgehen« (Lubich, S. 43; zur Folge der Ereignisse vgl. unten). Schreibend erreicht Faber die Gegenwart; aber es ist die Gegenwart des Todes.

[Randnotiz: erzählte Zeit und Erzählzeit*]*

Freilich hat sich Faber, der Ingenieur, schreibend verändert. »[. . .] ich mache Erfahrungen nur noch, wenn ich schreibe«, wird Max Frisch in seiner autobiografischen Erzählung *Montauk* (1975) notieren (GW VI, S. 624) und damit zusammenfassend formulieren, was den Icherzählern seiner Romane – Stiller wie Walter Faber – schon immer widerfuhr. Walter Henze sieht einen ›Wandel‹ Fabers vom ›homo faber‹ der Ersten zum ›homo religiosus‹ der Zweiten Station: »Die ungelöste Spannung zwischen Fabers Ingenieursdenken und der Mystik ist das strukturtragende Element des ganzen Romans« (S. 78).

Jedenfalls ist es eine gewagte Erzählkonstruktion, da Max Frischs Roman *Homo faber* sich in Ichform als *Bericht* des Ingenieurs Walter Faber über seine Schuld (S. 134,1) präsentiert. An dem vorgeblichen Mitteilungsdrang Fabers wurden daher bereits früh Zweifel laut: »Schon daß der Techniker Faber überhaupt *schreibt*, erscheint wie ein Widerspruch in sich selbst«, meinte etwa Walter Jens. Max Frisch erläuterte daraufhin in einem Gespräch mit Werner Koch: »Der ›Homo faber‹ hätte nur rational gesprochen diese Nötigung [zu schreiben]. Er ist auf den Tod krank, und er versucht sich Rechenschaft abzulegen, d. h., er versucht sich zu verteidigen, daß er an allem nicht schuld sei. Es bleibt aber, das muß ich zugeben, ein Rest, der nicht ganz aufgeht. Das kommt daher, daß man natürlich als Schriftsteller zu sehr annimmt, daß fast jeder Mensch diesen Drang hätte, sich durch Sprache zu manifestieren, und das muß ein Ingenieur nicht haben. Also dort liegt eine kleine Unstimmigkeit – ohne Zweifel« (zit. n. Schmitz 1977, S. 16).

Sprache des Romans Fabers Rechenschaftslegung im *Bericht* wird zur Zeugenaussage gegen ihn selbst; die Sprache – und dies ist die artistische Schwierigkeit, die Frisch zu meistern hatte – arbeitet gegen den Schreibenden. Thematisiert wird die Konkurrenz der Medien: Die poetisch überhöhte Wechselrede gilt in dem Roman als Zeugnis liebenden Verstehens (vgl. auf S. 163,15–165,4 das Metaphern-›Spiel‹ mit Sabeth und auf S. 212,24–213,25 das Nachspiel in der Erinnerung), das ›Erzählen‹ ist ein Zeichen der Freundschaft (S. 198,18–19 u. S. 215,29). Der Techniker Faber hingegen zog bislang den Blick der Rede vor und die vermittelte Wahrnehmung durch das »Kameraauge« (Haslers 1978) dem natürlichen Sehen. Der Sprache misstraut er: »Ich wollte gar nicht erzählen«, erklärt er (S. 91,9); »ich sage nicht, was ich will, sondern was die Sprache will« (S. 194,28–29). Sein Abschiedsbrief an Ivy entsteht in einem Akt automatischen Schreibens; er ist gleichsam das Objekt der Schreibmaschine.

Das Problem führt freilich ins Zentrum von Max Frischs Schaffen: Dass der Autor kein Schöpfer, kein gottähnlicher Herr und Meister einer Sprachwelt, sondern vielmehr das Objekt der Sprache sei, ist eine spezifische Einsicht der Moderne, die Frisch seit dem *Tagebuch 1946–1949* und dem Roman *Stiller* (1954) zur eigenen Erfahrung wurde (vgl. Schmitz 1985, S. 142f.). Diese Erfahrung also hat er an die schreibende Titelfigur des ›Tagebuchromans‹ *Homo faber* delegiert: »Im Fall von *Homo faber* hat es [die verkürzte Ichperspektive] eine besondere Bewandtnis dadurch, daß dieser Mann, er ist Ingenieur, also nicht Literat, durch seine Sprache, die er verwendet für seinen *Bericht*, denunziert wird. Er spielt eine Rolle, er verfällt einem Bildnis, das er sich gemacht hat von sich. Er lebt an sich vorbei, und die Diskrepanz zwischen seiner Sprache und dem, was er wirklich erfährt und erlebt, ist, was mich dabei interessiert hat. Die Sprache ist also hier der eigentliche Tatort« (zit. n. Schmitz 1977, S. 17).

Obschon der Roman scheinbar monoperspektivisch angelegt ist, ergibt sich aus dem Gegeneinander des Icherzählers Faber und seines Textes eine antithetische Doppelperspektive, deren Sinnentwürfe sich wechselseitig relativieren. Frisch hat diese raffinierte Struktur, da er sie bereitwillig erläutert, offenbar auch bewusst und virtuos gestaltet: »Der Witz des Buches, der Kniff [. . .] ist ja der: Es ist fast die unwahrscheinlichste Geschichte, die man sich ersinnen kann [. . .] Da ist wirklich ein Zufall nach dem anderen: auf dem Schiff trifft er die Tochter; er trifft den Schwager seiner Frau [sic]. Gehen wir [. . .] von der Kunst des Schreibens, also von der Literatur aus: Wenn ich das mit Schicksalsgläubigkeit erzählen würde, so würde jeder mit Recht nach fünfzehn Seiten auflachen und sagen: ›Das auch noch! Hab’ ich’s mir doch gedacht! Und wen trifft er jetzt?‹ Und da trifft er die da. – Und der Witz daran ist, daß ein Mensch, der in seinem Denken die Zufälligkeit postuliert, eine Schicksalsgeschichte erlebt« (ebd.).

antithetische Doppel- perspektive

So erscheinen die ›Fakten‹, auf die Faber so großen Wert legt – »Ich bin Techniker und gewohnt, die Dinge zu sehen, wie sie sind« (S. 25,27–28) – in einer eigentümlichen Brechung: einmal als protokollierte Empirie aus der Sicht des Ingenieurs, weiterhin aber aus einer anderen Sicht, von der Faber weiß, die er als erwartetes Deutungsschema unterstellt, deshalb verneint, aber in der Verneinung thematisiert.

Frischs Erzählstrategie übt im Anfangsteil dieses Verfahren mit dem Leser gleichsam exemplarisch ein: Faber betont: »Ich sehe alles, wovon sie reden, sehr genau, ich bin ja nicht blind« (S. 25,28–29). Dann formuliert er jeweils seine, vorgeblich einzig mögliche, ›richtige‹ Sicht und die der ›anderen‹, die er als »hys-

Frischs Erzählstrategie

terisch« oder »mystisch« abqualifiziert. Alan D. Latta (1979, S. 81) hat für diese Szene die Doppelperspektivik des Erzählens an zehn Beispielphänomenen tabellarisch dargestellt:

Fabers Perspektive	Die Gegenperspektive
Mond; errechenbare Masse	Erlebnis
Felsen	Rücken von urweltlichen Tieren
Formen der Erosion	versteinerte Engel, Dämonen
Schatten	Gespenster
Sand	Sintflut
Agaven	verdammte Seelen
Wüste	Totenreich
Super-Constellation	ausgestorbener Vogel
Rieseln von Sand	Ewigkeit
Tampico, Horizont	Jenseits

Was Faber demnach niemals akzeptiert, ist eine realitätserschließende Kraft der Metapher; aber da hier ein psychischer Mechanismus spielt, den Sigmund Freud (1856–1939) schon 1925 in seinem Aufsatz *Die Verneinung* beleuchtete, muss Fabers Rede als Verdrängung bewertet werden; er verneint, was er fürchtet.

So rückt die kunstvolle Erzählstrategie des Romans den *Bericht* des Ingenieurs, trotz der einsinnigen Erzählperspektive, in ein Wechselspiel von Antithesen, präsentiert und diskutiert eine Weltprojektion, die sich mit den Wertgegensätzen Mann/Frau, Amerika/Europa, Technik/Mythos präzise in die Muster des literarisch-kulturellen Diskurses der Fünfzigerjahre einfügt.

1.2. Referenztexte

Im literarisch-kulturellen Diskurs der Fünfzigerjahre sedimentieren sich die Suchbewegungen ›großer‹ Literatur der ›klassischen Moderne‹ in Gemeinplätzen. Indem Frischs Roman diese

Gemeinplätze als Wahrnehmungsstereotype des ›Homo faber‹ analysiert, kommuniziert er mit Leittexten ›moderner‹ dt. Literatur.

1.2.1. Roman der Bildung

Thomas Manns ›Meisternovelle‹ *Der Tod in Venedig* (1913) und Wolfgang Koeppens Roman *Der Tod in Rom* (1954), drei Jahre vor *Homo faber* erschienen, haben der Welt der ›Moderne‹ den Gegendiskurs des ›Mythischen‹ kontrastiert; ihre Protagonisten sind Künstler – der Schriftsteller Gustav von Aschenbach bei Thomas Mann (1875–1955), der Komponist Siegfried Pfaffrath bei Wolfgang Koeppen (1906–1996) – , die sich als Vorgänger des Technikers Walter Faber entpuppen. Max Frisch erprobt derart die Erzählmuster der kulturellen ›Moderne‹ zur Bewältigung der technologischen ›Moderne‹.

Auf der Lichtinsel Kuba überwältigt Faber anscheinend das herrliche, irrationale Leben, und »in einer erwachenden Leidenschaft, die an Thomas Manns Aschenbach in *Tod in Venedig* erinnert, bewundert er sehnige Jünglinge, die kräftigen weißen Zähne dunkelhäutiger Dirnen und die Spiegelung der Sonne auf den Steinen« (Demetz 1970, S. 142). Beide Protagonisten entdecken das ›Leben‹ erst im Alter von fünfzig Jahren, nachdem sie zuvor in ihrer Pflicht und ihrem selbstgeschaffenen Bild des Lebens verkapselt waren. Die verbotene Liebe zum ›Anderen‹ – bei Aschenbach mit dem Stigma der Homoerotik, bei Faber mit dem des Inzests belegt – verjüngt die beiden Fünfzigjährigen. Literarhistorisch finden sie ihr Muster als ›falsche Jünglinge‹ im ›Mann von fünfzig Jahren‹, der Titelfigur jener in Johann Wolfgang von Goethes Roman *Wilhelm Meisters Wanderjahre* (1821) eingeschalteten Novelle. Thomas Manns Werke waren Frisch selbstverständlich vertraut. Anscheinend war ihm jetzt zu Manns parodistisch meisterlicher Novelle der ›Bildung‹ eine Replik der Technologie gelungen.

Enthüllt sich nicht abermals eine »vorgebliche Reise ins neue Leben, zur neuen Jugend [. . .] als Reise in die Vergangenheit, ins Alter und in den Tod« (Hinderer 1975, S. 363)? Begegnet Faber nicht zweimal der Todesbote, Professor O., der ebenso das tod-

Th. Manns
*Tod in
Venedig*

verfallene, technologische Dasein verkörpert, wie jene von dem »fremden Gott« (Mann, S. 516) nach Gustav Aschenbach ausgesandten Boten schon ahnen lassen, wie er sterben wird? Sabeth indessen ist dem Knaben Tadzio vergleichbar, dem Objekt der Liebe des alternden Künstlers Aschenbach: Er bietet dem Blick des Liebenden ein »reizendes Bild« (ebd., S. 498), wie »gemeißelt«, »marmorhaft« sind seine Glieder, er wirkt wie eine »Bildsäule« (ebd., S. 489ff.) und erinnert den Gebildeten sogleich an »griechische Bildwerke«. An Sabeth konstatiert Faber – wie Aschenbach ein Mann der distanzierenden Wahrnehmung – »Augenbogen blaß wie Marmor« (S. 124,28–29), ein »Ohr wie aus Marmor« (S. 142,8) und ihr Kopf gemahnt ihn an »eine Vase« (S. 130,7). Wiederum bildet die Antike das Assoziationsfeld: Der Bildhauer Pygmalion, dessen Liebe zu der von ihm geschaffenen Statue die Götter bewog diese zum Leben zu erwecken, ist der mythische Antitypus zu Aschenbach, zu Faber und auch zu dem Bildhauer Stiller, der seine Frau Julika »in eine Vase verwandelt hatte« (GW III, S. 608). Am Ende dieser modernen Experimente mit einem mythischen Muster steht immer der Tod. Der Tod aber besiegelt nur das Urteil über die alternden Liebhaber; ihr Lebensanspruch ist unecht, todverfallen. So ist Sabeth denn auch – ebenso wie Tadzio – »eine figura des Götterboten der griechischen Mythologie« (Schuhmacher 1979, S. 69), Hermes psychagogus, der Seelenführer, der zum wahren Selbst geleitet. Sabeth ist somit im wörtlichen Sinne Fabers »Hermes-Baby« (S. 31,31). Die Geliebte und die Schreibmaschine geleiten den desorientierten Techniker zur Wahrheit seiner Existenz. Wiederum, wie schon im Fall des alternden Ästheten Aschenbach, soll sich – laut einer einflussreichen Forschungsmeinung – die eigentliche Handlung in einer »mythischen Musterschicht« ereignen (Dierks, S. 25). Der Mythos wird aber in beiden Texten ironisiert; es geht nicht um die Wiederkehr der alten Götter, um das romantische Projekt einer ›neuen Mythologie‹, sondern um den Mythos als Auslegungssystem, das noch immer verwendet wird, obschon es auf die Wirklichkeit der ›Moderne‹ nicht passt. Gustav von Aschenbach träumt, er reihe sich in den Zug des »fremden Gottes« Dionysos ein, der im schönen Rausch Leben, Liebe und Tod verschmelzen lässt; doch

Mythos als Auslegungssystem

er stirbt einen banalen, hässlichen Tod. Walter Faber suggeriert in der Verneinung einen mythisch-mystischen Schicksalszusammenhang, doch er stirbt an der Zivilisationskrankheit Krebs. Übrigens hatte Thomas Mann in seiner Erzählung *Die Betrogene* (1953) die Motivik des *Tod in Venedig* zu ebendieser Variante fortgeschrieben. *Homo faber* gehört damit zu jenen Werken der ›Moderne‹, die den Traditionsbruch thematisieren; die Bildungstradition des Abendlandes bleibt gegenüber den Katastrophen einer modernisierten Welt stumm. Die von Marcel prophezeite »unweigerliche Wiederkehr der alten Götter« (S. 54,10–11) findet nicht statt; die Götter der Antike entlasten den Ingenieur nicht von der Schuld an seinem Schicksal: »[. . .] meine Frage, ob Juana glaubt, daß Schlangen [. . .] von Göttern gesteuert werden, beziehungweise von Dämonen. ›What's your opinion, Sir?‹« (S. 195,35–196,3)

»Es war einmal eine Zeit, da hatten Götter in der Stadt gewohnt.« Mit diesen drei Stichworten: die Zeit, die Götter, die Stadt, ist im ersten Satz schon das thematische Feld von Wolfgang Koeppens Künstlerroman *Der Tod in Rom* (1954) abgesteckt, der – mit »geistreich versteckten Bezüge[n] auf Thomas Manns *Tod in Venedig*« (Alfred Andersch, n. Schmitz) – jetzt nach den Schrecken des 20. Jh.s vom gespenstischen Wiedergängertum des Mythos in götterloser Zeit handelt. Mythologisches ist in die ›politischen Religionen‹ der totalitären Staaten eingegangen; in der Todesstadt Rom – »Heimat der Antike, Wiege des Christentums, Brutstätte des Faschismus« (Schmitz 1984, S. 177) – wird dies räumlich anschaulich. Während das kulturelle Zeitgespräch der Fünfzigerjahre von einer Restauration der abendländischen Wertegemeinschaft träumt, verwirft Koeppens Roman derartige Illusionen: Das letzte Erbe antiker Schönheit wird von dem entkommenen Nazi Gottlieb Judejahn vernichtet, während das Christentum sich in freiwillige Isolation zurückgezogen hat. Dem Künstler Siegfried Pfaffrath bleibt deshalb jetzt, nach der Zerstörung abendländischer Tradition, nur noch der Versuch, mit einer »reinen Schöpfung« (S. 539) neu zu beginnen.

Wenn Frisch wie Koeppen »mythologische Vexierspiele« (Leh-

W. Koeppens *Der Tod in Rom*

mann 1979) eines anspielungsreichen Erzählens inszenieren, wenn sie die mythologischen Vokabeln parodieren und entleeren, so zielen sie auf eine Befreiung vom Mythos als Befreiung von einer Bildungstradition, die sich im Deutschland des Dritten Reichs endgültig diskreditiert hatte; in Frischs Nachkriegsdrama *Nun singen sie wieder* (1945) wird aus dem »beste[n] Schüler« (GW II, S. 90) des Oberlehrers ein SS-Mann, Repräsentant einer lebensverachtenden ›Bildung für Mörder‹.

1.2.2. Roman der Technik

In einer Rede an der Universität Zürich evoziert Marie Theres Förgen die Fünfzigerjahre als eine »Zeit des Wiederaufbaus der Welt und der Wirtschaft, die von einer großen Euphorie über die gewaltigen technischen Fortschritte begleitet war. Ingenieuren wurde Verehrung zuteil, denn das zunehmende Wohlergehen war ihr Werk.« Für die Rednerin verkörpert ein Bruder, der einen naturwissenschaftlich-technischen Beruf wählte, exemplarisch die Konvergenz von ›Technik‹ und ›Männlichkeit‹: »Es wurde nicht nur ein begabter Physiker, sondern auch ein selbstbewusster Mann aus ihm. Denn er und alle gleich Talentierten spürten die Anerkennung, die man ihnen zollte für die Welt, die sie machten und die sie, eigentlich sie allein, im Griff hatten. ›Ich bin Techniker und gewohnt, die Dinge zu sehen, wie sie sind‹ [s. o.], liess Max Frisch 1957 den Homo faber sagen und beteuern: ›Wir leben technisch, der Mensch als Beherrscher der Natur, der Mensch als Ingenieur . . .‹ [S. 116,9–10].«

Technikkritik *Homo faber* schien sich dagegen den Kategorien einer Technikritik einzupassen, die zur Tradition der ›Moderne‹ in Deutschland gehört. Als »Schlüssel zum Glück« oder »als Fetisch des Untergangs« (Benjamin, S. 250) wurde die Technik betrachtet. Seit dem Spätexpressionismus liegt überdies dem »Technik-Bild [. . .] ein spezifisches Gesellschaftsbild zugrunde. Schon das Sozialsystem ist wie eine allgewaltige ›Mega-Maschine‹ [Mumford] ausgelegt, die Übermacht der Einzel-Maschine versinnbildlicht diesen Befund. [. . .] Autor wie Rezensenten fühlen sich schutzlos den Einwirkungen absolut unzugänglicher, weil dinghaft erstarrter sozialer Einflußgrößen ausgeliefert, ja die Gesellschaft als Ganzes hat sich zum monolithischen Riesen-Apparat verfestigt« (Segeberg, S. 431). Dieser Verdacht spiegelt freilich eine spezifisch dt. Problemlage in der theoretischen Erfassung der Modernisierung, also der industrialisierten und technisierten Welt. Um 1900 formiert sich unter dt. Intellektuellen eine Interpretationsgemeinschaft der Modernität, die von den Denkformen der dt. Bildungstradition geprägt ist. Die Modernisierung erscheint ihnen als Bruch, als Negation des kulturellen Erbes, damit als Gefahr für den Menschen. Mit tragischer Notwendigkeit vernichte sie die Werte des Humanen, die allenfalls in Gegenwelten – der Natur, dem Weiblichen, der Poesie und den Künsten – noch Zuflucht fänden.

Dieses Denkmodell der Tragödie gilt freilich in dem gleichzeitigen »Progressive Movement« in den USA keineswegs; dort erwartet man vom Fortschritt auch eine kulturelle Erneuerung (vgl. Jaeger). Durch diese Interkulturalität der Deutungsperspektiven von Modernität und Technik wird ein rechthaberisches Denken in Oppositionen Technik vs. Mythos bereits überlieferungsgeschichtlich relativiert – bis zu seinem gänzlichen Bankrott im Perspektivenspiel des *Homo faber*.

Die weitere Reflexion über die moderne Technik in Deutschland hatte sich im Schatten des Krieges vollzogen. Der Erste Weltkrieg hatte gleichsam die Nichtigkeit des Menschen, der zum ›Material‹ der Schlachten wurde, demonstriert. Ernst Jünger (1895–1998), der den ›neuen Typus‹ des technologischen Zeitalters, der »sich die Wirklichkeit im ganzen berechenbar und gefügig zu machen« strebt (Meyer, S. 514), in dem Großessay *Der Arbeiter* (1932) verkündet hatte, schildert zwanzig Jahre später in seinem Essay *Über die Linie* (1950) diesen »gehämmerten Menschen« (Bd. 7, S. 251f.), wie ihn die Materialschlachten des Ersten Weltkriegs hervorgebracht hatten, als eine gefährliche und gefährdete Maschine: »Man sieht eher Menschen auftreten, die gleich eisernen Maschinen ihren Gang nehmen, gefühllos noch dort, wo die Katastrophe sie zerbricht.« Die Technik, so behaupten Jüngers Kriegsbücher, schuf eine zweite Schöpfung; Technik ist »totalitär« und damit, wie alsbald deutlich wurde, Vorläufer und Komplize der totalitären Diktatur, schon selber »gewissermaßen ein anonymer Faschismus« (Wuthenow).

Entsprechend vielschichtig ist nach dem Zweiten Weltkrieg die Debatte. Angesichts der materiellen Erfolge und der allgemeinen Akzeptanz der Technik fürchten deren Kritiker insgeheim, trotz des Rückhalts in der kulturellen Öffentlichkeit, auf verlorenem Posten zu stehen. Frischs *Homo faber* wurde im Zusammenhang mit dieser Technikdebatte gelesen. Der Roman muss daher auch in diesem Kontext verstanden werden, der durch die Bücher eines Friedrich Georg Jünger (1898–1977) wie eines Günther Anders (1902–1992), durch den publizistischen Dialog zwischen Ernst Jünger und Martin Heidegger (1889–1976), durch die These von Charles Percy Snow (1905–1980) über die »Zwei Kulturen« der Technik- und der Geisteswissenschaften, v. a. aber durch eine Fülle meinungsbildender Beiträge in allen Medien von Öffentlichkeit geprägt ist. Frischs Roman spielt mit den Stereotypen dieses Technikdiskurses.

Exemplarisch lassen sich die zeitgenössischen Positionen an Ernst Jüngers denkerischer und schriftstellerischer Entwicklung ablesen. Der entfesselten Technik antworten in dessen Spätwerk die Wert- und Deutungsmuster der Tradition; die Zeitbeschleunigung der ›Moderne‹ findet ihre Grenze in der zeitlosen Wahrheit des Mythos. Der Technik, die Verwirklichung bedeute, doch nicht Wirklichkeit, hatte Jünger in seinen die Erwägungen aus den Fünfzigerjahren bündelnden *Adnoten zum Arbeiter* (1964) als »Ziel [. . .] Erdvergeistigung« gesetzt (Bd. 8, S. 332). Die patriarchalische Welt müsse enden, das Zeitalter des Matriarchats, der Erde und des Mythos ziehe wieder herauf. In seiner Zukunftsutopie *Gläserne Bienen* (1957) schildert Jünger den »prometheischen Ausgriff zum Unheil der Natur und zur Vereinnahmung des Menschen« (Meyer, S. 450): Ein ehemaliger Soldat bewirbt sich um die Position eines Aufsehers in den Fabriken eines zwielichtigen Erfinders, der Automaten, künstliche Repliken des Lebendigen, herstellt. Ein Park – die Replik des Paradieses in dieser Schöpfungsgeschichte – lädt ihn zum Verweilen ein; verführerisch wirkt dieses ›künstliche Paradies‹, denn es vermittelt die »Vision von einer Welt, der die Zeit als Modalität der Vergänglichkeit nichts mehr anhaben kann« (ebd., S. 455); die Technik des Erfinders hebt die natürliche Zeit der

E. Jüngers
*Gläserne
Bienen*

Schöpfung auf. Der Techniker, so erläutert Hanna dem erstaunten Faber, werde niemals dem Leben als »Gestalt in der Zeit« gerecht (S. 184,31). Freilich wird im Diskurs über die Technik diese Selbstermächtigung des Menschen als Gefährdung des Menschlichen begriffen: »Hier [. . .] war der Geist am Werke, der das freie und unberührte Menschenbild verneint« (Jünger, Bd. 15, S. 547). Bei Jünger bewirkt ein »obszöner Gegenstand« den Einbruch des Schreckens in diese Machtphantasie (ebd., S. 519), die auch den ehemaligen Soldaten berückt hatte: »Das Sumpfloch war von Schilfhalmen umgittert, durch deren Lücken ich die braune, moorige Pfütze sah. Blätter von Wasserpflanzen bildeten darauf ein Mosaik. Auf einem dieser Blätter lag der rote obszöne Gegenstand; er hob sich klar von ihm ab. Ich prüfte ihn noch einmal, aber es konnte kein Zweifel bleiben: es war ein menschliches Ohr . . .«

»Die ›Anthropomorphisierung‹ der Technik kippt unversehens«, so resümiert Martin Meyer (S. 466), um »in die ›Technisierung‹ des Organismus«. Dem entspricht Fabers Loblied auf den »Roboter« und sein Tadel des Menschen als unzulängliche »Maschine« (S. 80,19–81,22; vgl. S. 186,30–32). In Jüngers Roman freilich wirkt selbst die Erkenntnis nicht befreiend; der Rittmeister vermag sich vom Bann dieser technischen Schöpfung nicht zu lösen, wie ja auch schon seine Einsicht in diesem Bann befangen blieb: Denn auch der schockauslösende »obszöne Gegenstand« war nur die künstliche Nachbildung eines menschlichen Ohrs. Erkenntnis eröffnet keine Alternative zur Technik, sondern legt nur die Macht der Technik offen. Frischs Position in diesem ›Dialog der Werke‹ wird dagegen von einem Interesse an einer Weltdeutung durch Technik bestimmt; sie ist für ihn der exemplarische Fall der Weltverfehlung – so wie es in seinem vorhergehenden Roman *Stiller* die Kunst war.

Weltverfehlung

1.2.3. Tragödie/Komödie

Während die Rezensenten im *Homo faber* die »Tragik des technischen Daseins« (Jacobi) gestaltet fanden, will Walter Faber seine Biografie nicht als tragisches Schicksal begriffen wissen; indem er diese Deutung verneint, legt er sie jedoch nahe. Die

Schicksal

›Tragödie‹ ist eine ästhetische Kategorie der Weltdeutung; im *Homo faber* werden nicht nur weltanschauliche Probleme verhandelt, sondern auch und v. a. diese Kategorien befragt.

F. Dürrenmatt Besonders die Werkgemeinschaft mit Friedrich Dürrenmatt (1921–1990) in den späten Fünfzigerjahren zeugt von Frischs Willen zu einer solchen Überprüfung, die sich zugleich als ein ›Aufstand gegen Bertolt Brecht‹ (1898–1956) präsentiert. Im Drama ist die Abkehr von Lehrtheater und Parabel offenkundig; sie parodiert und dementiert – in Dürrenmatts *Der Besuch der alten Dame* (1956), in Frischs *Biedermann und die Brandstifter* (1958), aber auch in *Andorra* (1961) – den Schicksalsglauben der Tragödie: »Feuergefährlich ist viel«, deklamiert der Chor der Feuerwehrleute, als sich Biedermanns angeblich schicksalhafte Gastlichkeit für die Brandstifter vorbereitet: »Aber nicht alles, was feuert, ist Schicksal« (GW IV, S. 327). Brechts marxistischer Glaube an die Verstehbarkeit und Veränderbarkeit der Welt allerdings scheint für die beiden Schweizer in seinen Voraussetzungen noch gar nicht so weit entfernt von den Kausalzwängen des Schicksals, wie sie die Tragödie rekonstruiert. »Uns«, so formuliert Dürrenmatt die Bewusstseinslage in »der Wurstelei unseres Jahrhunderts, in diesem Kehraus der weißen Rasse«, »kommt nur noch die Komödie bei« (Bd. VII, S. 59), also die

Zufall Betonung jener Zufälligkeit, die vielleicht die Chance menschlicher Freiheit eröffnet. Sie seien, so insistiert er im Vortrag *Theaterprobleme* (1955), »zu kollektiv schuldig«, um sich noch zur Würde persönlicher Schuld erheben zu können: »Schuld gibt es nur noch als persönliche Leistung, als religiöse Tat« (ebd.). Damit wird die Trennung von »Zufälligkeit« und »Schicksalsgeschichte«, wie Frisch sie erläutert hat (s. o.), verwischt. In Dürrenmatts *21 Punkte[n] zu den Physikern*, seiner Komödie über das Phantasma naturwissenschaftlicher Weltbeherrschung von 1962, wird diese Trennung zum Bestandteil einer Dramaturgie des Grotesken anstelle des Tragischen; Dürrenmatts poetologische Bemerkungen (S. 193) beleuchten auch die Komposition und Thematik des *Homo faber*: »Der Zufall in einer dramatischen Handlung besteht darin, wann und wo wer zufällig wem begegnet [vgl. Frischs analoge Formulierung oben].

Je planmäßiger die Menschen vorgehen, desto wirksamer vermag sie der Zufall zu treffen.

Planmäßig vorgehende Menschen wollen ein bestimmtes Ziel erreichen. Der Zufall trifft sie dann am schlimmsten, wenn sie durch ihn das Gegenteil ihres Ziels erreichen: das, was sie befürchteten, was sie zu vermeiden suchten (z. B. Ödipus [S. 154,3]).« ›Schuld‹ löst sich – für Dürrenmatt wie für Frisch – weder im ›tragischen‹ Schicksalszwang auf noch verflüchtigt sie sich in der Beliebigkeit des ›Zufalls‹; jenseits beider Deutungsmodelle beginnt die ethische Bewährung der Schuldannahme.

Gattungsästhetisch variiert hat Dürrenmatt diese Kritik an einer Schicksalssuggestion, die von Schuld und Verantwortung entlaste, in *Das Versprechen. Requiem auf den Kriminalroman*, das sich – im selben Jahr wie Frischs Roman erschienen – als komplementär zu *Homo faber* erweist und sich wie jener aus den intensiven Werkstattgesprächen beider Autoren speist.

So wie der Detektiv die Vergangenheit enträtselt, so wird im analytischen Erzählen des *Homo faber* vergangenes Geschehen rekonstruiert; zu klären ist hier wie dort eine Frage der »Schuld«: »Was ist denn meine Schuld«, will Walter Faber wissen (s. o.). Mit Dürrenmatts Detektiv Matthäi hat er viel gemein, so bereits die scheinbare Lebenswende mit fünfzig Jahren; Matthäi soll eben einen ehrenvollen Posten im Orient erhalten, »als der Anruf kam« (Dürrenmatt, S. 433). Anders als Faber, der ja seine »Stelle in Bagdad« (S. 51,31–32) antritt und auch späterhin auf den dringlichen »last call« (S. 14,5–6) nicht reagieren zu müssen meint, nimmt Matthäi den Ruf an, der ihn aus seiner Lebensbahn werfen wird. »Ich wollte mich«, so gesteht er, »nicht mit der Welt konfrontieren, ich wollte sie wie ein Routinier zwar bewältigen, aber nicht mit ihr leiden. Ich wollte ihr gegenüber überlegen bleiben, den Kopf nicht verlieren und sie beherrschen wie ein Techniker« (Dürrenmatt, S. 505) – »Technik als Kniff [...] damit wir sie nicht erleben müssen« (S. 184,16–18). Im Typus ist Matthäi demnach Faber verwandt: »Er war ein Mann der Organisation, der den Polizei-Apparat wie einen Rechenschieber handhabte. Verheiratet war er nicht, sprach überhaupt nie von seinem Privatleben und hatte wohl auch keines. Er hatte nichts im Kopf als seinen Beruf [...]. So hartnäckig und unermüdlich er auch vorging, seine Tätigkeit schien ihn zu langweilen, bis er eben in einen Fall verwickelt

wurde, der ihn plötzlich leidenschaftlich werden ließ« (Dürrenmatt, S. 432).

Auch in dieser Konfrontation mit dem ›Anderen‹, der rätselhaf-
ten Ermordung eines Mädchens, bleibt er sich treu. Mit strenger
Logik und dennoch – wie Faber – mit »Blindheit« (ebd., S. 558)
geschlagen, rekonstruiert er eine wahrscheinliche Wiederholung
der Tat, zu der es jedoch nie kommt. Während Matthäi, in der
Falle, die er dem Mörder stellt, vergeblich wartend, nun selbst
verkommt und verzweifelt, wird der unwahrscheinliche ›Zufall‹
des Unglückstodes des Mörders auf dem Weg zur Tat aufge-
deckt. Matthäi verkennt und versäumt über ihrer »Auslegung«
die »Wirklichkeit« des Lebens (ebd., S. 549), die Chance, die sich
aus dem Zusammenleben mit der kleinen Gritli, dem ›Köder‹ in
seiner Falle, für ihn ergäbe; die Möglichkeit von Vaterschaft und
Liebe nimmt er so wenig wahr wie Faber. Matthäis Geschick ist
kein ›Schicksal‹; es spotte vielmehr, wie der Binnenerzähler erläutert, jener gängigen ästhetischen Produktionslogik, die bloß
Matthäis Logik der Weltdeutung reproduziere: »Ihr baut eure
Handlungen logisch auf; wie bei einem Schachspiel geht es zu
[. . .]. Der Wirklichkeit ist mit Logik nur zum Teil beizukommen.
[. . .] Doch in euren Romanen spielt der Zufall keine Rolle, und
wenn etwas nach Zufall aussieht, ist es gleich Schicksal und Fügung gewesen; die Wahrheit wird seit jeher von euch Schriftstel-
lern den dramaturgischen Regeln zum Fraße hingeworfen.
Schickt diese Regeln endlich zum Teufel. Ein Geschehen kann
schon deshalb nicht wie eine Rechnung aufgehen, weil wir nie
alle notwendigen Faktoren kennen, sondern nur einige wenige,
meist recht nebensächliche. Auch spielt das Zufällige, Unbere-
chenbare, Inkommensurable eine zu große Rolle. Unsere Geset-
ze fußen nur auf Wahrscheinlichkeit, auf Statistik, nicht auf
Kausalität, treffen nur im allgemeinen zu, nicht im besonderen.
Der Einzelne steht außerhalb der Berechnung« (ebd., S. 431).

Der Rechner und Schachspieler Faber scheitert ebenso wie der
Logiker Matthäi; seine Kalküle verfehlen, so muss er sich von
Hanna belehren lassen, das je konkrete Leben des Einzelnen (S.
146,28; S. 148,12–15; vgl. S. 132,6–8).

1.3. »Du sollst dir kein Bildnis machen«: Die gedeutete Welt

»[N]icht sehr verläßlich zu Haus sind/[wir] in der gedeuteten Welt«, heißt es in der ersten der *Duineser Elegien* (1912/1922) von Rainer Maria Rilke (1875–1926). Die erstrebte rationale Durchdringung und Beherrschung der Welt lasse schließlich die Menschen ihren Platz zwischen »findigen Tiere[n]« und »Engeln« einbüßen. Dass »die Maschine« die Welt entzaubere – wie es Rilkes X. Gedicht im »Zweiten Teil« der *Sonette an Orpheus* (1922) erwägt –, dass die instrumentelle Vernunft den Rang des Humanen verfehle, ist eine Leitthematik der Reflexion ›moderner‹ Literatur im Prozess der ›Modernisierung‹.

R.M. Rilke

Faber bewegt sich in einem »semiotischen Universum« (Schmitz 1978, S. 18), das sein Autor für ihn arrangiert hat. Die Einsinnigkeit der Welt ist in *Homo faber* aufgebrochen durch eine Fülle von Anspielungen. So entsteht eine »hoch artifizielle Konstruktion« und Textoberfläche (Lehmann 1979, S. 199). Rhonda Blair (1981, S. 144) hat die »vier Arten« von Frischs »Anspielungstechnik« herausgearbeitet:

Frischs Anspielungstechnik

»1. direkte, offenkundige Anspielungen; 2. direkte Anspielungen, die weniger offen sind, da sie in alltäglichen Zusammenhängen stehen oder eine Analogie aufrufen, die seltener als die erste prompte Assoziation ist; 3. verdeckte Anspielungen, die durch ein Kunstwerk, einen Traum, einen gewöhnlichen Gegenstand oder einen Ort vermittelt werden [...]; und 4. die Anspielungen durch Wortspiele, in denen die gewöhnliche Bedeutung eines Wortes oder Satzes aufgrund einer mehrsinnigen Definition oder eines besonderen Kontextes um eine zusätzliche symbolische Bedeutung ergänzt wird.«

Faber verleugnet und verdrängt diesen Bedeutungsüberschuss. Um die »Überfülle der Zeichen« überhaupt »in den Griff zu bekommen, hat [er] eine Reihe von dualistischen Erklärungsmustern entwickelt, welche die Vielfalt der Erscheinungsformen auf globale Stereotypen reduzieren« (Lubich 1990, S. 45). »TECHNIK – AMERIKA – MANN versus MYSTIK – EUROPA – FRAU, diese Oppositionensequenz konstituiert ein umfassendes Koordinatensystem von Projektionsfeldern, in welchem der umfas-

Fabers dualistische Erklärungsmuster

sende Antagonismus von Verstand und Gefühl seine beziehungs-
und gestaltungsreiche Repräsentation findet« (ebd., S. 54). Fabers Kategorisierung der Welt ist reduktiv und selektiv (Latta
1979, S. 86), ja, er »ist der Gefangene seines antithetischen Den-
kens« (ebd.). Seine Auffassungen sind dabei aus dem Reservoir
an Stereotypen rekrutiert, wie es der kulturkritische Diskurs der
Fünfzigerjahre bereithielt. Für die »Meinungsmontage« (Lubich, S. 50), die Fabers Weltbild ausmacht, hat Max Frisch dabei
die kulturkritischen Vorwürfe positiv umgepolt. Faber präsentiert sich als die Inkarnation all dessen, was als Borniertheit der
Technik abgelehnt wird. Damit ist der Zusammenbruch seines
Weltbilds vorprogrammiert, ohne dass die Gegenmeinung ins
Recht gesetzt wäre. »Frischs Roman fungiert in diesem Kontext« von Oppositionen vielmehr »als literarisches Reflexions-
medium, welches die traditionsreiche Genese dieser Auseinandersetzung rekapituliert und – im Wechselspiel der Perspektiven
– den Verschleiß der Argumente auf beiden Seiten vor Augen
führt« (ebd., S. 47). Eben um die Vorurteilsstruktur der schein-
baren Argumente geht es; Frisch hat sie einmal als »Bildnis«
bezeichnet, als vorgefertigte Auffassung, die jedes authentische
Leben unterdrückt und verhindert, und er hat diese Verfehlung
auch dem Protagonisten seines Romans angelastet: »Dieser
Mann lebt an sich vorbei, weil er einem allgemein angebotenen
Image nachläuft, das von ›Technik‹. Im Grunde ist der ›Homo
faber‹, dieser Mann, nicht ein Techniker, sondern er ist ein ver-
hinderter Mensch, der von sich selbst ein Bildnis gemacht hat,
der sich ein Bildnis hat machen lassen, das ihn verhindert, zu sich
selber zu kommen« (zit. n. Schmitz 1977, S. 16).
Subversiv für dieses starre »Bildnis« sind psychisch die Gefühle,
die Faber leugnet – »Gefühle [. . .] sind Ermüdungserscheinungen« (S. 100,6–7) – , und die Träume, die er für unsinnig erklärt.
Subversiv sind erzähltechnisch die Strategien der textuellen und
intertextuellen Kohärenzbildung, also Leitworte und Anspielungen, die ein Netz von mehrsinnigen Bezügen knüpfen, während Faber verzweifelt die Eindeutigkeit des ›Bildnisses‹ herzustellen sucht.

Fabers erster
Traum

Bereits eingangs träumt Faber einen typischen »Zahnreiztraum«
– »da mir soeben [. . .] sämtliche Zähne ausgefallen sind« (S.

16,33–34) –, den man als Kastrationstraum deuten muss. Sigmund Freud hatte diesen Typ bereits in der *Traumdeutung* (1900) etabliert (Freud II/III, S. 391f.); das Nacktheitsmotiv verweist auf die dort ebenfalls bereits vorgestellte Reihe der »typischen Nacktheitsträume« (ebd., S. 247–253). »Da dem Motiv der Nacktheit bei der Schilderung von Sabeths Tod eine Schlüsselstellung zukommt, fungiert dieser Traum erzähltechnisch als Vorausdeutung (natürlich auch wegen der Korrespondenz Zahnverlust – Blendung)« (Schmitz 1977, S. 102). Die Leitmotivreihe ›blind‹ wird also nach dem markanten Einsatz zum Romanbeginn (S. 8,3) hier verschlüsselt fortgesetzt und mündet – vielfach moduliert (u. a. S. 25,29; S. 156,15 u. 22; S. 199,9), mit weiteren Motivfeldern verwoben, wie etwa ›Sehen‹/›Filmen‹ und ›Ödipus‹ (vgl. Friedl 1992, S. 56), und auf eine Kontrastfigur wie den ›blinden Armin‹ verweisend (S. 199,1–201,9) – schließlich in Fabers Versuch der Selbstblendung (S. 209,6–9). Doch damit ist das Anspielungspotential des ersten Traums keineswegs schon erschöpft. Die »Lotterie« (S. 16,23) intoniert Fabers Sehnsucht nach dem ›Zufall‹, auch in der Beziehung zu Menschen, wie im »›Heirats- und Scheidungsparadies‹ von Las Vegas«, das hier vorerst seinem Wunsch nach einer Trennung entspricht – von seiner Geliebten Ivy, aber auch von den Gefühlsbindungen (an das Weibliche) schlechthin. Professor O., den er später als Kronzeugen des technischen Weltbildes aufrufen wird (S. 112,7), irritiert ihn hingegen durch Gefühligkeit; er sei »vollkommen sentimental«. Zudem bietet dessen »zum Initial O. verkürzter Name [. . .] sich an, als Signatur für das Programm eines in sich [im Kreis] geschlossenen Weltsystems gelesen zu werden« (Leber 1990, S. 96). Der Buchstabe O ähnelt überdies dem Zahlzeichen 0, verweist also auf die Nullität, die Nichtigkeit des geschlossenen Systems der Technologie. Und schließlich demonstriert der Traum, wie Faber selbst keine in sich abgeschlossene Existenz zukommt, dass er vielmehr »keineswegs für sich allein zu bestehen vermag. Dabei muß ihm, dem schon die natürliche Partnerbeziehung zwischen Mann und Frau als blamable Schwäche gilt, die Zweisamkeit, auf die er sich im Traum hingewiesen sieht, als doppelt blamabel erscheinen« (ebd., S. 97), ist er doch »mit dem Düsseldorfer verheiratet« (S.

16,30–31), der ihm zuvor »auf die Nerven ging« (S. 11,5–6), sodass aus einer leidigen Zufallsbekanntschaft Bindung entsteht. Herbert aber, immerhin noch ein Garant der Männerwelt, wird sich als Führer zu Hanna, also wiederum dem Weiblichen, erweisen.

Sprache des Unbewussten Krasser noch setzt sich die Sprache des Unbewussten durch, wenn bei der Maschinenraumbesichtigung Fabers Redestrategie der Enterotisierung sich in technologisch sterilen Metaphern ergeht – »wie das Steuerrad meines Studebakers« sei Sabeths Hüfte, »nichts Aufreizendes« (S. 94,13–14 u. 18–19) –, um diese dann derart massiv phallisch aufzuladen (S. 94,25–27), dass sie schließlich eine erste Szene des ›Schreckens‹ für die Frau auslöst: »ihre Augen starrten« (S. 95,3–4; S. 167,20).

poetische Vokabeln Seit 1939 schon werden in Frischs Texten ›poetische Vokabeln‹ eingeführt, Kurzchiffren für Sinnzusammenhänge, »deren Geltung durch eine ausdrückliche Konvention vereinbart wurde«. Zumeist stammen sie aus dem Vorrat literarischer Konventionen, den Frischs Quellen anbieten, und mögen deshalb manchem Leser ›natürlich‹ und selbstverständlich, anderen jedoch sogar ›kitschig‹ vorkommen (Schmitz 1983, S. 128). So steht das Auto ›Auto‹ für die soziale Identität auf der ›Lebensreise‹, verwandt dem ›Lebensschiff‹ (S. 53,15): »Was machst du ohne einen Wagen«, fragt Faber (S. 183,28; vgl. Helmetag u. Link/Reinecke); Wüste so ist die ›Wüste‹ – oder, wie es in Frischs Drama *Graf Öderland* (1951), neu bearbeitet 1955/56, im Entstehungskontext des *Homo faber*, heißt: das ›öde Land‹ – eine Chiffre für ›Lebens- Insel leere‹ (Schmitz 1985, S. 129), während die Insel – ob ›Santorin‹ wie in *Graf Öderland* oder ›Cuba‹ wie in *Homo faber* – den ›Ort des wirklichen Lebens‹ bedeutet; sobald sich Frischs Figuren Meer aber dem ›Meer‹ annähern, öffnet sich ihnen ›die Weite alles Himmelskörper Möglichen‹. Auch die Himmelskörper werden als solche ›poetischen Vokabeln‹ genutzt. Das Hochzeitslied der Komödie *Don Juan oder Die Liebe zur Geometrie* (1953) definiert die Rollen, die dann bei der ›Hochzeitsnacht‹ Fabers und Sabeths in Avignon in eine kosmische Konstellation (S. 134,28–32) eingehen: »Die Gestirne und die Schicksale der Menschen liegen während der Mondfinsternis auf einer unsichtbaren Geraden« (Schmitz

1983, S. 226). Der »Mond dieser Nacht« steht – laut jenem Lied – für den Bräutigam; intensiv präsent ist er in dieser Nacht während einer »Mondfinsternis«: »[. . .] nicht als leuchtende Scheibe, wie sonst, sondern deutlich als Kugel, als Ball, als *Körper*, als Gestirn, eine ungeheure Masse im leeren All, orange« (Hervorhebung: W. S.).

Sabeth hatte, sonnengleich, Fabers »Existenz ins warme Licht des Lebendigen« (ebd.) gesetzt; »Hanna, die mit den Mächten der Erde als Archäologin verbunden ist, verkörpert als Mutter das tellurische Element [. . .]. Der Schatten der Erde auf dem Mond ist Hannas Todes-Zeichen« (Schuhmacher 1979, S. 74). So kommentieren die Himmelszeichen die ›Liebesnacht‹ von Faber und Sabeth als bloße ›Konstellation‹ von Körpern, die gesetzmäßig eine Verfinsterung des Daseins bewirkt; es ist keine Vereinigung in liebender ›Erkenntnis‹ – »Nacht macht uns eins, Gesicht gibt es keins«, hatte schon das Hochzeitslied im *Don Juan* (GW III, S. 105) diese ›Blindheit‹ des Geschlechts benannt. Eine komplementäre Konstellation – hier zwischen den antiken Kunstwerken *Geburt der Venus* und *Schlafende Erinnye* (S. 120,22) – setzt dieses ›Spiel‹ mit dem ›Licht‹ der Erkenntnis (S. 121,8–12), das freilich nur Fabers verfehltes Leben beleuchtet, fort. Wenn Sabeth sich der *Venus*, also der Göttin der Liebe, annähert, entsteht sogleich wieder ein »Schatten«, der nun freilich auch die Rachegöttin »geradezu wild« erscheinen lässt, eine Vorausdeutung also auf die Todes-Wahrheit dieser ›Liebe‹.

Die Erinnyen hatten sich längst angekündigt. Sie werden in der Antike immer wieder mit »dem Hund, einem chthonischen Tier [. . .] in Verbindung« gebracht (Blair 1981, S. 153). Schon seine erste Geliebte war Faber »wie eine Hündin« (S. 107,33) vorgekommen, während die Mathematik ihrem Mann antithetisch vorbehalten bleibt (S. 107,29). Bereits in Paris jagen ihn und Sabeth die ›Autos‹ wie eine Hundemeute; daran erinnert ihn der ›Todesbote‹ Professor O. Als schließlich Faber, mitten zwischen antiken Gräbern, Sabeths Kopf »mit beiden Händen« hält »wie [. . .] beispielsweise den Kopf eines Hundes – sie schloß wieder die Augen, wie ein Hund, wenn man ihn so festhält« (S. 130,4–15), dann diese Geste mit Hanna wiederholt (S. 167,8–9), wiederholt sich auch die Erweckung der Erinnye: »Sabeths Kopf, mit geschlossenen Augen wie bei einem Hund, ähnelt dem *Kopf der schlafenden Erinnye*; Hanna mit ihren weit offenen Augen ist wie die erwachte Skulptur ›geradezu wild‹« (Blair 1981, S. 153).

Auf Fabers Weg nach Griechenland kumulieren die mythologischen Zeichen: Verkoppelt schon der Name des Autos, dessen sinnloses Kreisen Faber die Sinnlosigkeit seiner technischen Existenz demonstriert, das griech. Alphabet mit der Liebestragödie – »Alfa Romeo« (S. 133,16) –, so verrät die Gabe der »Omega-Uhr« (S. 140,10) – also ein Tausch von ›Zeit‹ gegen ein letztes Hilfsmittel der technischen Lebens-Rolle, ein klappriges Last-›Auto‹ – , dass jetzt die letzte Stunde schlägt. Das Vehikel der technischen Welt, ein ›Ford‹ (S. 171,14), hatte den Techniker zuvor im Stich gelassen. Fabers letzter, geliehener Wagen – ein »Opel-Olympia« (S. 173,6) – lenkt die Erinnerungsreise dann vollends in die Gegenwelt des Mythos.

Verweise auf den Mythos Gerade die vielfältigen Verweise auf die antike, durch Kunstwerke vermittelte Mythologie konstituieren ein »Gegenmodell der ›Vieldeutigkeit‹« (Kranzbühler, S. 215), das die von Faber ersehnte eindeutige Lebenswahrnehmung subversiv auflöst; sie schlagen als biografisches Muster jene ›schicksalhafte‹ Notwendigkeit vor, die Faber so hartnäckig bestreitet (S. 23,10); sie suggerieren ›Rache‹ und die Wiederherstellung einer verletzten Daseinsordnung durch die tragische Sühne des Frevels.

Die Mythenprojektionen profilieren indessen jeweils nur Teilaspekte des Geschehens; sie deuten es:

– als Herausforderung der Ratio, deren ›blinde‹ Verirrung im Inzest und die Sühne durch Blendung: Faber als neuer ›Ödipus‹ (S. 154,3);

– als Entführung ins Totenreich: Faber als ›Hades‹, Hanna als ›Demeter‹ und Sabeth als ›die Kore‹ (vgl. Blair 1981, S. 146–159; S. 168,11);

– als Mortifizierung des Weiblichen: Faber und Sabeth als ›Apollon und Daphne‹ (vgl. Erl. zu S. 167,35);

– als Rache der Mutter: Hanna und Faber in der mythischen Rolle von Klytämnestra und dem heimkehrenden Agamemnon (S. 148,2);

– als Initiation in die tragische Einheit von Tod und Leben: Hermes, Dionysos und die Eleusinischen Mysterien als Botschaft an Faber (S. 137,6);

– als Heimkehr zur Mutter: die Zuflucht bei Hestia (S. 215,4).

Insgesamt thematisieren die Mythen Unterdrückung und Gegenwehr der Weiblichkeit, die in Fabers Weltprojektion nur als Objekt und als das ›Andere‹ der herrschenden Ordnung vorkommt; sie verhelfen ihr zur Stimme. Ihr bleibe sonst, so macht Hanna die Bedeutung des monoperspektivischen Erzählens für eine Sozialgeschichte der Frau bewusst, »nur eine Sprache, die ihr immer unrecht gibt« (S. 152,7–8). Doch auch die ›Stimme‹ des Mythos ist nur geliehen. Denn keiner dieser Mythen umfasst das Ganze des Geschehens, jeder ist unzulänglich. Sie belegen, dass Hanna – in der Opferrolle – selbst die Chance authentischer Existenz entwendet wurde, während Faber – der Täter – diese Chance freiwillig preisgab; deshalb beherrscht er die ›Sprache‹ – und damit die Welt – ebenso wenig. In der Erstrezeption hat Geno Hartlaub auf diesen Aspekt zumindest hingewiesen: »Die mechanischen Kräfte der Wissenschaft, denen er vertraute, sind von den ebenso seelenlosen Mächten der antiken Rachegöttinnen abgelöst worden.«

Die mythologischen Anspielungen etablieren einmal, wenn man sie als ›automatisches Schreiben‹ des Erzählers Faber deutet, ein »mythologische[s] Kontrastmodell als ›Bildnis‹, [. . .] im Unterbewußtsein Fabers [. . .] festgeschrieben« (Kranzbühler, S. 216). Bereits Freuds Psychoanalyse hatte ja den Mythos als Sprache des Unterbewussten etabliert.

Doch festgeschrieben sind diese Mechanismen der Bedeutungsprojektion überdies »in der Tiefenstruktur des Romans« (ebd.). Die erzählte Welt ist so arrangiert, dass sie immer wieder in bedeutungsvolle ›Bilder‹ mündet, oft von jener passenden Lakonie, die in Frischs vorhergehendem Roman einmal für »üble Gags« (GW III, S. 712) reserviert worden war. Fabers Name wird in bedeutungsvollem Spott von Hanna in ›Homo Faber‹ umgemünzt; doch auch sein Vorname ›Walter‹ ist sprechend, verweist auf das ›Walten‹ des Welten-Schöpfers und die allmächtige ›Verwaltung‹ in der ›modernen‹ Welt zugleich; Hannas Name ›Lands-Berg‹ plaudert aus, dass sie das tellurische, erdbezogene Prinzip zu verkörpern hat. Ja, Faber kann keinen Zug benutzen

Fabers Name

Hannas Name

ohne aufdringliche Anspielung auf seine Existenz – als moderner »Schwyzzer« (S. 9,34) oder alternativ als neuer blinder ›Ödipus‹: Der Zug heißt »*Helvetia-Expreß* oder *Schauinsland-Expreß*« (S. 208,10). Die Tragödie seiner Liebe ist präsent, wenn er sich eine Zigarre anzündet: Sie heißt »*Romeo y Julieta*« (S. 189,15).

Zum ersten Mal wird dieses hyperironische Verfahren angewandt, um es selbst in den Romantext effektvoll einzuführen:

Super-Constellation

Faber benutzt für seinen ersten Flug das damals hochmoderne Flugzeug mit dem – doppelsinnigen – Namen »Super-Constellation« und fast schon marktschreierisch ließe sich nach allen ›üblen Gags‹ seine Ankündigung lesen: »Mein letzter Flug! Wieder eine Super-Constellation« (S. 211,19–20). Bedeutungsschwere »Über-Konstellationen« (Schuhmacher, S. 66) herzustellen ist die Erzählstrategie des Romans *Homo faber*.

Struktur-Kreuze

Sie bewährt sich auch bei dem letzten Flug. Fabers Reisen sind von ›Kreuzen‹ gesäumt, doppelsinnige Zeichen einer ›Passion‹, der ›Liebe‹ wie des ›Leides‹ – und schließlich des ›Todes‹. Bereits die Flugzeugpanne wird vom »starre[n] Kreuz eines stehenden Propellers« (S. 19,28–29) angekündigt; der Dschungelwirt heißt »Lacroix« (S. 40,17); Faber will das unbekannte Mädchen ›erraten‹ wie ein »Kreuzworträtsel« (S. 75,27), eine Passion, die bereits im *Stiller* nicht auf die ›Erkenntnis‹ in Liebe, sondern auf den Tod der Partnerin hinauslief (GW III, S. 458); der Biss der ›Schlange‹ (seit dem biblischen Schöpfungsbericht Agentin der ›Erkenntnis‹) müsse, so meint Faber, von einer »Kreuzotter« stammen: »Wieso keine Kreuzotter?« fragt er irritiert (S. 138,1). Das letzte dieser »Strukturkreuze« ist, während des bedeutungsvoll angekündigten Fluges mit der Super-Constellation, jenes »Gipfelkreuz der Erkenntnis« (van Praag, S. 38; S. 213,10), das deren ›Licht‹ endgültig dem ›Tod‹ zuordnet (S. 213,11–13). Ambivalent ist deshalb auch das Lebensdelirium des todgeweihten Faber: »Auf der Welt sein: im Licht sein. Irgendwo [. . .] Esel treiben, unser Beruf!« (S. 216,6–7) Zitiert wird hier noch einmal die neuromantische Emphase des ›wirklichen Lebens‹, die Max Frisch in seinen früheren Werken noch ungebrochen moduliert hatte; in seinem Spätwerk *Montauk* wird er diese Passage noch einmal wiederholen und dazu lakonisch notieren: »Leben im Zitat« (GW VI, S. 685).

1.4. Wiedergeburt im Totenreich

Mythos und Technik sind im *Homo faber* keine Gegensätze; sie sind komplementäre ›Bildnisse‹ der Weltauslegung. So wie Faber nicht als handelnder, sondern nur als räsonierender Techniker gezeigt wird, so bewegt sich auch Hanna nicht im Ritual mythischen Daseins, sondern ›kleistert‹ nur ›die Vergangenheit zusammen‹ (S. 151,10–11). Sie repräsentiert die zu Fabers technischer Bewältigung der ›Welt‹ komplementäre Seite der ›Moderne‹, die wissenschaftliche Reflexion des ›Sinns‹. Beides mündet in Todesgeschichten; bietet der Mythos bei Sabeths wie bei Fabers Tod die Auslegung als Strafe der Götter, so erscheinen die Todesursachen – Sabeths »compressio cerebri« (S. 174,5) und Fabers Magenkrebs (S. 215,24) – im Auslegungssystem ›Technik‹ als Metaphern einer ›krankhaft‹ rationalen Zivilisation. Nicht erreicht wird von diesen Auslegungen der Körper, das stumme Faktum des Todes selbst. So kommentiert eine letzte Anspielung den ›Hunger nach dem Mythos‹ (Ziolkowski) und nach der ›Tragödie‹; es ist alles nur noch »Dionysos-*Theater*« (S. 142,30–31; Hervorhebung: W. S.).

Der ›Mythos‹ könnte den Zusammenhang aller zufälligen Ereignisse erklären; er würde sie in ein Sinnsystem ordnen. Den Schicksals-›Dämonen‹, die dies bewirken könnten, entspricht der Maxwell'sche Dämon, der Ordnung und Information herstellt, indem er eine Struktur der Differenz bildet. Doch dies gelingt nur in einem Gedankenexperiment, während die Realität weiterhin von jenem Konzept beherrscht bleibt, das Frisch bereits in *Die Chinesische Mauer* (1947) erkundet hatte: der Entropie (S. 80,12). Ebenso ist die mythische Auslegung in der ›Moderne‹ lediglich ein Gedankenexperiment mit einer kontingenten Wirklichkeit.

Maxwell'scher Dämon

Der sog. Entropiesatz, der zweite Hauptsatz der Thermodynamik, hält fest, wie jede Bewegung auf einen Zustand der Gleichverteilung, des Ausgleichs von Differenzen, hinausläuft und somit zum Stillstand kommt; er prognostiziert den »Wärme-Tod der Welt, [. . .]: das Endlose ohne Veränderung, das Ereignislose« (GW II, S. 163). Damit wird er, im erzählerischen Kalkül des *Homo faber*, zur Metapher für die Bewegungsfiguren dieses *Berichts* als einer Bewegung zum Tode.

Fabers Reisen sind deshalb nur Metaphern des Stillstands. Dass »Reisen [. . .] ein Atavismus« (S. 112,20–21) sei, bestätigt sich aus der Sicht der Technik wie des Mythos; sie sind kein Aufbruch ins Neue, sondern was immer dem Reisenden widerfährt, war vorab schon fixiert. »Die gesamte Handlung des *Homo faber* ergibt sich« zwar »aus Reisen, und alle Hauptpersonen sind Reisende; und einen großen Teil ihrer Vergangenheit machen Reisen aus«, doch sind diese Reisen allenfalls »Übergangsrituale« (Blair 1981, S. 146) zu einer starren Struktur der Selbst-Wiederholung. Die erste ›Reise‹ schließt Fabers ›Lebensreise‹ zum Kreis; die zweite wiederholt, verkürzt, die erste: Nicht der ›Fortschritt‹ in die Zukunft, sondern jene sich verengenden Zirkel der Spirale bilden also ein Lebensmuster, wie es Faber einmal gedankenverloren nachzeichnet (S. 210,26–28); passender Gesprächspartner dabei ist Professor O., Bote der Technik wie des Todes, Vorlage ist eine »versteinerte Schnecke«, Sinnbild der Verlangsamung bis zum Stillstand des Todes.

»Was geschieht, steht unter dem Horizont des Erwartbaren, dessen Formel lautet: ›wie üblich‹« (Schmitz 1983, S. 210). Faber
wiederholt sie hartnäckig. Doch das »›Übliche‹ wird vom ›Plötzlichen‹ unterbrochen und zerschlagen« (Pütz 1979, S. 134). »Plötzlich« auf jenem ersten Flug mit der Super-Constellation, nachdem man die Notlandung »wie üblich« eingeleitet hatte, »war unser Fahrgestell neuerdings ausgeschwenkt [. . .], im letzten Augenblick verlor ich die Nerven [. . .], Sturz vornüber in die Bewußtlosigkeit« (S. 22,3–10). So wie der Zufall, den Faber zu seiner Entschuldigung immer wieder anführt, eben keinen Gegensatz zur Normalität, sondern nur eine Variation des Erwartbaren bedeuten soll, so geraten das ›Übliche‹ und das ›Plötzliche‹ im Erzählprozess in eine unauffällige Äquivalenz: »Das Plötzliche steht dem Üblichen nicht als abgetrennte Sphäre gegenüber, sondern durchdringt dieses« (Pütz 1979, S. 136). Die Alternativen sind scheinhaft; Faber verharrt im geschlossenen System einer von ›Bildnissen‹ gesteuerten Weltwahrnehmung; was der Protagonist dabei abwehrt, kehrt im Textsystem übersteigert wieder, als ›Super-Konstellation‹ und ›übler Gag‹.

So beginnt auch mit jenem ›Sturz‹ keineswegs das ›Andere‹ in Fabers Leben, sondern lediglich die erzählerische Inszenierung jenes trügerischen Wechselspiels der Antithesen. Der Ort des Scheiterns, die Sierra Madre Oriental – die ›Wüste‹ der ›östlichen Mutter‹, Symbolort des Paares Faber/Hanna –, initiiert die Entwicklung jenes zweideutigen Subtextes der ›Weiblichkeit‹, der – mythischen – Bedeutungsfülle. Denn mit einem in Frischs Werk elementaren Erzählmuster vom Einbruch des ›Schreckens‹, der alle bisherige Routine zerschlägt, signalisiert dieses Motiv hier die Chance zu einem Neubeginn des Lebens, doch Faber verpasst gleichsam seine ›Wiedergeburt‹. Statt das »[G]ewesen sein« (S. 216,12) und damit die ›Geschichte‹ anzuerkennen und zum ›Vater‹ zu werden, reproduziert er sein Lebensmuster und verfällt der tödlichen ›Wiederholung‹. Darin erweist er sich als Figuration jenes ›Verführers‹, der nie zum ›Vater‹ werden kann, wie Frischs Werk von *Santa Cruz* (1946) bis zu *Don Juan* (1953) und *Stiller* (1954) immer wieder bekräftigt. Sören Kierkegaard (1813–1855), dessen Studie *Tagebuch des Verführers* (1843) Frisch beeindruckt hatte, schildert die ›Verführung‹ als den Wiederholungszwang einer ›ästhetischen Existenz‹, die zur ethischen Selbstannahme, zur Annahme von Zeitlichkeit, Schuld und Tod unfähig bleibt. Verführt freilich ist auch der Verführer selbst; denn der Techniker verfällt dem ›Bildnis von Technik‹, weil es ihm Schutz vor der Zeit und damit dem ›Altern‹ und ›Tod‹ verspricht, ohne zu begreifen, dass er damit schon das Prinzip des Tödlichen selbst gewählt hat.

Zwar drängen die Metaphern deshalb Faber, »ein neues Leben zu beginnen« (S. 69,19); in »Fötus«-Haltung (S. 160,33) nach der Katastrophe sucht er offenbar den Zustand vor aller Schuld des Lebens; »schmierig wie Neugeborene« (S. 74,30) sind die Dschungel-Reisenden; in Paris zeigt er sich »hutlos wie ein Jüngling« (S. 109,13). Doch bereits die Konstellation Venus/Erinnye im Museo Nazionale ordnet das Phantasma von ›Geburt‹ und ›Liebe‹ dem Gegenpol des ›Todes‹ zu. »[S]cheußlich wie eine Leiche« (S. 11,25) sieht Faber schon zu Beginn im Spiegel aus (darin dem Protagonisten von Dürrenmatts *Das Versprechen* ähnlich, der sich »gespenstisch« vorkommt, »wie ein Wiederauferstandener« [Dürrenmatt IV, S. 491]); in einer Serie von drei Spiegelbildern durchzieht dieser Befund den Text, über das »Ahnenbild«, das im Pariser Restaurant schon alles Künftige als Ver-

Einbruch des Schreckens

Verführung als Wiederholungszwang

verfehlte Wiedergeburt

gangenheit ahnen lässt, bis ihm im Athener Krankenhaus aus dem Spiegel ein »Totenschädel«, »die Maske eines ›weibischen‹ alten Indio, entgegenblickt« (Schmitz 1983, S. 213). Seine Reise führt durch Totenwelten, ›Ruinen‹ der Mayas, der Römer, der Griechen; doch auch die Zukunftsstadt Manhattan gemahnt an ein Gräberfeld (S. 176,32). »Meine Zeit war abgelaufen«, gesteht sich Faber ein (S. 147,21).

Todes-Prinzip der Wiederholung

Die ›Zeit‹ hatte ihm keine ›Wandlung‹, keinen neuen Anfang, gebracht. Wenn bei den ›Indios‹ »alle zweiundfünfzig Jahre einfach ein neues Zeitalter« (S. 47,8–9) beginnen konnte, damit zugleich aber ein Zyklus der Wiederholung etabliert war, so erreicht der fünfzigjährige, noch immer »fortschrittlich[e]« Ingenieur (S. 144,35) nicht einmal diese Schwelle. Er bleibt sich gleich. Deshalb verändern sich auch ›Bilder‹, wie sie im Rhythmus von Vorausdeutung und Erfüllung den *Bericht* strukturieren, nicht, sondern werden lediglich deutlicher, lassen im ›Schrecken‹ offenbar werden, was zunächst noch verhüllt blieb: »Nur vierundzwanzig Stunden später: derselbe Strand, dieselbe Brandung, [. . .] dieselbe Sonne, derselbe Wind im Ginster – nur daß es nicht Sabeth ist, die neben mir steht, sondern Hanna, ihre Mutter. [. . .] Es war furchtbar« (169,21–29).

Zuletzt sind alle ›Bilder‹ in tödlicher Kenntlichkeit erstarrt, als Sinnbilder eines versäumten Lebens; das Todes-Prinzip der ›Wiederholung‹ des Immergleichen hat sich durchgesetzt. Fabers Schreiben selbst war eine solche wiederholende Simulation von ›Leben‹, ähnlich seinen Filmen. Es hat ihn zur ›Erkenntnis‹ geführt, ohne ihn zu ›erlösen‹. Die Schreib-Maschine ›Hermes Baby‹ geleitet den Techniker ins Totenreich. Frischs Poetologie begreift ›Schreiben‹ als todverfallene Re-Produktion von ›Bildnissen‹ und damit als Medium der ›Schuld‹, aber auch des Selbstgerichts: »[A]lle Zeugnisse von mir wie Berichte, Briefe, Ringheftchen, sollen vernichtet werden, es stimmt nichts« – so lautet Fabers »Verfügung für Todesfall« (S. 216,4–6). Mit dem Ende der Beschreibung endet der Schuldzusammenhang von Fabers Leben – ohne versöhnlichen Ausblick.

1.5. Versäumte Zeit – verratene Geschichte

›Wiederholung‹ ist auch die Signatur des Zeitalters in Frischs *Homo faber*, einem Nachkriegsroman aus der Ära der Restauration. Erst spät hob Frisch, gegenüber Volker Schlöndorff (S. 22), die kritische Zeittypik seines Romans hervor. Fabers Biografie verklammert Vor- und Nachkriegszeit, und die Wiederholungsstruktur dieser Biografie belegt, dass die Vergangenheit nicht vergangen ist und dass die Chance eines neuen Anfangs echter ›Geschichte‹ ›nach der Katastrophe‹ verspielt wurde. Das Thema der versäumten Geschichte profiliert sich angesichts einer Fülle zeitgeschichtlicher Anspielungen, die den Text durchziehen. So wie Thomas Manns und Wolfgang Koeppens Referenztexte sich jeweils mit der Zeitgeschichte auseinander gesetzt haben, so präsentiert *Homo faber* sich prägnant als Roman der Nachkriegszeit. Die Ursachen der ›Katastrophe‹ (wie sie Frischs »Farce« *Die Chinesische Mauer*, 1946 entstanden, wiederum im Entstehungskontext des Romans, 1955, neu bearbeitet, analysiert hatte) bleiben gegenwärtig; sie sind Sedimente des Verdrängten.

zeitgeschichtlicher Hintergrund

Mit »Rücksicht auf unsere persönlichen Umstände, ganz abgesehen von der politischen Weltlage« hatte sich Faber der Vaterschaft verweigert (S. 113,32–114,1); dass eine derartige Rücksicht auf ›die politische Weltlage‹ auf eine Billigung dieser Lage hinausläuft, bleibt ihm unbewusst. Wie für Herbert gilt für ihn: »[W]as man aus der Welt berichtet, interessiert ihn überhaupt nicht« (S. 181,12–13). Hannas Lebensbericht hingegen konfrontiert ihn mit erlebter und erlittener Zeitgeschichte und »Sabeth redete«, ›persönliche Umstände‹ und ›politische Weltlage‹ vermischend, »von ihrem Papa, von Scheidung, von Krieg, von Mama, von Emigration, von Hitler, von Rußland« (S. 131,22–23). Verdrängt in Fabers *Bericht*, obschon angesprochen, sind Antisemitismus, Rassismus und Kolonialismus, die Mitschuld der ›unschuldigen‹ Schweizer an der dt. Schuld, der ›heiße‹ und der ›Kalte Krieg‹ mit der Konsequenz einer Bedrohung allen Lebens auf der Erde.

Sogleich das erste Gespräch mit Herbert verknüpft Kriegsnostalgie mit fortwirkendem Rassismus der Nationalsozialisten

Rassismus

(S. 10, 6–8); Fabers Aufgabe wird – in dieser Kontinuität – als *»technische Hilfe für unterentwickelte Völker«* (S. 10,34) formuliert; zum alltäglichen Rassismus in den USA der Fünfziger-

Kolonialismus   jahre gehört auch die Rassentrennung (vgl. S. 13,2–3); im kolonialen Diskurs – der verächtlichen Rede von »diese[n] Indios«, einem »weibische[n] Volk« (S. 41,10–11), dann aber der Angst der Investoren vor einer »Revolte der Eingeborenen« (S. 41,5–6; S. 44,2) und der Komplementärangst vor dem »Untergang der weißen Rasse« (S. 54,5–6) – wird diese Thematik fortgeschrie-

Antisemitismus   ben. Sie verweist zurück auf die »Rassengesetze« (S. 49,17), von denen sich Faber distanziert – »kein Antisemit, glaube ich« (S. 50,31–32) –, aber mit der ihm gewöhnlichen affirmativen Verneinung, die von Hanna offen gelegt wird: »Ich heirate ja bloß, um zu beweisen, daß ich kein Antisemit sei« (S. 61,18–19). Dass sein Kind von einer jüdischen Mutter nicht zur Welt kommen sollte, ist für Faber, den Zeitzeugen der nationalsozialistischen ›Ausrottungs‹-Politik, dennoch »kein Anlaß zu Gewissensbis-sen« (S. 115,4–5); und wenn er sich gegen den »Unfug der staat-lichen Geburtenförderung in faschistischen Ländern [. . .] Frage des Lebensraums« (S. 115,13–15) verwahrt, so greift er dabei auf die Sprache des Nationalsozialismus (›Volk ohne Raum‹) zu-rück, die schon 1935 dem ›unpolitischen‹ jungen Frisch in sei-nem *Kleinen Tagebuch einer deutschen Reise* (zu seiner jüdi-schen Verlobten in Berlin) doch wie eine Bedrohung für den »Urklang« »deutsche[r] Klänge« vorkommen wollte; auch der-artiger Komplizenschaft der Rede wird an der Vertretungsfigur des bornierten ›Homo Faber‹ der Prozess gemacht.

Die Determinanten für Hannas verfehltes Leben bündeln die Verfolgungsstrategien des Antisemitismus, des Antifeminismus und des Antikommunismus, die Faber – unbewusst, halbbe-wusst – billigt: Sie ist die ›Andere‹, Frau, Jüdin, Kommunistin und »Proletarierin der Schöpfung« (S. 152,23). Fabers Anti-thesendenken spiegelt sich im Blockdenken des Kalten Krieges, mit »Schauergeschichten vom Iwan« (S. 44,5). »Herr Piper«, so räsoniert Faber in populärer Manier, »interessierte mich schon gar nicht, ein Mann, der aus Überzeugung in Ostdeutschland lebt« (S. 122,11–12) – wie übrigens, bis zu seinem Tod, Bertolt Brecht, den Frisch 1948 in Zürich schätzen gelernt hatte. Die

Vorbehalte gegen den Stalinismus werden hingegen in Hannas Entschluss, sich von Piper im »Juni 1953« zu trennen (S. 156,8), offenkundig. Ihr kommen beide ›kalten Krieger‹, Piper wie Faber, »stockblind« vor (S. 156,22). Faber selbst ahnt, dass ihn die Neutralität als »Schwyzzer« nicht zu entschuldigen vermag; so wie in den Dreißigerjahren, »als die jüdischen Pässe annulliert wurden« (S. 60,25), die Lage der Emigrantin Hanna in der vom Rüstungsgeschäft profitierenden Schweiz schwierig wurde, so stellt sich die Schweiz auch im Kalten Krieg auf die Seite der ›guten Geschäfte‹ des Neokolonialismus: »Dabei lebe ich von ihrem Geld« (S. 190,26).

Auf Kuba verwandelt sich der ressentimentgeladene Faber in einen sentimentalen Herrenmenschen. Die »Neger-Spanierin« (S. 187,21), die er nun begehrt, ist – in der Technik von ›Bild‹ und ›Gegenbild‹ – jener halb verachteten, halb gefürchteten Negerin mit dem »Riesenmaul« (S. 11,34–35), der Zeugin seines ersten Schwächeanfalls, zugeordnet; noch immer verfügt er über jene Gestik der Besitzergreifung, die Menschen wie Hunde fasst (S. 190,36); noch immer tritt er über Geld mit diesen ›Anderen‹ – ›fremden Tieren‹ (S. 193,10–11) – in Beziehung; dass sie ihn »immer für einen Amerikaner halten, bloß weil ich ein Weißer bin« (S. 187,27–28), zeugt von ihrer nüchternen Einschätzung einer Realität, die Faber verleugnen möchte. Er spielt jetzt die Phantasmagorie eines wirklichen Lebens in Liebe nach: »Alles wie im Traum« (S. 187,33); doch so, wie es, trotz der Simulation Sabeths im Film, ihren Körper »nicht mehr gibt« (S. 205,16), so wird Faber, trotz der Simulation von Leben auf Kuba, dort auch von seinem Körper verlassen.

Walter Faber ist der schweizer. Repräsentant der Fünfzigerjahre, weil er Geschichte, Wirklichkeit und Schuld nicht angenommen, sondern in einem aggressiven ›Bildnis‹-System von Deutung und Verfälschung verdrängt hat; so zerstört er sein Leben und – wie der Tod seines Kindes zeigt – die Zukunft des Lebens.

sentimentaler
Herrenmensch

2. Entstehungs- und Textgeschichte

Werkbiografie und Biografie überlagern sich in der Entstehungsgeschichte von Frischs *Homo faber*. Die erlebten Anlässe liegen weit zurück.

Vorbild der Hanna »Die jüdische Braut aus Berlin (zur Hitler-Zeit)«, so hebt eine ›Memoiren‹-Passage in Frischs autobiografischer Erzählung *Montauk* (GW VI, S. 727) an, »heißt nicht HANNA, sondern Käte, und sie gleichen sich überhaupt nicht, das Mädchen in meiner Lebensgeschichte und die Figur in einem Roman, den er geschrieben hat. Gemeinsam haben sie nur die historische Situation und in dieser Situation einen jungen Mann, der später über sein Verhalten nicht ins klare kommt.« Im Frühjahr 1934 hatte der Student der Germanistik und angehende ›Dichter‹ Max

Käte Rubensohn Frisch eine Kommilitonin aus Deutschland kennen gelernt: Käte Rubensohn, 1914 in Hildesheim geboren, entstammt einer bürgerlich-intellektuellen Familie jüdischer Herkunft, die bis zuletzt nicht wahrhaben wollte, dass man sie eines Tages nicht mehr als Deutsche akzeptieren würde. Der Vater war Altphilologe und Archäologe, grub in Paros und auf Elephantine, hatte bis 1915 das Roemer- und Pelizaeus-Museum in Hildesheim geleitet, danach als Gymnasialprofessor in Berlin unterrichtet. Käte, der als Jüdin die dt. Universitäten versperrt waren, konnte dank ihres Onkels, des berühmten Ägyptologen Ludwig Borchardt (1863–1938), in Zürich Germanistik studieren. Sie war vier Jahre lang Frischs Lebensgefährtin. Da sie oft in Berlin weilte – die Eltern emigrierten erst 1939 –, entstand ein umfangreicher Briefwechsel. Rückblickend sagt sie: »Sein Interesse damals galt den rein menschlichen Problemen und der Natur. Einmal hat er mich gefragt, warum ich denn in Zürich studiere, wo ich doch in Berlin gewohnt habe. Ich sei als Jüdin emigriert. Darauf hat er gar nichts geantwortet. Später war er sehr überrascht und es hat ihn beschäftigt, daß er mir damals nichts geantwortet hatte« (Bircher, S. 56).

Im Jahr 1936 wollte Frisch Käte Rubensohn heiraten; sie lehnte den Heiratsantrag schließlich ab. In *Montauk* wird diese Absage in einer Reminiszenz an die Worte Hannas (S. 61,18–19) kommentiert: »Du bist bereit mich zu heiraten, nur weil ich Jüdin bin, nicht aus Liebe« (GW VI, S. 728). Käte hingegen soll Frisch auch darauf hingewiesen haben, dass er »nichts erlernt hätte, was man einen Beruf hätte nennen können« (Bircher, S. 71). Dies freilich war – laut der Erinnerung Käte Rubensohns – damals nicht etwa ihr Argument, sondern Frischs Trauma (ebd., S. 73). Sie hatte dem jungen Autor zum Architekturstudium geraten, als Alternative zum Journalismus, nicht etwa zur Literatur. – Im Herbst 1937 trennte sich Frisch von Käte Rubensohn.

Bereits in den Dreißigerjahren formieren sich einige Motivkerne, die in Frischs Schaffen nicht mehr verändert, sondern fortgeschrieben, dabei freilich auch verschlüsselt und in literarische Experimentierfelder übertragen werden. Insbesondere die zerrütteten Kindschaftsverhältnisse begegnen im Romanerstling *Jürg Reinhart* (1934), im folgenden Roman *Die Schwierigen oder J'adore ce qui me brule* (1943), im Schauspiel *Santa Cruz* (1944), dann im *Homo faber* und schließlich im Stück *Andorra* (1961), wiederum mit der Verantwortung eines Vaters, der die Vaterschaft leugnet, für den Tod seines Kindes. Doch auch von Frischs Auslegung seiner eigenen familiären Sozialisation – »Die Mutter war zentral. Aber ich glaube nicht, daß es eine Ödipus-Situation war« (ebd., S. 23) – fällt ein Licht auf die psychoanalytisch informierte Deutung der *Homo-faber*-Konstellation. Aus der Zeit mit Käte Rubensohn schließlich tauchen in der literarischen Reflexion, die sich ohnehin nicht einsinnig auf eine biografische Vorgabe zurückführen lässt, Erfahrungssplitter zunächst in einem ersten Entwurf des Typus des ahnungslosen Vernunftmenschen auf; in seinem Roman *Die Schwierigen*, der 1957 in einer Neufassung erschien, hatte er diesen Typus in der Figur des Archäologen Hinkelmann porträtiert. Wie die Namensanspielung auf ›Heinrich‹ Faust und den großen Archäologen Johann Joachim ›Winckelmann‹ (1717–1768) verrät, ist er eine Kennfigur des ›Deutschen‹, die durch »eine Art von harmlos-unerschütterlichem Selbstvertrauen, eine angstlose Zuversicht, daß ihm [. . .] nichts in der Welt wirklich mißlingen könnte« (GW I, S. 394), ausgezeichnet ist. Der *Homo faber* revidiert ironisch die mythisierende Ehrfurcht vor dem Irrationalen, dem

Thema der Vaterschaft

Schicksal, der unbegreiflichen Frau, die in dem frühen Text noch herrscht.

Nachdem sich Frisch bereits in den Werken der Nachkriegszeit – dem *Tagebuch 1946–1949* mit einer Charakterisierung der ›Technik‹ als »Entbindung aus dem erlebbaren Verhältnis« und damit als Mittel und Voraussetzung des Krieges (GW II, S. 391), der *Chinesischen Mauer* mit ihrem unter dem Atombomben-Schock formulierten Appell zur verantwortungsvollen Gestaltung von ›Geschichte‹ – vom epigonalen Lebens- und Schicksalskult seines Frühwerks gelöst hatte, werden Anfang der Fünfzigerjahre seine Experimente mit typisierten Reflexionsfiguren seiner Lebens- und Wissenswelt komplexer und prägnanter zugleich. Während der Künstler Stiller, der sich, indem er seinen Lebensbericht schreibt, selbst überführt und das Urteil über sein verfehltes Leben spricht, als Komplementärfigur des ›Homo faber‹ zu deuten ist, betritt mit der eigenwillig gedeuteten Hauptfigur der Komödie *Don Juan oder Die Liebe zur Geometrie* schließlich ein Vorläufer des ›Homo faber‹ die Bühne; beide entwerfen das ›Bildnis‹ männlicher Rationalität; beide misstrauen dem ›Weiblichen‹; beide verfehlen das Individuelle; beide verspielen die Liebe in der Statistik (vgl. Franz 1971 sowie den tabellarischen Vergleich verwandter Motive: Schmitz 1977, S. 88). Insgesamt setzen sich Frischs Werke seit dem *Tagebuch* jeweils mit Facetten der ›Erfahrung‹ »eines jüngeren Zeitgenossen« (GW II, S. 349) auseinander – mit Nationalsozialismus und Antisemitismus, dem Außenseitertum des Künstlers, mit innerer und äußerer Emigration, mit dem Unschuldsbewusstsein der Schweizer; sie unterwerfen dabei auch die Facetten seiner eigenen Existenz der Selbstrechenschaft und dem Selbstgericht. Dem Urteil verfällt sowohl der ›Künstler‹ Stiller wie der ›Techniker‹ Faber; für den Schriftsteller und Architekten Max Frisch werden so die beiden Aspekte einer Selbstverführung reflektiert, die jeweils der ›Forderung des Tages‹ und damit der Annahme persönlicher und geschichtlicher Schuld auszuweichen vermag.

Begonnen hatte Frisch die Arbeit an *Homo faber* Ende 1955. Wie der *Stiller* ist auch das neue Buch der Roman einer verfehlten, aber unauflöslichen Ehe. Am Anfang dieses Jahres hatte er sich von seiner Frau Constanze von Meyenburg, mit der er seit 1942 verheiratet war, getrennt und war in den Ort Männedorf bei Zürich umgezogen. Besonders eng gestaltete sich damals die Autorenfreundschaft mit Friedrich Dürrenmatt. Drei große Reisen, die auch einige Schauplätze des Romans berühren, fallen in die Entstehungszeit. Im Juni/Juli 1956 hatte Frisch auf Einladung der »International Design Conference« in Aspen/Colorado einen Vortrag über städtebauliche Fragen zu halten; er verbrachte auf der Hinreise einige Tage in Italien; in Rom besichtigte er das ›Thermenmuseum‹ (S. 119,21) und schiffte sich dann in Neapel nach New York ein. In den USA besuchte er von Aspen aus San Francisco, Los Angeles und Mexico City, Städte, in denen er sich bereits während seiner ersten Amerikareise 1952 aufgehalten hatte, darüber hinaus auch noch die Halbinsel Yucatán und Havanna. Nimmt man außer dieser großen Reise noch die Griechenlandfahrt vom April/Mai des folgenden Jahres 1957 hinzu, »so deckt sich die Reiseroute Walter Fabers weitgehend mit der Max Frischs während der Entstehungszeit des *Homo faber*« (Schmitz 1983, S. 68). Von einer ›korinthischen Wanderung‹ zu Fuß hatte Frisch freilich schon 1933 in einem Reisefeuilleton für die *Neue Zürcher Zeitung* berichten können (GW I, S. 58).

Reisen zu den Schauplätzen des Romans

Vom Juli 1956 bis zum Februar 1957 hatte Frisch intensiv und nur von kleineren publizistischen Nebenbeschäftigungen unterbrochen am Roman gearbeitet, der damals noch den Arbeitstitel *Ich preise das Leben* trug. Am 23.2.1957 schrieb er seinem Verleger Peter Suhrkamp (1891–1959), das Manuskript sei fertig gestellt, doch zwei Monate später, am 21.4.1957, folgte wiederum in einem Brief an den Verleger die Korrektur:

»Unterdessen ist bei mir die Entscheidung gefallen.

Ich ziehe den HOMO FABER zurück – ohne verzweifelt zu sein deswegen. Es geht so nicht, das war mein Eindruck, und es ist mit Retuschen, wenn sie noch so glücklich wären, nicht zu machen. Zu vieles darin ist tot, am Stil des Technikers gestorben; anderes wiederum, finde ich, ist in einer Art geglückt gerade im Sprachlichen, daß es schade wäre, wenn es im Ungemeisterten zugrunde ginge. [. . .] Mein Entschluß fiel mir sehr schwer, aber jetzt macht er mich frei. Ich werde das Ganze nochmals schreiben, es zieht mich an wie nichts anderes; die Geschichte und die Gestalten, ihre Verstrickung, das alles bleibt. Als Aufgabe! Vielleicht ändert sich die Komposition, vielleicht auch nicht, ich fühle mich frei zu beidem. Vieles ist da, scheint mir, wenn es mir gelingt in Freiheit damit zu schalten und zu walten, wird es auch für den Leser da sein – das aber braucht, selbst wenn ich Glück haben sollte, Zeit.«

Kompositions-
skizze

Schon drei Tage später traf ein weiterer Brief ein, dem eine Kompositionsskizze beiliegt. Ähnlich wie in der Geschichte des Romans *Stiller* hat Frisch auch hier die vorhandenen, bereits formulierten Elemente der Geschichte völlig neu geordnet, jetzt also die ›artistische Form‹ hergestellt, die sein Buch auszeichnet:

»Was in der vorliegenden Form (abgesehen von allerlei Sprachlichem) nicht geht: Die Hospital-Situation als Vordergrund ist nicht zu halten, sie kann nicht stark genug sein, um über 300 Seiten zu tragen, und zwar darum nicht, weil sie diese 300 Seiten voraussetzt, d. h. Hanna ist nicht sehenswert, nur lästig, bevor wir ihr Schicksal kennen und daher die Bedeutung ihrer Besuche im Hospital. Es ist nicht zu machen, daß sie von Anfang an auftritt; ihr Raisonnement kann uns noch gar nicht interessieren, selbst wenn es besser wäre. Wir wollen die Geschichte kennenlernen. [...] die Zweiteilung drängt sich nicht nur auf, sondern ist die einzige Möglichkeit, der Geschichte beizukommen. Ich lege [...] meine Kompositionsskizze bei.

HOMO FABER, Ein Bericht
Komposition der neuen Fassung:

Erster Teil: DIE SUPER-CONSTELLATION/*Caracas, im Juli*

Es beginnt mit dem Bericht über Flug und Notlandung, Anmerkung: Ich glaube nicht an Fügung; dann Bericht über Wüste, Reise zur Plantage, Ivy in New York, die Schiffsreise, Bekanntschaft mit Sabeth, Paris, die Romreise mit Sabeth, Wiedersehen mit Hanna in Athen, das Unglück in Athen. Alles in einer Schrift, Schreibmaschine. Ohne Situation des Schreibenden, außer der

Ort- und Datum-Angabe im Titel weiß man nichts. Bericht mit dem Sog auf die Katastrophe hin, geschrieben mit dem Wissen um das Ende, d. h. um den Tod von Sabeth, aber nicht weiter. Es fallen also: die Zwischentexte, das Raisonnement. Der Bericht selbst wird gegenüber der bisherigen Fassung etwas kürzer, sprunghafter nicht in der Diktion, aber in der Folge der Stationen, weniger chronologische Vollständigkeit, Konzentration auf die wesentlichen Situationen, Assoziationsfolge. (Die Vorgeschichte von Hanna und Walter und Joachim erscheint in drei Stücken während der Fahrt in den Dschungel, Erinnerung, die sich aufdrängt, knapp gehalten.)
Umfang: ca. 260–280 Seiten

Zweiter Teil: DIE EUMENIDEN/*Athen, im August*

Handschrift (»Ich habe nicht mehr viel Zeit, sie haben meine Hermes-Baby geholt . . .«), Handschrift gibt die Situation im Hospital von Athen, Erwartung der Operation, die Besuche von Hanna, ihre Erscheinung jetzt, ihr Verhalten zu Faber, seine Frage: Was ist mit Hanna, was hat sie seit dem Unglück getan, was will sie noch tun? Hier ein paar Reflexionen von Hanna, ihre Erscheinung, ihr Leben früher (Armin, der Blinde), Hanna in Schwarz, zuletzt in Weiß.
Dazwischen:
Die Schreibmaschinen-Berichte über die Reise nach dem Unglück, die Eumeniden-Fahrt, mit Stationen:
NEW YORK, wie bisher
PLANTAGE, im Sinn wie bisher, anders gefaßt.
CARACAS, Faber kann die Montage nicht leiten wegen Magenleiden, zwei Wochen im Hotel, dort schreibt er den Bericht, der als Erster Teil bereits vorliegt.
HABANA, wie bisher.
DUESSELDORF, ungefähr wie bisher, Film, Hetze.
ZUERICH, wie bisher, Flug.
ATHEN, wo Hanna ihn empfängt.
Was Hanna in dieser Zeit seit dem Unglück getan hat, (Flucht von Athen und Rückkehr zum Grab), erfährt man handschrift-

lich in der letzten Nacht vor der Operation, Schlußsatz: 08.10, sie kommen.
Umfang: 60 bis 80 Seiten.

Ich habe den heutigen Tag dafür genommen, die skizzierte Kompositionsidee am Manuskript zu prüfen, und es geht. Ich kann damit nicht nur (was mir nicht so wichtig ist) die STILLER-Analogie eliminieren, sondern gewinne freie Hand, meine Geschichte im reinen Bericht ablaufen zu lassen, ohne Raisonnement. Andererseits konzentriert sich die Hospital-Situation im zweiten Teil, so, daß diese Situation eben Fortsetzung der Geschichte wird, also integriert wird und damit ohne weiteres erzählbar.«

Nachdem jetzt die Gliederung in zwei Stationen hergestellt war, schritt die Arbeit zügig voran. Nach der Griechenlandreise genügten ihm zwei Monate, um den Roman in der neuen Fassung fertig zu stellen. Am 20.6.1957 teilte er Peter Suhrkamp den Abschluss des Manuskriptes mit, das Ende der Arbeit dann nach den letzten Verbesserungen am 12.8.1957. In der *Neuen Zürcher Zeitung* wie auch in Alfred Anderschs Zeitschrift *Texte und*

Änderung der
Datierungen

Zeichen erschienen Vorabdrucke, die erste Buchausgabe lag im Oktober 1957 vor.
Den Text des Romans hat Max Frisch über zwanzig Jahre hin unverändert gelassen. Erst im Jahr 1977, nach den Anmerkungen kritischer Leser, hat er die Datierungen von Fabers Reisen, die in sich widersprüchlich waren, korrigiert und damit eine strenge chronologische Abfolge der Geschichte sichergestellt, die freilich in der Romanfabel so arrangiert ist, dass sie erst allmählich Fabers Vergangenheit und damit die analytische Stringenz seiner langen Lebens- und seiner Schreiberfahrung offen legt. Die Zeitfolge in der Geschichte lautet nun:

	1933–1935	Faber Assistent an der ETH in Zürich
	1935	Plan Fabers, Hanna zu heiraten
	1936	Trennung von Hanna
ca.	1937	Heirat Hannas und Joachims; Geburt Sabeths

		Scheidung dieser Ehe
	1938	Hanna in Paris
ca.	1941	Flucht nach England
		Heirat Hannas und Pipers
ab	1946	Wohnsitz Fabers in New York
	1953	Trennung Hannas von Piper; Hanna in Athen
	1956	Stipendium Sabeths an der Yale University

1957
Erste Station

25.3.	Abflug Fabers aus New York
26.3.–29.3.	Aufenthalt in der Wüste von Tamaulipas
29.–30.3.	Aufenthalt in Campeche
31.3.–5.4.	Aufenthalt in Palenque
9.4.	Fahrt zur Plantage in Guatemala
	Rückkehr nach Palenque; Reise über Mexico City
19.4.	in Caracas
20.4.	Abflug nach New York
22.–30.4.	Schiffsreise von New York nach Le Havre
29.4.	Fabers fünfzigster Geburtstag
1.5.	Aufenthalt in Paris
13.5.–25.5.	Italienreise und Überfahrt nach Korinth
25.5.–26.5.	Akrokorinth und Unfall
27.5.	Athen
28.5.	kurze Fahrt nach Akrokorinth; Rückkehr nach Athen; Tod Sabeths
29.5.	Paris

Zweite Station

31.5.–1.6.	Faber wieder in New York
2.6.	Abflug nach Caracas

	Reiseunterbrechung in Mérida
	Zweite Fahrt zu der Plantage in Guate-mala
20.6.– 8.7.	Aufenthalt in Caracas; ab 21. 6. Abfassung des ersten Berichtteils
9.7.–11.7.	Aufenthalt in Havanna auf Kuba
15.7.	Düsseldorf
16.7.	Zürich
18.7.	Athen
19.7.	Athen, Krankenhaus

3. Rezeption

3.1. Einschätzungen der zeitgenössischen Kritik

Bei der Einschätzung des vorhergehenden Romans von Max Frisch, *Stiller*, war die Kritik noch gespalten. Die Rezensenten in der Bundesrepublik feierten einen genuinen deutschsprachigen Beitrag zur modernen Literatur. Ihre eidgenössischen Kollegen hegten trotz ihrer Anerkennung für die formale Virtuosität Vorbehalte gegen das Buch, da es sich kritisch mit der Schweiz auseinander setzt. Die prägnanten Verweise auf zeithistorische Schuldzusammenhänge wurden bei Frischs neuem Prosaband, eben *Homo faber*, nicht bemerkt; vielmehr erhob er seinen Autor in den Rang eines ›modernen Klassikers‹ jenseits bloßer Aktualität. Damit war die Erwartung eingestimmt: ›Technik‹ und ›Mythos‹ lautete die Themaformel.

Wenn der *Homo faber* ein beispielhaft moderner Roman sein sollte, in dem moderne ›Dichtung‹ exemplarisch Gerichtstag über ›moderne Technik‹ hält, so liegt es nahe, ihn an anderen Werken der ›klassischen Moderne‹ zu messen. Reinhold Viehoff (S. 273) hat die Häufigkeit solcher Vergleiche, die zumeist nur Leseassoziationen sind, in einer Tabelle zusammengefasst: Angeführt von Goethe (sieben Nennungen), gefolgt von Dürrenmatt, Thomas Mann, Sophokles (um 496 – um 406 v. Chr.) als Gewährsmann des ›Ödipus‹-Mythos und Gottfried Keller (1819–1890), enthält sie 32 weitere Namen, von Grimmelshausen (1622–1676) bis Frank Thieß (1890–1977) – die Literaturkritik zeigte ihre überlegene Bildung in der ›Souveränität‹ der Assoziation vor. *(Vergleiche mit anderen Werken)*

Nach Erscheinen des Romans Anfang Oktober 1957 wurden binnen weniger Monate, noch vor der Jahreswende, drei Auflagen nötig. Bereits Mitte 1958 wurde das 19. bis 23. Tsd. des *Berichts* ausgeliefert. Von Oktober bis Weihnachten 1957 waren auch die meisten Rezensionen zu dem Buch erschienen. Inzwischen beträgt die deutschsprachige Gesamtauflage mehr als vier Millionen Exemplare. Das Buch wurde bisher in 25 Sprachen übersetzt. *(Erfolg des Romans beim Publikum)*

Insgesamt liegen über zweihundert Literaturkritiken in Zeitungen, Zeitschriften und Rundfunkprogrammen zu *Homo faber* vor. Beschränkt man sich auf diejenigen, die sich durch eine Zeichnung mit Namen oder Namenskürzel als Leseerfahrungen und nicht nur als kurze informatorische Hinweise präsentieren, so bleiben 105 Besprechungen, von denen 78 in der Bundesrepublik, 20 in der Schweiz, sechs in Österreich und nur eine in der DDR erschienen sind. In der Wertungstendenz unterscheiden sie sich, anders, als dies noch bei *Stiller* der Fall war, kaum. Offenbar waren die Themen ›Technik‹, ›Amerika‹ und ›Modernisierung‹ allesamt so nachhaltig in der kulturellen Selbstverständigung Westeuropas verankert, dass sich regionale oder nationale Besonderheiten hier nicht durchzusetzen vermochten. Alles in allem fiel das Urteil der Literaturkritik über diesen Roman positiv aus. 65 Rezensionen lobten das Buch, in zwölf hielten sich Lob und Tadel die Waage und 23 sprachen sich gegen das Werk aus. Dies ist freilich im Kontext der Zeit dennoch eine untypisch hohe Zahl, denn im Allgemeinen war die damalige Literaturkritik mehr auf Lob denn auf tadelnde Würdigung gestimmt. Eine genauere Untersuchung konnte nachweisen, dass »bei den Ablehnungen in auffälliger Häufigkeit politisch-zeitgeschichtliche [genauer: kulturkritische] oder religiöse Wertungszusammenhänge für die Ableitung des ästhetischen Urteils benutzt werden« (Viehoff 1983, S. 250).

Die Überschriften einiger Rezensionen summieren die Leit- und Schlagworte der Rezeption: *Der Mensch und das Fatum* (R. Haerdter), *Tragik des technischen Daseins* (H. Jacobi), *Der Mensch ohne Romantik* (H. Uhlig), *Begnadigung ausgeschlossen* (K. H. Kramberg), *Mondfinsternis mit Sabeth* (K. Schmidtmann), *War Ödipus zunächst Ingenieur?* (F. Sieburg), *Ein Zeitgenosse wird zugrunde gerichtet* (J. Nolte), *Die verfehlte menschliche Existenz* (R. Goldschmit), *Held der künstlichen Welt* (G. Hartlaub), *Der Ingenieurmensch* (K. Silex), *Dichtung im Takt der Maschinen* (H. N.).

Der Held des Romans wird zunächst jedenfalls als Leitfigur des technischen Zeitalters begriffen – als ein ›Homo faber‹ – , dann jedoch kulturkritisch verallgemeinert als der ›Mensch unserer Zeit‹, »nicht dieser außer Rand und Band gekommene Werkmensch, der sein inneres Zentrum verloren hat, sondern [. . .] der Leerlaufmensch« (Oskar Maurus Fontana).

Eine Verallgemeinerungsebene für die Themenbestimmung bietet auch das Verhältnis von Mann und Frau, ein Thema von bekannt »zentrale[r] Bedeutung« für Frisch, »weil es auch in der persönlichen Variante über das Individuelle hinausführt und in seinem Spannungsfeld die Polarität eines größeren Kraftfeldes reflektiert« (Erich Franzen). Dieses ›Kraftfeld‹ läßt sich im ›Mythisch-Elementaren‹ verorten, allen vordergründigen Differenzierungen der ›Moderne‹ vorausliegend: So »wird das Zivilisatorische zum Archaischen, um zuletzt sogar im Chthonischen zu enden: das Sterben des Paares ist zugleich Rückkehr und Heimkehr, und es bleibt nur die Mutter und Frau« (Farner). Auf dieser Ebene der anthropologischen Grundtatsachen vollziehen sich jene entscheidenden Vorgänge, die von der ›nihilistischen‹ Leere der Moderne nur verdeckt werden. Insgesamt neigen die Rezensenten dazu, Frischs kritisch-analytische Balance der Antithesen wertend aufzulösen; so restaurieren sie jenen kulturkritischen Weltentwurf, wie er in *Homo faber* anzitiert und demontiert wird, und preisen die »Wucht« des »Verhängnisses« in der antiken Tragödie (Allemann). Die Sehnsucht nach den Urverhältnissen des Mythos, der Glaube an die reinigende Kraft der Tragödie bestimmt den Wertungshorizont. Die jeweilige Projektion der Prämissen dieser kritischen Lektüre auf den *Homo faber* variiert freilich und dementsprechend variiert auch das Urteil.

So verbindet Werner Weber, der bis zum Bruch im Zürcher Literaturstreit Frischs Werk wohlwollend begleitet, die Abneigung gegen das modisch Zeitgemäße mit einer Einordnung von Frischs Roman in eine ›große Tradition‹ der ›klassischen Moderne‹, wie sie etwa der einflussreiche Literaturkritiker Günter Blöcker in seinen Essays *Die neuen Wirklichkeiten* (1957) dargestellt hatte – mit Koordinaten, die auch das semantische Feld der *Homo-faber*-Rezeption ausmessen. Werner Weber hebt die Zeitthematik hervor:

W. Weber

»Homo Faber: er läuft der Zeit sozusagen gegen den Strich; das Nachher kommt vorher; Vergangenheit, Gegenwart, Zukunft sind einander untermischt. Das hat Lawrence Sterne auch gemacht; seitdem ist der Fund noch zweimal genial verwandelt dagewesen, bei Proust und Joyce. Frisch nimmt die Technik auf, ingenieurhaft organisierend – aber am Gegenlauf der Sprache kräuselt sich die Zeit, und der Sprachkörper bildet an sich selbst das gleiche Vergänglich-Unvergänglich noch einmal ab. Was nun mehr als Technik ist. Das sind alte Dinge, aber sie zu bemerken ist immer neu, Aufgabe der Epoche.«

Wandlung Für die Wertung entscheidend wurde, ob sich der Held ›vom homo faber zum homo divinans‹ (zit. n. Viehoff, S. 261), also vom ›technischen‹ zum »ahnungsvoll horchenden« Menschen – so wiederum Werner Weber – gewandelt habe. Diese Frage wurde mit einer ästhetischen Wertung der Sprache des Romans unmittelbar verknüpft. Sei es positiv, wie bei dem Rezensenten E. N. in der *Thurgauer Zeitung*:

Sprache des Romans »Äußerlich ist es die Sprache des Homo Faber; aber es ist doch nicht der nüchterne Rapport eines Technikers; ohne große poetische Gebärde werden Situationen und Stimmungen geschaffen, die haften bleiben. Was sich so anspruchsvoll und sachlich als ›Bericht‹ bezeichnet, enthält mehr Dichtung als manches Gedicht. *Die Sprache dieses Berichts wandelt sich übrigens mit dem Schreiber*; ohne irgendwie ins Überschwengliche zu geraten, wird sie mählich wärmer, reicher, runder, erfüllt von einem gewandelten Menschen, der zwar nicht zugeben will, daß er sich verändert hat« (Hervorhebung: W. S.).

W. Jens Sei es zweifelnd, wie bei Walter Jens:

»Schon daß der Techniker Faber überhaupt *schreibt*, erscheint wie ein Widerspruch in sich selbst; und dann schreibt er am Ende, nach seiner ›Bekehrung‹, den gleichen Stil wie am Anfang (vom ›lila Mond‹ ist hier wie dort die Rede . . .), verhält sich schon als Techniker, bei aller Reflexion, als ›lyrisches Ich‹, und glaubt noch als gewandelter an die Macht der Statistik! Von einer Entwicklung also wird man nicht zu sprechen wagen, und dabei wäre doch gerade in diesem Buch, wo der Zufall die Fabel bestimmt, alles auf die Darstellung eines Integrations-Prozesses (*faber* wird *homo*) angekommen . . .«

F. Sieburg Sei es ablehnend wie bei Friedrich Sieburg:

»Auf dem Umweg über diese ziemlich kokette und gesprächige Selbstdarstellung soll also ein Typus sichtbar werden, der sich vor dem Zufall oder dem Schicksal sicher glaubt, obwohl er durch Launen und jähe Entschlüsse das Verhängnis geradezu herausfordert. Der Autor versucht, die Glaubwürdigkeit des technischen Menschen dadurch zu erhöhen, daß er ihn schlechtes Deutsch sprechen läßt: ›Unser Pingpong ging besser, als meinerseits erwartet.‹ Oder: ›Meinerseits keine Ahnung, was ich gedacht hatte.‹ Solche Kurzschlüsse entstehen, wenn ein Autor im Ich-Ton schreibt und die Geschichte einem Menschen in den Mund legt, der mit dem Dichter keine Berührungspunkte haben darf. Die große Schwierigkeit des ›narrateur‹ ist hier nicht gelöst; die von Frisch geschaffene Figur spricht einmal zu gut und dann wieder zu schlecht, verrät eine Sensibilität, die ihr nicht zukommt, und legt einige Seiten später einen kaltschnäuzigen Pragmatismus an den Tag, den man ihr nicht glaubt. Man versteht wohl, was der Autor will. Er will, daß dem nur an Tatsachen und Geräte glaubenden Menschen in seiner Gottähnlichkeit bange werde, ja daß das Schicksal selbst diese tödliche Belehrung vornehme. Das Unglück ist nur, daß wir diese Verwandlung nicht mehr erleben.«

Trotz dieser herben Vorhaltungen des Doyens der damaligen Literaturkritik folgt die Mehrheit der Rezensionen eher einem Muster, wie es Werner Ross exemplarisch formuliert hat: W. Ross
»Mit anderen Worten: während der Ingenieur Faber sich selbstsicher in seiner praktisch eingerichteten technischen Welt bewegt, wird diese Welt vom Schicksal ad absurdum geführt. Die Selbstsicherheit zerbröckelt, eine Ahnung steigt auf von dem, was Leben wirklich ist. [. . .] Was schließlich übrig bleibt, ist die fröhliche Vitalität des jungen Mädchens, die stille Lebenszufriedenheit der südlichen Völker und die opferwillige Lebenskraft der alten Freundin. Der homo faber hat die Technik beherrscht, aber nicht ihr Ziel; so muß er die Partie verlieren und erst als Verlierer begreifen, wie man sie gewinnt. Max Frisch hat die Geschichte dieser Wandlung virtuos erzählt.«

Insgesamt zeigt die Rezeption des *Homo faber* einen zwar umstrittenen Roman, dessen Rang als Zeitdiagnose jedoch ebenso unbezweifelt bleibt wie der Rang seines Autors als eines modernen Klassikers. Bereits vor *Andorra* ist Frisch damit in die erste Reihe der Gegenwartsautoren gestellt worden. Die wissenschaftliche Erforschung des Romans hat sich an diese Vorgaben der Literaturkritik angeschlossen.

3.2. Produktive Rezeption

Die produktive Rezeption hingegen, die Antworten im Werkdialog, zeugt von der Faszination des Typus Faber wie vom Reiz des Kunstwerks *Homo faber*. Der mit Max Frisch befreundete Uwe Johnson (1934–1984) präsentiert in seinem Roman *Zwei Ansichten* (1965) das vermittelte Weltbild des Fotografen als Wahrnehmungsstereotyp des BRD-Bürgers. Die schweizer. Autoren Otto F. Walter (1928–1994) und Hans Boesch (*1926) experimentieren in ihren Romanen *Herr Tourel* (1962) bzw. *Das Gerüst* (1960) und *Die Fliegenfalle* (1968) ähnlich mit dem Typus. Christoph Hein (*1944) führt in seiner Novelle *Der fremde Freund* (1982; in der BRD 1983 u. d. T. *Drachenblut* erschienen) Fabers Lebensverweigerung in die DDR-Literatur ein (vgl. Schmitz 1983 u. 1998). Uwe Timm (*1940) schließlich entwickelt in *Der Schlangenbaum* (1986), seinem Roman über einen verunsicherten Ingenieur, der bei einem Bauprojekt in Südamerika der Fremdheit von Menschen ›wilder Natur‹ unterliegt, aus einem *Homo faber*-Klischee das Fanal des ökologischen Exotismus der Achtzigerjahre.

Bereits in den Sechzigerjahren hatte – laut Volker Schlöndorff (*1939) – »Anthony Quinn, auf Anraten von Bernhard Wicki«, mit dem Frisch 1965 am Filmprojekt *Zürich-Transit* gearbeitet hatte, die Filmrechte an *Homo faber* für die amerik. Produktionsfirma Paramount erworben. Schlöndorff, »Deutschlands unermüdlichster Literaturverfilmer« (Traub), erfuhr den Roman als »Ausweg aus [einer] Krise«; er übernahm die Verfilmung, um diese existentielle Krise eines Wahlamerikaners, 50-jährig, arbeitsbesessen, zu bewältigen. Frisch hat sich an der Filmarbeit aktiv beteiligt; die Filmversion von 1991 darf – unbeschadet eines Urteils über ihren ästhetischen Wert – als autorisiert gelten. Mit profilierten Darstellern, dem amerik. Autor und Schauspieler Sam Shepard (*1943) als Faber, der franz. Neuentdeckung Julie Delpy (*1970) als Sabeth und Barbara Sukowa (*1950) als Hanna, versucht der Regisseur, »die Bilanz einer 25jährigen Filmarbeit und eines doppelt so langen Lebens« zu ziehen. »Unter der Frisch-Verfilmung kommt immer eindeutiger der Schlöndorff-Film zum Vorschein« (Buchka), »die Liebesge-

Marginalien:

U. Johnson

Ch. Hein

U. Timm

Verfilmung durch V. Schlöndorff

schichte« (Schlöndorff/Carbon) mit Rückgriffen auf frühere Filme um das Misslingen der Liebe, die zerstörende »Ungleichzeitigkeit des Gefühls«. Immerhin deutet Schlöndorff »durch das Musenkind Sabeth [...] an, daß aus der Berechenbarkeit des Unglücks etwas herausführen könnte, was Faber am meisten verabscheut: Magie, Metaphysik, Kunst«. Vielleicht, so legt Peter Buchka nahe, habe sich auch der ›Literaturverfilmer‹ Schlöndorff »deshalb schon immer instinktiv auf Kunstwerke gestützt«. Abgeblendet freilich wird die Dimension von ›Geschichte‹ und Schuld.

4. Deutungsansätze

Die Forschung zu *Homo faber* setzt, wie es der Kanonisierung des Textes, aber auch seiner didaktischen Nutzbarkeit als Schullektüre entspricht, früh ein. Um 1990 sind die Deutungspositionen weitgehend stabilisiert; seither erscheinen v. a. Arbeiten, die sich um eine Präzisierung oder eine ungewohnte Akzentuierung dieser grundlegenden Positionen bemühen.

Die Schwierigkeiten ›modernen‹ Erzählens forderten die literaturwissenschaftliche Forschung zu diesem ›modernen Klassiker‹ zunächst heraus. In seiner wegweisenden Arbeit, der ersten, die einem Einzelwerk Frischs gewidmet wurde, analysiert Hans Geulen (1965), in der besten Tradition der Bonner Schule der Erzählforschung (Günter Müller, Eberhard Lämmert), das Verhältnis von ›Erzählzeit‹ und ›erzählter Zeit‹, die Umwandlung der Geschichte in eine Fabel, die stilistischen Register, stößt aber auch zu Deutungen des Gehalts vor.

So hatte er die Bedeutung der ›mythischen Grundschicht‹ relativiert; »der Inzest« sei keineswegs, wie es im antiken Mythos der Fall ist, »die Schuld, sondern die unselig-notwendige Folge der zugrunde liegenden Schuld Hannas und Fabers; er ist bereits das Gericht« (S. 82). Ferdinand van Ingen (1973) erklärte auch die Technik als »eine Maske, hinter die der Mensch flüchtet, der sich schuldig weiß« (S. 67), die mythologischen Anspielungen symmetrisch dazu als Spielelemente. Walter Schmitz hat in seinem Kommentar (1977) und in einer späteren Deutung (1983) Technik und Mythos als ›Auslegungssysteme‹ interpretiert, die beide nur ›Bildnisse‹ produzieren und ein ›wirkliches Leben‹ verhindern. Frederick A. Lubich (1990) sieht in diesen Arbeiten den »Abschluß einer Rezeptionsphase, welche Frischs Werk vor allem von kompromittierenden Denkmodellen zu emanzipieren versuchte«, also insbesondere von einer gegenaufklärerischen Mythensucht (S. 61).

Psychoanalytisch angeleitete Deutungen neigten freilich stets dazu, die ›mythische Grundschicht‹ zu reifizieren und als Ausdrucksseite unterbewusster Strukturen zu lesen. »Der Schlüssel zum Verständnis einzelner Episoden und des Ganzen«, erklärt

H. Geulen

F. v. Ingen

W. Schmitz

psycho-
analytische
Deutungs-
ansätze

Wolfram Mauser (1981), »liegt in der besonderen Konflikt-struktur der Gestalt Walter Fabers. Vieles spricht dafür, daß die Art seiner Konflikte mit der Familiensituation zu tun hat, in der er heranwuchs. [...] Die problematische Beziehung zu seiner Mutter prägte seine Persönlichkeit« (S. 80). Conny Bauer (1983) diagnostiziert Fabers Regression: »Durch Hanna, Pflegeperson und Geliebte, vollzieht sich die inzestuöse Vereinigung über eine Regression in den pränatalen Zustand« (S. 333); Martin Balle ist »beeindruckt [...], in welcher fast wissenschaftlichen Präzision der Autor die ödipale Problematik zwischen Faber, Hanna und Sabeth formuliert, und sie auch noch in den bekannten antik-mythologischen Kontext stellt« (S. 125).

V. a. Rhonda Blair (1981) hat gegenüber dem Ödipus-Mythos eine Alternative zur Diskussion gestellt, die auch Max Frisch – laut dem Bericht Volker Schlöndorffs – überzeugend schien: »Frisch sagt: Das ist nicht Ödipus, sondern, wenn überhaupt ein Mythos, dann der von Demeter und Kore. Demeter trotzt den Göttern ein Besitzrecht auf die Tochter ab. So ist Hanna. Er sagt aber auch, mehr als die *Sagen des klassischen Altertums* in der Schulzeit habe er nie darüber gelesen.«

Rh. Blairs Reinterpretation der mythischen Verweise

Blair hatte eine Stelle aus der Schrift *Über die Archetypen des kollektiven Unbewußten* (1954) des schweizer. Psychoanalyti-kers Carl Gustav Jung (1875–1961) über jenen Frauentypus an-geführt, der insofern der Demeter ähnele, als »sie sich von den Göttern ein Besitzrecht auf die Tochter ab[trotzt]. Der Eros ist nur als mütterliche Beziehung entwickelt, als persönliche aber unbewußt. Ein *unbewußter Eros* äußert sich immer als *Macht*. Daher dieser Typus bei aller offenkundigen mütterlichen Selbst-aufopferung doch gar kein wirkliches Opfer zu bringen imstan-de ist, sondern seinen Mutterinstinkt mit oft rücksichtslosem Machtwillen bis zur Vernichtung der Eigenpersönlichkeit und des Eigenlebens der Kinder durchdrückt.« Sie folgerte: »In Han-nas Beziehung zu Joachim läßt sich sowohl der ausschließlich mütterliche Eros als auch [durch die Verheimlichung der Vater-schaft] der unbewußte ›Wille zur Macht‹ ausmachen« (S. 157) – und appliziert die Stereotype der Faber-Deutung nun auf Han-na, dessen Gegenpart: »Sie hat die Welt so arrangiert, daß sie zum Vergangenen paßt, um sie nicht erleben zu müssen, wie sie wirklich ist; sie hat die Schöpfung als Partner nicht angenommen, weil die Schöpfung aus dem Männlichen und dem Weiblichen besteht und sie das Männliche ausschloß; auch sie hat die Welt als Widerstand ausgeschaltet, freilich durch Verlangsamung und durch Rückversetzung in die Vergangenheit, nicht durch Beschleunigung wie Faber; ihre eigene ›Weltlosigkeit‹ wollte sie ausgleichen, indem sie Sabeth zu ihrer ›Welt‹ machte; während Faber jede Beziehung zum Tod vermied, vermied Hanna jede zu ihrem eigenen, persönlichen Leben; sie hat Leben nicht als Form (›Gestalt in der Zeit‹) behandelt, sondern als Bild und ›Bildnis‹, wie die Bilder griechischer Kunst, mit denen sie arbeitet; und auch sie hat sich der Wiederholung schuldig gemacht, indem sie versuchte, ein archaisches, matriarchalisches Muster, das naturwidrig das Männliche ausschließt, nachzuahmen. Hannas Irrtümer gehören ebenso zu ihr, wie die Fabers zu ihm gehören: zu ihrem ganzen Leben, teilweise ihrem Beruf anzulasten (›Götter gehören zu ihrem Job‹) und teilweise ihrer Mutterrolle. Wie Hanna Faber erklärt: ›Leben ist nicht Stoff, nicht mit Technik zu bewältigen‹ [S. 184,32–33]; aber ebensowenig ist das moderne Leben der ›Stoff‹ für Mythisches« (S. 158f.).

F. A. Lubichs
Archetypen-
deutung

Frederick A. Lubichs (1990) Deutung hingegen rehabilitiert die ›mythische‹ Sicht, da im Roman »ein inneres, erstaunlich kohärentes Weltbild der Archetypen« entstehe, »welches das äußere, mehr und mehr zerbrechende Weltbild der Stereotypen ersetzt« (S. 59). Weniger differenziert sieht Alexander Stephan (1983) »eine recht klare Verteilung der Gewichte zugunsten von Natur, Tradition und Mythos« (S. 77) und behauptet, »daß auch dieses Buch die bis in die dreißiger Jahre zurückzuverfolgenden Linien in Frischs Schaffen fortsetzt: die von einer konservativen Kulturphilosophie vorgetragene Sorge, daß der Geist das Leben zersetzt« (S. 78). Die Bemühungen um eine Phasengliederung von Frischs Werk, die solche Kontinuitäten aufbricht (Schmitz 1985), blieben hier ebenso folgenlos wie in anderen Einführungen, Realienbänden, Deutungen für den schulischen Gebrauch.

M. Lebers
Deutung der
Technik als
Sinn-
produktions-
system

Gedanklich anspruchsvoller versucht Manfred Leber (1990) den ›Mythos‹ und damit die Möglichkeit einer erzählten ›Tragödie‹ des ›Homo faber‹ zu bewahren, indem er die ›Technik‹ als funktionsäquivalentes System einer geschlossenen Welt deutet und in einer Adaption v. a. von Heideggers Technikphilosophie postuliert, »daß sich die Technik [eben] nicht in dem Sinne zu einer universalen Ordnung vernetzt hat, daß sie vom Menschen insgesamt überschaubar und regulierbar wäre. Vielmehr geht ihre Tendenz zu einer übergreifend alles ausgleichenden Selbstregulierung, die sich auch gegenüber der natürlichen Ordnung zunehmend als offen erweist, dahin, ihrerseits den Menschen zu beanspruchen, ja ihn sogar – so deutlich im Lautsprecherruf – zur Selbsterkenntnis und zur Rechenschaftsablage für sein individuelles Tun zu zwingen. Der Techniker andererseits tut alles, sich vor der neuen Weise, in der er von der Technik angesprochen wird, zu verschließen. Dies ist die Logik einer ebenso verständlichen wie hoffnungslosen Bemühung, an der Illusion eines in sich abschließbaren Systems festzuhalten. [Bei diesem Dilemma bestätigen sich] auf neue Weise wesentliche Aspekte der antiken Tragödie: Zum einen läßt sich das Blindwerden für die Grenzen des Menschenmöglichen auf die tragische Grundverfehlung der Hybris beziehen. Zum anderen kommt die Verfehlung einer Absicht in ihr Gegenteil [. . .] dem Prinzip gleich, das auch das Handeln eines antiken Tragödienhelden kennzeichnet« (S. 89f.).

Damit führe »die Technik mit einer unerbittlichen Konsequenz eine ihr immanente Logik zu Ende [. . .], mit der Schritt zu halten, den Techniker allerdings zunehmend überfordert« (S. 80): »Dieser selbstläufigen Tendenz der Technik, über den Kopf des Technikers hinweg ins Offene zu führen, entspricht es dann auch, daß die Technik den Techniker, der sich mit ihr gegen die primäre Ordnung der Urnatur abzudichten versuchte, letztlich gerade auf diese wieder zurückkreisen läßt. [. . .] Am Ende ihrer Entwicklung stellt sich die Technik somit nicht nur als naturanaloges System heraus, sondern auch als ein System, das in seiner unvermeidbaren Offenheit auf die Natur als das, was auch ihr substantiell zugrunde liegt, zurückverweist« (S. 81f.). So lasse die Technik den Ingenieur Faber schließlich »in die Zusammenhänge einer übergreifenden Lebensordnung vorstoßen beziehungsweise zurückgelangen, von denen er sich mit der Technik gerade emanzipieren wollte« (S. 7). Hier wird also die Technik nicht mehr als Auslegungs-, sondern als Sinnproduktionssystem begriffen, ohne dass dieser ›mythisierende‹ Übergang am Text belegt wäre.

In die Parallelität der Oppositionen ist auch das Verhältnis von Mann und Frau eingefügt. In einer frühen, einflussreichen Deutung erläuterte Gerhard Kaiser (1958/59) eine »dem Menschen aufgegebene Grundspannung von Mann und Frau, Rationalismus und Irrationalismus, Aktivität und Hingabe«, die sich im »Konflikt zwischen Faber und Hanna, die sich in Haßliebe gegenüberstehen und dadurch ihre Tochter und sich selbst zugrunde richten«, verzerrt auswirke (S. 279). Dagegen hält Mona Knapp (1983) in einer feministisch orientierten Lektüre fest, es sei »ein ironisches Glanzlicht der Forschungsgeschichte, daß die weibliche Hauptfigur des Romans für ihre vermeintliche Abneigung gegenüber Männern wieder und wieder bekrittelt, die Schritt für Schritt *belegbare* Verachtung des Helden gegenüber Frauen jedoch mehr oder weniger stillschweigend übergangen wurde« (S. 203). Sie erkennt in Faber und Hanna »typische Exponenten geschlechtsgebundenen Rollenverhaltens, wie es [Simone] de Beauvoir [in ihrem berühmten Buch *Das andere Geschlecht*] beschreibt« (S. 191), und betont den paternalistischen Herrschafts- und Verfügungswahn des Walter Faber. In einer früheren Studie hatte sie, die eingeführten Interpretationsklischees auflockernd, gezeigt, wie »Faber von Anfang an mit seiner vielbeschworenen technischen Welt zu einem erstaunlich geringen Grad fertig wird, während die ›Kunstfee‹ Hanna alles Technische und Praktische mit enormer Effizienz handhabt«, und daraus gefolgert, wie keine der beiden Figuren »tatsächlich das Weltbild [vertrete], das ihr vom Partner und von der Kritik ohne Einschränkungen zugewiesen wird« (S. 20); Technik wie Mythos seien eine »Pose« (S. 23).

Fraglich ist dann freilich auch die Wandlung Fabers von ›Technik‹ zu ›Mythos‹, vom Phantasma der Weltverfügung zu einer Offenheit gegenüber der Welt, einem Einverständnis mit den Daseinsmächten. Doris Kiernan (S. 25–32) legt die Verbindungen zu Heideggers existenzialphilosophischem Entwurf des »In-der-Welt-seins« offen; die einführende Literatur (Petersen, Jurgensen, Koepke, White) sieht hier eine ›Wandlung‹ Fabers; es präsentiere sich – so meint auch Rhonda Blair (S. 162) – »ein

G. Kaiser

M. Knapps
feministisch
orientierte
Lektüre

D. Kiernans
Verweis auf
Heidegger

veränderter Faber«, der »in einer traumhaften Szenerie mit Schuhputzern, ›wunderbaren Menschen‹ [S. 189,3], Prostituierten und Strichjungen [. . .] mit allen Sinnen die Welt [erfährt], die ihn umgibt«. Mona Knapp erinnert hierzu mit Recht daran, dass Faber lediglich »seinen chauvinistischen Standpunkt« durchhält (S. 203), »daß für Walter Faber, einen Durchschnittsvertreter der männlichen Technokratie der fünfziger Jahre, wenig Unterschied besteht zwischen Frauen, Indios, Kubanern, Schwarzen, jungen und alten Leuten; sie alle gehören der großen Minorität an, der es beschieden ist, die Überlegenheit des Technikers ebenso stillschweigend anzuerkennen wie ihr eigenes Unterlegensein« (Knapp, S. 204). Die Textbelege und Argumente zur Bewertung dieser Szene hatte ich 1977 (S. 234f.) zusammengestellt; Alan D. Latta (1979), der Fabers Antithesendenken als grundlegend für die ›Rhetorik‹ dieses Romans analysiert hat, stellt fest: »Obschon Faber sich immer an seine Oppositionen klammert, werden in einigen von ihnen die Pole vertauscht, vom Negativen zum Positiven und umgekehrt« (S. 88).

A. D. Latta

5. Literaturhinweise

Siglen

GW   Max Frisch, *Gesammelte Werke in zeitlicher Folge*, hg. v. Hans Mayer unter Mitw. von Walter Schmitz, 6 Bde., Frankfurt/M. 1976 (Bd. VII, 1986).

MbHF   Walter Schmitz (Hg.): *Frischs »Homo faber«*, Frankfurt/M. 1983 (stm 2028).

MbSt   Walter Schmitz (Hg.): *Materialien zu Max Frischs »Stiller«*, 2 Bde., Frankfurt/M. 1978 (stm 419).

MF   Walter Schmitz (Hg.): *Max Frisch*, Frankfurt/M. 1987 (stm 2059).

ÜMF   Walter Schmitz (Hg.): *Über Max Frisch II*, Frankfurt/M. 1976 (es 852).

Sofern ein fremdsprachiger Text in dt. Übersetzung vorliegt, wird jeweils nach dieser zitiert.

Kommentierte Bibliografien der Forschung zum *Homo faber* liegen vor in: MbHF, S. 341–354, sowie in: MF, S. 405–408. Im Folgenden werden deshalb nur die in unserem Text zitierten sowie die wichtigeren seit 1987 neu erschienenen Arbeiten aufgeführt.

Beiträge der Forschung zu Max Frisch und zu *Homo faber*

Kaiser, Gerhard: Max Frischs *Homo faber*, in: Schweizer Monatshefte 38 (1958/59), S. 841–852. Außerdem in: ÜMF, S. 266–280.

Henze, Walter: Die Erzählung in Max Frischs Roman *Homo faber*, in: Wirkendes Wort 11 (1961), S. 278–289. Zit. n. dem Abdruck bei A. Schau (Hg.): Max Frisch – Beiträge zu einer Wirkungsgeschichte, Freiburg 1971, S. 66–79.

Geulen, Hans: Max Frischs Roman *Homo faber*. Studien und Interpretationen, Berlin 1965.

Roisch, Ursula: Max Frischs Auffassungen vom Einfluß der Technik auf den Menschen – nachgewiesen am Roman *Homo faber*, in: Weimarer Beiträge 13 (1967), S. 950–967. Außerdem in: T. Beckermann (Hg.): Über Max Frisch, Frankfurt/M. 1971 (es 404), S. 84–109.

Demetz, Peter: Die süße Anarchie. Skizzen zur deutschen Literatur seit 1945, Frankfurt/M. 1970 [S. 141–143 über *Homo faber*].

Franz, Hertha: Der Intellektuelle in Max Frischs *Don Juan* und *Homo faber*, in: Zeitschrift für deutsche Philologie 90 (1971), S. 555–563. Außerdem in: ÜMF, S. 234–244.

Helmetag, Charles H.: The Image of the Automobile in Max Frisch's *Stiller*, in: Germanic Review 47 (1972), S. 118–126. Deutsch in: MbSt, S. 286–297.

van Ingen, Ferdinand: Max Frischs *Homo faber* zwischen Technik und Mythologie, in: Amsterdamer Beiträge zur neueren Germanistik 2 (1973), S. 63–81.

Hinderer, Walter: ›Ein Gefühl der Fremde‹. Amerikaperspektiven bei Max Frisch, in: S. Bauschinger u. a. (Hg.): Amerika in der deutschen Literatur, Stuttgart 1975, S. 353–367.

Kieser, Rolf: Max Frisch. Das literarische Tagebuch, Frauenfeld 1975.

Butler, Michael: The Dislocated Environment: The Theme of Itinerancy in Max Frisch's *Homo faber*, in: New German Studies 4, H. 3 (1976), S. 101–118.

Dahms, Erna: Zeit und Zeiterlebnis in den Werken Max Frischs. Bedeutung und technische Darstellung, Berlin 1976.

Jurgensen, Manfred: Max Frisch. Die Romane, Bern 1976 [S. 101–176 über *Homo faber*].

Lusser-Mertelsmann, Gunda: Max Frisch. Die Identitätsproblematik in seinem Werk aus psychoanalytischer Sicht, Stuttgart 1976.

Friedrich, Gerhard: Die Rolle der Hanna Piper. Ein Beitrag zur Interpretation von Max Frischs Roman *Homo faber*, in: Studia Neophilologica 49 (1977), S. 101–117.

Haberkamm, Klaus: ›Il était un petit navire‹. Anmerkungen zur Schiffsmotivik in Max Frischs *Homo faber*, in: Duitse Kroniek 29 (1977), S. 5–26.

Knapp, Mona: Der ›Techniker‹ Walter Faber: Zu einem kritischen Mißverständnis, in: Germanic Notes 8 (1977), S. 20–23.

Schmitz, Walter: Max Frisch *Homo faber*. Materialien, Kommentar, München 1977.

van Praag, Charlotte: Der Schicksalsweg des Regeltechnikers Homo Faber. Ein antithetischer Roman, in: Duitse Kroniek 29 (1977), S. 27–40.

Haslers, Heima: Das Kamera-Auge des Homo faber, in: Diskussion Deutsch 9 (1978), S. 375–387.

Kiernan, Doris: Existenziale Themen bei Max Frisch. Die Existenzphilosophie Martin Heideggers in den Romanen *Stiller*, *Mein Name sei Gantenbein* und *Homo faber*, Berlin 1978.

Petersen, Jürgen H.: Max Frisch, Stuttgart 1978 [S. 129–139 über *Homo faber*].

Schmitz, Walter: Die Wirklichkeit der Literatur. Über den Roman *Stiller* von Max Frisch, in: MbSt, Bd. 1, S. 11–25.

Wailes, Stephen L.: The Inward Journey: *Homo faber* and *Heart of Darkness*, in: New German Studies 6 (1978), S. 31–44.

Latta, Alan D.: Walter Faber and the Allegorization of Life: A Reading of Max Frisch's Novel *Homo faber*, in: Germanic Review 54 (1979), S. 152–159. Deutsch in: MbHF, S. 79–100.

Lehmann, Werner P.: Mythologische Vexierspiele. Zu einer Kompositionstechnik bei Büchner, Döblin, Camus und Frisch, in: U. Fülleborn/J. Krogoll (Hg.): Studien zur deutschen Literatur. Festschrift für Adolf Beck zum 70. Geburtstag, Heidelberg 1979 [S. 58–80 über *Homo faber*].

Pütz, Peter: Das Übliche und das Plötzliche. Über Technik und Zufall im *Homo faber*, in: G. Knapp (Hg.): Max Frisch. Aspekte des Bühnenwerks, Bern 1979. Außerdem in: MbHF, S. 133–141.

Schuhmacher, Klaus: »Weil es geschehen ist«. Untersuchungen zu Max Frischs Poetik der Geschichte, Königstein/Ts. 1979.

Michot-Dietrich, Hela: Symbolische Reflexionen über den *Étranger* und *Homo faber*, in: Germanisch-romanische Monatsschrift N. F. 30 (1980), S. 423–437.

Blair, Rhonda L.: ›Homo faber‹, ›Homo ludens‹ and the Demeter-Kore-Motif, in: Germanic Review 56 (1981), S. 140–150. Deutsch in: MbHF, S. 142–170.

Mauser, Wolfram: Max Frischs *Homo faber*, in: Freiburger literaturpsychologische Gespräche, hg. v. J. Cremerius u. a. Erste Folge bes. v. Frederick Wyatt, Bern 1981, S. 79–95.

Haberkamm, Klaus: Einfall – Vorfall – Zufall. Max Frischs *Homo faber* als ›Geschichte von außen‹, in: Modern Languages Notes 97 (1982), S. 713–744.

Bauer, Conny: Max Frisch's ›Homo faber‹. Versuch einer psychoanalytischen Deutung, in: Text & Kontext II (1983), S. 324–340.

Knapp, Mona: Moderner Ödipus oder blinder Anpasser? Anmerkungen zum *Homo faber* aus feministischer Sicht, in: MbHF, S. 188–207.

Lehn, Jörg: Die veränderte Chronologie in Max Frischs *Homo faber*: Ein Vergleich zwischen Original-, Werk- und Taschenbuchausgabe, in: Literatur in Wissenschaft und Unterricht 16 (1983), S. 19–23.

Michot-Dietrich, Hela: Meursault et Faber: Vaincus ou vainqueurs? Une comparaison entre *L'étranger* et *Homo faber*, in: Archiv für das Studium der neueren Sprachen und Literaturen 128 (1976), S. 19–31. Deutsch in: MbHF, S. 171–187.

Schmitz, Walter: Die Entstehung von *Homo faber*. *Ein Bericht*, in: MbHF, S. 63–75.

Schmitz, Walter: Max Frischs Roman *Homo faber*. Eine Interpretation, in: MbHF, S. 208–239.

Schmitz, Walter: Nachfolge auf eigenen Wegen: Die Wirkungsgeschichte von Max Frischs Werk in der deutschsprachigen Gegenwartsliteratur, in: MbHF, S. 290–333.

Stephan, Alexander: Max Frisch, München 1983.

Viehoff, Reinhold: Max Frischs *Homo faber* in der zeitgenössischen Literaturkritik der ausgehenden fünfziger Jahre. Analyse und Dokumentation, in: MbHF, S. 243–289.

Schmitz, Walter: Max Frisch: Das Werk (1931–1961). Studien zu Tradition und Traditionsverarbeitung, Bern u. a. 1985.

Egger, Richard: Der Leser im Dilemma. Die Leserrolle in Max Frischs

Romanen *Stiller, Homo faber* und *Mein Name sei Gantenbein*, Bern u. a. 1986.

Müller-Salget, Klaus: Erläuterungen und Dokumente. Max Frisch *Homo faber*, Stuttgart 1987.

Kranzbühler, Bettina: Mythenmontage im *Homo faber*, in: MF, S. 214–224.

Bollerup, Lene: Allerlei Sonstiges durch Thomas Mann. Eine vergleichende Lektüre von Max Frischs *Homo faber* und Thomas Manns *Tod in Venedig*, in: Text & Kontext 17 (1989), S. 266–278.

Latta, Alan D.: The Nature and Variety of Signifying Elements in Max Frisch's Novel *Homo faber*: An Approach, in: The Germanic Review 64 (1989), S. 146–156 (Korrektur: GR 65, 1990, S. 88–90).

Leber, Manfred: Vom modernen Roman zur antiken Tragödie. Interpretation von Max Frischs *Homo faber*, Berlin 1990.

Lubich, Frederick A.: Max Frisch *Stiller, Homo faber* und *Mein Name sei Gantenbein*, München 1990.

Reschke, Claus: Life as a Man. Contemporary Male-Female-Relationships in the Novels of Max Frisch, New York u. a. 1990.

Barkhoff, Jürgen: »Die Montage ging in Ordnung, ohne mich«. Zur erzähltechnischen Tiefenstruktur in Max Frischs *Homo faber*, in: Wirkendes Wort 41 (1991), S. 212–227.

Koepke, Wulf: Understanding Max Frisch, Columbia 1991.

Friedl, Gerhard: Blindheit und Selbsterkenntnis. Gedanken zu einer Unterrichtseinheit über König Oidipus von Sophokles und Max Frischs *Homo faber*, in: Deutschunterricht 44 (1992), H. 3, S. 55–73.

Balle, Martin: Sich selbst schreiben – Literatur als Psychoanalyse. Annäherung an Max Frischs Romane *Stiller, Homo faber* und *Mein Name sei Gantenbein*, München 1994.

Elsaghe, Yahya A.: »Sintflut« und »Gipfelkreuz«. Säkularisationsphänomene in Max Frischs *Homo faber*, in: Weimarer Beiträge 40 (1994), S. 134–140.

Buschmann, Matthias: Liebe und Tod. Eine Analyse von Max Frischs *Homo faber*, in: Literatur in Wissenschaft und Unterricht 28, H. 1 (1995), S. 3–21.

Thornton, Peter C.: Man the maker. Max Frisch's *Homo faber* and the Daedalus Myth, in: Germanic Review 70 (1995), S. 153–163.

Withe, Alfred D.: Max Frisch, the reluctant modernist, Lewinston u. a. 1995.

Näf, Anton: Grammatik und Textinterpretation – am Beispiel von *Homo faber*, in: Der Deutschunterricht 48 (1996), H. 6, S. 44–60.

Zur Rezeption

Ein umfassendes Verzeichnis der literaturkritischen Rezeption hat Reinhold Viehoff (ÜHF, S. 355–361) zusammengestellt. In unserem Text werden die folgenden Besprechungen zitiert:

Allemann, Beda: Max Frisch: *Homo faber. Ein Bericht*. Ms. 10 S. Frankfurt/M.: Hessischer Rundfunk, Sendung v. 20.10.1957.

Bircher, Ralph: *Homo faber*, in: Der Wendepunkt (Zürich/Frankfurt), Juli 1958.

Farner, Konrad: homo frisch, in: Die Weltbühne (Berlin/DDR), 1.1.1958.

Fontana, Oskar Maurus: Ein Bericht über den ›Leerlaufmenschen‹, in: Die Presse (Wien), 26.1.1958.

Franzen, Erich: *Homo faber*, in: Merkur 12 (1958), S. 780–783. Außerdem in: T. Beckermann (Hg.): Über Max Frisch, Frankfurt/M. 1971 (es 404), S. 71–76.

Goldschmit, Rudolf: Die verfehlte menschliche Existenz. Max Frischs neues Werk *Homo Faber*, in: Stuttgarter Zeitung, 9.11.1957.

Haerdter, Robert: Der Mensch und das Fatum, in: St. Galler Tagblatt, 5.10.1957.

Hartlaub, Geno: Held der künstlichen Welt. *Homo faber* — Ein Bericht von Max Frisch, in: Sonntagsblatt (Hamburg), 17.11.1957.

Jacobi, Hansres: Technik statt Mystik, in: Eßlinger Zeitung (Eßlingen/Neckar), 11.12.1957. Auch als: Tragik des technischen Daseins, in: Badener Tagblatt, 12.10.1957.

Jens, Walter: Max Frisch und der homo faber, in: DIE ZEIT, 9.1.1958.

Kramberg, Karl Heinz: Begnadigung ausgeschlossen, in: Süddeutsche Zeitung, 19.10.1957.

Nolte, Jost: Ein Zeitgenosse wird zugrunde gerichtet. Max Frischs Bericht über den *Homo Faber*: Abrechnung mit dem Herrn der Technik, in: Die Welt (Essen), 26.10.1957.

H. N.: Dichtung im Takt der Maschinen. Max Frischs ›Homo faber‹, in: Bremer Nachrichten, 30.11.1957.

Ross, Werner: Kunst und Lust des Erzählens. Westdeutscher Rundfunk, Kulturelles Wort, Sendung v. 30.6.1958.

Schmidtmann, Karl: Mondfinsternis mit Sabeth. Tragödie eines Technikers in Max Frischs *Homo faber*, in: Rheinischer Merkur (München), 25.10.1957.

Sieburg, Friedrich: War Ödipus zunächst Ingenieur?, in: Frankfurter Allgemeine Zeitung, 26.10.1957.

Silex, Karl: Der Ingenieurmensch, in: Bücherkommentare, 20.11.1957.

Uhlig, Helmut: Homo Faber: Der Mensch ohne Romantik, in: Der Tag (West-Berlin), 13.10.1957.

Zum Film *Homo Faber* von Volker Schlöndorff

»Wem wird man schon fehlen?« *Homo-Faber*-Regisseur Volker Schlöndorff über seinen Film und seine Begegnungen mit Max Frisch, in: Der Spiegel 12/1991, S. 236–251.

Rainer Traub: Bauchlandung eines Machers, in: Der Spiegel 24/1991, S. 195–201.

Peter Buchka: Volker Schlöndorff zieht Bilanz. Mit der Verfilmung des *Homo Faber* kehrt der deutsche Regisseur aus Amerika zurück, in: Süddeutsche Zeitung, Nr. 68, 21.3.1991.

»Amerika in Europa«. Ein Gespräch mit dem Regisseur Volker Schlöndorff über seine Verfilmung von Max Frischs *Homo Faber*, in: Der Tagesspiegel, Nr. 13 826, 17.3.1991.

Kleber, Reinhard: Frischs und Schlöndorffs *Homo Faber*. Möglichkeiten und Grenzen sogenannter Literaturverfilmungen, in: W. Gast (Hg.): Literaturverfilmung, Bamberg 1993, S. 204–211.

Thomsen, Kai: »Careless love«. Zur Filmmusik von Volker Schlöndorffs *Homo faber*, in: Diskussion Deutsch 1994, S. 401–410.

Helmetag, Charles H.: Volker Schlöndorff's ›American‹ film adaption of Max Frisch's *Homo faber*, in: Monatshefte 87 (1995), S. 446–456.

Werres, Peter: ›Man the maker‹. Novel by Frisch, film by Schlöndorff, in: Philological papers 41 (1995), S. 89–101.

Berghahn, Daniela: Fiction into film and the fidelity discourse. A case study of Volker Schlöndorff's reinterpretation of *Homo faber*, in: German Life and Letters 49 (1996), S. 72–87.

Helmetag, Charles H.: Recapturing the 1950s in Volker Schlöndorff's film adaption of *Homo faber*, in: GRN 27 (1996), S. 33–35.

Hurst, Matthias: Erzählsituationen in Literatur und Film. Ein Modell zur vergleichenden Analyse von literarischen Texten und filmischen Adaptionen, Tübingen 1996.

Sonstige Literatur

Quellen

Anders, Günther: Die Antiquiertheit des Menschen. Über die Seele im Zeitalter der zweiten industriellen Revolution, München 1968 [1. Aufl. 1956].

de Beauvoir, Simone: Amerika. Tag und Nacht, Hamburg 1952.

Benjamin, Walter: Theorien des deutschen Faschismus. Zu der Sammelschrift *Krieg und Krieger*, hg. von E. Jünger, in: Ders.: Gesammelte Schriften. Bd. III, hg. v. H. Tiedemann-Bartels, Frankfurt/M. 1972, S. 238–250.

Dürrenmatt, Friedrich: Theater-Schriften und Reden, Zürich 1966.

Dürrenmatt, Friedrich: Gesammelte Werke in sieben Bänden, Zürich 1991.

Fitzgerald, F. Scott: Der große Gatsby, Berlin 1953.

Förgen, Marie Theres: Welt und Wirtschaft. Vom Selbstbewusstsein der Ökonomen, in: Neue Zürcher Zeitung (Internationale Ausgabe), Nr. 7, 10./11.1.1998.

Freud, Sigmund: Die Traumdeutung, in: Ders.: Gesammelte Werke. Chronologisch geordnet. Bd. II/III, London 1952.

Goethe, Johann Wolfgang von: Sämtliche Werke, Briefe, Tagebücher und Gespräche. I. Abt., Bd. 10, hg. v. G. Neumann u. H.-G. Drewitz, Frankfurt/M. 1989.

Huizinga, Johan: Homo ludens. Versuch einer Bestimmung des Spielelementes der Kultur, Amsterdam 1939.

Jünger, Ernst: Sämtliche Werke in 18 Bänden, Stuttgart 1978–1982.

Jünger, Friedrich Georg: Maschine und Eigentum, Frankfurt/M. 1949.

Jünger, Friedrich Georg: Die Perfektion der Technik, Frankfurt/M. ^{2}1949 [1. Aufl. 1946].

Kerényi, Karl: Die Heroen der Griechen, Zürich 1958.

Koeppen, Wolfgang: Gesammelte Werke in sechs Bänden. Bd. 2. Romane II, hg. v. M. Reich-Ranicki u. a., Frankfurt/M. 1986.

Mann, Thomas: Erzählungen. Fiorenza. Dichtungen, in: Ders.: Gesammelte Werke. Bd. VIII, Frankfurt/M. 1974.

Muckermann, Friedrich: Der Mensch im Zeitalter der Technik, Luzern 1943.

Ortega y Gasset, José: Betrachtungen über die Technik/Der Intellektuelle und der Andere, Stuttgart 1949.

Otto, Walter F.: Die Götter Griechenlands. Das Bild des Göttlichen im Spiegel des griechischen Geistes, Frankfurt/M. ^{6}1970 [1. Aufl. 1929].

Schlöndorff, Volker: The Last Days of Max Frisch, in: The New York Times Book Review, 5.4.1992.

Wiener, Norbert: Kybernetik. Regelung und Nachrichtenübertragung in Lebewesen und Maschine, Reinbek 1968.

Wiener, Norbert: Mensch und Menschmaschine, Frankfurt/M. 1952.

Forschung

Brown, Sterling A.: Negro Character as Seen by White Authors, in: The Journal of Negro Education, Vol. II, No. 2 (1933), S. 179–203.

Dierks, Manfred: Studien zu Mythos und Psychologie bei Thomas Mann, Bern 1972.

Jaeger, Friedrich: Theorie als soziale Praxis. Die Intellektuellen und die kulturelle Vergesellschaftung, in: W. Bialas/G. G. Iggers (Hg.): Intellektuelle in der Weimarer Republik, Frankfurt/M. u. a. 1996, S. 31–47.

Link, Jürgen/Siegfried Reinecke: »Autofahren ist wie das Leben«. Metamorphosen des Autosymbols in der deutschen Literatur, in: H. Segeberg (Hg.): Technik in der Literatur, Frankfurt/M. 1987, S. 436–482.

Meyer, Martin: Ernst Jünger, München 1990.

Mumford, Lewis: Mythos der Maschine. Kultur, Technik und Macht, Frankfurt/M. 1977.

Rank, Otto: Das Inzest-Motiv in Dichtung und Sage. Grundzüge einer Psychologie des dichterischen Schaffens, Leipzig ²1926.

Schmitz, Walter: Wolfgang Koeppen und sein Werk, in: Deutsche Bücher 14 (1984), S. 161–179.

Schmitz, Walter: *Der Tod in Venedig.* Eine Erzählung aus Thomas Manns Münchner Jahren, in: Blätter für den Deutschlehrer 1985, H. 1, S. 2–20.

Schmitz, Walter: Christoph Hein: *Der fremde Freund.* Über den Verlust der Utopie in der Literatur der DDR, in: Ders. (Hg.): Über Christoph Hein, Dresden 1998 (im Druck).

Segeberg, Harro: Technik-Bilder in der Literatur des zwanzigsten Jahrhunderts, in: Ders. (Hg.): Technik in der Literatur, Frankfurt/M. 1987, S. 411–435.

Wuthenow, Ralph-Rainer: Count down. Günter Anders: Philosophie der Technik als Alptraum und Apokalypse, in: Frankfurter Rundschau, 12.7.1980.

Ziolkowski, Theodore: Der Hunger nach dem Mythos. Zur seelischen Gastronomie der Deutschen in den Zwanziger Jahren, in: R. Grimm/J. Hermand (Hg.): Die sogenannten Zwanziger Jahre. First Wisconsin Workshop. Bad Homburg v. d. H. 1970, S. 169–201.

6. Wort- und Sacherläuterungen

7.4 **Super-Constellation**: Das letzte viermotorige Langstreckenflugzeug, 1954 von Lockheed in den USA erstmals gebaut (Reichweite 6 600 km; Reisegeschwindigkeit 450 km/h).

9.32 **Wiederbewaffnung**: Das Wehrpflichtgesetz vom 21.7.1956 bildete die Voraussetzung für die – heftig umstrittene – Schaffung der Bundeswehr; es hatte eine zweimalige Änderung des Grundgesetzes (am 26.3.1954 und am 19.3.1956) erfordert.

9.35 **Kaukasus**: Die Kämpfe im Kaukasus-Gebirge 1942 führten zu keiner militärischen Entscheidung. Der Rückzug der Wehrmacht erfolgte erst nach der Schlacht von Stalingrad im Februar 1943, dem Wendepunkt des Kriegs mit der Sowjetunion.

10.6–7 **Herrenmenschen und Untermenschen**: Schlagworte aus der pseudodarwinistischen, antisemitischen Ideologie des Nationalsozialismus. Die Nationalsozialisten stellten eine Rangordnung von Menschenrassen auf, wonach die »Arier« auf dem höchsten, die Juden auf dem untersten Rang stünden. Mit Hilfe dieses Rassebegriffs wurden die Juden zum kollektiven Feindsymbol, zu »Untermenschen« erklärt und ihre Ermordung ›gerechtfertigt‹.

10.28 **Unesco**: Abk. für engl.: United Nations Educational, Scientific, and Cultural Organization (»Organisation der Vereinten Nationen für Erziehung, Wissenschaft und Kultur«); 1945 gegründete Sonderorganisation der Vereinten Nationen, deren Aufgaben v. a. die Förderung der internationalen Zusammenarbeit auf den Gebieten Erziehung, Wissenschaft, Information und Bildung und die weltweite Durchsetzung der Menschenrechte sind.

13.3 **nicht weitergehen**: Rassentrennung (›segregation‹) war während der Fünfzigerjahre v. a. in den Südstaaten der USA – wie hier in Texas – noch legal und allgemein üblich.

16.2 **Maya-Ruinen**: Insbesondere in Palenque finden sich bedeutende Ruinenstätten der Maya-Kultur, die ihre Blüte ca. 300 bis 950 n. Chr. auf der Halbinsel Yucatán (Guatemala und Mexiko) erlebte. Ihre Städte gruppierten sich um Tempel und Paläste, die auf Stufenpyramiden errichtet waren.

16.34 **Zähne ausgefallen**: Der »Zahnreiztraum« gemäß S. Freuds Typologie (s. o.) ist überblendet mit einer Reminiszenz an die Erzählung *Der Mann von fünfzig Jahren*, die in Goethes *Wilhelm Meisters Wanderjahre* eingeschaltet ist (S. 487f.): »Dem Major war vor kurzem ein Vorderzahn ausgefallen, und er fürchtete den zweiten zu verlieren. An eine künstlich scheinbare Wiederherstellung war bei seinen Gesinnungen nicht zu denken, und mit diesem Mangel um eine junge Geliebte zu werben, fing an ihm ganz erniedrigend zu scheinen [. . .]. Früher oder später hätte vielleicht ein solches Ereignis wenig gewirkt, gerade in diesem Augenblicke aber trat ein solcher Moment ein, der einem jeden an eine gesunde Vollständigkeit gewöhnten Menschen höchst widerwärtig begegnen muß. Es ist ihm, als wenn der Schlußstein seines organischen Wesens entfremdet wäre und das übrige Gewölbe nun auch nach und nach zusammenzustürzen drohte.«

Amöben: Weltweit verbreitete Klasse von Urtierchen, bis zu 18.18
mehreren Millimetern groß, ohne feste Körperform, z. T. als
Parasiten lebend, in den Tropen und Subtropen Ursache der
Amöbenruhr, einer schweren Darmerkrankung.

Das Wahrscheinliche [. . .] Statistik und Wahrheit: Die Bücher, 23.25–24.10
die Faber hier anführt, sind ›Klassiker‹ der Mathematik; Frisch
ging sie für seinen Roman durch: Ernst Mally (1879–1944):
Wahrscheinlichkeit und Gesetz, Berlin: de Gruyter 1938; Hans
Reichenbach (1891–1953): *Wahrscheinlichkeitslehre. Eine Untersuchung über die logischen und mathematischen Grundlagen der Wahrscheinlichkeitsrechnung*, Leiden: Sijthoff 1935; Alfred North Whitehead (1861–1947)/Bertrand Russell (1872–1970): *Principia Mathematica*. Cambridge: University Press 1925–27; Richard v. Mises (1883–1953): *Wahrscheinlichkeit, Statistik und Wahrheit. Einführung in die neue Wahrscheinlichkeitslehre und ihre Anwendung*, Wien: Springer [2]1936. Das Würfelbeispiel dient in dieser Fachliteratur als Standardbeispiel; v. a. Reichenbach erläutert den Wahrscheinlichkeitsbegriff im täglichen Leben ähnlich wie Faber.

Disney-Film: Vgl. auch das Buch: *Walt Disney: Die Wüste lebt.* 24.16
Nach dem Film beschrieben von Manfred Hausmann, Stuttgart:
Blüchert 1955; die Wüstennacht wird hier ebenfalls anschaulich
beschrieben.

Theresienstadt: M. Frisch besuchte das Konzentrationslager 31.9

Theresienstadt (das heutige Terezín, unfern von Prag), das ›Vorzeigelager‹ im System der nationalsozialistischen Judenermordung, im März 1947 (vgl. *Tagebuch 1946–1949*, GW II, S. 482ff.).

32.31–32 **Studebaker-oder-Nash:** Der Nash, ein praktisches und zuverlässiges Beförderungsmittel, kontrastiert der Eleganz des Studebaker – analog dem Gegensatz, den Faber zwischen sich und Ivy sieht.

34.24–27 **emigrieren können [. . .] in letzter Stunde –:** Das ›Reichskristallnacht‹ genannte Pogrom vom 9. und 10.11.1938, das von dem damaligen ›Reichsminister für Volksaufklärung und Propaganda‹ veranlasst und als vorgeblich ›spontane‹ Aktion des ›deutschen Volkes‹ inszeniert wurde, nahm vielen jüdischen Deutschen die letzte Hoffnung auf Grenzen der Verfolgung; es löste eine weitere große Auswanderungswelle aus.

34.31–32 **Sous les toits de Paris!:** »Unter den Dächern von Paris«; erster Tonfilm des franz. Regisseurs René Clair (1898–1981) aus dem Jahr 1930 und berühmtes Chanson.

35.12–13 **Bedeutung des sogenannten Maxwell'schen Dämons:** In seinem Buch *Cybernetics or Control and Communication in the Animal and the Machine* (1948), das Frisch für seinen Roman benutzte, erläutert der amerik. Mathematiker und Begründer der Kybernetik Norbert Wiener (1894–1964) ein berühmtes Gedankenexperiment des engl. Physikers James Clerk Maxwell (1831–1879): »Ein sehr wichtiger Gedanke in der statistischen Mechanik ist der des ›Maxwellschen Dämons‹. Wir wollen uns ein Gas vorstellen, in dem sich die Partikeln mit der Geschwindigkeitsverteilung des statistischen Gleichgewichts bei einer gegebenen Temperatur umherbewegen. Für ein vollkommenes Gas ist dies die Maxwellsche Verteilung. Dieses Gas soll in einem festen Behälter enthalten sein, umschlossen von einer Wand, die eine durch eine kleine Pforte verschlossene Öffnung enthält. Diese Pforte wird durch einen Türhüter, entweder einen menschenähnlichen Dämon oder einen sehr feinen Mechanismus, bedient. Wenn eine Partikel von höherer als der mittleren Geschwindigkeit sich der Pforte aus dem Abteil A nähert oder eine Partikel von niedrigerer als der mittleren Geschwindigkeit sich der Pforte vom Abteil B nähert, öffnet der Torwächter die

Pforte, und die Partikel geht durch; wenn aber eine Partikel von niedrigerer als der mittleren Geschwindigkeit sich vom Abteil A her nähert, oder eine Partikel mit höherer als der mittleren Geschwindigkeit sich aus dem Abteil B nähert, bleibt die Pforte geschlossen. Auf diese Weise nimmt die Konzentration von Partikeln mit hoher Geschwindigkeit in Abteil B zu und in Abteil A ab. Das bewirkt eine offensichtliche Abnahme der Entropie, so daß es scheint – wenn die zwei Abteile jetzt durch eine Wärmemaschine verbunden werden –, als ob wir ein *Perpetuum mobile* erhalten hätten« (Wiener, S. 83f.). Wiener weist im Folgenden nach, dass der Maxwellsche Dämon nicht existieren kann, denn er ist selbst Teil eines umfassenden Entropiesystems, empfängt also Information von den einzelnen Gaspartikeln. Das bedeutet, dass der »Dämon« über kurz oder lang funktionsunfähig wird.

Tolteken, Zapoteken, Azteken: Die Tolteken sind ein Indianervolk im vorkolumbianischen Zentralmexiko, das seine Blütezeit etwa 900–1150 n. Chr. erlebte. Zapoteken heißt ein Indianervolk im mexikanischen Staat Oaxaca, das während seiner Blütezeit (500–800 n. Chr.) enge Beziehungen zu Teotihuacán und den Mayas unterhielt. Die Azteken sind ein im 13. Jh. nach Mexiko eingewanderter Stamm; seine größte Ausdehnung hatte das aztekische Reich im 15. Jh., es wurde 1521 von den Spaniern erobert und zerschlagen (vgl. Erl. zu S. 54,4). 42.20–21

keinerlei Technik hatten, dafür Götter: Frisch greift für seine Beschreibung der Maya-Kultur auf Reisenotizen aus Mexiko zurück, die er 1951 unter dem Titel *Orchideen und Aasgeier. Ein Reisealbum aus Mexico. Oktober/November 1951* (GW III, S. 196–221) veröffentlicht hatte. Dort heißt es: »Die Spanier [. . .] waren die Techniker. [. . .] Noch heute sind die Indios völlig untechnisch.« Über die Geschichte und Kultur des Landes hatte Frisch sich in dem »klassische[n] Buch über die Eroberung von Mexico« (S. 208) informiert: William Prescott: *Der Untergang der indianischen Kultur. Die Eroberung Mexicos durch Ferdinand Cortez. Illustrierte Aretz-Standardwerke*, Wien: Bernina 1935. Prescott stellt den präzisen Sonnenkalender der Azteken vor, den »sie, bis auf einen fast unanschlagbaren Bruchteil mit der genauen Länge des Sonnenwendejahres, wie es durch die allergenauesten Beobachtungen feststeht, in Übereinstimmung 47.7–8 brachten« (S. 73), und er schildert das Fest, mit dem die Indios das »Ende des großen Zeitkreises von zweiundfünfzig Jahren feierten« (S. 79f.).

49.2 **Professor Wölfflin:** Heinrich Wölfflin (1864–1945), schweiz. Kunsthistoriker, lehrte in Basel, Berlin, München und Zürich. Frisch besuchte während seines Studiums in Zürich Wölfflins Vorlesungen (1931–1933); dazu heißt es im *Tagebuch 1946–1949*: »Ebenso herrlich wie fremd [. . .] stand der alte Wölfflin, eine Lanze aus Bambus in der Hand, seine Grundbegriffe entwickelnd; alles wie in Marmor gesprochen« (GW II, S. 586).

49.12 **Schutzhaft:** Schon seit Februar 1933 wurde vom nationalsozialistischen Regime die Verhaftung politischer Gegner und ›rassisch‹ Verfolgter ohne Gerichtsbeschluss praktiziert.

49.13 **Greuelmärchen:** Als Vorwand der Judenverfolgung diente den Nationalsozialisten die sog. ›Greuelpropaganda‹, die angeblich vom ›internationalen Judentum‹ gegen das Dritte Reich betrieben werde. Von Sympathisanten des ›Reiches‹ im Ausland – auch in der neutralen Schweiz – wurden die Berichte über die Judenverfolgung ebenfalls als ›Greuelmärchen‹ diffamiert.

49.16–17 **Parteitag in Nürnberg [. . .] der deutschen Rassengesetze:** Am 15.9.1935 wurden vom Reichstag anlässlich des Nürnberger Parteitags der NSDAP die sog. ›Rassengesetze‹ einstimmig verabschiedet. ›Rassengesetze‹ ist eine Sammelbezeichnung für das »Reichsbürgergesetz«, das nur noch Bürgern »deutschen oder artverwandten Blutes« volle politische Rechte zuerkannte, und das »Gesetz zum Schutze des deutschen Blutes und der deutschen Ehre«; dieses ›Blutschutzgesetz‹ verbot u. a. die Eheschließung zwischen Juden und »Ariern« (sog. »Rassenschande«). Die ›Rassengesetze‹ boten den Nationalsozialisten die juristische Grundlage für die Judenverfolgung.

49.22 **Fremdenpolizei:** Die repressive Politik der Eidgenössischen Fremdenpolizei unter der Leitung von Dr. Heinrich Rothmund stand während der Sechzigerjahre im Zentrum der ersten breiten öffentlichen Debatte um die ›unbewältigte Schweizer Vergangenheit‹ mit ihrem – nicht nur latenten – Antisemitismus. Frisch hat sich an dieser Auseinandersetzung maßgeblich beteiligt (vgl. GW V, S. 370).

50.8 **Aufenthaltsbewilligung:** Aufenthaltsbewilligungen für Asylsuchende aus dem Dritten Reich wurden jeweils nur für kurze Zeit – zumeist unter strengen Auflagen – erteilt oder verlängert; gemäß dem Slogan ›Das Boot ist voll‹ wollte man die Flüchtlinge zur Weiterwanderung bewegen.

Homo Faber: Hannas spöttisches Spiel mit dem Namen Faber 50.21 greift die bekannte anthropologische Bestimmung des ›Menschen als Handwerker‹ auf; in seinem vielgelesenen Buch *Homo ludens. Versuch einer Bestimmung des Spielelementes der Kultur* (1938) kontrastiert der niederl. Kulturhistoriker Johan Huizinga (1872–1945) die beiden Typen, den Vertreter der materiell-technischen und denjenigen der künstlerischen Möglichkeiten des Menschen: »Als es klar wurde, daß der Name *Homo sapiens* für unsere Art doch nicht so gut paßte [...] weil wir am Ende doch gar nicht so vernünftig sind [...] stellte man neben diese Bezeichnung für unsere Spezies den Namen *Homo faber*, der schaffende Mensch« (S. XV).

Schauspielhaus: Das Zürcher Schauspielhaus hatte Frisch 50.22–23 »zwischen 1933 und 1938 [...] häufig besucht; Käte [Rubensohn] besorgte die Studenten-Karten. Nähere Beziehungen zu den Mitgliedern des Hauses«, das ein Zentrum des kulturellen Exils war, »pflegte er nicht« (Bircher, S. 88). Zwar verteidigte er in seinem Artikel *Ist Kultur eine Privatsache? Grundsätzliches zur Schauspielhausfrage* die gefährdete Unabhängigkeit des Hauses, allerdings im Gestus der ›geistigen Landesverteidigung‹. Erst seit 1944 wird der Nachwuchsdramatiker Frisch an dieser ›Emigrantenbühne‹ seine geistige Heimat finden.

Il etait un petit navire ...: »Es war einmal ein kleines Schiff«; 53.15 anonymes franz. Volkslied, dessen Melodie wohl aus dem Ende des 18. bzw. Anfang des 19. Jh.s stammt; es ist in Frankreich sehr populär. Zwei Fassungen sind gängig, eine pessimistische und eine optimistische. Erzählt wird die Jungfernfahrt eines kleinen Schiffes, dessen Besatzung nach wochenlanger Irrfahrt auf dem Mittelmeer aus Hunger beschließt, den Jüngsten, den Schiffsjungen, zu essen (mit heller Sauce oder als Frikassee). Der Knabe klettert in seiner Not auf den Mast, sieht dort die Unendlichkeit des Meeres und betet um Rettung. Hier gehen die beiden Fassungen auseinander, in der einen wird er in heller Sauce gegessen, in der anderen rettet ihn ein Wunder: Aus dem Meer springen kleine Fische zu tausenden aufs Schiff und werden gebraten; in dieser zweiten Variante heißt der Junge Moses (vgl. Haberkamm 1977, S. 19f.).

54.4 **Cortez und Montezuma**: Hernán Cortés (1485–1547), span. Konquistador, eroberte 1519–1521 das Aztekenreich und war bis 1528 Statthalter von Neuspanien. Moctezuma II. Xocoyotzin (um 1466–1520), letzter Herrscher der Azteken, der von Cortés gefangen genommen wurde. Er starb in Gefangenschaft.

54.11–12 **Abwurf der H-Bombe**: Die erste Zündung der 1949 entwickelten Wasserstoffbombe fand im November 1952 statt; zu Frischs Reaktion auf die Atombombe vgl. *Tagebuch 1946–1949*, GW II, S. 400f.

54.14 **Maquis**: Marcel meint Macchia, überwiegend an Küsten wachsende immergrüne strauchhohe Vegetation; ›Maquis‹ ist der Tarnname für franz. Partisanengruppen während der dt. Besatzung im Zweiten Weltkrieg, den wohl Herbert assoziiert.

54.23–24 **Industrialisierung [. . .] sterbenden Rasse**: Der Kultur- und Geschichtsphilosoph Oswald Spengler (1880–1936) formulierte in seiner Schrift *Der Mensch und die Technik. Beiträge zu einer Philosophie des Lebens* (1931) diesen Gemeinplatz: Der ›faustische Mensch‹ weißer Rasse habe die Technik an die »farbigen Völker« verraten, sodass nun der Untergang der ›weißen Völker‹ bevorstehe (S. 58–62).

60.25 **jüdischen Pässe annulliert**: Frisch datiert eine Aktion aus dem Jahr 1938 um zwei Jahre vor (S. 61,30). Als nach dem ›Anschluss‹ Österreichs viele Flüchtlinge in die Schweiz drängten, ersuchte die schweizer. Regierung das nationalsozialistische Regime um Maßnahmen, die eine strengere Grenzkontrolle erlauben sollten. Daraufhin verfügte die Reichsregierung am 5.10.1938, dass alle jüdischen Reisepässe einzuziehen und mit einem roten ›J‹ (für ›Jude‹) zu kennzeichnen seien. Damit war den schweizer. Grenzbehörden die Möglichkeit gegeben, Personen, die ›lediglich‹ ›rassisch‹ verfolgt wurden und deshalb kein ›politisches‹ Asyl beanspruchen konnten, zurückzuweisen.

69.31 **vielleicht frigid**: In ihrem Buch *Amerika. Tag und Nacht* (1947) hielt die franz. Schriftstellerin Simone de Beauvoir (1908–1986) dieses Stereotyp fest: »Es ist bei den Männern Amerikas eine ständige Redensart, daß die hiesigen Frauen frigid seien, und bei manchen Männern ist dies beinahe eine fixe Idee« (S. 368).

Wir hätten Joachim [. . .] sondern verbrennen sollen: Die Feuer-   73.32–33
bestattung symbolisiert den Sieg des apollinisch-männlich-geis-
tigen Prinzips über das dionysisch-weiblich-stoffliche, dem die
Erdbestattung zugeordnet ist; diese Denkfigur, die von dem
schweizer. Rechtshistoriker und Anthropologen Johann Jakob
Bachofen (1815–1887) in seinem Werk *Das Mutterrecht* (1861)
geprägt wurde, konnte Frisch etwa bei seinem Gewährsmann,
dem klass. Philologen Walter F. Otto (1874–1958), finden (vgl.
dort S. 29f. u. S. 140f.).

Tu sais que [. . .] terre est femme!: »Du weißt, daß der Tod   75.1–2
weiblich ist [. . .] und daß die Erde weiblich ist!« Marcels Wort-
spiel mit grammatischem und natürlichem Geschlecht ist eigentlich unübersetzbar. Der Gedanke ist übrigens »wie die Rede-
wendung von der ›Seele im Maquis‹ kein Zitat, obschon es in der
Tat so klingt, sondern eine direkte Aussage von diesem französisch sprechenden Marcel; die Meinung dabei ist wohl klar,
wenn auch nicht raisonnable« (persönliche Mitteilung von Max
Frisch).

existenzialistisch: Die zur zeitgenössischen Philosophie des   75.29–30
franz. Existenzialismus passende Mode. Die Werke Sören Kier-
kegaards (1813–1855), des Ahnherrn der Existenzphilosophie
im 19. Jh., die Schriften Jean Paul Sartres (1905–1980) und S. de
Beauvoirs, aber auch M. Heideggers liefern Denkfiguren (etwa
zu authentischem Dasein, ›Identität‹ und ›Andersheit‹), die
Frischs Schaffen immer voraussetzt und literarisch problemati-
siert.

Baptist: Am Modell der christlichen Urgemeinde ausgerichtete   79.29
religiöse Bewegung, die in England im 17. Jh. vor dem Hintergrund des Puritanismus entstanden ist und sich infolge der Aus-
wanderungen v. a. in Amerika verbreitete. Charakteristika sind
die Erwachsenentaufe (daher der Name) und die individuelle
Bibelauslegung als alleinige Orientierung für den Glauben, die
Gemeindeordnung und das Leben.

Entropie: Ein Maß für die Unumkehrbarkeit der in thermo-   80.12
dynamischen Systemen ablaufenden Prozesse, die auf eine all-
mähliche Umsetzung von Energie in gleich verteilte Wärme hin-
auslaufen. »In den fünfziger Jahren war es, ausgehend von der
Informationstheorie [. . .], eine Zeitlang Mode, das Entropie-

Konzept auf sämtliche Wissensgebiete zu übertragen, einschließlich der Psychologie und der Kunst« (Müller-Salget 1987, S. 43), und demnach eine allgemeine Bewegung zum Stillstand hin zu konstatieren. Der zweite Hauptsatz der Wärmelehre (Entropiesatz) besagt, dass sich in einem abgeschlossenen System in Bezug auf die Energieverteilung ein Zustand immer größerer Unordnung entwickelt. Die Entropie ist ein Maß für diese Unordnung.

80.21–24 **das menschliche Ressentiment [. . .] sei keine Maschine**: In dem Band, den Faber im Folgenden zitiert, stellt N. Wiener als »ein[en] Zweig der Nachrichtentechnik« »die neuere Untersuchung der Automaten« vor, »ob aus Metall oder aus Fleisch«. In seinem Buch *Mensch und Menschmaschine* (1952) hatte derselbe Autor diesen Gemeinplatz der damaligen Diskussion weiter ausgeführt: »Die vielen Automaten des gegenwärtigen Zeitalters sind mit der äußeren Welt für den Empfang von Eindrücken und für die Verrichtung von Handlungen verbunden. Sie enthalten Sinnesorgane [. . .] und das Äquivalent eines Nervensystems, um das Übertragen von Informationen vom einen zum anderen zu gewährleisten. Sie lassen sich selbst sehr gut in physiologischen Ausdrücken beschreiben. Es ist kaum ein Wunder, daß sie mit den Mechanismen der Physiologie in einer Theorie zusammengefaßt werden« (S. 68).

80.34–35 **nicht die Roboter [. . .] sich ausmalen**: N. Wiener erklärt analog in seinem Werk *Mensch und Menschmaschine* (S. 67f.), diese »Maschinen, von denen wir jetzt sprechen, [seien] nicht der Traum des Sensationslüsternen noch die Hoffnung irgendeiner zukünftigen Zeit. Sie existieren bereits als [. . .] ultraschnelle Rechenmaschinen.«

81.17–18 **Der Roboter erkennt [. . .] Zukunft als wir**: N. Wiener forderte in *Mensch und Menschmaschine* (S. 150), man solle »das menschliche Element als das langsamste und unzuverlässigste soweit als möglich aus jeder komplizierten Folge von Rechenoperationen [. . .] entfernen«. Großes Aufsehen hatte im Jahr 1953 die erste zuverlässige Hochrechnung bei der Wahl von Dwight D. Eisenhower (1890–1969) zum amerik. Präsidenten (S. 82,22) erregt. In seinen kulturkritischen Reflexionen *Die Antiquiertheit des Menschen. Über die Seele im Zeitalter der zwei-*

ten industriellen Revolution (1956) deutet Günther Anders die Akzeptanz dieser Zukunftsprognose als Selbstabdankung einer »Menschheit«, die sich nicht schäme, »sich selbst öffentlich zu beschämen«, indem sie »sich [...] öffentlich zurief: ›Da wir schlechter rechnen als unser Apparat, sind wir unzurechnungsfähig‹; ›rechnen‹ wir also nicht« (S. 61).

Mittel der Kommunikation: N. Wiener betont, in dem von Faber zitierten Werk (S. 80,32–34), wie die materielle Beförderung allmählich durch Kommunikation abgelöst werde. Kritisch kommentiert Günther Anders diese »eigentlich umwälzende Leistung, die Radio und T.V. gebracht haben«: »daß die Ereignisse [...] uns besuchen; daß die Welt zum Menschen, statt er zu ihr kommt« (S. 110). 112.16–17

Bach: Von den elf Söhnen und neun Töchtern des Komponisten Johann Sebastian Bach (1685–1750) überlebten ihn nur fünf Söhne und vier Töchter, also präzise 45 %. 114.16

Natur als Götze!: In seinen *Betrachtungen über die Technik*, die im Jahr 1949 gemeinsam mit der von Frisch für sein Bühnenstück *Don Juan oder Die Liebe zur Geometrie* konsultierten Abhandlung *Der Intellektuelle und der Andere* erschien, erklärte der span. Kulturphilosoph José Ortega y Gasset (1883–1955): »Die Technik ist die Reform der Natur, dieser Natur, die uns leidend und bedürftig macht, eine Reform in dem Sinne, daß die Bedürfnisse nach Möglichkeit beseitigt werden, damit ihre Befriedigung aufhört Problem zu sein« (S. 23). 116.6

der Mensch als Ingenieur: In den *Betrachtungen über die Technik* definiert Ortega y Gasset: »der eine lebendige Ausdruck der Technik als solcher: [...] der Ingenieur« (S. 109). 116.10

Fra Angelico: Fra Giovanni da Fiesole, eigtl. Guido di Pietro (um 1401/02–1455), ital. Maler und Dominikanermönch, bedeutender Vertreter der Frührenaissance. 1984 wurde er selig gesprochen. 116.30

Tivoli: Ital. Stadt östlich von Rom, berühmt wegen ihrer röm. Ruinen (Villenanlage Kaiser Hadrians, erbaut 118–134 n. Chr.) und der Villa d'Este (1555ff.) mit ihren manieristischen Parkanlagen. 117.33

Geburt der Venus: Ein frühklassisches griech. Relief, wohl die Geburt der Liebesgöttin Aphrodite darstellend; auf einem Sei- 120.13–14 tenteil ist eine die Doppelflöte spielende Gestalt dargestellt (vgl. Sabeths Flöte, S. 161,33).

120.22 **Kopf einer schlafenden Erinnye:** Die sog. Medusa Ludovisi im Museo Nazionale Romano, dem ›Thermenmuseum‹. – In W. F. Ottos Werk *Die Götter Griechenlands: Das Bild des Göttlichen im Spiegel des griechischen Geistes* (1929), das von Frisch benutzt wurde, findet sich eine Abbildung der ›Medusa Ludovisi‹, die der Verfasser als »Schlafende Mänade« bezeichnet (S. 272f.). Die Erinnyen werden sogleich eingangs von Ottos Buch als die Rachegöttinnen der altgriech. Erdreligion vorgestellt, in der die »*weibliche* Auffassung des Daseins« triumphiere (S. 25). Die Erinnyen sind eine Gruppe von Göttinnen, aus älterer Zeit als die Mythologie der Götter um Zeus; in der Verfolgung des Muttermörders Orest (vgl. Erl. zu S. 148,2) weichen sie zwar der Tochter des Zeus, Athene; der ungar. Religionswissenschaftler Karl Kerényi (1897–1973) hebt jedoch hervor, dass die Erinnyen »v. a. die zürnende Mutter« vertraten: »Über alles setzten sie die Ansprüche der Mutter, selbst wenn es nicht rechtmäßige Ansprüche waren« (S. 52).

129.8 **Kommunizierenden Röhre:** Untereinander verbundene, oben offene Gefäße; wenn sie mit der gleichen Flüssigkeit gefüllt sind, steht der Flüssigkeitsspiegel in allen Gefäßen gleich hoch.

137.6 **Eleutheropoulos:** Der Wortstamm ist der gleiche wie in einem der Beinamen des Dionysos: Dionysos Eleuthereos, der Befreier (vgl. Erl. zu S. 142,30–31).

141.9 **Aspisviper:** Für die Griechen der Antike war die Schlange das Tier der geheimnisvollen Erdentiefe, ein Diener der Erddämonen, zu denen auch die Erinnyen zählten; die Aspisviper genoss bei ihnen religiöse Verehrung.

142.30–31 **Dionysos-Theater:** Friedrich Nietzsche (1844–1900) hatte in seiner Abhandlung *Die Geburt der Tragödie aus dem Geist der Musik* (1872) das Kunstprinzip des ›Apollinischen‹ dem ›Dionysischen‹ entgegengesetzt; dieses steht für Klarheit und Form, jenes für Rausch und Entgrenzung. Th. Mann unterlegte – etwa im *Tod in Venedig* – dieser Antithese die Freudsche Verdrängungstheorie: Der strenge, ›apollinische‹ Formkünstler Aschenbach verfällt seiner Vision des ›fremden Gottes‹ Dionysos.

144.18 **Lykabettos:** Steiler, isolierter Bergkegel im nördlichen Stadtgebiet von Athen, auf dem sich eine dem hl. Georg geweihte Kapelle befindet. Der Kampf des hl. Georg gegen das Böse in Gestalt einer Schlange oder eines Drachen ist ein häufiges bildkünstlerisches Motiv.

Geist: Dass der ›Geist‹ als ›Widersacher der Seele‹ (Ludwig Klages) männlich geprägt sei, ist ein kulturelles Stereotyp, das im Werk Frischs bis in die Vierzigerjahre hinein fortgeschrieben, dann aber als ›Bildnis‹ analysiert wird (vgl. Schmitz 1985, S. 76 u. S. 193). 144.30

mit einer Axt zu erschlagen: Agamemnon, in Homers *Ilias* und *Odyssee* Oberfeldherr der verbündeten Achaier gegen Troja, wurde bei seiner Rückkehr auf Veranlassung seiner Frau Klytämnestra von ihrem Geliebten Ägisthus im Bad mit einer Axt erschlagen. Dies war u. a. die Rache dafür, dass Agamemnon seine Tochter Iphigenie vor dem Kriegszug gegen Troja den Göttern geopfert hatte, um einen glücklichen Ausgang des Feldzugs zu erbitten. Der Sohn Orest rächte diesen Mord (vgl. Erl. zu S. 120,22 u. S. 148,2). 148.2

Der Mann sieht [...] als seinen Spiegel: Hannas Auffassungen entsprechen insgesamt einem Stereotyp, wie es S. de Beauvoir in ihrem Buch *Das andere Geschlecht* (1949) kritisch rekonstruiert hatte: Sie »beschreibt die alle zeitgenössischen westlichen Gesellschaften durchziehende Spaltung in zwei Lager: zum einen das des ›Subjekts‹, das alle Männer weißer Hautfarbe umfaßt, zum zweiten das der ›Anderen‹, zu dem alle Minderheiten rechnen, die in augenfälliger Weise vom ersteren abweichen. Diese Minoritäten gelten als mangelhaft [...]. Ihre Definition leitet sich nicht im Positiven aus den naturgegebenen Charakteristika ab, sondern ex negativo aus dem Fehlen gewisser Merkmale: schwarze Hautfarbe wird definiert als ›nicht-weiß‹, weibliches Verhalten verdankt sich nicht etwa weiblicher Anatomie, sondern dem Mangel an männlichen Geschlechtsmerkmalen etc. Beauvoir bekräftigt August Bebels [des Sozialistenführers] Einschätzung der Frauen als die erste, zahlreichste und machtloseste Gruppe von Proletariern in der Menschheitsgeschichte [S. 152,23]. Noch Mitte des zwanzigsten Jahrhunderts hat sich an ihrem Status wenig geändert, auch die Stilisierung bestimmter vermeintlicher Positiva (das ›ewig Weibliche‹ usw.) trägt letzt- 152.3–4

lich zur weiteren Deklassierung von Frauen bei. Am Ende um-
reißt Beauvoir dann eine neue Klasse, die sich zwischen den La-
gern zu bilden scheint: die der ›emanzipierten‹ Frau, die [. . .]
zwangsläufig im Versuch [, Gleichberechtigung zu verwirkli-
chen,] auf Kollisionskurs mit den bestehenden Herrschaftsver-
hältnissen gerät« (Knapp 1983, S. 190f.).

153.35 **Wärmesatz**: Gemeint ist wohl der zweite der drei Hauptsätze
der Thermodynamik (auch Entropiesatz); er besagt v. a., dass
die Wärmeleitung, also der von selbst verlaufende Übergang von
höheren zu tieferen Temperaturen, ein irreversibler Prozess ist,
bei dem die Entropie, d. h. die wahrscheinliche Verteilung der
Elemente eines Systems, folglich der Grad an ›Unordnung‹ ver-
mehrt wird (vgl. Erl. zu S. 35,12–13).

154.3 **Oedipus und die Sphinx**: ›Ödipus und die Sphinx‹ ist ein belieb-
tes Vasenmotiv; bekannt ist die rotfigurige attische Pelike des
Achilleus-Malers aus dem Jahr 440 v. Chr., die sich heute in den
Staatlichen Museen zu Berlin befindet.
Ödipus, Sohn des Laios, des Königs von Theben, und der Iokas-
te, wird dem griech. Mythos zufolge gleich nach seiner Geburt
mit durchbohrten Knöcheln – was zu seinem Namen führte
(Ödipus = »Schwellfuß«) – ausgesetzt, da das Delphische Orakel
prophezeit hatte, er werde seinen Vater töten und seine Mutter
heiraten. Ödipus wird jedoch von Hirten gerettet und wächst in
Korinth heran. Nachdem ihm das Delphische Orakel erneut sein
Schicksal vorausgesagt hatte, verlässt er Korinth, in der irrigen
Annahme, so seiner Bestimmung entgehen zu können. Auf dem
Weg nach Theben erschlägt er unwissentlich seinen Vater Laios
im Streit. In Theben angelangt, befreit er die Stadt von der
Sphinx, einem Ungeheuer mit Mädchenkopf und Löwenleib –
um 1900 als Chiffre für das gefährliche Rätsel des ›Weibes‹ ge-
deutet. Ödipus fand für das von der Sphinx ihm aufgegebene
Rätsel das richtige Lösungswort: ›der Mensch‹. Zum Dank er-
hält er die Königswürde, heiratet die verwitwete Gattin des
Laios, seine Mutter Iokaste, und begeht – wiederum unwissentlich – Inzest mit ihr. Nach langen Jahren glücklicher Herrschaft
des Ödipus wird Theben plötzlich von Seuchen und Misswuchs
heimgesucht. Das Delphische Orakel fordert, man möge den
Mörder des Laios ausfindig machen und bestrafen. Der blinde

Seher Teiresias bezeichnet Ödipus als den Schuldigen. Als die vom König selbst geleitete Untersuchung die schreckliche Wahrheit enthüllt, erhängt sich Iokaste, sticht sich Ödipus die Augen aus und verlässt, gejagt von den Erinnyen, die Stadt.

Kerényi schreibt zu diesem Mythos: »Sich selbst erkannte er wohl im seltsamen Wesen, das die Sphinx mit ihrem Rätsel meinte, nicht aber, was der Mensch ist, nicht die Tücken seines Schicksals, denen er [. . .] ausgeliefert war« (S. 111).

Eumeniden: Eumeniden (die »Wohlgesinnten«) lautet der 154.5
Name für die durch Sühne versöhnten Erinnyen (vgl. Erl. zu S. 120,22). In der Konzeptionsskizze überschrieb Frisch so den zweiten Teil seines Romans.

aus einem Lager heraus: Seit Kriegsausbruch konnten in Groß- 156.1
britannien ›feindliche Ausländer‹ interniert werden; bei der Masseninternierung im Frühsommer 1940 wie bei den anschließenden Deportationen waren davon zahlreiche exilierte Gegner des Nationalsozialismus, insbesondere Kommunisten, betroffen. Nach 1945 richteten die Machthaber der neu entstandenen kommunistischen Staaten ihrerseits Konzentrationslager ein.

Juni 1953: Am 17.6.1953 weiteten sich Bauarbeiterproteste in 156.8
Ostberlin zu einem Aufstand aus, der mit weitgehenden Forderungen nach Demokratisierung die ganze DDR ergriff; er wurde von sowjetischen Truppen niedergeschlagen. In der BRD wurde seiner als Fanal der Freiheit mit einem staatlichen Feiertag gedacht.

Lust an Worten: Laut Th. Manns Novelle *Tonio Kröger* (1903) 156.28
eine Eigenschaft des Künstlers: »[. . .] mehr und mehr versüßte sich ihm auch die Lust am Worte und der Form« (Mann, S. 290).

mit Gott nichts anfangen: Die Gottferne gehört zu den Stereo- 156.33
typen einer christlichen Kritik an der modernen Welt; so resümiert der Literarhistoriker und Jesuit Friedrich Joseph Muckermann (1883–1946) in seinen Betrachtungen *Der Mensch im Zeitalter der Technik* (1943): »Es ging durch die Technik weithin verloren, was im christlichen Sinn unter Glauben verstanden wird« (S. 34).

sie verfluchte mich: Dazu der mythologische Kommentar bei 167.22
W. F. Otto (S. 27): »Der Fluch des Vergewaltigten und die dämonische Rache der gestörten Weltordnung sind im letzten Grunde eines und dasselbe.«

167.35 **Daphni**: Daphni, ein Kloster aus dem 6. Jh. n. Chr., liegt an der Heiligen Straße von Athen nach Eleusis, dem uralten Heiligtum der Demeter und Kore. Die erste Liebe des Lichtgottes Apollon galt, so überliefert der Mythos, der Daphne: »Der Name bedeutet Lorbeerbaum. [. . .] Sie war eine wilde Jungfrau, der Artemis gleich, die selbst als Daphnaia oder Daphnia ihre heiligen Lorbeerbäume hatte. [. . .] Als Apollon sie begehrte, suchte Daphne bei der [ihrer] Mutter Erde Rettung und wurde in einen Lorbeerbaum verwandelt, seitdem der Lieblingsbaum des Gottes, dessen Zweige er als Kranz trug. In einem Baum, der von Natur zweigeschlechtig ist, wie die meisten Bäume, werden die beiden Geschlechter allerdings am vollkommensten vereinigt« (Kerényi, S. 138f.).

168.11 **Theodohori**: »Agii Theodori« liegt an der Stelle des antiken Hafens Krommyon. Der Weg von Korinth nach Athen war an dieser Stelle sehr gefährlich. Der Mythos berichtet, dass an dieser Engstelle der Unhold Skiron saß, der vorbeikommende Wanderer ausraubte und ins Meer stieß, wo sie von einer Meeresschildkröte (einem Tier der Unterwelt Hades) gefressen wurden; die Stelle galt überhaupt als eine Pforte zum Hades (vgl. Kerényi, S. 238f.).

170.13 **Mittagsstille, ich bin erschrocken**: In der griech. Mythologie ist der ›hohe heiße Mittag‹ die Tageszeit, in der die Macht des großen Gottes Pan besonders fühlbar wird; Pan ist der Gott der Geschlechtskraft, des zeugenden Lebens, des Naturzusammenhangs; die (mittägliche) Begegnung mit dem Gott treibt den Menschen in ›panischen‹ Schrecken.

171.2–4 **nackt bin [. . .] langsam zurückweicht**: Der Vater-Tochter-Inzest (vgl. Freud, *Totem und Tabu*, GW IX, S. 148) spiegelt sich häufig in der Schlangensymbolik. Der Psychoanalytiker Otto Rank (1884–1939) referiert Fälle, in denen sich die Tochter von einer Schlange oder von ihrem nackten Vater verfolgt fühlt (S. 344). Den Schuldigen erwartet als Strafe für den Inzest die Kastration, oft – gemäß dem psychischen Mechanismus der Verschiebung (vgl. Freud, Das *Unbewußte*, GW X, S. 286) – als ›Blendung‹ realisiert (S. 209,6–9).

171.14 **Ford**: Die Automarke verweist auf den amerik. Erfinder und Industriellen Henry Ford (1863–1947), dessen Name oft als

Synonym für Industrialisierung und Technisierung benutzt wird. F. G. Jünger nennt ihn etwa in seiner Abhandlung *Maschine und Eigentum* (1949) einen exemplarischen »Maschinenkapitalisten« (S. 56), und die negative Utopie *Schöne neue Welt* (1932) von Aldous Huxley (1894–1963) ist im 7. Jh. nach Ford angesiedelt.

Masaccio: Eigtl. Tommaso di Ser Giovanni di Simone Guidi Cassai (1401 – vor 1429), ital. Maler, gehört zu den Begründern der Renaissancemalerei. 176.22

Semantics!: Eine Form der Sprachkritik nach dem Maßstab von sachlicher Richtigkeit, die in den USA der Fünfzigerjahre auch außerhalb der Universitäten populär wurde; generell bedeutet ›Semantik‹ die Lehre vom ›Sinn‹ (sprachlicher) Zeichen. 176.24

Aufruf der Göttinger Professoren: Am 12.4.1957 veröffentlichten achtzehn dt. Physiker, unter ihnen Otto Hahn (1879–1968), Werner Heisenberg (1901–1976) und Max von Laue (1879–1960), in Göttingen eine Erklärung, in der sie vor den Gefahren eines Atomkriegs warnten und den vollständigen Verzicht der BRD auf Atomwaffen forderten. 181.14

Technik als Kniff [. . .] Tempo zu verdünnen: Hanna konzentriert die Argumente damaliger Technikkritik. F. G. Jünger etwa hatte in seinem einflussreichen Buch *Die Perfektion der Technik* (1946) »kein[en] Zweifel« daran lassen wollen, »daß die Anstrengungen des Technikers den leeren Raum vergrößern, und zwar in dem gleichen Maße, in dem sie den Lebensraum einengen. Deshalb gehört auch der horror vacui zu seiner Welt und dringt auf mannigfaltige Weise in das Bewußtsein der Menschen ein, als Depression, Langeweile, Empfindung des Sinnleeren und Sinnlosen, der Unruhe und des mechanischen Gehetztseins.« Anschließen lässt sich in diesem Diskurs mit verteilten Sprechrollen eine Erläuterung, die sich bei Ortega y Gasset findet (S. 105): »Das heißt, daß der Mensch heute insgeheim gerade durch das Bewußtsein seiner prinzipiellen Unbegrenztheit erschreckt wird. [. . .] [Denn so wird sein] Leben entleert. Denn Techniker und nur Techniker sein ist, alles sein können und folglich gar nichts Bestimmtes sein. Voller Möglichkeiten ist die Technik nur noch leere Form [. . .] und unfähig, den Inhalt des Lebens zu bestimmen.« 184.16–18

184.29–30 **Leben nicht [. . .] als bloße Addition**: N. Wiener vergleicht in dem von Faber bereits zitierten Buch (S. 80,32–34) die reversible Zeit der Technik mit dem irreversiblen Zeitmaß des ›Lebens‹, wie es in der Zeitphilosophie des Vitalismus seit der Jahrhundertwende beschrieben wird; er kommt zu dem Schluss: »Der Vitalismus hat bis zu dem Ausmaß gewonnen, daß sogar Mechanismen mit der Zeitstruktur des Vitalismus korrespondieren, aber wie wir gesagt haben, ist dieser Sieg eine vollkommene Niederlage, denn von jedem Gesichtspunkt aus, der die entfernteste Beziehung zur Moral oder Religion hat, ist die neue Mechanik genau so mechanistisch wie die alte.« Entsprechend kritisch hält F. G. Jünger (S. 48) fest: »Wenn wir die Apparatur und die Organisation des Menschen betrachten, welche die Technik gleichzeitig hervorgerufen hat, erkennen wir auch, daß sie ohne den mechanischen Zeitbegriff gar nicht vorhanden sein könnten.« – Daraus resultiert, »daß sich der Mensch des technischen Zeitalters geradezu auf der Flucht vor der Wirklichkeit befindet« (Muckermann, S. 326). – S. de Beauvoirs *Amerika*-Buch (S. 426f.) ortet dieses Zeitbewusstsein in der ›Neuen Welt‹: »Von Vergangenheit und Zukunft abgeschnitten, ist die Gegenwart ohne Dichte [. . .] der Gedanke einer lebendigen in die Gegenwart übergreifenden Vergangenheit ist ihnen fremd. Sie wollen nur eine Gegenwart anerkennen, die vom Ablauf der Zeit abgeschnitten ist, und die Zukunft, die ihnen vorschwebt, ist die, welche mechanisch dem Zeitablauf folgt, und nicht die, deren langsames Reifen oder deren brüske Explosion unvorhersehbare Risiken in sich schließt. [. . .] Von Vergangenheit und Zukunft abgeschnitten, ist die Gegenwart ohne Dichte.«

188.4 **Castillo del Morro**: Die Festung Castillo de los Tres Reyes del Morro wurde 1587–1597 erbaut; sie war das Zentrum des Widerstands gegen die engl. Belagerung 1762.

189.3 **lauter wunderbare Menschen**: Bereits Stiller hatte seine Sehnsüchte auf die amerik. Schwarzen projiziert (vgl. GW III, S. 404ff. u. S. 536–544), gemäß dem weit verbreiteten Stereotyp des ›exotischen Negers‹ (Brown); de Beauvoirs *Amerika*-Buch (S. 392) referiert die Klage über jene vorurteilshafte »Art der Anziehung, die viele Weiße des Nordens, und gerade in New York, den Schwarzen gegenüber empfinden. Sie definieren sie als die Antithese der amerikanischen Zivilisation: vortrefflich begabt für Musik und Tanz, reich an animalischen Instinkten und einer ungewöhnlichen sinnlichen Kraft, sorglos, leichtsinnig, verträumt, poetisch, religiös, empfänglich, undiszipliniert, naiv – das ist das konventionelle Bild, das sie sich von den Negern machen. Und sie gehen ›zu den Schwarzen‹, denn sie sehen in ihnen das, was sie selbst gern sein möchten und nicht sind.«

Romeo y Julieta: Eine Zigarrenmarke, die Frisch seit *Graf* 189.15 *Öderland* immer wieder parodistisch einsetzt; vgl. GW III, S. 34 u. GW V, S. 186.

ungezwungen: In seinem Buch *Vom Geist Amerikas* (1954) ver- 191.23 merkt der Historiker Golo Mann (1909–1994), von 1940 bis 1957 als Exilant in den USA: »Fallen nicht wirklich die [. . .] Amerikaner auf durch die Freiheit, Unbeengtheit ihrer Gebärden, ihr Lachen, ihre glatteren Gesichter« (S. 121).

Ausverkauf der weißen Rasse: F. Scott Fitzgerald (1896–1940) 191.25–26 schildert in seinem Roman *Der große Gatsby* (1925) eine Trinkszene mit einer – anscheinend obligaten – Diskussion: »Beim zweiten Glas des [. . .] ziemlich schweren Rotweins [. . .] ›Die Zivilisation geht sowieso zum Teufel‹, legte Tom heftig los. ›Ich bin mittlerweile ein schrecklicher Pessimist in diesen Dingen. Hast du den *Aufstieg der farbigen Völker* von diesem Goddard gelesen? [. . .] ein ausgezeichnetes Buch. Er vertritt die These, daß die weiße Rasse, wenn wir nicht aufpassen, glatt überschwemmt wird. Alles vollkommen wissenschaftlich und belegt‹« (S. 24f.). Ähnliches prognostizierte in Deutschland O. Spengler (vgl. Erl. zu S. 54,23–24).

Reklame für Optimismus [. . .] vor dem Tod: S. de Beauvoir 192.10–11 weist in ihrem *Amerika*-Buch auf eine übliche, aber irrige Behauptung hin, »man könne [dort] die Landschaft vor lauter Reklametafeln nicht sehen«, notiert jedoch als eigene Erfahrung: »Die unaufhörlich wiederholten, gebieterischen Aufforderungen, ›das Leben von der guten Seite zu nehmen‹, fallen mir auf die Nerven. Auf den Reklamen [. . .] – welch eine Überfülle von schneeweißen Zähnen: das Lächeln scheint ein Starrkrampf zu sein [. . .] In einem drug-store las ich auf einem Aushängeschild: Not to grin is a sin – nicht lächeln ist eine Sünde. [. . .] Neonlicht, drug-stores, Lächeln, prosperity, heitere Lebensauf-

fassung: die Welt ist nicht dies billige Paradies« (S. 32 u. S. 92).
G. Mann sekundiert: »[. . .] der offiziellen Legende nach besteht
The American Way of Life darin, daß [. . .] die regierende Tradition das Unglück leugnet, [. . .] Vergnügungs-Industrie und
Geschäftswelt nur von guten Menschen und gutem Leben wissen, und von den Häuserwänden dem einsamen Fahrer eine süßliche Reklame des Glücks spukhaft entgegengrinst.« Schließlich
hält N. Wiener in *Mensch und Menschmaschine* fest, wie die »im
allgemeinen übliche Erziehung des Amerikaners der oberen Mit-
telschichten [. . .] ihn vor allem ängstlich davor behüten [wolle],
Tod und Schicksal gewahr zu werden« (S. 37).

192.20 **ihre Kosmetik noch an der Leiche**: S. de Beauvoir berichtet in
ihrem *Amerika*-Buch: »Gewiß, häufig sah ich in den Avenuen,
nachts heiter vom Neonlicht angestrahlt, die Worte *Funeral
Home*. [. . .] Dort gibt der Tote, ehe man ihn beerdigt, seine letzte
party: sein Gesicht ist in schreienden Farben geschminkt, im
Knopfloch trägt er eine Gardenie oder eine Orchidee, und seine
Freunde kommen, ihn ein letztes Mal zu begrüßen« (S. 92f.).

192.21–22 **Präsident**: Dwight D. Eisenhower (1890–1969), während des
Zweiten Weltkriegs Oberbefehlshaber der amerik. Truppen in
Europa, amtierte als 34. Präsident der USA von 1953 bis 1961.
In der zweiten Hälfte der Fünfzigerjahre warfen ihm seine poli-
tischen Gegner u. a. Untätigkeit im Kampf gegen die Rassen-
trennung (vgl. Erl. zu S. 13,3) vor.

192.23–24 **Jugendlichkeit**: Dazu S. de Beauvoir: »Man sagt bisweilen,
Amerika sei das Land der Jugend« (S. 162).

198.13 **Hanna in Weiß!**: Nach antiker Überlieferung erschienen die rä-
chenden Erinnyen dem Muttermörder Orest schwarz, dann,
nach seiner Sühne, aber weiß als Eumeniden (vgl. Erl. zu S.
154,3).

200.19 **Café Odéon**: Treffpunkt von Literaten in Zürich; viele Eintra-
gungen in Frischs *Tagebuch 1946–1949* sind hier lokalisiert.

207.9 **L'Unité d'Habitation**: Die »Wohnungseinheit« in Marseille
(1947–1952), ein Hauptwerk des franz.-schweiz. Architekten
und Städteplaners Le Corbusier (d. i. Charles Édouard Jean-
neret-Gris, 1887–1965), eines der bekanntesten und bedeu-
tendsten modernen Architekten.

215.4 **Hotel Estia Emborron**: Wörtl.: »Heim der Kaufleute«, ein da-

mals bekanntes Athener Hotel. Hestia ist die Göttin des Herd-
feuers, Schutzherrin des häuslichen Friedens, der Schutzflehen-
den und des Eides; neugriech.: »Herd, Heimat«. Emporion hieß
der Freihafen des antiken Athen, der nicht den Gesetzen der
Polis unterworfen war; später lag er zwar innerhalb des Stadt-
gebietes, behielt aber seine Sonderstellung.

Magenkrebs: G. Anders sieht »in der Verselbständigung der   215.24
Einzelfunktionen in der Welt der Technik das psychische Ana-
logon zum Tumor« (S. 337).

Licht, der Freude [. . .] Asphalt und Meer: Ähnlich wird in   216.8–10
Frischs Bühnenstück *Graf Öderland* der Wunschort mit dem
Namen der griech. Insel Santorin, an die ekstatischen Südchif-
fren von Gottfried Benn (1886–1956) anschließend, beschrieben: »Eine Stadt wie aus Kreide, so weiß, so grell, emporgetürmt
in den Wind und ins Licht, einsam und frei, trotzig, heiter und
kühn, emporgetürmt in einen Himmel ohne Dunst, ohne Dämmerung, ohne Hoffnung auf Jenseits, ringsum das Meer, nichts
als die blaue Finsternis des Meeres . . .
ELSA Und da wollen Sie hin?
INGE Da wollen wir hin.
ELSA Und was wollen Sie dort machen?
STAATSANWALT – leben, Madame. [. . .] Ohne Dämmerung,
ohne Hoffnung auf ein andermal, alles ist jetzt, der Tag und die
Nacht, das Meer, hier sind unsre Götter geboren, die wirklichen,
hier sind sie aus den Fluten gestiegen, Kinder der Freude, Kinder
des Lichts!« (GW III, S. 54)

Suhrkamp BasisBibliothek
Text und Kommentar in einem Band

In der *Suhrkamp BasisBibliothek* erscheinen literarische Hauptwerke aller Epochen und Gattungen als Arbeitstexte für Schule und Studium. Sie bietet die besten verfügbaren Texte aus den großen Editionen des Suhrkamp Verlages, des Insel Verlages und des Deutschen Klassiker Verlages, ergänzt durch anschaulich geschriebene Kommentare.

NF 279/3/4.01